KB076096

오래전

집을 떠날 때

오래전
집을 떠날
때

신경숙 소설집

창비

차례

감자 먹는

사람들

나는 지금 비가 멈추기를 기다리고 있습니다. 가을비는 병원 뜰의 메말라가는 누런 잔디를 싸악, 훑어내리고 있습니다. 가만히 얼굴을 숨기려던 오래된 것들이 저 빗방울에 쓰라리겠습니다. 창문을 슬몃 젖혀봅니다. 훅, 밀려드는 찬 공기 속에 섞인 비냄새가 쏴아, 창 안으로 밀려듭니다. 바람에 내 머리칼이 뒤로 휘날려서 갑자기 얼굴이 가볍게 느껴집니다. 가을이 왔군요, 산천에만 말고 이 병원에도. 어떤 젊은이들은 우산 하나에 두 몸을 숨기고 서로의 손이 우산 속에서 맞닿는 감촉에 볼이 발그레해져서 거리를 활보하고 있겠지요. 같은 시간, 이 병원 저 위층 창가에서는 오래된 환자가 저 가을비를 내다보며, 생각하겠지요. 내가 내년에도 저 뜰을 내다볼 수 있을까? 저 빗속의 단풍이며 저 빗속의 아름드리 나무둥치며 저 빗속의 시계탑이며…… 추억들을.

찬 공기 속에 내맡겨진 얼굴로 비가 스치고 지나갑니다. 어디선가 아련히 기차의 강철바퀴 소리가 들려오는 것만 같습니다. 이따금 모든 생각이 끊기고 적요를 느끼는 순간이면, 창 안과 창밖의 거리가 몇천리는 되는 듯이 현실감을 상실할 적이면, 문득 저쪽 모롱이를 돌아 나타나서 쏜살같이 마을을 질주해 사라지는 기차의 강철바퀴 소리에 제 귀가 쩡, 해지는 때가 있습니다. 바로 방금 전처럼요.

비가 멈추면 집에 들어가서 한숨 자고 나올 생각입니다. 아버지는 방금 잠이 드셨고, 한시간 후면 남동생이 아버지 곁에 있기 위해 이 병원으로 올 것입니다. 나는 비만 그치면 남동생의 얼굴을 보지 않고서라도 집으로 들어갈 생각입니다. 어째서인지 몸이 무척 피로하고 마음도 몹시 힘겹습니다. 머릿속이 약간 복잡하기도 합니다. 며칠 후에 레코드사 기획자를 만나기로 한 약속이 무산되지나 않을까 염려스럽기도 하고, 정체도 확실치 않은 대상에 대한 애틋한 그리움이 고여드는가 하면, 돌연 어머니한테 전화를 드려야 할 텐데, 하는 생각이 불쑥 끼여들며 마음이 산만해집니다. 내 잠자리로 돌아가서 한숨 자고 나면 나아지겠지요.

멀리서 보면 나는 하나의 실루엣에 지나지 않겠지요. 비가 내리는 병원의 창가에 서 있는 하나의 어두운 실루엣.

이상한 일이지요. 이 병원의 창가에 서 있기는 처음인데 나는 언제인가 꼭 이 자리에 이렇게 서서 이렇게 생각에 잠긴 채 노래를 불러본 적이 있는 것만 같습니다. 아마도 저 비 탓이겠지요. 세상에 이미 내렸던 그 많은 비는 연약한 사람들을 창가로 이끌었겠지요. 나 또한 과거 속에서 그랬을 테지요. 처음 세상에 내놓은 내 첫 앨범의 참담한 실패로 2집 내는 일이 무산될 때마다, 깨고 싶지 않은 긴 낮잠을 자다가, 스튜디오에 서 있다가, 누군가에게 전화를 걸거나 책상서랍을 열다가…… 후드득거리는 빗소리에 슬몃 창가로 다가갔던 일이 어디 한두번이겠습니까. 그때그때마다 무슨 생각인가에 깊게 잠겨들었겠지요. 생각의 어느 언저리에 스며드는 적요, 그리고 그 적요를 뚫고 철거덕철거덕 달려오는 기차의 강철바퀴 소리를 들으면서, 나의 처지나 혹은 누군가의 처지를 생각했을 것입니다. 대부분은 아직 무엇이 될지 알 수 없는 나의 처지를 딱하게 여기며 창가에 서 있었겠지요. 닫혀 있는 미래가 동반했던 그 야릇한 불안과 바람 같은 자유. 빗소린 아마도 그 두 감정 속으로 동시에 드나들며 나를 생각에 잠기게 했을 것입니다. 이상도 한 일이지요. 그럴 때마다 왜 내 귓전엔 모롱이를 돌아서는 기차의 강철바퀴 소리가 들리곤 했던 것인지요. 아주 오래전에 내 태생지를 떠나올 때 누군가가 내게 말했지요. 기차역까지 바래다줄까? 나는 고개를 저었습니다. 아니야, 그건 너무 슬픈 일이야. 순간, 나는 멈칫했습니다. 내 몸속에서 무슨 메아리를 듣는 듯했지요. 그건 나의 말이 아니라 누군가의 간절한 심정이 내 입을 통해 나가고 있는 것 같았지요. 나도 그런 노래를 부를 수 있을까요. 내 노래가 누군가의 몸속에 메아리로 들어가 있다가 다시 나와 누군가에게 전해지는 그런 노래를.

내가 왜 윤희 언니에게 이런 편지를 쓰기 시작하는지 나도 모르겠습니다. 그것도 하필 아버지의 병실에서요. 한때 나는 내가 봐도 마치 편지를 쓰기 위해 살고 있는 것처럼 참, 많은 편지를 썼지요. 이 도시로 처음 나왔을 때 더욱 그랬습니다. 창밖은 낯설고 어디에고 마음 붙일 데가 없어서 내 태생지에 두고 온 사람들에게 편지를 씁니다. 이제는 나를 잊은 사람들에게 부쳤을 그 많은 편지들엔 무슨 내용이 담겨 있을까요. 그때의 내겐 편지쓰기란 내 몸의 일부 같았어요. 그랬는데 노래하는 사람이 되고부터 나는 사적이건 공적이건 편지를 못 쓰게 되었습니다. 아니 쓸 수가 없었다고 해야겠지요. 어쩌다가 쓰게 된다고 해도 부칠 수가 없었어요. 노래하는 사람이 되고 난 후에는 편지를 써놓고 다시 읽어보면 이상하게 이게 아닌데, 싶었어요. 노래 같지 않은 글이 거짓말 같았다고나 할까요. 매번 뭔가 지나치다고 여겨졌습니다. 왜 그랬을까요? 노래하는 사람이 되기 전엔 그토록 자연스럽던 편지 쓰기가 노래를 부르기 시작하면서부터는 어렵게 된 까닭은? 지금도 이 편지를 윤희 언니에게 부치게 될 것 같진 않습니다. 노래라면 얼마든지 윤희 언니 앞에서 부를 수가 있을 텐데.

빗줄기가 약해졌습니다. 집에 가야겠습니다.

어머니는 시골집에서 지금 뭘 하고 계실까요? 땅콩을 캐고 계실까, 아니면 이젠 다 시든 고춧대를 뽑고 계실까? 저 비가 그 마을에도 내린다면 아마도 뒷산의 상수리나무 떡갈나무 잎새들을 우수수 떨어뜨리고 있겠지요. 밤나무 밑엔 이제는 아무도 줍지 않는 밤이 여기저기 수북이 흩어져 쌓여 있을 테고, 밤이면 뒤꼍의 감나무 잎새들이 수

수거리며 앞마당으로 쓸려나와 여기저기를 헤매고 다닐 것입니다. 집을 갖지 못한 사람들처럼요. 어머니는 아버지 없이 추수를 하고 계시겠지요. 벼를 베고 말리고 뒤집고 탈곡하고. 그 지방의 병원에서 이 도시의 병원으로 아버지가 옮겨 오실 때 따라나서려는 어머니께 아버진 크게 역정을 내셨습니다. 논밭의 가을일을 내버려둘 참이냐고요. 봄 내내 씨뿌려서 여름 내내 한가지 것에 여든여덟번씩 손을 갖다대고 인자 겨우 열매를 맺었는디 그것들 안 거두고 식구들 죄다 병원에만 있을 거냐고요. 결국 어머닌 눈물을 머금고 뒤처지셨습니다. 자식을 여섯이나 장성시켜놨지만 우리들 중 누구도 추수를 어떻게 하는지를 모릅니다. 설령 할 줄 안다고 해도 이 도시의 건물 안 책상에서 컴퓨터를 켜고 전화를 받고 공문을 보내고 받으며 사느라 여러날 계속해야 하는 추수기간만큼 자리를 비울 수도 없습니다.

칠년 만에 재발한 아버지의 병에 가장 놀란 분은 어머니인데 우린 부친이 쓰러지기 이틀 전에 술을 마셨다는 고모님의 말씀을 듣고 모두들 어머닐 쳐다봤지요. 마치 부친의 병을 재발시킨 게 어머나나 된다는 듯이요. 설마 아버지의 병이 오로지 이틀 전에 마신 술 때문이기야 하겠습니까마는, 어디다 대고 원망할 데가 없는 우리들은 어머니이기 때문에 괜한 화를 내는 거지요. 그래요, 어머니이기 때문에. 여섯명이 돌아가면서 한마디씩만 해도 여섯마디. 그 원망 속엔 부친의 건강에 대한 염려만 실려 있는 건 아니지요. 이 도시의 일상 속에 쌓여 있는 서류, 혹은 공적인 일로 만나야 할 사람들과의 일들이 중환자실에 며칠이고 누워 계시는 부친으로 인해 매끄럽게 진행되지 못한 것에 대한 석연찮음이 괜한 어머니에게 쏟아지는 거지요. 왜 술을 마시도록 내버려두세요? 술이 아버지에게 얼마나 나쁜지 뻔히 아시면서요. 최근에 집 짓는 일로 부친이 계속 어머니와 의견충돌을 일으켰다는 말을 들으면, 평소에 흔쾌히 집을 새로 짓겠다는 부친의 편을 들지도 않았으면서 또 여섯명이 어머니께 대들지요. 어머니가 자꾸 아버지 심중을 건드리시니깐 화를 끓이셔서 쓰러지신 거예요.

드디어 어머니께서,

너희들은 지난 칠년을 아버지 병을 잊고 살었겠지마는 나는 니 아비가 숨소리만 이상하게 내도 가슴이 철렁한 세월이었다,

하시며 눈물을 보이실 때에야 모두들 입을 다물었습니다. 그때도 들었던 것 같네요. 모롱이를 돌아선 기차가 철거덕철거덕 마을을 가로질러가는 강철바퀴 소리를.

칠년 전 한 해에 네번을 혼절하신 아버지를 혼자 병원
에 입원시킨 경험이 있는 어머니는 그때부터 아버지와 단
둘이 그 집에서 밤을 맞는 걸 두려워하셨습니다. 한번도
도시에 살아본 적이 없지만, 그때부터 어머닌 이따금 이
도시로 터전을 옮겨 오고 싶다는 희망을 내보이곤 하셨습
니다. 이 도시로가 아니라 이 도시를 떠날 수 없는 자식들
곁으로겠지요.

밤에 니 아비의 숨소리가 언덕 올라가듯이 가팔라지면
니 아비 임종을 나 혼자 지켜야 허는 거 아닌가 싶은 게
무섭고 싫어야.

그러나 아버진 조금도 그 마을을 떠날 생각이 없으셨
습니다. 그곳엔 아버지가 돌봐야 할 선산과 문중 전답들
이 있는 것입니다. 가산을 정리해 도시의 자식들 곁으로
오고 싶어하는 어머니와는 달리 아버진 그 마을을 떠나오
기는커녕 그곳에 새 집을 짓고 싶어하시는 것입니다. 어
머니는 집 짓는 일을 반대하셨습니다. 집 지을 경비도 경
비지만 어머닌 부친과 단둘이, 그리고 언젠가는 기어이
혼자, 그 집에 남게 되실 것이 두려우신 것입니다. 나는 이
따금 어머니의 얼굴에서 내가 자식을 여섯이나 길러놨는
디 뭣 땜에 내가 혼자 저이 임종을 지킨단 말이냐,는 어머
니 마음속의 완강한 말씀을 읽습니다. 삶은 모를 일이어

서, 저러다가 실상은 어머니가 먼저 돌아가실 수도 있는 일이지만, 우리는 모두 이상하게 어머니 건강은 염려를 안 합니다. 하긴 옆에 병치레를 세게 하는 사람이 있다보면 곁에 있는 사람은 제대로 아프지도 못하는 법이지요.

부친은 변하셨어요. 표정에 마음의 일을 전혀 내비치지 않던 분이 자주 우십니다. 당신의 눈물을 사람들이 보게 되면 얼른 고개를 돌리지요. 가장 많이 고갤 돌려야 하는 상대가 나랍니다. 다른 가족들이 직장 일에 아이들 돌보는 일에 바쁜 탓으로 아무래도 아버지 곁에 자주 있게 되는 사람은 단출한 나이기 때문이지요. 아버지가 울 적이면 나는 그저 들고 있던 물주전자를 내려놓거나, 괜히 소형냉장고 문을 열었다가 닫거나 그럽니다. 우는 사람 곁에 있기는 상대가 누구라 할지라도 힘이 들지요. 더구나 우는 사람이 아버지이다보니 여러날에 걸쳐 여러번 아버지의 눈물을 보건마는 그때마다 매번 당혹스럽고 가슴이 철렁 내려앉습니다. 내가 허둥거리면 아버지는 이제는 주무시는 척하십니다. 얕게 콧소리조차 내시지요. 방금 울고 있던 사람이 어떻게 그리 금세 잠이 들겠는가만 나는 아버지가 잠드셨다는 걸 잘 안다는 듯이 조심조심하는 태가 역력하게 발소리를 죽이며 문을 가만히 여닫고서 병실 바깥으로 나오곤 합니다.

아버지를 보고 있으면 나는 모든 인간이 지니고 있는 지나간 과거에 쓰라림을 갖게 됩니다. 누가 실루엣으로 서 있는 저 과거를 저버릴 수 있겠어요. 결국 오늘도 내일의 과거일 텐데. 그런데도 때로는 갑옷 같은 과거에 저항을 느끼기도 합니다. 그 옷만 벗어버리면 숨통이 트일 것 같은 때도 있습니다. 누가 생각이나 하겠습니까. 지금 병실에 누워 남몰래 울고 있는 아버지가 한때 마을에서 가장 미남인 청년이었다고, 팽나무 밑에서 팔씨름을 하면 누구도 그 힘을 꺾을 수 없었다던 청년이었다고요. 검은 머리에 포마드를 발라 위로 넘기고 부릉부릉 오토바이로 산길을 질주하시던 젊은 아버지를 기억합니다. 남동생의 종아리를 쪼아서 피를 내곤 하던 사나운 장닭을 눈 깜박할 새에 잡아올려 목을 비틀 때 아버지 팔뚝에 불끈 치솟던 힘줄도 기억합니다. 큰오빠에게 먹일 오리의 생피를 얻기 위해 희뿌연 새벽에 오리 정수리에 칼을 내리치던 모습도요. 원체 말씀이 없으신 분이었지만, 아아, 소리를 뽑아올리실 적의 아버지의 젊은 날들을 기억하지요. 삼월 삼짇날 연자 날아들고 호접은 편편 나무나무 속잎 나 가지꽃 피었다 춘몽을 떨쳐 먼산은 암암 근산은 중중 기암은 층층 매사니 울어 천리 시내는 청산으로 돌고 이 골 물

이 주루루루루루루루 저 골 물이 퀄퀄 열의 열두 골 물이 한
테로 합수쳐 천방져 지방져 월턱져 구부져 방울이 버큼져
건넌 병풍석에다 아주 쾅쾅 마주 때려 산이 울렁거려 떠
나간다 어디메로 가잔 말 아마도 네로구나 요런 경치가
또 있나──아버지의 탄력 있는 젊은 목에서 뿜어올려지
던 그 소리들. 부친이 당신의 영혼 속에 스며들어 있는 소
리를 누르고 이 누추한 삶에 주저앉을 수밖에 없었던 건
쑥쑥 발목이 굵어지던 우리 형제들 때문이었을 테지요.
그렇게 좋아하던 낡은 가죽 북을 그만 선반에 올려놓았던
건 자식들 앞에선 오로지 현재와 미래에 충실할 수밖에
없어서였겠지요. 그럴 적마저도 탄탄했던 부친의 어깨였
는데, 문득 지난 생애의 자취를 한몫에 싹, 문질러버리고
울고 계시는 겁니다. 왜 내가 여기에 있느냐? 하시면서요.

　과연 목이 쑥 파인 환자복을 입고 초점이 흐린 눈빛으
로 겁에 질린 아이처럼 병상에 피로한 몸을 파묻고 있는
저 사람과, 그 옛날 검정 가죽점퍼 속에 탄탄한 육체를 숨
겨가지고 다니며, 광풍을 못 이기어 너울너울 춤을 춘다
네…… 소리를 내지르던 그 사람이 무슨 연결점이 있다는
것이지요? 아아, 저절로 눈이 감깁니다. 부친의 육체가 지
니고 있는 가난했던 과거, 병이 침투한 현재, 이젠 당신 혼

자서 흙으로 돌아가야 할 미래라니요.

　근년에 부친이 하셨던 일은 조상들의 묘를 손질하는
것이었습니다. 어쩌다가 성묘 가는 길에 섞이게 되면 나
는 매번 선산의 총총한 묘지들에 눈이 시어져 깜박이곤
합니다. 저 묘지의 주인들이 다 누구란 말인지. 부친은 언
제부턴가 한 해 한 해 계획을 세워 선조들의 허름한 묘지
를 다듬고 묘비를 세우기 시작하셨습니다. 부친이 진짜
로 꼭 세우고 싶었던 묘비는 부친의 부친이신 나의 조부
묘비였습니다. 어느해에 그러시더군요. 조부의 묘지 앞에
비석을 세우고 싶으나 윗대의 묘지에 묘비가 없는 터에
나의 조부 묘 앞에만 불쑥 비석을 세울 수는 없는 일이라
난감하다고요. 그때도 저는 알 수가 없더군요. 부친이 아
버지를 여읠 때의 나이가 겨우 열한살이었다는데, 그 기
억 속에서조차 가물가물할 아버지에게 무슨 정이 그렇게
많이 남아 있어 묘비를 세우는 일에 저리 정성이실까? 하
고요. 아버지는 당신 부친의 묘 앞에 묘비를 세우기 위해
윗대, 그리고 그 윗대의 묘비부터 세우기 시작했지요. 경
비도 수월치 않거니와 그때마다 어머니께서 맡아 해내야
하는 주변 일거리들도 큰일이어서, 어머니와 자주 마찰을
빚었습니다. 하긴, 생각해보세요. 가족 중의 누군가의 결

혼식에 들어온 축의금으로 묘비를 세우려는 남편을, 인공 수정 주사를 맞히고 열달이나 기다려 얻은 송아지를 정성 들여 길러 내다 판 돈으로 묘비를 세우려는 남편을, 어떤 아내가 매번 흔쾌히 따르기만 하겠는지요. 그러나 부친은 한 해 한 해 선친들의 묘비를 세우기 시작해서 드디어 작년엔 부친이 원하셨던 당신의 부친 묘 앞에 묘비를 세우셨지요. 나의 조부와 조모의 묘 앞에요. 크나큰 일을 치러 내신 듯 부친이 매우 흐뭇해하셔서 나는 묘비에 새겨진 비문을 하나하나 짚어가며 읽어보았습니다만 새길 만한 뜻도 없었습니다. 그저 언제 태어나셔서 언제 가셨으며 그들의 자손은 누구누구이다,는 정도였지요. 무엇 때문에 노년을 묘비 세우는 일을 하며 지내시는지, 아직 젊은 저로서는 의아하기만 할 따름이었지요. 형제들 이름 속에 섞여 있는 제 이름을 바라볼 적에도 그저 무연했습니다. 단 한번 얼굴을 뵌 적도 없는 조부의 묘비에 저렇게 이름을 새겨놓는 일이 무슨 의미가 있다는 것인지. 그저 나는 산길을 타고 올라온 일이 피로하기만 했습니다. 부친은 조부의 묘 아래켠에 당신의 가묘까지 만들어놓으셨습니다. 여기가 내 자리다. 그 옆은 당연히 어머니 자리겠지요. 부친은 당신의 가묘를 손바닥으로 짚고 서서 조부의 묘를 쳐다보셨습니다. 어찌나 쓸쓸히 서 계시는지 부친이 조부의 묘를 향해 무슨 말씀을 하시는 것도 같았지요. 무슨 말씀이었을까요. 겨우 열한살에 사별한 부친을 향해 나의 부친은 무슨 말씀을 하셨을까요. 아버지, 이제야 겨우 이 세상에서 할 일들을 마쳤습니다,였을까요? 아니면 나는 적어도 어린 자식들을 남겨두고 당신처럼 그렇게 일찍 돌아가진 않았습니다,였을까요? 무슨 말씀이었든 간에 마지막 말씀은 나도 이제 곧 당신 곁으로 가겠습니다,였겠지요. 나는 부친의 뒤에 털썩 주저앉아 푸른 산을 다 깎아먹고 있는 수많은 다른 묘지들을 이윽히 바라보았습니다. 또 마음이 적요로워지더니 기차의 강철바퀴 소리. 철거덕 철거덕 기차는 쏜살같이 적요를 뚫고, 아버지 뒷모습을 밀어뜨리며 지나갔습니다.

지금 아버진 병실에 안 계십니다. 수면상태를 체크받기 위해 검사실에 들어가셨어요. 오늘밤은 거기서 주무실 겁니다. 아버지께서 종일 누워 계시던 병상에 배를 대고 엎드려서 이 글을 쓰고 있습니다. 어릴 때, 학교에서 받아 온 숙제를 하던 자세입니다. 그땐 방바닥의 따뜻한 온기, 저만큼 상보로 덮어놓은 밥상에서 김치 냄새가 흘러나왔는데, 지금 내 팔꿈치 밑에서는 아버지의 체취가 은은히 배어나옵니다. 깎아놓은 지 오래되는 배에서 풍기는 냄새

같기도 하고, 여름날 밥을 퍼담아 부엌에 매달아놓은 밥소쿠릴 열 적에 확, 끼쳐 오던 냄새 같기도 합니다. 오늘은 낮에 아버지가 제 이름을 부르셔서 가까이 다가갔더니 왜 전주 병원에 있을 때 내려오지 않았느냐고 그러시는 거예요. 나는 잠시 멍해졌어요. 그곳에서 보름이나 함께 있었는데 기억이 안 나시나봐요. 닷새는 의식이 없는 상태였으니 당연히 그럴 거고요. 부친은 그곳 중환자실에서 의식은 없는데 팔과 다리를 자주 움직이거나 가끔씩 뭔가에 놀란 듯 벌떡 일어나곤 하셨어요. 중환자실엔 따로 면회시간이 정해져 있잖아요. 그런 건 언니가 더 잘 알겠죠. 보호자라고 해도 면회시간 외엔 병실에 들어가는 게 금지되어 있는데 아버진 팔과 다리를 침대에 묶어놓고도 너무 움직이셔서 보호자가 곁에서 돌봐드려야 했어요. 가족들이 번갈아 그곳에 드나들곤 했었죠. 나머지 열흘가량은 일반 병실에 계셨는데, 그때는 사람들도 알아보시고 집안일 걱정도 하시고 그랬는데, 갑자기 왜 병원에 오지 않았느냐고 물으시지 뭐예요. 아무래도 당신 자신을 시험하고 계시는 것 같습니다. 당신의 기억력이 어떤 상태인가를 알아보시려 말이죠. 아버지가 가장 실망하시는 게 바로 그 점입니다. 당신은 잠을 잤는데 병원에 와 있다는 것이었고 그저 자고 일어났을 뿐인데 닷새가 지났다고 하니 답답하신 거죠. 의식이 없을 때의 일이니 그거야 어쩌겠어요. 아버진 모르시지만 의식이 돌아오고 난 후에도 그러셨어요. 남동생이 종일 함께 있다가 저녁에 들어갔는데 금방 더듬더듬 제게 물으세요. 야, 야…… 근디…… 철이란 놈…… 갸는 어쩌 얼굴을 안 비이냐? 나는 아버지를 실망시켜드리기도 그렇다고 거짓말을 하기도 싫어서 그냥 웃었습니다. 얼마 지나서 이번엔 아버지가 야속한 사람에게 화를 내듯이 왜 그때 안 풀어줬느냐고 그러세요. 전주 병원에서 이따금 의식이 돌아올 때마다 움직이지 못하도록 침대에 묶어놓은 팔과 다리를 풀어달라고 애원하셨습니다. 너무나 답답하셨던 게지요. 내가 그건 기억나세요? 하고 물었더니, 저보고 나쁜놈이래요. 그렇게 풀어달라고 애원을 했건만 안 풀어줬다구. 갑자기 가슴이 아파왔습니다. 저는 풀어드렸어요. 간호사가 풀어서는 안 된다고 했지만 저는 아버지의 그 흐릿한 눈, 그러나 그 간절한 눈을 거역할 수가 없었습니다. 물론 팔과 다리를 한꺼번에 다 풀 순 없었어요. 오른팔을 풀어놓은 다음에 다시 묶고 왼팔을 풀고, 왼쪽 다리를 풀어놓은 다음에 다시 묶고 오른쪽 다리를 풀고, 그런 식이었지요. 부친의 손목과 발목은 묶어놓은 붕대로 인해 피가 통하지 않아 퉁퉁 부어 있었습니다. 움직일 때마다 쇠침대에 부딪쳐서 피

멍든 자국이 여러군데였습니다. 수건을 찬물에 헹궈 와서 붓거나 멍든 데에 대고 토닥이다보면 눈이 시어지곤 했어요. 부친은 원체 말씀을 짧게 하시고 조용한 분이십니다. 조용한 정도가 아니라 어쩌다 고수처럼 가죽 북을 앞에 놓고 앉아 장단을 맞추며 「수궁가」나 「심청가」의 한 대목을 내뽑으실 때 말고는 말씀을 더듬으시는가 싶을 정도로 그 짧은 말도 어둔하게 하시지요. 그런 분이 얼마나 고통스러우면 저토록 몸부림을 치실까, 아버지의 뇌수 속에 떠 있다는 그 움직이는 석회질이 원망스럽곤 했습니다.

부친의 체취가 밴 이 병상에 엎드려 있자니 어렴풋이 내가 왜 하필 윤희 언닐 상대로 이 글을 쓰고 있는지가 느껴집니다. 언니가 이 냄새를 알고 있을 거란 생각에서겠지요. 병약한 근친이 풍기는 이 초라하고 가련한 냄새를 언닌 알고 있을 것 같아요. 목덜미…… 탄력이 빠져나간 자리에 검버섯이 핀 얼룩덜룩한 피부와 마주칠 적이면 황황해지는 마음을 어쩐지 언니는 알고 있을 것 같아요. 그냥 틀어놓은 텔레비전에서 바닷가의 불가사리 이야기를 하는군요. 별불가사리는 어린애의 다섯개 손가락같이 생겼답니다. 그 별 모양의 손바닥으로 여린 어족들을 잡아먹고 다녀서 불가사리를 만나면 여린 어족들은 혼비백산

달아나기에 바쁩답니다. 별 모양 불가사리의 한쪽을 잘라내고 잘라내도 곧 다시 돋아난다고 하는군요. 마술이 아니라 그것이 불가사리의 특성이라고 말하는 목소리에 나는 그제야 텔레비전을 쳐다보았습니다. 오각형의 불가사리는 정말 별 모양 같기도 하고 어린애 손바닥 모양 같기도 하네요. 사진을 찍은 곳은 일본 홋카이도의 얕은 해안입니다. 불가사리는 물속에 납작하게 엎디어 있습니다. 저 움직이는 한 각을 잘라내도 다시 돋아난단 말이지요? 불가사리는 다섯개의 각을 하느작거리며 물결을 헤치고 나아갑니다. 세상의 생명 있는 것들마다 각기 다른 독특한 특성이 있겠고, 저 손바닥 같은 것의 한 손가락을 잘라내도 다시 돋아나는 건 우리 인간의 특성이 아니라 불가사리의 특성이겠지만 나는 지금 한 각을 떼내도 다시 돋아나는 불가사리의 저 특성이 부러워집니다.

우리가 만난 지도 벌써 꽤 되었네요. 문이는 잘 있는지요? 이제 새 학기면 삼학년이 되겠군요. 아직도 일요일이면 성당에 나가겠지요? 프라이드 자동차를 타고 문이와 나들이도 가겠고요. 프라이드 자동차라고 써서 미안해요, 언니. 하지만 늘 언니가 언니의 자동차를 말할 때면 내 프라이드 자동차라고 해서 그래요. 언니는 그랬지요. 내 프라이드 자동차로 집까지 데려다줄까? 내 프라이드 자동차 타고 점심 먹으러 갈까? 언니가 직접 언니의 자동차를 두고 내 프라이드 자동차! 하면 이 세상의 수많은 프라이드 자동차가 다 언니 거가 되는 것같이 힘이 붙었는데, 내가 프라이드 자동차라고 하니까, 그냥 한대의 소형자동차밖에 안 되는 것 같네요.

　방송국에서 언니가 프로듀서로 있는 음악 프로그램의 리포터로 함께 일할 적에 꼭 언니가 지금의 내 아버지처럼 울곤 했지요. 그때 내가 하는 일은 성악가나 작곡가, 음악가나 피아니스트들을 만나서 그들이 애호하는 클래식 한곡을 추천받고 그 곡을 좋아하는 사연을 테이프에 담아와 편집하는 일이었지요. 선곡한 CD를 찾으려고 레코드실에 들어간 언니가 오랫동안 나오지 않아 어쩐 일인가 하고 찾아가보면 언닌 바흐나 도니체티, 로시니나 비제 사이에서 울고 있곤 했어요. CD가 빼곡히 쌓여 있는 칸막이 사이에 눈시울이 붉어진 채 등을 돌리고 서 있는 언니를 보면 나는 그냥 돌아서 나오곤 했지요. 스튜디오에서 일요일분 녹음을 하다가도 어느 순간 언니의 눈이 눈물에 젖고 그걸 감추기 위해 언니가 일어서서 창가로 가면 나 또한 의자에서 일어나 스튜디오 바깥으로 나오곤 했습니다. 그래도 함께 있는 시간이 많았기에 어쩔 수 없이 우는 모습을 나에게 보이게 되면 언니도 내 아버지처럼 얼른 고갤 돌리곤 했죠. 내 꿈이 가수라는 걸 말했을 때 놀라던 언니의 얼굴이 떠오릅니다. 가수가 되겠다고? 이후로 나는 언니 앞에서 참 많은 노래를 불렀습니다. 언니는 언니의 이모가 경영하는 레스토랑에서 내가 노랠 부를 수 있게도 해주었고 실패했지만 첫번째 앨범을 낼 수 있게 음반회사 사람들을 만나게도 해주었습니다. 첫 앨범이 그렇게 죽을 쑤지만 않았다면 지난 일년 동안 언니를 찾지 않는 일 같은 건 없었을 텐데.

　오늘, 아버지의 수면상태 결과가 나왔습니다. 수면 체크는 연속 사흘간 실행되었지요. 아버지는 밤이 되면 수면실로 실려들어갔다가 아침에 나오곤 하셨습니다. 아침에 내가 잘 주무셨어요? 하고 물으면 아버진 그저 웃으셨어요. 잠들려고 하면 자꾸 이름을 불러서 깨곤 했다, 하시면서요. 나도 그냥 웃었습니다. 수면에 이상이 없다는 진단을 받으려면 부친은 당신을 부르는 소릴 듣지 못하셔야 했습니다. 예상대로 아버지 수면상태는 심각한 장애로 나왔습니다. 뇌가 잠을 자지 않는답니다. 그래도 아버진 나는 잤다,고 하십니다. 아마도 뇌는 깨어 있고 피로한 육신만 혼절한 게지요. 잠을 자지 않는 뇌라니? 아버지 뇌는 깊은 밤중에 잠도 자지 않고 무슨 생각을 할까요? 의사에게서 아버지의 뇌상태에 대한 설명을 들을 적마다 나는 마치 블랙홀에 빠진 기분이에요. 아버지 뇌수 속엔 석회질이 떠 있답니다. 신경을 쓰거나 스트레스를 받으면 그 석회질이 움직이고 그 석회질이 움직이게 되면 엄청난 고통과 함께 의식을 잃어버리는 게 아버지가 앓고 있는 병이지요. 다시 깨어날 때까지 아버진 자신에게 무슨 일이 있었는지를 모르세요. 정신이 돌아오면 맨 처음 묻는 말이 내가 왜 여기에 있느냐,는 것이지요. 한번 쓰러질 때마다 엄청난 기억력 감퇴가 찾아옵니다. 방금 전의 일도 다 잊어버리지요. 거기다 이제 잠을 자지 않는 뇌라니요. 나는 아무리 애를 써도 아버지의 병을 상상할 수조차 없습니다. 뇌 속에 흐르는 물이라니. 그 물속에 떠 있는 석회질이라니. 어쩌다가 그 미로 속에 석회질이? 그 석회질은 저절로 발생한 것일까요?

잠깐만요, 저게 무슨 소리죠? 세탁실에서 누군가 넘어졌나봐요. 우당탕, 뭔가 부서지는 소리가 나더니 울음소리가 들리네요. 기다려요. 다녀올게요.

잠깐만 다녀온다는 것이 두시간이나 지나버렸네요.

세탁실에 가보니 누군가 넘어진 게 아니라 옆 병실 환자의 아내 되는 사람이 빨래를 하다가 빨래를 내팽개치고는 울고 있었어요. 이 병원 안엔 종교를 가진 환자들을 위해서 절도 있고 성당도 있고 교회도 있어요. 물론 형식만 갖춘 것이지만요. 부친도 성당에 나가고 계셔서 미사가 있는 날에 아버질 모시고 성당에 내려가본 적이 있습니다. 그때 옆자리에 앉아 있던 아주머니였어요. 미사를 마치고 엘리베이터 안에서 인사를 나누게 된 후론 서로 과도도 빌려 쓰고 책도 바꿔 보고 하는 아주머니죠. 부친은 독실을 쓰고 계셔서 이따금 병실에 혼자 계시게 될 때엔 가끔 들여다봐달라고 부탁도 하곤 하던 분이었어요. 남편이 공사장 인부였는데 사년 전에 건물 꼭대기에서 굴러떨어지는 목재에 머리를 얻어맞고 뒤로 넘어진 후론 어린아이가 되어버렸다고 해요. 어린아이가 되어버린 그 아주머니의 남편은 아무것도 기억을 못하고 먹는 것밖에 모릅니다. 자식들을 보고도 누군가? 하죠. 소변이고 대변이고 가리질 못하니 언제나 보호자가 곁에 있어야 합니다. 그래도 그 아주머닌 참 밝은 웃음을 잃지 않고 지내시는 분이었어요. 어쩌면 저럴 수 있나, 싶게요. 아까 나는 처음에 그 아주머니가 넘어져서 어디가 다쳐서 우는 줄 알고 왜 그러시냐고, 어딜 다쳤느냐고, 물었어요. 아주머닌 나를 보더니 그나마 눌러 참고 있었는지 눈물을 훅, 터뜨리셨어요. 빨고 있는 건 남편의 속옷이었습니다. 비누질을 한 자리에 대변 자국이 누렇더군요. 아주머니가 하도 나를 붙잡고 서럽게 우셔서 그냥 나오질 못하고 아주머니가 붙잡는 대로 붙잡혀서 가만히 있었네요. 지나가던 간호사가 들어와서 무슨 일이냐고 물을 때까지 아주머닌 울었어요. 나는 아무 일도 아니라는 뜻으로 간호사에게 눈짓을 했어요. 다행히 이 병원에 처음 왔을 때 나를 알아보던 간호사였습니다. 다음 날 내 음반을 가지고 와선 싸인까지 받아 갔는걸요. 그 몇십장 안 팔린 음반 중의 하나를 그 간호사가 가지고 있을 줄이야. 간호사가 가고 나서야 아주머닌 울음을 그치시더군요. 팔소매로 쓱쓱, 눈물을 닦아낸 후 아주머니는 다시 똥이 묻은 남편의 속옷에 대고 비누질을 했습니다. 손을 보면 그 사람의 지난 생이 어땠는지를 안다지요. 물에 불어서 더욱 도드라져 보이는 손마디가 꺾이도록 아주머닌 남편의 속옷을 빨래판에 대고 문질렀습니다. 잘 지워지지 않는 대변 자국에 대고 다시 비누질을 하면서 아주머닌 잠긴 목소리로 내가 죄가 많은 사람이에요, 하더군요. 하느님을 섬기면서도 하느님 말씀을 지킬 수가 없다고요. 나는 아주머니의 하느님,이라는 소리에 병원 엘리베이터 안에 붙은 문구를 떠올렸습니다. 거기엔 마음이 슬픈 자는 행복하다, 그는 위로받을 것이다, 라고 적혀 있지요. 그날그날의 기분에 따라 그 문구는 울분을 돋우었다가 기쁨을 주었다가 합니다. 마음이 심란한 날은 그래서? 반문하지요. 위로받기 위해 마음이 슬퍼야 한단 말인가, 얄궂게도 미묘한 저항심에 마음이 분란을 일으킵니다. 그런가 하면 어떤 날은 그 말씀이 차분하게 가슴에 젖어들기도 합니다. 인간으로서는 어찌해볼 수 없는 속수무책의 막다른 슬픔에 빠질 때는 그 말 자체가 또 도리 없이 비빌 언덕이 되어 가슴을 쓸어내려주기도 합니다. 마음의 조석지변과는 상관없이 그 문구는 언제나 거기에 붙어 있지요. 아주머닌 아이가 둘인데 남편이 저리 되고부터는 큰애는 친정어머니가 둘째아인 시어머니가 맡아 기르고 있대요. 둘째아이가 오늘 생일이라서 얼굴이나 보고 빵이라도 사주고 싶어서 잠시 다녀왔더니, 남편이 바지에 똥을 가득 싸놓고 뭉개고 있더라고요. 똥을 싼 채로 걸어다니고 뛰어다녀서 허벅지고 종아리고 온통 똥투성이였다고요. 남편의 옷을 벗기고 물을 받아 몸을 씻기는데 죽어라, 차라리 죽어라…… 하는 말이 저절로 나오더랍니다. 문지르고 문지른 속옷을 헹구려고 대야에 새 물을 퍼담으면서 아주머닌 다시 눈물이 가득 고인 눈으로 나를 쳐다봤어요. 내가 나쁜년이지요? 나는 난감해져 그냥 서 있기만 했습니다. 내가 할 수 있는 말도 행동도 없었습니다. 아주머닌 마치 신부님 앞에서 고해성사를 하듯이 오늘만 그런 게 아니랍니다, 하는 거예요. 매일매일이 그랬어요. 매일매일 차라리 죽었으면, 죽었으면…… 하고 바라지요. 그러고는 죽기를 바랐다는 생각이 죄스러워서 성모님 앞에 무릎을 꿇고 기도를 한답니다. 그것의 반복이었어요. 그래도 지금까진 마음속으로만 그랬어요. 그런데 오늘은요, 나도 모르게 남편을 막 꼬집으면서 큰소리가 나오는 거예요. 죽어라, 차라리 죽어라……구요. 남편은 내 저주도 알아듣지 못하고 물장난을 쳤어요. 하긴 자기는 그러고 있는 게 속편하겠죠. 회복돼봐야 갈 곳은 공사판뿐이니…… 아주머니 눈에선 오랫동안 참아왔던 눈물이 줄줄 흘러내렸습니다. 나는 이제 아무래도 기도도 못할 것 같아요, 하면서 아주머닌 빨래하던 손으로 얼굴을 싸안더니 무릎에 푹, 묻고선 또 우셨습니다. 나는 멋쩍게 서 있는 일밖에 할 일이 없었습니다. 내가 알고 있는 말 중에선 그 아주머닐 위로할 말이 없었어요.

오늘밤은 오빠가 병원에서 잔다고 하길래 집으로 돌아왔습니다. 야근이 있다길래 그냥 집으로 가라고 했는데도 열두시가 다 되어 기어이 병원엘 왔더군요. 부친은 오빠와 함께 있는 걸 별로 달가워하질 않아요. 여러 오빠들 중 가장 화를 잘 내는 오빠거든요. 그 사람은 그래요. 너무나 잘하려고 해요. 특히 아버지한테는요. 그러다가 제 마음대로 안 되면 화를 내지요. 화내는 이유도 아주 사소해요. 아버지가 식사를 못하고 계셔서 힘이 없으니까 오빠 생각에는 소변을 그냥 병상의 소변통에 보았으면 좋겠는데 부친은 그걸 또 끔찍하게 여기거든요. 혼자서 링거병을 들고서 기어이 화장실엘 가십니다. 오빠가 링거병을 들고 따라가도 아무 소용이 없어요. 소변기가 있는 데는 절대로 못 들어오게 하시거든요. 그러다보면 혈관에서 피가 흘러요. 링거병을 너무 낮게 든 탓이지요. 그 피를 보고선 오빠 화를 내지요. 제가 좀 따라가면 왜 안 된다는 겁니까, 예? 오빠가 화를 내면 비척비척 걷던 부친은 정신이 사나워져서 넘어지시죠. 그러면 이제 내가 오빠에게 화를 냅니다. 오빠 왜 그래? 왜 소릴 질러? 아버진 만사가 다 귀찮다는 듯이 눈을 질끈 감아버리십니다. 그러면 오빠 이제 미안해서 더 화를 내지요. 눈을 질끈 감고 있는 부친을 향해 늙으신 양반이 자존심만 강하셔가지고 어쩌고저쩌고…… 하지만 사실은 오빠만큼 부친에게 섬세한 사람은 없죠. 그는 아침마다 아버지께 전화를 드려요. 우리는 시골집 소식의 대부분을 그를 통해 듣죠. 아버지의 관절염이나 어머니의 십이지장궤양이나, 모를 심었는지 벼를 다 베었는지 어쩐지를요. 심지어는 시골집에서 부친과 함께 소를 돌보는 낙천이 아저씨가 집 나간 소식들도 다 그를 통해 듣습니다. 아버진 그런 오빠보고 미친놈이라고 그래요. 여전히 어둔하신 말투로 미친놈이다, 전화비가 얼만데 매일 전화질인지 원. 하지만 내심은 좋으신가봐요. 미친놈이라고 하시면서도 함빡 웃고 계시거든요. 아마도 오빠의 전화질은 언제 움직일지 모르는 그놈의 석회질이 불안해서일 거예요. 그놈의 석회질은 지가 언제 움직이겠다고 통보를 하질 않거든요. 그런 불안은 빗나갈수록 좋은 것이지만 이번처럼 들어맞을 때도 있죠. 오빠가 출근하기 전에 시골집으로 전화를 했는데 아무도 전화를 안 받더래요. 아침 먹을 시간이라 안 받을 리가 없는데…… 이상하다, 생각하고선 출근해서 다시 전화를 하니 낙천이 아저씨가 받아서 아버지가 새벽에 병원에 실려갔다고 하셨답니다. 고모와 작은아버지가 앰뷸런스를 불러 함께 가셨다고요. 읍에서 다시 시로 그리고 다시 이 도시로 옮겨 오셨지요. 칠년 만의 재발이었죠. 근본적인 원인을 없애는 치료가 아니긴 했습니다. 석회질이 떠 있는 곳이 하필 뇌수여서 섣불리 칼을 댈 수가 없었습니다. 그동안의 아버지 치료법이란 약을 써서 그놈의 석회질이 움직이지 못하도록 고정시켜놓는 것이었죠. 사년 동안 꼬박꼬박 약을 드시던 아버지가 이년 전부턴 조금씩 약을 줄이기 시작해서 일년 전엔 거의 끊다시피 했어요. 약을 끊게 되었을 때 부친의 즐거워하시던 모습을 글쎄 어떻게 표현해야 할까요. 내가 이제 남은 생을 이렇게 약을 한주먹씩 먹으면서 살아야 되느냐고 실망이 대단하셨거든요. 그런데 약을 끊고도 별일 없이 일년이 지났으니 아버지는 물론 우리들도 석회질이 사라진 줄 알았습니다.

윤희 언니.

나는 아무래도 내가 이 세상에 태어나 처음으로 근친의 죽음을 받아들이려고 하고 있는 것 같습니다. 석회질 말고 다른 병으로 자주 병원을 드나드셔도 나는 아버지가 이 세상을 뜰 수도 있다는 생각은 한번도 안 해봤어요. 그냥 아프시다,고만 생각했죠. 얼마간 병원에 있다가 퇴원할 거야,라고요. 심지어는 칠년 전, 그 한 해에 아버지는 네번이나 의식을 잃었죠. 그때도 난 아버지가 돌아가시리란 생각을 해보지 않았어요. 한번 의식을 잃으면 사흘 만에, 나흘 만에 깨어나셨고, 한번은 보름이 지나도록 의식이 돌아오지 않아 의사에게서 임종을 맞을 준비를 하라는 말을 듣기도 했지만, 그냥 농담 같았죠. 늘 아버지께 불

효했다고 생각하는 화 잘 내는 오빠가 중환자실 문밖에서
눈물로 밤을 지새우는 날이 여러날 이어졌어도 나는 염려
하지 않았어요. 부친의 의식 없는 날이 길어지자 오빤 마
치 넋 나간 사람처럼 중얼중얼했죠. 아버지, 살아만 주세
요. 이젠 잘할게요. 살아만 주세요, 살아만 주세요.

그래요, 오빤 그렇게 말했어요. 아버지, 살아만 주세요,
라고.

그때 나는 아버지 때문에 우는 성인 남자를 보았지요.
행여 그대로 돌아가실까봐 눈물을 뚝뚝 떨어뜨리는 덩
치 큰 남자를요. 그때 그랬어요. 이 세상의 많은 남자들 중
에 저 사람이 내 오빠라는 것이 믿음직스러웠어요. 비록
울고 있는 연약한 모습이긴 해도 그를 이해하려고 애쓰
게 된 건 그때부터인지도 모르겠습니다. 그는 본래 활달
한 사람이었어요. 마을 여자아이들이 공터에서 고무줄놀
이를 하면 면도칼로 고무줄을 끊고 달아났고, 밤이면 마
을 사내아이들과 숨바꼭질을 하는데 꼭 밀밭이나 보리밭
으로 숨어 뒹굴어서는 다 자란 밀이나 보리들을 쓰러뜨려
놓곤 했죠. 뿐인가요. 여름밤이면 마을 여자들이 도랑에
서 목욕을 하곤 했는데, 어느날 오빤 사내아이들 몇과 함

께 도랑 가에 서 있는 고목 팽나무에 미리 올라가 있었어요. 어두워져 목욕 나온 여자들의 벌거벗은 몸을 나무 위에서 훔쳐보자는 심보였죠. 여름밤엔 남자들은 그 도랑 가를 지나다니지 않는 것이 불문율처럼 되어 있었는데 오빠가 주동이 되어 그걸 깨뜨린 거예요. 나도 그날 엄마랑 도랑물 속에서 첨벙거리고 있었는데 나무 위에서 킥킥거리는 소리가 나는 거예요. 처음엔 팽나무 잎이 밤바람에 스치는 소린가 했지요. 훔쳐보는 자들은 숨을 죽이고 죽여야 하는데 아무래도 그들은 웃음을 참을 수가 없었나봐요. 결국 푸하하, 웃음을 터뜨렸고 너무 웃느라 오빤 도랑에 첨벙, 빠졌답니다. 그때 삔 팔이 지금도 비틀어져 있어요. 그런 소년이 덩치 큰 남자가 되어 아버지가 돌아가실까봐 눈물을 뚝뚝 떨어뜨리며 울다니. 그때 그렇게 아버지께 회초리질을 당하고도 아프다는 말 한마디 하지 않던 사람이 말이에요. 여기서 그때란 오빠가 고등학교 시험에 떨어졌던 때를 말합니다. 그땐 고등학교를 시험 쳐서 들어갔잖아요. 오빤 공부를 참 잘했어요. 그런데 우리 태생지의 도청 소재지에 있는 고등학교에 시험을 쳤는데 그만 떨어졌지요. 누구도 오빠가 떨어지리라고는 생각을 못했어요. 오빤 중학교에서 늘 일등이었거든요. 십오등짜리도 합격했는데 누가 일등이었던 오빠가 떨어지리라, 생각했겠어요. 오빠 그때 중학교의 학생회장이었는데 졸업반에게 나눠줄 저금 돈을 가지고 가출했지요. 거의 두달 동안 오빠 집으로 돌아오지 않았어요. 아버진 얼굴이 노랗게 되어 온갖 데를 다 찾아다녔지요. 누가 무주에서 봤다고 하면 무주로 갔고, 누가 남원에서 봤다고 하면 남원으로 갔어요. 후기 고등학교에 입학원서를 내놓고서 군산으로 김제로 샅샅이 찾으러 다녔지만 아버지는 늘 터벅터벅 혼자 돌아왔죠. 겨울이었고 힘없이 돌아오는 아버지는 꽝꽝 얼어 있곤 했죠. 오빠 아버지가 찾아낸 게 아니라 후기 시험 보기 이틀 전 밤, 나흘째 펑펑 내리는 눈 속을 뚫고 스스로 돌아왔지요. 어쩌면 그렇게 눈이 많이 내렸는지요. 돌아온 오빠 꼭 눈사람 같았습니다. 어머니는 눈물을 펑펑 쏟으며 오빠 몸에 쌓인 눈을 털었어요. 눈을 털어놓고 보니 오빠 영락없이 부랑자 꼴이었죠. 머리는 덥수룩한 장발이고 눈은 퀭하고 옷에서는 퀴퀴한 냄새가 나고 발가락은 동상에 걸려 있었어요. 아버지는 오빠가 눈물을 삼키며 꾸역꾸역 밥을 먹는 동안 대나무 회초리를 한다발은 되게 묶었어요. 오빠가 밥을 다 먹자 어머니에게 절대로 따라오지 말라고 하시고선 오빠를 데리고 마을 끝의 빈집으로 갔어요. 불안해진 어머니는 아버지의 말씀을 어기고 그들 부자의 뒤를 따라갔지요. 그렇게 노여워한 부친을 본 적이 없으니 어머닌 집에만 있을 수가 없었던 거예요. 어린 나도 어머니 치마를 붙잡고서 따라나섰습니다. 어머니가 집에 들어가라고 하면 치마를 놓았다가 조금 잠잠해지면 또 쫓아가서 잡고 졸래졸래 따라갔어요. 귀찮아하는 주인을 따라가는 개를 생각하면 그게 그때의 내 모습이지요. 눈은 여전히 계속 내리고 있었어요. 눈 때문에 마을의 모든 길은 환하디환했지요. 마을을 둘러싼 야산과 논둑과 신작로에 하얀 눈은 다복하게도 쌓였습니다. 아버진 빈집의 큰방 문을 열고 오빠를 먼저 들여보냈어요. 그러고선 아버진 꽤 시간을 들여 신발을 벗더군요. 어머니와 나는 빈집의 대문에 서서 신발을 벗는 아버질 쳐다보고만 있었어요. 빈집의 토방이나 마루에도 눈이 소복했고 마당은 이루 말할 것도 없었지요. 불을 켜지 않아 방 안은 어두웠습니다. 창호에 아버지가 오빠의 종아리에 회초리를 내리치는 게 그림자졌습니다. 아무 말이 없었어요. 아버지는 내리쳤고 오빠는 맞았어요. 회초리 꺾어지는 소리만 들릴 뿐이었지요. 어머니는 빈집의 눈 내리는 마당에 서서 아버지가 오빠의 종아리에 회초리를 내리칠 적마다 몸서릴 쳤지요. 마치 그 회초리가 어머니의 종아리에 닿기라도 하는 것처럼요. 나는 어머니나 아버지나 오빠나 다 무서웠습니다. 거지꼴이 되어서 돌아온 아들에게 회초릴 드는 아버지나, 그걸 소리 없이 고스란히 맞고 있는 오빠나, 적극적으로 말리지도 않고 보고 있는 어머니가 왜 그렇게 무섭던지요. 아버지가 묶어간 회초리가 반쯤 오빠의 종아리 위에서 부러뜨려졌을 땐 마당에 서 있는 어머니와 나의 검은 머리 위엔 소복이 눈이 쌓였습니다. 와아, 하고 눈물을 터뜨린 건 저였습니다. 빈집의 눈밭에 털썩 주저앉아 발을 뻗대고선 죽어라고 울었지요. 한밤중 눈 쌓인 마당에서 발악하듯이 울어대다가 어느 순간 내 기가 넘어갔어요. 정신이 돌아왔을 땐 나는 부랴부랴 집을 향해 뛰는 부친의 등에 엎어져 있었습니다.

칠년 전이면 오빠가 지금의 제 나이였네요.

어쩌면 그때 그도 지금의 나처럼 처음으로 근친의 죽음을 받아들이기로 해서 그렇게 울었던 것일까요? 삶이 가져다주는 것 중엔 우리가 물리쳐볼 수 없는 절대의 상실이 있다는 것을 그도 그때 처음으로 인지한 것이 아니었을까요. 아버질 보면 나도 모르게 속으로 눈물이 고이는 까닭도 그것일까요? 혹시 오빤 그때 중환자실의 아버질 두고서 옛날의 아버지, 그의 종아리에 그토록 모진 회초리질을 하던 부친의 건강한 팔뚝을 그리워한 건 아니었을지요. 생각해보면 부친과 늘 함께 살았던 것도 아닙니다. 십수년 전에 이 도시로 떠나온 후론 아버진 시골에 우린 이 도시에 있었습니다. 그러나 아버지라는 존재는 무슨 상징처럼요, 언제나 그곳에 계시는 분이었지 이 세상에 안 계시는 분은 아니었습니다.

나는 내게 나쁜 일이 생길 적마다 마음속으로부터 저버린 사람들을 생각하는 버릇이 있습니다. 별 잘못도 없는 그 사람을 그렇게 저버려서 내가 이런 시련 앞에 섰구나, 생각하죠. 도저히 납득이 잘 되지 않는 일들 앞에선 특히 그래요. 내가 그때 그 사람을 저버렸기 때문에 이런 벌을 받는구나, 생각하면 그제야 그 납득되지 않는 일이 받아들여지지요. 비겁한 화해인 셈입니다. 그러나 이제 나의 증인들을 저 공기 속으로 보내야 하는 일은 내가 저버린 사람들을 생각하는 일로는 모자란다는지 화해가 되질 않네요. 아마도 그래서겠지요. 내가 이렇게 언니에게 필사적으로 편지를 쓰고 있는 까닭은 겨우 서른다섯에 남편을 저 공기 속으로 보내야 했던 언니여서겠지요. 땅에 넘어진 자는 땅을 짚고 일어서야 한다는데 언닌 그 절대의 상실 앞에선 무얼 딛고 일어섰는지요?

오늘은 뜻밖의 사람을 만났습니다.

아침에 늦잠을 자고 있는데 아주 오래전에 헤어진 유순이가 전화를 걸어왔어요. 여덟살에 헤어졌으니 이십년도 넘는 만남이었습니다. 처음 유순이가 전화를 걸어왔을 때 나는 그가 누군지조차 기억이 나질 않아 애를 먹었습니다. 유순이가 옛날에, 어렸을 적에 말이야, 금촌댁네에서 아기 보던 여자애야, 기억 못하겠니? 했을 때에야 아아, 유순이, 했지요. 나는 겨우 유년 시절의 한귀퉁이에서 유순이를 떠올렸습니다. 학교도 가지 않고 늘 등에 아기를 업고 있던 여자애. 바싹 마른 누런 얼굴. 검정 고무신. 붉은 땡감물이 든 셔츠. 금촌댁이 아기에게 젖을 먹일 때면 그 곁에서 햇볕을 쬐며 끄덕끄덕 졸던 여자애, 그애, 아기를 보던 소녀, 유순이. 수화기 저편의 약간 쉰 듯한 목소리가 유순이라는 걸 알게 되었을 때 참 이상도 한 일이지요. 나는 수화기를 든 채로 반사적으로 현관문에 붙여놓은 고흐의 「감자 먹는 사람들」을 쳐다봤습니다. 언젠가 광화문의 패널가게 앞을 지나가다가 저 「감자 먹는 사람들」을 처음 봤을 때 나는 문득 걸음을 멈췄어요. 왠지 그사람들이 저를 잡아당기더군요. 단순한 그림이었어요. 그들은 희미한 등불 아래서 허름한 옷차림으로 낡은 탁자에 둘러앉아 감자를 까먹고 있었죠. 모자를 쓴 남자도 있었고, 팔소매를 약간 접은 여자도 있었습니다. 불빛 아래의 그 사람들은 거칠고 강한 선으로 묘사되고 있었습니다. 낡은 의복과 울뚝울뚝한 얼굴은 어두웠지만 선량해 보였습니다. 감자를 향해 내민 손은 노동에 바싹 야위어 있었지요. 나는 「감자 먹는 사람들」 복제화를 샀습니다. 집으로 돌아와서 현관문에 붙여놓았죠. 현관문을 열고 닫을 적마다 그 그림을 쳐다보면서 생각했어요. 저 사람들의 무엇이 내 발걸음을 멈추게 했을까, 하고요. 그들은 막 노동에서 돌아온 것 같았습니다. 불을 켜놓은 걸 보면 밤이 아니겠습니까. 불빛은 낡은 탁자를 온화하게도 비추고 있었습니다. 하루분의 노동을 마치고 저녁식사를 하는 것일까? 저녁식사가 저 몇알의 감자일까? 그래도 그들의 표정은 무척 풍부했습니다. 태양 아래의 감자밭이 그들 얼굴 위로 펼쳐져 있는 것 같았습니다. 비참에 억눌릴 만도 한데, 오히려 그들의 표정은 인간에 대한 깊은 공감을 드러내고 있었습니다. 눈빛과 손짓과 낡은 의복으로요. 어쩌면 나는 그들이 먹는 것이 알감자라는 것에 혹했는지도 모르지요. 기름에 튀겨서 칩을 만든 것도 아니고, 강판에 갈아서 감자전을 부친 것도 아니고, 마요네즈에 버무려 샐러드를 만든 것도 아니라는 점에 말이에요. 그들이 노동에 단련된 굵은 손으로 덥석 집어먹고 있는 게 그저 삶아 그릇에 담아 내놓은 순수한 알감자라는 점에 말이에요. 아무튼 유순이가 수화기 저편에서 나를 만나고 싶다고 해올 때까지 나는 현관문에 붙여놓은 「감자 먹는 사람들」을 쳐다보고 있었습니다. 무심히 밤하늘을 올려다보다가 저만큼에서 나를 보고 반짝거리고 있는 별빛을 보듯이요. 유순이가 반갑기는 했으나 지금 당장 만나게 되리라고는 생각 안 했어요. 더구나 밤에는 병원에도 가봐야 했고 사실 아주 오랜만에 나야, 하면서 걸려오는 전화가 가끔 있지만 내 쪽에서도 그래 너구나, 하고서 서로 잠깐 반가워하고 얼마간 서로 어떻게 지냈는지 묻고 대답하고 그리고 기약 없이 언제 한번 보자고 하며 전화를 끊게 되지 당장에 약속해서 만나게 되는 일은 드물잖아요. 그렇게 반가워서 당장 만날 사람들이었으면 그토록 오래 소식을 모르고 지내지도 않았겠죠. 그런데 유순인 당장에 오겠다는 거였어요. 이년 전부터 나를 얼마나 찾았는지 모른다고 하더군요. 그러다가 식당에 틀어놓은 라디오의 추억의 노래에서 내가 부른 「가을비」라는 노래를 듣게 되었답니다. 늘상 라디오는 틀어놓지만 그저 습관적으로 켜놓을 뿐 귀 기울여 노랠 듣는 일은 좀처럼 없는데, 그날은 노래하는 목소리가 귀에 익은데다 노래가 끝나고 가수 이름을 말하는데 나와 이름이 같더라고요. 설마, 나일까 싶어 동네 음반가게에 갔는데 음반 사진을 보니 내가 맞더라고 했어요. 방송국과 음반회사에 대여섯번 전화를 해서 내 전화번호를 알아냈다고 했습니다. 유순인 그러더군요. 나는 네가 노래하는 사람이 돼 있으리라곤 상상도 못해서 긴가민가했어. 내가 가끔이라도 노랠 듣는 사람이었다면 널 금방 찾아낼 수 있었을 텐데. 그토록 나를 찾았다는 유순일 안 만날 배짱이 내겐 없었습니다. 안양에서 작은 한식당을 한다는 유순이어서 오히려 시간을 빼내기가 나보다도 더 힘들 것 같았는데 유순인 괜찮다고 했어요. 우린 시골에서 유년을 함께 보낸 사람들답게 덕수궁 정문 앞에서 만나기로 약속을 했지요. 나는 서먹해 있는데 유순인 대번에 나를 알아봤어요. 가을날의 덕수궁 안은 쇠락의 냄새가 물씬 풍겼습니다. 잔디는 누렇게 변해 있었고 생쥐가 담장 돌틈 사이에 끼여 새까만 눈동자를 불안스럽게 굴리면서 이 나무 저 나무 사이를 날아다니는 새들을 쳐다보고 있었습니다. 그 쇠락의 빛 속에서 오로지 유순이만이 물이 올라 있었습니다. 자주색 투피스에 크림색 블라우스를 받쳐입은 유순이는 활짝 개어 있었어요. 바싹 마른 상체에 비해 치마 밑의 종아리는 아주 탄탄했습니다. 오랫동안 서서 일한 사람만이 가질 수 있는 강해 보이는 종아리였어요. 나의 희멀건하고 말랑말랑한 종아리가 갑자기 부끄러워질 만큼 유순이의 종아리에선 힘이 넘쳐났습니다. 세상의 습진 곳을 참 굳세게도 헤치고 걸어나온 힘이 유순이의 종아리에선 느껴졌습니다. 그 종아리에선 앞으로도 어디든지 굳세게 걸어갈 수 있을 것같이 탄력이 넘쳤어요. 덕수궁을 한바퀴 빙 돌고서 우린 아름드리 은행나무 밑의 나무의자에 앉았습니다. 유순이가 한순간 조용해지더군요. 나는 의아해져서 유순이를 건너다보았죠. 유순인 울고 있었어요. 이게 꿈이니, 생시니 하면서요. 시종일관 우리를 아주 어렸을 때 잠깐 함께 지낸 사이로밖에 더 진전시키지 못하고 있던 나는 유순이의 느닷없는 눈물 앞에 더 서먹해졌죠. 어쩌나, 하는 심정으로 난감해 있는데 유순이가 그러더군요. 지금까지 나를 한번도 잊어본 적이 없대요. 유순이가 기억하고 있는 나는 여섯살 유순이에게 삶은 감자를 건네준 나, 다락에 잠을 재워준 나, 거지라고 놀려대는 마을 아이들 속에서 유일하게 제 편이 되어준 나,였어요. 나는 전혀 기억에도 없는 나였지요. 생각 안 나니? 배나뭇집의 임옥이가 나보고 야, 식모, 너 식모지? 했을 때 넌 임옥이에게 그러지 말라고 막 임옥일 쫓아 보냈지. 그러지 마, 그러지 마, 하면서 말이야. 너, 나중엔 임옥이한테 돌까지 던져가지고 임옥이 머리에 혹이 생겨서 임옥이 엄마한테 혼났었지, 기억 안 나? 기억이 나질 않았습니다. 나는 유순이가 금촌댁네 연년

생 아기들을 늘 등에 업고 있었다는 기억밖에 없어요. 하도 아기를 업고 있어서 등이 짓무른 유순이만 생각났어요. 그러다가 문득 금촌댁은 참 쌀쌀맞은 아주머니였다는 기억이 나더군요. 금촌댁네 대문은 도랑을 향해 나 있어서 지나가다보면 마당이 훤히 들여다보였죠. 금촌댁은 걸핏하면 유순이를 쥐어박았죠. 걸핏하면 저녁밥을 주지 않았고, 걸핏하면 밤에 내쫓았어요. 유순이의 자주색 투피스 위로 가을햇살이 아련하게 젖어드는데 얄궂어라, 내겐 돌연 유순이 머리에 들끓던 흰 서캐가 생각났지, 임옥이와의 일은 생각이 나질 않았어요. 나는 순간적으로 울고 있는 유순이 머리를 쳐다봤어요. 푸른색 핀으로 단정히 묶어내린 유순이의 숱 많은 검정머리 위로 빛바랜 은행잎이 슬며시 내려앉았습니다. 유순인 눈물을 그치고선 내게 주었던 색동 코고무신도 생각 안 나니? 하고 물었어요. 색동 코고무신이라니? 글쎄…… 유순이 말로는 마을에서 유일하게 내가 색동 코고무신을 신고 있었다는군요. 신고 다녔다기보다는 거의 들고 다녔다는군요. 아끼느라고. 유순이가 서울로 가게 되어 있던 날 저녁이었대요. 금촌댁네 동생이 서울에서 식당을 하는데 유순인 그곳의 잔심부름꾼으로 올라가게 되어 있었다고요. 그날 저녁에 도랑에서요, 내가 유순이의 구멍 난 검정 고무신을 보더니 내 색동 코고무신을 벗어서 주었다는군요. 그거 신고 서울 가라고요. 넌 어쩌려고 그러냐고 하니까요, 도랑물에 떠내려갔다고 하면 또 사줄 거라고 했대요. 유순이가 처음부터 그 마을에 살았던 건 아닙니다. 유순인 군산에서 왔다던 젓갈장수가 금촌댁네에서 하룻밤 묵어가면서 몰래 두고 간 여섯살 난 여자아이였어요. 이태가 지나도록 그 젓갈장수는 유순일 찾으러 오질 않았죠. 금촌댁네 동생은 유순이에게 식당의 잔심부름을 시키면서 학교에도 보내준 모양이에요. 중학교까지요. 야간 고등학교를 졸업하고 역시 식당에서 만난 남편과 결혼을 했고 이젠 살 만하게 되었다고 하더군요. 보리밥을 전문으로 하는 작은 한식집인데 종업원도 둘이나 있다고 했어요. 목이 좋아서 벌이도 괜찮다고요. 그 식당의 삼층에 살림집이 있답니다. 어느날 밤에 목이 말라 잠에서 깼는데 물을 마시고도 잠이 오질 않더래요. 그래서 창가에 서서 셔터를 내린 상점들이 즐비한 거리를 오랫동안 내다보게 되었답니다. 가로수의 가는 잎새가 보도블록에 검은 그림자를 만들면서 바람이 부는 대로 출렁거리고 있었는데요, 갑자기 내 얼굴이 떠오르더래요. 아주 생생하게 내 얼굴이 떠오르더라는군요. 그날부터 나를 한번만 만났으면 했답니다. 왜 그렇게 보고 싶은지 애가 타서 죽겠더랍니다. 내가 보고 싶어서 밤에 자다가도 벌떡 깨어나는 일이 한두번이 아니었대요. 처음으로 떠나온 그 마을에 다시 가볼까도 생각했대요. 그런데 자신은 그 마을 이름도 그 마을이 어디에 있는지도 전혀 기억에 없다는군요. 내게 물었어요. 그 마을이 어느 도에 있고 마을 이름이 뭐며 여기서 가려면 어떻게 가야 하느냐고요. 나는 내가 알고 있는 대로 자세히 가르쳐주었습니다. 유순인 꼭 한번만 만나봤으면 원이 없을 것 같던 나를 만났으니 행복하다고 했어요. 나는 유순이가 행복하다는 말을 아주 분명하게 발음해서 아찔했어요. 행복하다고 그렇게 분명하게 말하는 사람을 만나본 게 얼마 만인지. 우리는 그렇게 지난 얘길 하면서 덕수궁에서 두시간쯤을 보냈습니다. 덕수궁 안의 이 의자 저 의자로 옮겨다니며 팝콘도 사먹고 별것도 아닌 일에 까르륵 웃기도 하면서요. 이상도 한 일이지요. 유순이와 함께 있는 시간이 무슨 수수께끼를 풀고 있는 것처럼 즐거웠어요. 부친이 쓰러지신 뒤 처음으로 가져보는 평화롭고 온화한 시간이었습니다. 나는 유순이와 함께 고궁의 나무의자 밑에 신발을 벗어놓고 춤도 출 수 있을 것 같았어요. 블루스나 탭댄스나 그런 것도요. 나는 유순이의 청으로 빛도 못 보고 추억의 노래가 되어버린 내 노래 「가을비」를 불러주었지요. 유순인 내 목소리가 마리아 칼라스의 목소리나 되는 듯이 귀 기울여 들어주었습니다. 유순인 내게 이 저물어가는 가을날의 쇠락 속에도 톡 쏘는 향기 같은 게 있다고 말해주려고 나타난 사람 같았지요. 유순이가 실수로 병원에 가봐야 한다고 말하지만 않았으면 나는 아직도 꼭 그런 기분에 휩싸여 있겠지요. 어느 순간, 유순이가 이젠 병원에 가봐야 한다고 했어요. 병원이라니? 내가 놀라서 되묻자 유순인 당황했어요. 그게 무슨 말이야? 병원이라니? 유순인 처음부터 내게 병원 이야긴 하지 않으려고 했던 것 같았어요. 사실은…… 유순이가 사실은,이라고 말할 때 나는 그만 고궁의 담장으로 시선을 외면해버렸지요. 사실은 아이가 병원에 입원 중이랍니다. 세살도 안 됐는데 소아당뇨라는군요. 입원하고 퇴원하기를 벌써 두해째라고 했습니다. 어린애의 혈맥을 찾지 못해 이마에 주삿바늘을 꽂아야 할 때마다 무릎이 푹푹 꺾인다고 했어요. 이제 세살인데 그애가 무얼 알겠느냐고 아마도 유순이 자신이 자기도 모르게 지은 죄가 아이에게 간 모양이라고 했습니다. 나는 그만 할 말을 잃었습니다. 소아당뇨가 얼마나 무서운 병인지를 알기에 더욱 할 말을 잃었지요. 몇해 전인가 조카가 소모성 질환으로 소아과에 입원했을 때 옆 병상에 누워 있던 아이도 소아당뇨였죠. 어느날 조카에게 들렀는데 올케가 안절부절못했어요. 어제까지도 조카 옆 병상에 누워 있던 어린애가 죽어나가는 걸 보고 마음이 심란해졌던 거죠. 헤어질 때 유순이가 아주 조심스럽게 가방 안에서 봉투 하나를 꺼내주더군요. 내가 받지 않으려고 하니까 유순인 꼭 주고 싶다고 했습니다. 자기가 간 다음에 펴보라며 매우 부끄러워하는데 받지 않을 수가 없었지요. 지하철을 타고 돌아간다기에 나는 표 끊는 데까지 그녀를 배웅하려 했습니다. 그때 그녀가 말했어요. 그러지 말아. 그건 매우 슬픈 일이야. 그제야 깨달았지요. 내가 내 태생지를 떠나올 때 누군가에게 했던 말. 내가 뱉은 그 말이 어쩐지 메아리 같고 내 말 같지가 않더니 바로 유순이의 말이었던 것입니다. 까마득히 잊었던 기억이 되살아났습니다. 이제 마을을 떠나려는 색동 코고무신을 손에 쥐고 있는 아기 보는 여자애에게 맨발의 내가 말했지요. 기차역까지 바래다줄까? 그 여자앤 고갤 저었습니다. 아니야. 그건 너무 슬픈 일이야. 그렇지요? 보내거나 떠나야 하는 일은 매우 슬픈 일이지요. 그럴밖에 별도리가 없지만요. 유순인 도망치듯 지하철역 안으로 사라졌어요. 이제 연락처를 알았으니까 이따금 전화를 하겠다고 하면서요. 그런데 우리가 다시 만날 수 있기는 한 걸까? 돌아오는 택시 안에서 봉투 속의 것을 꺼내보았더니 구두티켓이었습니다. 은박으로 금강,이라고 찍힌 구두티

켓엔 십이만원이라고 씌어 있었습니다.

저녁 무렵에 의사가 병실에 들러 한시간을 있다가 갔습니다. 아버지의 의식상태를 점검하기 위해서 의사는 여러가지를 테스트했어요. 자, 백에서 칠을 빼면 몇이지요? 구십삼. 구십삼에서 다시 칠을 빼면은요? 팔십육. 팔십육에서 다시 칠을 빼면은요? 칠십구…… 숫자가 육십으로 내려왔을 때 아버진 아무렇게나 대답하기 시작했습니다. 육십에서 칠을 빼면은 몇이죠? 팔십. 아니, 육십에서 칠을 빼면은요? 이십. 아니, 육십에서 칠을 뺀다구요…… 구십…… 그러다가 아버진 화가 나신 것같이 더 대답을 하지 않았습니다. 의사는 끈기를 가지고 다시 시작했습니다. 자, 지금부터 제가 말하는 걸 잘 기억하고 계세요. 비행기, 기차, 연필. 오분 있다가 제가 뭐라고 했는지 물어볼 테니까 그때 생각나는 대로 말씀해보세요. 오분 후. 의사가 물었습니다. 방금 전에 제가 뭐라고 했죠? 아버진 대답이 없습니다. 제가 뭐라고 했죠? 비……행……기. 그리고 또? 비……행기. 다른 건 기억나지 않으세요? 잘 생각해보세요. 아버진 이젠 비행기조차 잊으셨는지 입을 꾹 다물고 마셨습니다. 댁이 어디시죠? 아버진 눈을 껌벅이시더니 역촌동, 그럽니다. 의사가 제게 물었습니다. 맞습니까? 나는 아니라고 고갤 저었습니다. 역촌동이라니? 그곳은 오빠네가 이 도시에 처음으로 집을 샀던 동네입니다. 그 동넬 떠나온 지가 칠년인데.

의사가 진찰노트의 새 페이지를 펴고 볼펜으로 나비 모양의 그림을 그렸습니다. 아버지보고 따라 그려보라면서 볼펜을 손에 쥐여주었습니다. 아버진 겨우 나비의 날개를 그리려다 말고 그리려다 말고만 반복하셨습니다. 여기가 어디인 줄 아세요? 병……원. 이 병원 이름을 한번 써보세요. 아버진 소리 나는 대로 해성으로원,이라고 쓰셨습니다. 그러고는 나를 힐끗 쳐다보셨습니다. 아버지의 흐릿한 시선 위에 겹쳐지는 불안. 다시 써보세요. 나는 의사에게 속삭였습니다. 아버진 소리 나는 대로 글씨를 쓰세요, 아버지 법대로 하면 맞게 쓰신 겁니다. 의사는 그제야, 아, 네…… 하더니 아버질 향해 빙긋 웃었습니다만 이미 아버진 시선을 창밖으로 옮겨버리고 의사를 쳐다보지도 않았습니다. 이 도시로 처음 나왔을 때는 전화가 흔치 않았지요. 아버지가 전화를 하려면 읍내 우체국까지 가야 했고, 저도 전화를 받으려면 세들어 있는 집 안방으로 가야만 했으니까요. 그래서 이따금 아버지로부터 편지를 받게 되곤 했습니다. 잘 지내느냐. 여기는 다 무고허다. 모쪼로기 몸 건강허고 형지간에 우애 있시 지내야 헌다.

쌀 80키로를 화물편으로 보낸다. 차저다가 먹거라……
1978년 4월 17일. 아버지 씀. 그적에 나는 아버지 씀,이라
는 글자를 오래 들여다보곤 했지요. 어째서인지 아버지
씀,이라는 글자는 그저 글자로 보이질 않고 내 가슴속에
물이랑으로 퍼져들곤 해서 접었다가 펴보고 다시 접었다
가 펴보곤 했지요.

　윤희 언니.
　나는 처음엔 언니가 왜 그렇게 남몰래 우는지를 몰랐
습니다. 언니가 겨우 서른다섯에 서른일곱의 남편을 여읜
사람이라는 걸 나는 뒤늦게야 알았어요. 비가 내리던 날
이었던가요. 함께 점심을 먹으러 가는 길인데 뜻밖에 언
니가 글루크의 오페라 「오르페오와 에우리디체」의 그 유
명한 아리아 「아 나의 에우리디체를 돌려주시오」의 한
대목을 노래했지요. 절망과 비통이 섞인 오르페오의 노
래 한자락을 부르다가 언니가 그랬습니다. 나, 성악과 나
온 거 모르지요? 내가 놀라며 나도 성악과 나왔는데요, 했
을 때 언니의 휘둥그레지던 눈. 그런데 왜 가요를 부르려
고 해요? 성악이 좋아서 어렵게 성악과에 들어갔지만 성
악과는 사년 동안 내가 얼마나 성악에 재능이 없는 사람
인가만 일깨워준 셈입니다. 물러서고 물러서다 졸업을 할

즈음엔 무슨 노래든 노래를 부를 수만 있다면 괜찮다에까지 물러나왔죠. 하지만 지금 보세요. 나는 노래를 부르고 싶어도 마음껏 부르지도 못하는 처지에 놓여 있습니다. 바보 같은 질문이네. 언니는 피식, 웃으며 언니 얘길 했지요. 한때는 비가 많이 내린 밤의 새벽이면 북한산에 올라가곤 했다고. 북한산은 돌산이잖느냐고. 비가 내리면 곧장 계곡에 물이 불어 콸콸거리며 아래로 급하게 흘러나온다고. 그 계곡 어느 틈에 앉아 목청 연습을 했다고. 집에서 노래하면 마음껏 소릴 못 지를 때가 많아 그 물소리에 섞여서 노랠 부르곤 했다고. 콸콸거리며 쏟아져 흘러가는 물소리에 목소리가 묻혀 있었으므로 그 누구에게도 신경 쓰지 않아도 되었다고. 그렇게 한시간쯤 노랠 부르고 내려오는 그런 때도 있었다고. 나는 언니가 성악과 출신이라는 건 정말 몰랐습니다. 언니 얘길 들으며 나는 서글퍼져서 말도 안 되는 농담을 했지요. 좋은 성악가가 되려면 덩치가 크고 가슴이 풍만하고 숨소리도 거칠어야 하는데 언닌 자그맣고 가슴도 작아서 성악가가 못 된 모양이라고요. 사실 언닌 발소리조차 가만가만 내는 그런 조용한 사람이었으니까. 그날 언닌 남편 얘길 했지요. 나는 그때껏 언니의 남편이 이미 이 세상에 없는 사람이 되었다는 것도 모르고 있었어요. 그 사람은 같은 학교의 작곡과 선배

감자 먹는 사람들 55

라고 했지요. 그 방면에서 상당한 명성이 있었고 음대 교
수이기도 했다고요. 일찍 알고 지냈지만 스물아홉이라는
늦은 나이에 결혼을 한 건 시어머니 되는 분이 언니를 탐
탁지 않게 여겨서였다지요. 내가 키가 좀 작아? 언닌 대수
로운 일은 아니었다는 듯 피식, 웃었어요. 다른 부부들같
이 살아본 건 딱 육개월이었어. 문이를 배 속에 가졌을 때
남편이 이상하게 다이어트를 하는 것도 운동을 따로 시
작한 것도 아니었는데 체중이 한달 사이에 사 킬로그램
이 빠져서 정밀검사를 받아보니 위암이었다고 했어요. 언
니 앞에 앉아 있던 제 눈앞으로 또 기차가 쏜살같이 지나
갔습니다. 철거덕철거덕 강철바퀴 소리를 내면서. 아이를
낳기 전에 남편 수술을 먼저 했고, 다행히 경과가 좋아 남
편이 나가던 학교에 다시 나갈 수 있을 만큼 회복이 되었
는데, 다시 발병했다고 했지요. 그렇게 오년을 병상의 남
편과 함께 살았다고 했어요. 사람들은, 심지어는 그 사람
의 어머니조차도 이제 남은 사람 그만 고생시키고 조용
히 눈을 감아주었으면 할 정도로, 상황이 힘들었고 상태
도 좋지가 않았다고요. 퇴원과 입원을 반복하며 살았다고
요. 그래도 언니는 이상하게 눈물이 나오지 않았다고 했
어요. 링거를 오래 꽂아 주삿바늘 자국이 수두룩하고 앙
상히 메마른 손이었지만 언니가 출근할 적마다 남편은 그

손으로 언니의 손을 잡아주곤 했다고요. 그렇게 손을 잡
히고 나면 하루분의 영양분을 공급받은 것같이 아무렇지
도 않게 하루를 버틸 수가 있었다고요. 남편이 그토록 고
통스러워할 적에도 이상하게 언닌 눈물 한방울 나오지 않
더라고 했어요. 평소 때보다 침착해지기까지 하더라고요.
세상 사람들이, 그의 어머니마저도, 자식의 회생을 믿지
않게 되었을 때, 남편이 언니에게 그랬다지요. 여보, 날 포
기하지 말아줘. 당신마저 나를 포기하면 나는 정말 죽을
것 같아. 언니는 단 한번도 남편을 포기하지 않았다고 했
어요. 언니는 겨우 서른다섯이었고 결혼한 지 여섯해 동
안 남들같이 살아본 건 육개월뿐이라서, 남편이 먼저 세
상을 떠난다는 걸 받아들일 수가 없었다고요. 성악을 포
기하고 그 사람과 사랑을 시작할 때 내 꿈이 뭐였는 줄 알
아요? 배시시 웃으며 내 얼굴을 바라보는 언니의 얼굴은
해맑았습니다. 고통도 그리움도 지워진 얼굴이었죠. 나중
에 나중에 말이에요, 내가 먼저 그 사람 품속에서 죽는 것
이었지요. 남편의 임종을 지키지 못했다고 했습니다. 출
근할 때까지도 어제와 별반 다를 게 없던 모습이었는데
방송국에 도착하자마자 위독하다는 전화를 받았다고요.
다시 차를 몰고 왔던 길을 되돌아갈 때 처음으로 남편과
의 작별을 예감했다고 했습니다. 내가 지금 남편과 헤어

지려고 가는구나, 싶었다고 했죠. 남편에게 급히 돌아가는 길목, 어느 횡단보도 앞에서 언니는 남편을 봤다고 했어요. 사람이 건너게 되어 있는 녹색등이 켜지지도 않았는데, 횡단보도에 서서 신호등이 바뀌기를 기다리는 사람들 틈에서 남편이 환한 모습으로 손을 내밀며 언니의 차를 향해 가볍게 뛰어왔다고요. 병상에서의 모습이 아니라 언니가 결혼해서 남들같이 살았던 그 육개월 중의 어느 하루 둘이서 강가로 소풍을 가던 날의 모습이었다고 했습니다. 그 사람이 언니의 차를 향해 하도 가볍게 뛰어오는 통에 기겁을 하며 브레이크를 밟는 순간 언니는 그 사람의 목소리를 들었다고 했습니다. 작별인사를 하고 가려고 왔어. 여보, 미안해. 정말 미안해. 바로 그때가 언니 남편의 임종시간이었다지요. 언니는 그랬지요. 그 사람은 갔는데 언니는 출근할 때마다 문득 늘 남편이 누워 있던 곳을 향해 손을 내밀었다가 허망해진 빈손을 거두곤 했다지요. 퇴근해서 문을 열면 버릇대로 남편이 누워 있는 방문을 향해 문이 아빠! 하고 부른댔어요. 문이 아빠, 저 왔어요,라고요. 들리지 않는 대답. 그 사람이 이젠 이 세상 사람이 아니라는 걸 깜박 잊고는 잠들었나, 싶어 조용히 방문을 열어본다고 했지요. 그러나 텅 빈 침대. 언니가 울기 시작한 건 그때부터랬지요. 등을 받쳐 일으켜세워 약을 먹이고, 소변을 보게 하기 위해 부축해서 화장실에 데려가는…… 일이 어느새 언니의 삶이 되어 언니의 몸에 배어 있었다고요. 그날 처음으로 언닌 내게 눈물이 고인 눈을 감추지 않았지요. 시선을 내리거나 먼 데를 보거나 저쪽으로 비키는 식으로 외면만 했는데. 남편이 죽은 뒤에야 언니가 그 사람을 지켜주고 있던 게 아니라, 그 사람이 언닐 지켜주고 있다는 걸 알았다고 했던가요. 병상에서의 모습이라도 그 사람이 살아 있어주기만 했으면 좋겠다고 했던가요.

깊은 밤중에 누군가 자꾸 내 이름을 부르는 것 같아서 눈을 떴습니다. 창으로 흘러들어온 달빛 속에 아버지가 우두커니 앉아 계셨습니다. 커튼을 친다는 게 그만 내가 깜박했나봐요. 몸을 일으키려다가 나는 그만 멈칫했습니다. 아버지가 어린애같이 훌쩍이고 계셨던 것입니다. 내가 깨어난 건 아마 내 이름을 부르는 소리 때문이 아니라, 아버지의 훌쩍이는 소리 때문이었나봅니다. 민망하실까봐, 나는 내가 잠을 깼다는 기척을 보이지 않기 위해 꼼짝하지 않고 가만히 있었습니다. 훌쩍이실 때마다 부친의 늙은 어깨가 솟았다가 가라앉곤 했습니다.

야아, 자냐?

분명히 나를 향해 하는 말씀이실 텐데도 나는 안 자요, 라고 말할 수가 없었습니다. 왠지 그랬어요. 내가 누워 있는 곳은 간이침대라서 아버지의 병상보다 훨씬 낮았습니다. 나는 어둠 속에서 눈을 뜬 채 자느냐고 묻는 병상 위의 아버지를 바라다보고만 있었어요.

나는 내 병이 어쩌서 생겼는지 다 안다. 내가 어쩌서 이렇게 말을 어둔하게 하는지도 다 알어.

그래도 나는 가만히 있었어요. 내가 깨어 있다는 걸 아시면 어째 아버지가 다시 입을 다물어버리실 것 같았거든요.

이 천지간에…… 아배 어매를 이틀 사이로 다 잃고 나니께는 입이 닫혀버리더라. 아배 어매를 다 묻고 나서는 그만 나도 죽어버리야지 했다. 단 하루도 살어갈 자신이 없드라. 눈을 뜨면 무서운 생각만 왈칵 밀려들고 문을 열고 대문을 보면 금세 아배 어매가 들어설 것만 같고…… 세상 사람덜이 모두 다 나를 잡어먹을 것만 같고 그만 죽어버리야지 해서 철길로 안 나갔냐. 근디 죽게 되질 않드라. 기차가 오면 뛰어들어버릴 생각으로 나갔는디 마음과는 달리 멀리서 기차 소리가 들리면 논둑 뒤로 몸을 숨기곤 했어. 기찻길 너머로 멀리 선산이 보이지 않겄냐. 온종일을 그 자리에 앉어서 울었다. 그 어디께 아배 어매가 있겄지 처다봄서 온종일 울었더니마는 목이 쉬어서는 그나마 닫힌 입이 더는 한마디도 안 나오더라.

………

그날 이후로 생각혔지. 기차가 그르케 무서운 걸 보면 그나마 죽기는 다 튼 거고 어찌던지 살아야 쓰겄는디 어찌 살거나…… 어찌 살아야 쓸거나…… 그르케 일찍 돌아가실 거며는 핵교에나 보내주지…… 니 조부한티 원망도 솟더라. 살았이믄 니 큰아배 될 사람이 셋이나 있었단다. 근디 전염병으로 셋을 다 잃고선 니 조부는 나를 사람 많은 디는 아예 보내덜 않았니라. 배운 것도 없고 가진 것도 없고 천지간에 양친 잃고 혼자되고 보니 그만 입이 딱 닫히더라. 죽으러 나갔다가 종일 울기만 하니라고 목이고 얼굴이고 팅팅 부어 기찻길에 쓰러져 있으니께는 니 고모가 날 찾으러 와서는 그러더라. 누구라도 너보고 부모 없는 자석이라고 놀리기만 허면 물어뜯어 쥐어뜯어 갈기갈기 찢어놓을 테니 염려 말라고 허더라. 허지만 나는 니 고모허곤 반대로 생각혔다. 나는 인자부텀은 내 쪽에서는 먼저 말을 안 해야 쓰겄다고 생각혔다. 배운 것도 없고 양친도 없으니 아예 말을 말어야지. 암 말도 않고 살어야지. 암 말도 안 허는데 해하지야 않겄지. 그날로 난 암 말도 않고 살었다.

....

　너그덜이 생기고부터는 세상이 덜 무섭고 조금은 만만
해 비더라. 나는 암 말도 않고 너그덜 가르치는 일로만 살
았어야. 누가 시비를 붙여도 속으로 그맀다. 내 자석들이
핵교 다니고 있으니께 너그덜이 나한테 그리봐야 암 소용
없다. 한때 집을 버리고 다르케 살고 싶은 적도 있었다. 근
디 양친 잃고서 그토록이나 무섭든 내 맴이 나를 붙들더
라. 내가 다르케 살자고 너그덜을 무섭게 할 수가 없드라.
나는 가진 것은 없으니께 어떻게든 핵교에나 보내서 배울
만큼은 배우게 혀서 지 걸음들을 걷게 해주야지…… 그
생각이 마음조차 다물게 허더라. 입 다물고…… 또 입 다
물고 말았던 내 맴이 내 병이다. 그것이 내 머릿속을 그르
케 만든 것이여. 너거 어매조차 나한티 어째 그르케 말을
안 허냐고 답답히서 살지를 못허겄다고 해도 나는 암 말
도 안 허는 것이 세상을 살아가는 무기였다. 말이 무서웠
지야. 천지간에 양친도 없는 사람이 허는 말을 누가 듣기
나 허겄나 싶기도 허더라. 근디 그것이 병이 되야서 돌아
왔는갑다…… 안 글면 어째서 내가 이렇다냐?

　처음 들어보는 아버지의 독백이었어요. 조부는 한의사
였답니다. 전쟁이 이 땅을 황폐하게 쓸고 가기 훨씬 전에
마을에 전염병이 돌았답니다. 대종가 큰형님이 그 병이

들어 조부는 모두가 말리는데도 종가 형님이 돌아가시는 걸 어떻게 앉아서만 보고 있느냐며 약을 지어 찾아갔다가 병을 옮겨 왔고 조부를 지켜보던 조모에게 옮겼고 두 분은 이틀 사이로 세상을 뜨셨다는 얘긴 들어서 알고 있었지요. 조부는 돌아가시기 전에 마당으로 나와 집안 여기저기를 빙 둘러보시며, 헐거워진 두레박 끈을 짱짱하게 묶고, 비틀어진 닭장문 판자를 반듯하게 펴놓고, 방에 들어가 돌아가셨답니다. 어린 아들이 곁에 오지 못하게 엄하게 단속을 해놓으신 뒤에. 하지만 그때의 어린 부친의 마음이 어땠는지는 처음 들어보는 것이었습니다. 아버지 세대는 어차피 어렵지 않았습니까. 식민지 시대, 전쟁의 시대…… 그 시대의 이야기를 듣고 있으면 양친이 없는 일쯤이야 아무렇지도 않게 들렸지요. 가엾은 아버지…… 나도 모르게 제 뺨을 타고 눈물이…… 그래도 가만있었네요. 혹시 내가 움직이면 아버지가 다시 입을 다물어버리실까봐. 아버진 앉으신 채로 계속 훌쩍이셨어요. 아버진 아무래도 양친을 처음 잃었던 그때, 이 세상이 무섭고 무섭기만 했다던 그때로 돌아가 계신 것 같았어요. 그후의 세월, 부모 없이 전쟁을 치러내야 했던 세월조차도 다 잊어버리고, 암 말 않고 살아낸 그 모질었던 세월들을 다 잊어버리고, 오로지 양친을 처음 잃었던 그때로 돌아가 계신 것 같았습니다. 그러셨군요. 그래서 그렇게 우리들을 문자의 세계로 내보내는 일에 사력을 다하셨군요. 부친은 우리들이 이 도시에서 졸업을 할 적마다 학사모를 쓰고 찍은 사진을 커다랗게 확대해서 보내라 하시곤 했습니다. 학사모를 쓰고 찍은 우리들의 사진들을 오래된 가족사진 틀 밑에 차례대로 죽 걸어두고 바라다보셨던 마음속엔 조부에 대한 원망이 묻어 있기도 했겠군요. 그르케 일찍 돌아가실 거며는 핵교에나 보내주지…… 얼마 지나 부친은 스르르 다시 침상에 누우셨습니다. 나 또한 누워 있는 채로 눈을 감았습니다. 나는 곧 다시 잠들겠지만 수면장애인 부친의 뇌는 이 밤 내내 깨어 있겠지요.

병실 안이 쥐죽은 듯 고요합니다.

누워서 내다보이는 창밖의 밤하늘엔 둥그런 달이 빠끔히 떠 있었습니다. 달을 보면 생각나는 얼굴이 하나 생겼습니다. 이름은 모르고 우는 얼굴만 생각납니다. 지난 일월이었을 거예요. 제집 근처의 호텔 스카이라운지에서 저 달을 보고 달이 떴네,라고 말한 적이 있습니다. 그날 무슨 일로인가 귀가가 늦었어요. 집 앞에서 택시를 세우고 막 내리는데 안면 있는 음반기획자를 만났습니다. 이미 전작이 있어 취한 그들은 한잔만 더 하자고 한사코 제 귀갓길을 가로막았습니다. 이미 자정이 다 되어 마땅히 갈 데도

64

없었어요. 놓고 붙잡고 하는 실랑이 끝에 우리는 근처의 호텔 스카이라운지의 창가에 가서 앉게 되었습니다. 그곳은 새벽 두시까진 영업을 하거든요. 그 자리에 가서야 일행 중에 처음 보는 중년의 남자도 끼여 있다는 걸 알았습니다. 이미 취해서 그 중년 남자는 자리에 앉자마자 탁자에 얼굴을 묻고 있었지요. 모두들 취했는데 혼자 말짱한 정신으로 앉아 있기도 뭐하고 해서 창밖 하늘을 보게 됐는데 둥근 달이 떠 있었어요. 그때 내가 무심코 달이 떴네, 웅얼거렸죠. 내 목소린 그다지 크지 않았기 때문에 음악 소리에 또 서로들 떠드는 소리에 묻혀서 잘 들리지도 않았을 텐데 탁자에 얼굴을 묻고 있던 그 중년 남자가 누가 불렀기나 한 듯이 스르르 얼굴을 드는 거예요. 아주 피로한 얼굴로 밤하늘의 둥근 달을 한참 멀거니 쳐다보더군요. 그러더니 막 우는 거예요. 나한테 네가 달에 대해서 뭘 아느냐고 손가락질을 해대면서 엉엉 우는 거예요. 모두들 느닷없는 그의 울음소리에 당황한 채로 그가 진정하기를 기다렸습니다. 그는 울다가 제게 막 소릴 질렀어요. 네가 달에 대해서 뭘 안다고 달이 떴네, 어쨌네, 하느냐면서요. 당황한 음반기획자가 그 남자를 달랬지만 남잔 막무가내였어요. 나를 향해 네가 뭘 알아? 네가 뭘 알아? 소릴 버럭 버럭 질렀죠.

그러니까 형님, 이름을 왜 달님이라고 지었습니까. 달은 강에 빠지게 되어 있는데……

이해할 수 없는 말로 그를 위로하는 투로 보아 그 중년 남자가 내게 왜 그러는지를 음반기획자는 알고 있는 것 같았습니다. 그는 잠시 잠잠해 있다가 다시 울다가 그랬어요. 그러고는 또 나를 향해 당신이 부른 노래를 들어보니 사랑에 대해서 꽤나 아는 척하던데 당신이 알아? 사랑이 뭔지나 알아? 그러는 거예요.

사랑이란 그렇게 말이 많은 게 아니야. 못해준 것만 생각나는 것이 사랑이라구. 그걸 당신이 알기나 해?

남자는 또 엉엉 울었습니다.

그런데…… 그런데 말이야 이젠 얼굴도 생각이 안 나. 얼굴이 생각 안 난다구.

나는 달 좀 떴다고 말한 대가로 그 남자에게 한참 시달렸어요. 얼마간 그러더니 그 남잔 엉뚱하게 비난을 퍼부었던 내 옆으로 다가오더니 제 어깨에 얼굴을 묻고선 잠이 들더군요. 차마 떨칠 수가 없었어요. 울어서 부은 얼굴이 달님만 해져 있었거든요. 나중에 음반기획자가 그 남자에 대해 해준 얘기는 이런 것이었어요. 그 남잔 홍천 강 근처에 마당이 넓은 집을 짓고 산답니다. 남매를 두었는데 여자아이 이름을 달님이라, 사내아이 이름을 해님이라 했답니다. 여자애와 남자애가 다니는 학교는 강 건너에 있었답니다. 학교에 가려면 강변을 질러서 오래 걸어야 했는데 아이들은 임시로 놓은 나무다리를 건너 학교 가기를 좋아했다는군요. 이웃이 없어서 둘이 친구이기도 했던 해님이와 달님이의 놀이터는 거의 반이 그 나무다리였답니다. 다리 가까이에 오면 서로 먼저 다리를 건너기 위해서 막 달려갔다고요. 즐겁기도 했겠지요. 삶의 공포를 모르는 아이들은 하지 말라고 하는 일, 가지 말라고 하는 길, 만나지 말라고 하는 사람, 어른들이 금지한 것들을 배경 삼아 노는 일을 즐기지요. 하물며 다리와 강물이니 웬만했겠습니까. 손이 닿을 듯 나무다리 아래로 유유히 흘러가는 강물은 아이들의 충분한 놀이터가 되었겠지요. 엎드려서 강물에 손을 담가봤을 것이고 장대에 찌를 달아 낚시를 했을 테지요. 그 아이들에겐 나무다리가 삐꺽삐꺽, 위험한 소리를 내며 흔들릴수록 더욱 그 다리를 건너기를 즐겼을 테지요. 달님이가 여덟살이 된 여름이었답니다. 폭우가 쏟아져서 강물이 엄청 불었던 때랍니다. 폭풍까지 불어대서 강물이 요동을 치곤 했답니다. 학교에 보내면서 강변으로 돌아가라고 나무다리를 건너서는 절대로 안 된다고 그렇게 신신당부를 했건만 아이들은 학교에서 돌아오는 길목으로 나무다리를 택했답니다. 둘이서 손을 붙잡고 나무다리를 반쯤 건넜을 때였대요. 강풍에 높아진 물결이 두 아이를 둘둘 말아 강물 속으로 휩쓸어가버렸답니다. 엄청나게 불어 있던 강물은 눈 깜박할 사이에 어린아이 둘을 삼켜버렸다고요. 다행히 남자앤 건져냈는데 급류에 쓸려간 여자앤 찾아낼 수가 없었다고요. 홍천강에서 북한강까지를 몇날 며칠이나 수색작업을 벌였지만 강물에 빠진 달님이를 찾아낼 수가 없었다는군요. 달님이가 강에 쓸려내려가지 않았다면 지금 열여섯살이랍니다. 달님이 엄마는 아직도 달이 뜨는 밤이면 집 안의 불을 다 끄고 달빛이 온전히 집 안으로 스며들어오게 한답니다. 우리 달님이가 왔네, 하면서요.

못해준 것만 생각나는 것이 사랑이라면, 나는 여태껏 사랑도 한번 제대로 못해본 셈입니다.

오늘은 지하철에서 내려 택시를 타지 않고 걸어서 이 병원까지 왔습니다. 머리 위로 쏟아지는 가을햇살은 참, 따스한데 도로 양변에 가볍게 피어 있던 코스모스들은 사그라들고 없더군요. 꽃을 피웠던 흔적으로 코스모스의 가는 허리가 휘어진 채 쓰러져들 있었습니다. 이 병원은 도시의 외곽에 있어서 집에서 병원을 향해 출발할 때마다 아주 먼 곳에 가는 기분이지요. 집에서 택시를 타고 나와 사오십분 정도 지하철을 타고 다시 택시를 타야 합니다. 병원에 들어서면 여기에서 얼마 떨어지지 않은 곳에 높은 빌딩들, 빽빽한 자동차들이 반짝거리며 서 있다는 게 믿기지가 않습니다. 신문사와 인쇄소와 중앙우체국과 대형 음반가게와 사차선도로와 시청이 있다는 것이, 박물관과 스튜디오와 광장과 고궁이 있다는 것이, 그 안에서 누군가 바쁘게 팩스를 보내고 가사를 쓰고, CD 속지를 찍어내고, 밤무대에서 노래를 부르는 사람들이 있다는 것이, 꿈결만 같지요. 지하철에서 내리기만 하면 병원으로 가는 택시는 인도를 따라 기다랗게 줄을 서고 있습니다. 오늘 그 택시들을 지나 나를 걷게 한 건 아마도 저 사위어가는 가을햇살이었겠지요. 나의 태생지, 추수가 끝난 들판도 텅 비었을 겁니다. 밤마다 빈 들판에 들쥐들만이 벼를 베어낸 그루터기에 발목을 삐면서도 양식을 찾아 헤매다니겠지요. 벌써 겨울의 냉기가 느껴지는 한낮의 숲속에선 다람쥐들이 상수리며 도토리들을 오목한 곳에 수북이 물어다놓고 있겠지요. 그렇게 세상은 다시 한번 동면에 들겠지요. 때로는 제가 차디찬 설원을 헤매고 다니는 승냥이같이 느껴질 때가 있습니다. 찬 달을 보고 울부짖는 허기진 승냥이 말이지요. 삶을 향한 허기의 구멍이 바다만 해서 달마저 먹어치우려고 사납게 하늘을 향해 뛰어오르는 굶주린 승냥이. 설령, 그 달을 먹어치운다 해서 이 허기의 구멍이 메워지겠는지요. 차디찬 달을 먹어치운 대가로 등뼈나 다리가 휜 채로 설원에 절뚝이는 발자국을 찍으며 불안한 눈동자를 희번덕대면서 어슬렁거리겠지요. 그러나 아버지의 병실에 들어서면 나는 얌전한 승냥이가 됩니다. 마치 나는 오래전부터 이 병실을 알고 있었던 것 같기도 하고, 이곳에서 긴 낮잠을 자본 것 같기도 합니다. 이병실에선 이따금 생각하지요. 한 사람의 일생으로부터 마지막에 남는 것은 무엇일까? 하고요.

무엇일까요? 사진틀 속에서 노랗게 바래가는 가족사진? 가슴속에 간직된 사랑의 얼굴? 돌보는 이 없는 무덤? 살면서 의지해왔던 친구들의 주소나 몇개의 전화번호들? 그리고 언니에겐 문이? 나에겐 나의 음반? 나는 그만 조용해져서 창에 이마를 갖다대게 됩니다. 그 어떤 것도 내 가슴속을 잠식하기 시작한 이 마음 시림을 투명하게 걷어내주진 못하기 때문입니다. 내가 이미 누군가의 존재를 잊었듯이, 나의 존재를 기억할 나의 증인들도 사라지겠죠. 나의 아버지를 시작으로 해서 이제 나는 끝도 없이 나의 증인들을 잃어갈 것입니다. 가을이 끝나가는 저 하늘에 잠시 모였다가 흩어지는 저 구름처럼, 결국은 아무것도 남지 않겠죠. 존재의 무(無). 그러나 끝없는 순환. 한편에서 나의 증인들은 사라지고 다른 한편에서 나의 증인들은 태어나고…… 생의 갑옷은 철갑옷인가봅니다. 다시는 돌아오지 않을 것들 앞에서 노래를 부르고 싶은 욕망이 더 강해지는 건 또 어인 까닭인지.

병원에 당도해 아버지를 모시고 산책을 나갔습니다. 지난 어느날 밤에 문득 일어나 앉아 훌쩍이셨던 일을 아버진 제가 모르고 있다고 생각하시는가봅니다. 이젠 모든 정밀검사가 끝났어요. 결과는 일주일 후에 나온다는군요. 일주일 후, 그때면 알 수 있을까요? 칠년 동안 잠잠하던 그 석회질이 왜 다시 움직였는지를? 이제 내일이면 아버진 오빠 집으로 우선 퇴원하실 겁니다. 그다음의 일은 일주일 후에 다시 생각해봐야 되겠지요. 그저 병원 뜰을 조금 걷다 들어올 양이었는데 아버지가 자꾸만 저만큼만 더, 저만큼만 더…… 하시는 바람에 꽤나 먼 걸음이 되었습니다. 테니스 코트를 지나 좁다랗게 난 맨땅을 더 걸어들어갔더니 고구마밭이 나오더군요. 병원 안에 고구마밭이 있다는 것을 처음 알았네요. 아니, 그 아주머니가 병원 공터에 고구마를 심었겠지요. 겨울이 지나고 봄이 오면 어쩌면 그 고구마밭엔 병원 별관이 들어서거나 그러겠지요. 아버진 그 고구마밭에 이르러서야 저만큼만 더……

를 끝내셨습니다. 아주머니 한분이 고구마를 캐고 있었어요. 고구마 순을 우두둑 잡아당긴 뒤에 호미로 땅을 파서 고구마를 캐는 아주머닐 보고 아버진 어둔하게 말씀하셨습니다. 고구마는 비가 온 다음에 캐야 쓰는디요. 나는 부친의 팔을 붙잡고 서서는 감자도요, 실없이 덧붙였습니다. 그런 일은 상관 말구 아저씬 아프지나 말아요. 늙으면 그저 건강하게 있어주는 것이 자식들 도와주는 것이라구요. 고구마를 캐는 아주머닌 내 얼굴과 부친의 얼굴을 번갈아 보시더니 흙 묻은 손으로 차양을 만들어 가을햇살을 가리셨습니다. 우린 고구마나 감자를 비가 온 뒤에 캤지요. 찬비가 그친 뒤 밭에 가서 감자나 고구마 순을 잡아당기면 뿌리에 감자나 고구마가 주렁주렁 딸려나왔지요. 감자뿌리에 쑥쑥 딸려나오는 감자 캐는 일은 얼마나 풍요롭고 재미있던지 누가 시키지 않아도 맨발이 되어 감자밭을 휘젓고 다니곤 했습니다. 고구마나 감자는 푸지고 푸져서 한 고랑만 캐도 수북이 쌓였습니다. 캐도 캐도 또 나오고 또 나오고 그랬지요. 다 캤나보다 해도 밭을 갈 적에 뒤집어지는 흙 속에 고구마나 감자는 또 나오곤 했습니다. 아버진 고구마 캐는 아주머니 곁에서 한참을 서성서성하셨습니다. 바람이 차다고 그만 들어가자고 해도 고구마밭 주위를 빙빙 도셨습니다. 아마도 부친은 당신이 직접 고구마를 캐보고 싶으셨던 게지요. 방금 전에 비는 내리지 않았어도 어쩐지 고구마 줄기를 잡아당기면 예전처럼 고구마가 주렁주렁 딸려나올 것만 같았던 게지요. 내 팔에 이끌려 고구마밭으로 들어가는 좁다란 맨땅을 다시 걸어나올 때도 아버진 자꾸만 고구마밭을 향해 몸을 돌리시곤 했습니다. 병실로 돌아오자 피로하셨는지 잠시 누워 있던 부친은 시골의 어머니한테 전화를 넣어달라고 했습니다. 벨이 울리고 어머니 목소릴 확인하고 아버지한테 수화기를 건네드렸더니 어머니를 향한 부친의 첫마디는,

고구마…… 고구마는 캤는가?

였습니다. 부친은 수화기를 귀에 바싹 대고 말씀을 이으셨습니다.

안 캤이믄 기냥 놔두소. 내가 내리가서 캘 테니깨는.

나는 냉장고에서 주스를 꺼내려다 말고 아버지의 귀를 물끄러미 바라봤습니다. 부친의 야윈 귀가 멀리 어머니에게 무슨 말씀인가를 하고 있는 것 같았어요. 나는 그 말씀을 들어보려고 주스병이 기울어지는지도 모르고 내 귀를 기울였습니다. 아버지의 귀가 어머니한테 말씀하시는군요. 나는 오늘같이 가을볕이 좋은 날, 밭에서 고구마를 캐다가 그렇게 갈라네. 늦봄 볕이 따사로운 날 감자를 캐다가 가만히.

두서없는 글이 길어졌습니다. 그런데 저는 이 글을 부치기나 할는지요. 그만 안녕,이라고 쓰려니까 어디선가 또 기차의 강철바퀴 소리가 들립니다. 철거덕철거덕 그 무서운 소리에 그만 논둑 뒤로 몸을 숨기는 소년도 어른거립니다. 그래도 오늘은 내 마음이 평화로운가봅니다. 고구마밭에서 돌아오느라 엘리베이터를 탔을 적에 마음이 슬픈 자는 행복하다, 그는 위로받을 것이다,라는 그 문구가 차분히 가슴에 젖어드는 걸 보니 말이지요. 문구가 적힌 틀이 약간 삐뚤어져 있어서 손을 뻗어 바로 해놓기까지 했습니다.

이젠 언니도 그때처럼 그렇게 자주 울진 않겠지요? 그러리라고 생각합니다. 야채며 김밥이며 과일을 담을 수 있는 야외용 대바구니는 구했어요? 언젠가 언니와 함께 텔레비전을 보는데 드라마 속의 부부가 아이를 데리고 소풍을 가는 장면이 나왔지요. 노란 챙이 달린 모자를 거꾸로 쓰고 함박웃음을 짓는 아이를 앞세우고 시종 즐거워하는 아내와 남편을 보면서 괜히 내 가슴이 서걱거렸어요. 나도 모르게 아빠를 잃은 문이를 생각했고, 나도 모르게 남편을 잃은 언니를 생각했던 게지요. 잠시, 어색해지려는데 뜻밖에 언니가 밝은 목소리로 그랬지요.

저거 정말 예쁘지 않니?

언니가 가리킨 저거는 소풍 가는 가족 중에서 무릎길이의 연두색 에이라인 원피스 위에 같은 색 시폰을 걸친 아내가 들고 있던 대바구니였습니다. 내가 보기엔 별로 예쁘지도 않았어요. 그저 평범한 손잡이가 달린 대바구니였지요. 아마 그 안에는 딸기를 재서 담은 찬합이나, 김밥을 싸서 담은 도시락, 그리고 과도며 땀 닦을 타월, 여분의 스타킹이나 아이의 또다른 간식이 담겨 있었겠지요. 나는 그저 그런 대바구니를 두고 얼른 예쁘다고 대답을 할 수밖에 없었죠. 소풍 가는 장면이 화면에 잡혔을 적부터 내가 이미 문이나 언니의 가슴을 치고 지나갔을 상실을 감지하고 있는데, 당사자인 언니가 아무렇지도 않았을 리가 없었거든요. 아마도 그래서 언니도 뜻밖의 그 대바구니 얘기를 꺼냈던 게지요. 그저 그런 대바구니를 참, 예쁘다고 칭찬했겠지요. 시장에 나가면 저거와 비슷한 걸 하나 사야겠다고도 했지요. 그래서 도시락을 싸서 바구니에 담아 문이와 함께 고궁에 가야겠다고요. 그래요. 그때만 해도 눈물 대신 까닭 없이 대바구니 타령을 할 정도로 마음이 회복되고 있었으니까, 그로부터 세월이 일년이 더 흘렀으니까, 이제는 많이 단련이 되었겠지요. 설마, 아직까지 출근할 적이면 남편이 누워 있던 침대를 향해 손을 내밀진 않겠지요? 설마, 아직까지 퇴근해 돌아와 현관문을 따고서는 문이 아빠 나, 왔어요, 하진 않겠지요?

벌판 위의
　　　　빈집

그 집은 담쟁이덩굴에 휩싸여 벌판 한가운데에 있다.

사람들은 그 벌판을 지나갈 때면 의아심을 품고 한번씩은 그 집을 바라본다. 왜냐하면 그 자리에 왜 저런 집이 있는지를 모르겠기 때문이다. 논과 밭이 이어지고 이어지는 가운데 느닷없이 집이 한채 서 있으니 누군들 그런 의아심을 갖지 않겠는가. 누가 살고 있는 것 같지도 않다. 오랫동안 사람들은 그 집에서 인기척을 느끼지 못했다. 을씨년스럽지만 한가지 정다운 것은 창문에 내려진 하얀 레이스로 짠 발이었다. 그 발의 꼬임은 얼마나 정교하던지 그걸 짠 사람의 손 움직임이 보이는 듯하다. 빈집이니 오다가다 사람들이 이 레이스로 짠 발을 걷어갈 것도 같은데 아무도 손대지 않는다. 그 집은 처음부터 대문이란 있지도 않았는가보다. 막바로 현관으로 통하는 계단이 가파르게 보인다. 하나 둘 셋 넷…… 계단 숫자는 아홉개, 빈집이라고 계절이 깃들이지 않는 건 아니다. 여름 무렵이면 그 집은 담쟁이 잎새가 휘감아버린다. 아무도 돌보지 않는 것 같은데 무슨 시퍼런 것을 먹었는지 담쟁이 잎새는 너무도 짙푸르게 그 집을 싸안고 있어서 사람들은 한번쯤 그 집에 들어가보고 싶어하다가도 그 시퍼런 담쟁이 잎새의 기에 겁을 먹고는 돌아서버린다. 질기게 넝쿨을 뻗고 그 속에서 기름지게 돋아난 잎새들은, 벌판을 가로질러가는 바람이 휘감칠 때 보면 잎 하나하나가 푸른 혓바닥 같다. 사람이 들어서면 언제든지 목을 휘감아 둥글게 말아버릴 것 같은 기세다. 용케도 기름진 담쟁이덩굴과 잎새가 휘감지 못한 곳은 현관으로 통하는 그 가파른 계단이다. 오래 인적이 끊긴 것 같은 그 가파른 계단은 오늘도 괴괴하게 푸른 담쟁이덩굴 사이에서 어딘가로 통하는 길처럼 거기 하얗게 놓여 있다.

지금은 아무도 살지 않는 이 집에도 한때는 행복과 노래가 있었다면 누가 믿을까, 아무도 믿지 않는 기쁨이 있었다면. 하지만 벌판의 바람들은 알고 있다. 한때 이 벌판 위의 집에도 기쁨이 있었다는 걸. 무슨 전설 같은 그런 기쁨이 있었다. 지금도 바람들은 심심한 날이면 저희들끼리 그 여자와 그 남자 이야기를 한다. 그 여자와 그 남자가 처음 이 벌판으로 걸어들어왔을 때의 그 초라한 행색에 대해서, 그들의 사랑에 대해서.

한 남자와 한 여자가, 함께 살 집을 마련하지 못해 부부가 되지 못했던 한 남자와 한 여자가, 어느날 이 벌판을 지나가게 되었다. 그들은 너무나도 가난하여 도시에서 사랑을 할 수가 없었다. 서글픈 마음에 하염없이 걷고 걷다가 이 벌판으로 흘러들었고, 이 집 앞에서 발을 멈추었다. 이 빈집은 충분히 그들의 마음을 끌어당겼다. 처음엔 살짝 문만 열어보았고, 다음엔 거실로 들어가보았고, 다음엔 방문을 열어보았다. 그 누구도 그들을 방해하지 않았다. 그들은 거기서 잠을 자보았다. 그래도 아무 일도 없었다. 그들은 이불을 싸들고 와서 거기서 살아보았다. 그래도 아무 일도 없었다. 여자는 마룻바닥을 닦고 세면장의 녹슨 수도꼭지를 갈아끼웠다. 남자는 지붕에 올라가서 물이 새는 곳을 고치고서 사방을 휘휘 둘러보았다. 들과 들, 그리고 그 끝에 산의 능선이 멀리 보일 뿐이었고, 그 경치들은 그들이 거기 살고 싶어하는 걸 안다는 듯이 평화롭게 그 남자를 바라보고 있었다. 남자와 여자는 울었다. 그 집은 그들의 사랑이 찾아낸 임자가 없는 보금자리라고 믿었다. 도대체 어떻게 해서 그런 행운이 자기들에게 날아들었는지 믿기지 않아서 서로의 얼굴을 만져보곤 했다.

남자는 들판에서 멀리 떨어진 공사장에 나가 하루벌이를 했다. 여자는 점심을 지어 보자기에 싸서 들고 남자에게 갔다. 그들은 서로 함께 있고 싶은 것이 원이었고, 그 벌판의 빈집에서 그 원이 이루어졌으므로 삶에 대해 더이상의 바람이 없었다. 오후가 되면 여자는 남자를 위해 저녁을 지어놓고 노래를 부르며 남자를 기다렸다. 남자는 벌판으로 퍼지고 퍼지는 여자의 노래를 들으며 행복하게 귀가하곤 했다. 이것이 그들 생활의 모두였다. 때때로 여자는 남자의 손을 꼭 잡고 떨기는 했었다. 왜 이렇게 순조로운 나날인지, 그 무엇이 그들 사이로 끼여들어 그들의 순탄함을 한순간에 몰아가버리지나 않을까 해서. 그때면 남자는 주름진 얼굴을 여자의 얼굴에 가까이 대고 말했다. 우리는 더이상 잃을 게 없는 사람들이야. 이 벌판은 현실이 아닌 거야. 우린 꿈만 꾸면 되는 거야…… 걱정 말아.

더이상 여자는 걱정하지 않았다.

그 둘 사이에 아이가 생겼던 것이다. 아이가 태어나 다섯살이 되도록 아무도 그들을 그 벌판의 집에서 내쫓지 않았다. 남자는 열심히 일했고, 여자는 순종하며 아이를 길렀으므로 처음에 황폐하기만 하던 그 벌판의 빈집은 윤이 반들반들 났다. 꽃병도 생겼으며, 여자는 흰 레이스로 발을 짜서 창에 걸었다. 남자도 이제 공사장의 소장이었다. 옛날처럼 모래나 벽돌을 등에 지지 않아도 돈을 받을 수가 있었다. 그들 사이에 태어난 여자아이도 건강했다. 붉은 빰은 귀엽고 통통했으며 엉덩이에도 예쁘게 살이 올랐다. 아이는 틈만 나면 그들에게 엄마, 나 이뻐? 아빠, 나 이뻐? 하고 물었다. 아이의 그 어리광에 대답하는 것도 그들의 기쁨 중의 하나였다. 그들은 벌판 위의 빈집이 내려준 이 행복에 감사했다. 그런데 빈집은 그들에게 딱 그만큼의 행복만 주기로 한 모양이었다.

어느날 여자는 아이를 데리고 도시로 나갔다. 여자는 메모지에 적어 온 필요한 생활용품을 모두 샀다. 그리고 다시 벌판의 집으로 돌아왔다. 초여름인데도 바람이 심상치 않게 불었다. 여자의 손에는 무거운 짐이 들려 있었고 아이는 앞장서서 아장아장 걷고 있었다. 집에 도착해서 현관으로 통하는 가파른 흰 계단 앞에서였다. 한 계단을 올라서더니 아이가 돌아섰다. 아이는 오랜만의 외출이 피곤했는지 빰이 하얗고 창백했다. 아이는 그러면서도 장난스럽게 여자에게 물었다.

엄마, 나 이뻐?

여자는 이뻐, 하고 대답했다. 아이는 한 계단을 더 오르더니 또 물었다.

엄마, 나 이뻐?

여자는 대답했다. 그럼, 이쁘지. 아이는 세번째 계단에서 또 물었다.

엄마, 나 이뻐?

여자는 손에 들고 있는 짐이 너무 무거웠다. 하지만 아이가 실망할까봐 기쁘게 대답했다. 너보다 더 이쁜 아이를 나는 보지 못했지. 아이는 즐거워했다. 여자의 대답을 들을 때마다 아이는 깡충거렸다. 네번째, 다섯번째, 여섯번째, 일곱번째, 여덟번째, 가파른 계단을 오를 때마다 아이는 그 하얀 얼굴로 여자를 돌아보면서 꼬박꼬박,

엄마, 나 이뻐?

하고 물었다. 네가 세상에서 제일 이뻐…… 여자는 그 물음에 꼬박꼬박 대답은 하면서도 무거운 짐을 든 팔이 빠져버릴 것같이 괴로웠다. 아이가 그만 물어주었으면, 어서 현관문이나 열어주었으면, 하는 생각이 간절했다. 그러나 앞장선 아이는 아홉번째 계단에 오르자 다시 뒤돌아보며 물었다.

엄마, 나 이뻐?

여자는 들고 있던 짐을 철퍼덕 내려놓았다. 담쟁이 잎새가 바람에 우우 소리를 냈다. 그래, 너 예쁘다니깐! 여자는 야릇한 기분이 들었다. 아주 순간적으로 자신이 제어할 수 없는 어떤 힘이 자기 내부로 들어오고 있다는 생

각이 들기는 했다. 하지만 아이를 떠밀 생각은 전혀 없었다. 그저 아이의 엉덩이를 한대 때려줄 참으로 손을 뻗었는데, 아이는 여자의 손이 닿자마자 무슨 회오리바람에 휘말리듯이 이제까지 힘들게 올라온 아홉개의 흰 계단 아래로 굴러떨어졌다. 안 돼. 여자는 곧 뒤따랐지만 아무래도 벌판 위의 빈집은 그들에게 그만큼만의 행복을 주기로 한 모양이었다. 피는 한방울도 흘리지 않고 아이는 하얗게 죽었다. 아이는 숨이 끊어지는 순간에도 여자를 향해 물었다. 엄마, 나 이뻐?

고요한 세월이 흘렀다.

슬픔이 회복되지 않아 늘 적막한 세월이었다. 남자는 여자를 위로했으나 여자는 웃음을 잃었다. 남자는 여자를 더욱 사랑하려 했으나 여자는 늘 먼 곳만 바라보았다. 여자는 그날의 그 알 수 없는 힘을 골똘히 생각하곤 했다. 무엇이었을까? 무엇이었을까? 무슨 혓바닥같이 자신의 내부로 파고들던 그 제어할 수 없는 힘. 여자는 늙어갔다. 하루가 지나면 한살을 더 먹는 듯 야위고 거칠어졌으며 광대뼈가 튀어나왔다. 이제 여자는 남자의 누나나 어머니 같아졌다. 그 속에서 그들이 행복할 기회는 다시 한번 찾아왔다. 그 적막 속에서도 둘 사이에 다시 아이가 생겼던 것이다. 그들의 사랑은 다시 생긴 아이로 인해 겨우 회복되기 시작했다. 여자는 오랫만에 다시 꽃병에 꽃을 꽂았다. 태어난 아이는 또 여자아이였다. 남자는 여자에게 큰아이와 똑 닮았다고, 그 아이가 환생한 거라고 위로했다. 그제야 여자는 웃었다. 그제야 여자는 먼산을 바라보지 않았다. 조금씩 그녀의 늙음도 회복되어 여자는 다시 남자의 여자같이 되었다. 여자는 아이를 사랑했다. 어쩌면 남자보다 더. 아이에 대한 여자의 사랑이 지나쳐서 때로 염려가 안 되는 건 아니었지만 남자는 여자가 다시 예전으로 돌아간 것, 그것이 더 고마웠다. 아이는 아무 탈 없이 무럭무럭 자라서 다섯살이 되었다. 여자와 남자는 아이를 위해 도시로 나가 살까? 하는 생각도 했다. 하지만 그들은 그럴 자신이 없었다. 처음보다 조금 나아지긴 했지만 그들은 여전히 가난했다. 남자는 여자에게 여기서 조금만 더 살자고 했다. 언젠가는 아이와 함께 도시로 나가 살 수 있을 날이 올 거라면서. 여자는 남자의 그 언젠가는,이라는 말을 믿었다. 그들에게 희망이 생겼던 것이다. 언젠가는,이라는. 어쩌면 벌판 위의 빈집은 이들이 품은 언젠가는,이라는 희망을 샘냈는지도 모른다.

처음에 여자는 아무것도 몰랐다. 그저 아이 손을 잡고서 예전처럼 생활용품을 사려고 도시로 나가는 버스를 탔을 뿐이었다. 한달에 한번쯤밖에 나가지 않아서 언제나 여자에겐 지나칠 정도로 짐이 많았다. 초여름이었고, 바람이 심상치 않게 불었다. 그래도 여자는 아무 눈치도 못 채고 있었다. 그날이 첫아이가 죽은 날이라는 것도 잊고 있었다. 여자가 오년 전의 그날이 재현되고 있음을 깨달은 건 들판 위의 그 집으로 들어가는 바로 그 계단 앞에서였다. 그녀 뒤를 따르던 아이가 갑자기 앞으로 아장아장 걸어갔던 것이다. 아이는 계단 앞에 서자 한발을 첫번째 계단에 올려놓으며 여자를 향해 물었던 것이다.

엄마, 나 이뻐?

처음에 여자는 짐을 내려놓고 애, 그러지 마…… 하면서 아이를 꺼안으려고 했다. 두번째 아이는 한번도 그런 물음을 물은 적이 없었으므로. 하지만 아이는 아주 차갑게 여자를 피했다. 그러면서 다시 묻는 것이었다.

엄마, 나 이뻐?

여자는 아이를 뒤따르며 응, 이뻐, 하고 대답을 할 수밖에 없었다. 여자는 식은땀이 났다. 이게 어찌된 셈인가? 아이는 두번째 계단에서 또 물었다.

엄마, 나 이뻐?

여자는 무릎이 꺾이는 것 같았다. 오년 전의 악몽이 그대로 되살아났다. 여자는 죽을힘을 다해서 대답했다. 그럼, 이쁘지. 아이는 세번째 계단에서 다시 물었다.

엄마, 나 이뻐?

여자는 아이를 뒤따라 오르는 발바닥에 꾹꾹 힘을 주었다. 그래, 이뻐. 여자는 간절하게 남자를 불렀다. 나를 좀 도와주세요. 그렇게 아홉번째 계단에서였다. 여자는 정신을 가다듬었다. 다시는 그날과 같은 실수를 저지르지 않아야 해. 그것만이 이 위기를 모면하는 길이야. 아이는 오년 전의 그날처럼 아홉번째 계단에 오르더니 하얀 얼굴로 여자를 뒤돌아보았다.

엄마, 나 이뻐?

마음을 굳게 먹었는데도 여자는 거의 오들오들 떨었다. 그래, 이뻐. 네가 제일 이뻐. 아이는 떨고 있는 여자를 의아하다는 듯이 빤히 쳐다보며 다시 물었다.

그런데 왜 그때 나 밀었어, 엄마?

남자가 공사장에서 돌아왔을 땐 벌판 위의 집은 텅 비어 있었다. 여자도 아이도 찾을 수가 없었다. 가파른 계단 밑에 여자와 아이가 도시에 나가 쇼핑해 온 생활용품들만 널브러져 있었다. 남자는 아주 오래 여자와 아이를 기다렸다. 식음을 전폐하고, 공사장에도 나가지 않고, 남자는 아이보다 여자를 더 기다렸다. 그러나 여자는 오지 않았다. 밤마다 담쟁이덩굴이 그 남자를 휘감았다가 풀어놓았다. 하룻밤이 지날 때마다 남자는 바싹 야위어갔다. 바람이 몹시 부는 어느날 밤이었다. 남자는 쭈그리고 앉아 담쟁이 잎새들의 아우성을 들었다. 엄마, 나 이뻐? 남자는 귀를 막았다. 응, 이뻐…… 여자의 기운 없는 대답 소리도 함께 들렸다. 날이 새자 남자는 하얗게 질려 벌판 위의 집을 빠져나갔다. 그리고 남자는 다시는 돌아오지 않았다.

그 벌판엔 아직도 그 빈집이 있다. 담쟁이 잎새는 무얼 먹었는지 날이 갈수록 더 기름지게 푸른빛을 낸다. 가난한 당신이 어느날 혹시 그 들판을 지나가다가 그 집을 보게 돼도, 그냥 지나가야 한다. 행복과 노래는 그 한때였다. 여자가 손수 짜서 창에 쳐놓은 흰 레이스 발이 정겨워서 들어가 살고 싶어져도 뒷걸음질을 쳐야 한다. 밤마다 기름진 푸른 담쟁이 잎새와 가파른 아홉개의 계단이, 그런데 그때 왜 나 밀었어, 엄마? 우우 속삭이는 그 소리를 듣지 않으려면.

모여 있는
　　　불빛

어제 그녀가 마을에 들어섰을 때,

　그녀는 아버지가 들여다보다 놓아두고 나간 소 사료 기록노트를 끌어당겨 습관처럼 어제 그녀가 마을에 들어섰을 때,라고 적어보다가 그대로 볼펜을 장부 사이에 끼워놓고 방바닥에 엎드려버렸다. 아버지가 쥐었을 볼펜에는 소 사료 냄새가 묻어 있다. 그 냄새는 볼펜에만이 아니라 어디에나 묻어 있다. 점퍼에도, 모자에도, 마당에도.

　그녀가 그다음으로 쓰려던 문장은 마을은 죽은 듯이 겨울을 견디고 있었다,였다. 그녀는 볼펜을 놓고 방바닥에 엎드린 뒤에도 죽은 듯이,라는 표현은 별로라는 생각을 했다. 견디고,도 답답한데 거기다가 죽은 듯이,라니. 그렇긴 하지만, 어젯밤 그녀가 본 이 마을은 진짜로 죽은 듯이 겨울을 견디고 있는 느낌이었다. 워낙 밤이 깊어 있었기 때문일까? 마을이 아니라 칠흑 속으로 첨벙 뛰어드는 기분이었다. 눈에 보이는 건 무덤 같은 어둠, 귀에 들리는 건 휘몰아치는 밤바람 소리.

어제, 그녀가 하던 일을 멈추고, 아니 팽개치고 충동적으로 서울역에 나가 이곳으로 오는 표를 끊었던 것은, 더이상 치매상태를 견딜 수가 없어서였다. 며칠 동안 말과 행동에 스며든 장애는 전화조차 못 받을 지경으로 깊어졌다. 여보세요? 그녀는 수화기를 들고 있다가 겨우 예, 했다. 어떤 물음이든 겨우겨우 예예, 했다. 그녀는 밖으로 나가야 한다고 생각했다. 나가서 누구에게든 위로받고 싶었다. 하지만 그건 마음뿐이지 신발이 신어지지가 않았다. 그녀는 며칠 동안 그야말로 최소한의 움직임만으로 생존했다. 냉장고 열기, 신문 주워오기, 커피물 받기.

틈틈이 중국의 기서라는 『산해경(山海經)』을 한 페이지씩 읽기는 했다. 같이 소설을 쓰는 그녀의 친구가 참 재미있는 책이야, 상상력을 발동시키지,라며 권해서 구해다만 놓고는 밀어두었던 책이다. 『산해경』은 제목 그대로 산과 바다의 경이었다. 그 내용의 기괴함과 황당함과 우스꽝스러움을 따라갈 책이 없었다. 거기다 그 서술방법이라니…… 남산경의 첫머리는 작산이라는 곳이다. 작산의 첫머리는 소요산이라는 곳인데 서해변에 임해 있으며 계수나무가 많이 자라고 금과 옥이 많이 난다. 이곳의 어떤 풀은 생김새가 부추 같은데 푸른 꽃이 핀다. 이름을 축여(祝餘)라고 하며 이것을 먹으면 배가 고프지 않다, 이런 시작에 다음부터는 곧바로, 다시 동쪽으로 300리를 가면 저산이라는 곳인데…… 다시 동쪽으로 370리를 가면 유양산이라는 곳인데…… 다시 동쪽으로 350리를 가면…… 이런 식이었다. 가라는 데로 한없이 한없이 따라가면 생김새가 소 같은 물고기가 높은 언덕에 살고 있고, 아홉개의 꼬리와 네개의 귀와 눈이 등 뒤에 달린 짐승이 보이고, 사람의 얼굴을 하고 있는 새가 날아다니곤 했다. 그녀는 그런 기괴한 식물과 동물들이 날아다니고 기어다니고 사람을 잡아먹는『산해경』으로 얼굴을 덮고 잠깐잠깐씩 잠이 들기는 했다.

그러나 지치고 피로한 마음을 위로받고 싶어 충동적으로 서울역에 나가기 전까지 그녀가 하던 일이『산해경』을 읽고 있던 일은 아니다. '나의 문장수업'이란 제목의 원고를 만드는 중이었다. 청탁서엔 이런 요구사항이 기재되어 있었다. "글쓰기를 좋아하시게 된 동기나 글쓰기에서 가장 어려웠던 것은 무엇이며 그것을 어떻게 극복하셨는지, 그리고 글을 쓰는 후배들에게 권하고 싶은 책이 있다면 어떤 것이 있는지 등에 대해 적어주십시오." 청탁 전화가 왔을 때 그녀는 여러가지 이유로 그 원고 쓰는 일을 사양

했었다. 당장에 마무리 지어야 할 소설 원고가 있었을 뿐
아니라, 청탁 원고 내용에 대해 그녀 자신이 자신에게 갖
고 있는 답이 있는지 미심쩍어서였다. 어느 것은 지금 현
재 그녀가 직면해서 얼굴을 못 들고 쩔쩔매는 사안이기도
했다. 그녀는 편집자에게 솔직하게 심정이 그렇다고 말했
다. 그러나 편집자는 그녀가 겸손을 부리는 거라고 생각
한 모양이었다. 결국 그녀는 수화기를 사이에 두고 벌인
편집자와의 실랑이에 지고 말았고, 다음 날 원고 청탁서
가 날아왔으며, 세번씩이나 날짜를 못 맞춰 서로 낯을 붉
히는 중이었다. 편집자는 너무 어렵게 생각하실 거 없어
요, 그냥 겪으신 대로 편안하게 써주시면 되는데, 하였다.
겪은 대로 편안하게? 그녀도 그래 보려고 했다. 이런저런
생각이 없는 건 아니었으나 막상 써보려고 하면 생각의
알맹이는 뻥 뚫린 어느 구멍 속으로 빠져나가버리고 공허
한 껍질만 상투적으로 남아서는 그녀를 언짢게 했다.

　……냉장고 열기, 신문 주워오기, 커피물 받기……

　최소한의 움직임 어느 틈이었다. 세면대에 물을 받아놓
고 손을 씻으려고 할 때였는지, 가습기가 물 없음 표시로
넘어가던 순간이었는지, 다 마신 요구르트 갑을 구기려
던 참이었는지, 입술 안 살갗을 무심히 깨물어대다가였는
지는 모르겠으나 무엇이 힐끗, 정말 힐끗, 느껴졌다. 그녀

는 그 힐끗의 실체를 알아채려고 최소한의 움직임마저 없애고 가만히 있었다. 그러나 그 힐끗은 그녀에게 녹아들지를 않고 어느 틈으론가 스며들어버렸다. 글의 실마리가 되어줄 것 같았던 그 힐끗의 기미를 놓쳐버린 그녀는 서울역에서 늦은 기차를 탔던 것이다. 차창은 밤풍경 위에 그녀의 일그러진 얼굴을 비추며 속삭거렸다. 정면으로 부닥쳐보지그래? 도대체 언제까지 폼만 취하고 있을 거야?

큰애가 왔다믄서? 대문에 달린 샛문이 젖혀지는 소리 뒤로 그 샛문이 바람에 흔들리지 않게 굄돌에 받쳐두는 듯한 인기척을 방 안에서 느끼면서도 그녀는 바깥을 내다보지 않았다. 노곤함도 노곤함이지만 도시에서 몸과 마음을 꽉 메웠던 무력감이 여기까지 아장아장 따라와서 소꿉동무나 되는 양 곁에 길게 누워 있지 않은가. 그런데 마당이 잠시 잠잠하다가 곧 몸을 뒤로 젖히고 걷는 신발 뒤축 끄는 소리를 들었을 때, 그녀는 엉덩이가 들썩일 만큼 깜짝 긴장을 했다. 신발 끄는 소리가 마루로 통하는 밀창문 앞의 토방에서 멎기도 전에, 그 신발 주인이 토방에 올라서서, 토방 끝에 신발 뒤축을 탁탁 털면서 큰애가 왔다믄서? 또 한번 기척을 보내기도 전에 아구, 고모님이시네, 그녀 가슴이 통 내려앉았던 것은 어젯밤에 어머니와 나란히 누운 잠자리에서 이 얘기 저 얘기 끝에 듣게 되었던 송아직 사건이 그녀 잠재의식 속에 내내 똬릴 틀고 있었다는 증거다.

소설가인 그녀. 그녀가 소설을 쓰기 시작한 것은, 아니다, 이렇게 쓰면 처음부터 소설을 썼다는 얘기가 되니까 틀린 말이다. 글? 그래 그녀가 글쓰기를 시작한 것은 속마음을 털어놓은 친구를 못 믿게 되기 시작하면서부터였다. 그녀는 이 고장에서 다닌 중학교 시절에 교내의 등나무 아래에서 배미경이라는 반 아이에게 처음으로 속마음을 털어놓았다. 그 속마음의 내용은 사회선생님을 사모하고 있다는 것이었다. 지금은 그 사회선생님 모습도 성함도 잊었지만 그 당시의 그녀에겐 그보다 더 은밀한 속마음은 없었다. 혼자만 간직하고 싶은 비밀이었지만 그녀는 배미경이 좋았고 배미경과 뭔가를 함께 나누고 싶었다. 그녀는 다른 이는 모르는 비밀을 공유하는 것이 그 사람과 친한 것이라고 생각했다. 그래서 배미경에게 이건 너에게만 얘기하는 것이야, 절대루 다른 아이한테 얘기하면 안 돼, 라고 다짐을 받았다. 배미경도 절대로 얘기 안 한다고, 자길 믿어도 좋다고 했다. 그래 놓고는 배미경은 그녀가 해준 이야기를 며칠도 안 돼서 소문을 내버렸다. 그토록 소중한 가슴속 얘기가 또래아이들의 시시한 농담 속에 섞여 아무렇게나 팽개쳐지는 걸 보고 그녀는 다시는 배미경에게 속이야기를 하지 않겠다고 새겼다. 대신 그녀는 노트를 갖기 시작했고 배미경이 비밀만 지켜주었더라면 배미경에게 계속 털어놓았을 그녀의 내면생활을 글로 쓰기 시작했다. 그녀가 슬픈 일 괴로운 일 고민스러운 일들을 너무 열심히 노트에 적었던 탓일까, 언제부턴가 그녀가 적는 글들은 실제로 있었던 일 위에 생각이 보태지기 시작했는데 그러고 나면 글들이 생기가 돋고 그녀 눈앞에서 미화작용을 일으키기도 했다. 배미경의 배반을 그녀는 그렇게 겨우 잊을 수가 있었다. 신발 뒤축 끄는 소리. 그 소리의 주인이 고모님임을 알아내는 순간, 아구 고모님이시네, 그녀의 가슴이 퉁 내려앉았던 것은 고모님에게 들을 야단도 야단이지마는 비밀을 함께 간직하고 싶었던 배미경을 잃어버릴 때와 비슷한 상실감을 고모님으로부터 다시 받게 될 것이라는 걸 어젯밤 어머니와 나눈 이야기에서 그녀는 이미 감지하고 있었기 때문이기도 했다.

어쨌거나 간에 당연히 고모님이 기척을 보내는 쪽의 방문을 열어보아야 할 텐데 그녀는 반대로 뒤꼍에서 세숫대야에 물을 떠다놓고 항아리를 닦고 있는 어머니에게로 내달았다. 갑자기 뒷문을 팡, 열고는 멍청히 서 있는 그녀를 어머니는 왜 그러냐는 듯 쳐다보았다.

고모님이 오셨는데!

그녀 어머니는 웬 수선이냐는 듯 손에 든 행주로 닦고 있던 작은 항아리를 마저 닦는다.

설마 나 야단치시려구 오신 건 아니겠지?

그녀 어머니는 그녀의 조바심엔 아는 척도 안 하고 물에 행주를 짜내 탈탈 털어서 넓은 항아리 뚜껑에 덮어놓고 나서야 몸을 일으켰다.

나를 벼르고 계신다 했잖아요?

잘못을 허긴 헌 모양이네. 이리 발발대는 걸 보니?

잘못은 무슨? 고모님이 노하셨다니까 그렇지.

근게 노할 짓은 왜 했냐구?

노할 짓? 그녀는 그냥 입을 다물어버렸다.

그녀가 그녀 고모님을 노하게 한 짓이란 어느 조간신문의 짧은 소설을 싣는 난에 그녀가 발표한 삼십매쯤 되는 짧은 소설을 말한다. 그게 소설인지 아닌지는 그녀도 잘 모른다. 그녀가 요즘 가장 잘 모르겠는 게 있다면 바로 소설이다. 어쨌든 그 삼십매가량의 글은 짧은 소설이라는 제목을 달고 나갔는데 제목이 '아이고, 내 송아지'였다. 그녀는 '마중'이라는 제목을 달아주었는데 어떻게 된 셈인지 활자화되어 나온 것은 '아이고, 내 송아지'였다. 편집자가 '마중'이라는 제목이 너무 밋밋하고 재미가 덜하니까 그리 고친 모양이었다. 삼십매가량의 글이란 참으로 애매모호했다. 콩트식으로 쓰자니 너무 길고, 그렇다고 단편소설로 쓰자니 너무 짧고, 마감 날짜가 다가와 쓰긴 써야겠는데 영 그 매수에 알맞은 글감이 떠올라주지를 않았다. 그즈음에 그녀의 어머니가 서울에 아버지 한약을 지으러 올라왔다. 그녀의 아버지는 몇년 전부터 늘 껴안고 사는 지병이 있어서 약국 약을 함부로 못 먹는 형편이었다. 병원에서 일정하게 받아먹는 약이 뇌와 관련된 것이어서 다른 약과 겹복용을 할 때는 의사의 견해가 첨부되어야 했다. 화학작용을 일으킬 확률이 높아서였다. 그래서 그녀의 아버지는 감기에 걸려도 참아보다가 한약을 지어 달여먹곤 했다. 그즈음 아버지는 울화로 고생 중이어서 그녀 집 사람들이 자주 이용하는 이문동의 한약방에서 약을 지어갈 목적으로 올라오신 거였다. 다음 날 이문동에 가기로 하고 어머니와 이부자리를 함께 폈다. 그녀는 옆에 누운 어머니에게 아버지가 뭣 때문에 울화를 끓이는가 물었다. 그녀 어머닌 대뜸, 그거를 몰라서 묻냐? 우리 집에 근심이라면 너지 뭐, 하였다. 그렇다고 그녀가 사고뭉치라는 건 아니다. 서른이 되도록 결혼을 안 하고 있으니 골칫덩이라는, 그녀가 대학을 졸업한 해부터 지금까지 듣고 들어온 새로울 것도 없는 책망이었다. 이제는 그러세요, 웃고 넘길 정도로 여유스러워진 데도 있고, 나이가 사람을 가르치기는 하는 모양인지, 주무시다가도 그녀 생각만 하면 벌떡 일어나 잠을 이루지 못할 정도라 하니, 한편으론 조금 죄송도 하던 참이라, 그녀는 힘없이 제가 뭐요? 어제오늘 일도 아니고 새삼 그것 때문에 약을 지어 드실 정도로 화병이 날 게 뭐 있어요? 했는데 그녀가 아무래도 목소리에서 힘을 너무 빼서 측은했는지 어머닌 사실은 송아지 때문이 아니냐? 하고 한숨을 포옥 쉬었던 것이다.

그녀의 아버지가 텃밭에 우사를 지어 소를 기르기 시작한 건 오래되었다. 그녀의 큰오빠는 늦은 결혼을 하면서 다니던 관청을 그만두고 대기업으로 옮겨앉았는데, 그 퇴직금을 아버지에게 드렸다. 말하자면 결혼을 하게 되면 자신도 자신 나름껏 가정을 이루고 살아야 하니까 그 퇴직금을 밑거름으로 해서 농사짓는 거 외에 다른 일을 해서 그녀를 비롯한 동생들 학자금을 대주었으면 하는 뜻이었다. 그녀의 큰오빠는 야간대학을 다녔고, 낮에는 총무처 소속의 말단 공무원으로 일한 사람이었다. 그는 중간에 방위로 근무하면서도 가발을 쓰고 새벽이면 안양의 입시학원에서 영어선생을 해서 동생들 학비를 보태온 사람이었다. 그녀의 아버지는 그녀 큰오빠의 퇴직금으로 소를 사들였고 새끼를 내서 마릿수를 늘렸다. 그녀의 아버지

는 그녀가 방학 중에 내려와 책을 보거나 뭔가를 쓰고 있
거나 하면 그런 것들은 너에게나 좋지, 나에게는 아무짝
에도 쓸모없는 것이다, 하면서도 소 새끼를 내고 큰 소를
팔고 하는 시기를 잘 맞추었다. 방학이 끝나고 새 학기가
시작될 무렵이면 우사의 큰 소 두마리가 우시장에 나가
고 그 자리엔 송아지 두마리가 남아 있곤 했다. 소 판 돈
을 셋으로 나눠주면서 아버지의 허리는 굽어갔지만 사료
값 파동, 소값 파동을 겪으면서도 대학생이 셋이 되던 해
의 어려움도 어찌어찌 소 덕분에 넘어갔으며 지금도 우사
에 소가 스무마리쯤 음매,거리고 있다.

　그녀가 어머니에게서 들은 송아지 사건은 그 우사에서
살고 있는 개 때문에 일어났다. 집과 우사는 약간 떨어져
있었고, 낙천이라고 일하는 이가 우사 옆에 지어놓은 작
은 집에서 살기는 했다. 그런데 몇년 전인가 인근 마을의
소 기르는 집에 밤중에 트럭을 몰고 와서 우사를 털어가
는 소도둑 사건이 있은 후로 그녀의 아버지는 소들이 우
글거리는 입구에 개 한마리를 묶어놓은 것이다. 이를테면
그 개는 우사의 파수꾼이었다. 동물이 지내는 장소에 따
라서 얼마나 다르게 길들여지는지를 그녀는 그 개를 보고
느꼈다. 특별히 그 개가 사나운 개가 아니라 마을 어느 집
에서나 막 기르는 누렁이 종자라는데, 그녀가 처음 우사

에서 그 개를 보았을 땐 아버지가 싸움개를 데려다놓은 줄 알았다. 안채의 불빛이 새어나오는 아늑한 마루 밑에서 사는 개와는 비교가 안 될 정도로 민첩했다. 기나긴 캄캄한 밤을 자기와 종이 다른 소들과 함께 새워야 하는 개의 눈은 시퍼렸고, 꼬리는 팽팽하게 치켜져 있었으며, 등의 털도 얼마나 꼿꼿한지 쓰다듬으면 손바닥이 찔릴 것 같았다. 어둠 속에서 살아가야 하는 생명 있는 것의 곤두섬이었다. 그 철철 넘쳐흐르던 긴장감이라니. 아버지와 어머니, 낙천이 아저씨를 제외한 다른 사람은 그 개의 사나움 때문에 우사에 발도 못 디뎠다. 우사에 들어가려면 셋 중의 한 사람을 동반하고도 그 앞에서는 셋 중의 한 사람이 개를 막고 서 있어야 했다. 그러잖으면 금세 달려들어 정강이를 물어뜯을 기세로 카릉,거렸다. 바로 그 개에게 새끼를 배게 하려고 같은 동네 몇집 건너에 사는 작은아버지 댁의 수캐를 우사로 데려왔다는 것이다. 그녀는 그 얘기를 들을 때만 해도 그 개가 암놈인 줄 생각도 못했다. 어떻게나 사납고 공격적이던지 수캐라고 생각했던 것이다.

그날 그녀 곁에 누워 그녀 어머니가 해준 이야기는 이러했다.

너거 작은아버지네 수캐를 데리다가 서루 몸이 닿을

락 말락 한 거리에다 묶어놓았는디, 작은아버지 댁의 수
캐가 성이 바짝 났던가비더라. 허긴 나 같아두 성은 났겄
네. 뭣인가 잘못해갖구 체벌을 받는 것도 아닐 테구 뜬금
없이 지 생전 첨 보는 우사에 묶이게 됐으니. 거그다가 앞
에 마주 보고 있는 우리 암캐가 오죽해야 말이지야. 발톱
을 시우고는 지 옆엔 오지두 못허게 카릉거리니 원. 뒤채
고 버둥거리다보니 줄이 풀어졌던갑드라. 그리두 우사의
문이 잠겨 있으니 배깥으루 나갈 수가 없었던가벼. 지 깐
에는 얼매나 성이 났겄니. 이리저리 뛰어댕기다간 작은아
버지네 수캐가 고만 우리 송아지 한마리를 물어버렸구나.
근디 공교롭게도 배를 물었어야. 배가 아니고 다리였이믄
절름백이로라도 살아났을 것인디 옹삭하게 배를 물어서
는 어린것이 젖을 빨질 못했어야. 너거 아부진 그 아픈 것
을 오토바이 뒤에 태우고 읍내 가축병원에 여러날 댕겼니
라. 아무리 의사래두 어린것이 창자를 다쳐놓고 보니 워
디 손을 쓸 수가 있었겄니. 너거 아부지 애쓴 택도 없이
고만 숨이 끊어지고 말았어야.

　　그녀 어머니는 그녀에게다인지 천장에다 대고인지 계
속 덧붙였다.

　　너덜 보기엔 소 새끼 받는 것이 쉬워 보일랑가 몰라두
그러덜 않니라. 송아지 한마리 받아내려면 죽을동살동이

어야. 인공수정 주사도 열번은 맞혀야 한번 수정될까 말까고, 어쩌컴 수정됐다 히서 안심도 못히어. 어찌허면 걸핏 유산이고, 사람맹이로 열달을 배 속에 넣고 있니라. 내내 조심조심혀도 죽은 새끼가 나오고 그래야. 그리 어렵게 받아냈는디 개한테 잃어버리고 마니께 안 저러냐. 너거 아버지 너딜 보기엔 맴이 태평양 같으지야? 아이구, 아니다야. 소심허기가 아구, 말 말자, 옆에서 살아보지 않구는 암도 모르는 일이니께. 사람살이에 이렁저렁 일이 있는 뱁이다구 해두 듣기지가 않는가비더라. 거그다 개가 넘 개도 아니구 작은집 개이다보니 탓도 못허고, 당신 혼자만 끙끙 앓다가 생긴 울화니라.

쓰는 일이라는 게 무엇인지? 그녀 어머닌 그녀 곁에서 걱정스럽게 그녀 아버지 속병 얘기를 하는데 그녀는 그 신문사의 원고 생각을 하고 있었다. 짧은 소설 소재를 찾았구나, 싶었던 것이다. 어머닌 뭐라뭐라 더 말을 이어가는데 그녀는 어머니 나머지 얘기는 귓등으로 흘리고는 첫 문장은 이렇게 하고 끝은 이렇게 내리라, 글의 골격을 짜느라 공상에 빠져들었다. 다음 날 그녀 어머닌 그녀와 함께 이문동에 다녀와서 곧장 시골로 내려가고, 그녀가 어머니가 들려준 얘길 토대로 짠 그 글의 짜임새는 이러했다.

한 열흘 사이에 넝뙤양반의 눈꺼풀은 한 십리나 들어
갔다. 지금도 넝뙤양반은 속이 상해서 한여름 밤에 여간
해서 들을 수 없는 사르락거리는 바람 소리를 목침을 베
고 누워 들으면서도 조금도 시원하지가 않다. 시원하기가
다 무엇인가. 장독대 뒤 토담을 타고 넘어간 호박잎들을
훑어온 바람이 뒤란의 머위잎들에게로 가서 사르락사르
락 아양 떠는 소리까지 귀에 거슬린다.

열달이나 기다렸다가 받아낸 보람도 없이 정말 눈망울
도 하늘 같던 송아지가 그만 개에 물려 죽어버린 것이다.
묶어서 기른 옆집 그 사나운 수캐를 집으로 데리고 온 것
이 잘못이었다. 소 집을 지키느라고 바깥 외출 한번 제대
로 못한 집의 암캐를 생각해서 그랬던 처사가 그 이쁜둥이
송아지를 죽게 하고 말았다. 풀어놓았던 것도 아니고 서
로 몸이 닿게만 해서 목줄을 매어놓았는데 어떻게 그 줄
이 풀어졌는지 모를 일이다. 줄이 풀어지자 옆집의 수캐
는 제 성질대로 노느라고 태를 끊은 지 얼마 되지도 않아
잘 걷지도 못하는 송아지를 물어뜯어놓은 것이다. 그래도
다리를 물어뜯었으면 절름발이로라도 살아 있으련만 배
를 물어놓았다. 송아지는 물릴 때 창자를 다친 모양이었
다. 아무것도 먹질 못하고 그 맑은 눈을 가지런히 모으고
서 웅크리고 앉아만 있더니 종국엔 죽어버린 것이다. 그

놈의 개 정분 좀 내주려다가 송아지를 죽이다니, 성을 너무 내서 넝뫼양반의 눈꺼풀은 십리나 들어가버린 것이다.

"물 좀 떠와."

늘 하던 양으로 정지를 향해 짜증 섞인 물 청을 하고 생각하니, 초저녁에 저녁밥상 물리자마자 댕겨올라요, 하고 자기의 대답도 안 듣고 대문을 나서던 넝뫼댁 생각이 난다. 송아지 죽은 일 때문에 넝뫼양반의 성을 넝뫼댁이 다 받아야 했다. 넝뫼댁으로선 그날 사실 그 수캐를 소 집에 묶어놓은 줄도 모르는 사이 벌어진 일이었는데 넝뫼양반은 달리 속풀이할 데가 없었다. 사람도 아니고 짐승이 한 일을 가지고 물어내라고 할 수도 없는 일이고. 그러니 화풀이 상대는 까닭 없이 넝뫼댁이었다. 오늘 낮에도 넝뫼양반은 부아가 치밀어서 넝뫼댁이 쌈장을 타서 차려온 점심상 앞에 앉지도 않았다. 그러고는 다짜고짜로, 그때 왜 집에 안 있고 그깟 깻잎을 뜯으러 갔었느냐, 그래 깻잎이나 먹고 잘 살어보라, 한바탕 성을 돋웠던 것이다.

물 청을 들어줄 넝뫼댁이 없어 정지로 나가 물을 따라 마시는데 전화벨이 울린다.

"이보시요?"

"아버지! 저예요!"

"어? 어! 너냐…… 그려, 너너 너, 요새 왜 전화를 안 허냐?"

"지금 이렇게 하잖아요."

"전화가 뜸허믄 니 에미 속타는 종 뻔히 암서 그리 전
화를 안 허냐?"

"그동안 좀 바빴어요. 그리고 제가 얼마나 전화를 안 했
다구 그래요? 겨우 닷새 가지고!"

"겨우 닷새야? 거그 시간허구 여그 시간허구 같냐? 글
구 시집도 안 간 애기가 뭣이 바빠? 그려 초가실엔 시집
갈티어? 그래서 바쁜 것여?"

"아버진…… 저만 보믄 그 말뿐이 생각 안 나죠?"

"그믄! 과년한 딸내미 보고 뭔 생각이 나겄니? 챙피스
러워서 고샅을 못 나간다 내가!"

"예? 왜요?"

"사람덜이 숭봐야. 딸내미 시집 안 보내고 이불짐맹이
로 폭 싸둔다구. 낸중에 무신 덕볼 일 있내여 나보고!"

"애고, 그만두세요. 그 뒷말은 내가 다 아네. 기집아 나
이라는 것이 스물아홉허구 서른허구는 한살빼기 층이 안
져두 고것이 하늘과 땅 차이다아. 니가 등신도 아니구 어
째서 시집을 못 가는 것이여. 니랑 같이 큰 애덜은 아들 손
잡고 친정 댕기러 오더라…… 그러시려는 거죠? 맞죠?"

"알긴 아네."

"다 알어요, 알고 있으니까 그만하시구 어머니 바꿔주세요."

"없다!"

"어디 가셨어요?"

"성당 댕기는 일에 미쳐뿌렀나벼. 물도 안 떠다주곤 초저녁에 가서는 여적 안 왔어야."

"이 밤중에요?"

"기도허는 디는 밤낮이 없다고 허더라. 니 에미 요즘 뭔 부지런이 났니! 밥숟갈 놓자마자 내 대답도 안 듣구는 나가더라니께."

"에이, 아버지 또 어머니하구 싸우셨구나?"

"내가 무슨? 쌈은 무슨 쌈? 안 했다!"

나, 쌈 안 했다고 시치미를 똑 떼면서도 넝뫼양반은 수화기 저편의 딸을 향해 이 귀신 쫌 보소, 가슴이 뜨끔하다. 그래 일부러 흠흠거린다.

"에에, 말투가 그러신데요 뭘."

"아니래두 그러네."

"다른 말씀 마시구요, 어머니 마중 나가세요. 이 밤길을 읍내에서 어머니 혼자 걸어오실 일을 생각해보세요. 아버지 오토바이 몰고 가면 금방이지만 엄마 혼자 오실라믄 깜박 날새겠네. 예? 그렇게 허세요? 그리구요, 이제 웬만

하믄 아버지 성 좀 그만 내세요. 다른 사람들한텐 다 잘하면서 왜 엄마한테만 그러시는지 몰라. 현실은 엄마 없으믄 꼼짝도 못하실 거면서. 마중 나가시는 거죠? 예?"

"마중? 남사스럽다! 마중은 무신!"

"남사스럽긴 뭐가요? 외려 더 보기 좋아라 할걸요. 어서어서 마중 나가세요, 예?"

"안 간다, 안 가! 사람이란 허던 대루 허구 사는 것이다. 안 허던 일 허면 병나는 뻡여!"

"아버지이!"

"전화 끊는다아!"

넝뫼양반은 아버지이, 불러대는 딸의 목소리를 그대로 내려놓아버린다. 그러고는 반사적으로 벽의 사진틀을 바라본다. 거기 학사모를 쓴 딸이 생긋이 웃고 있다. 허허, 이쁜 놈. 딸은 영락없이 넝뫼댁을 닮았다. 동그란 눈. 도톰한 입술. 새가 날아오르는 것같이 보이는 휘어진 눈썹. 딸의 사진을 바라보고 있는 동안 넝뫼양반은 지난 열흘 동안 끓였던 속을 처음으로 까마득히 잊어버린다. 사진으로라도 딸을 바라보고 있으면 넝뫼양반은 자신이 스무살이 된 것 같아진다. 그때, 열일곱 된 넝뫼댁을 넝뫼로 선보러 가던 일이 떠오르곤 하는 것이다. 넝뫼의 넝은 그 산 이름이었을까? 오직 산그늘이 첩첩한 속에 있던 그 초가집. 마루 지나 방문을 열었을 때 거기까지 산그늘이 따라와 방 안은 어두웠다. 그 어두운 방에서 선이라고 보는데 넝뫼 댁은 한사코 얼굴을 들지 않는 것이다. 코가 비뚤어졌나, 눈 속에 점이 있나, 넝뫼댁은 오로지 저고리의 동정 끝만 내려다보고 앉아 있는 것이다. 그나마도 잠깐, 먼길 오셨 으니 점심밥이나 들고 가시라고 밥 짓겠다고 일어서버리 는 것이다. 환한 데서 얼굴을 한번 봐야 쓸 것인디…… 넝 뫼댁이 앉았다 나간 자리를 한참을 바라보고 있다가 넝 뫼양반은 변소나 가는 듯이 일어서 나왔다. 그러고는 뒤 뜰이 내다보이는 대숲에 숨어들었다. 대숲은 뒤뜰의 배 추밭과 장독대로 이어져서 밥상을 차리자면 넝뫼댁이 한 번은 양념이라도 뜨러 나올 것이다 싶었던 것이다. 그런 데 넝뫼댁은 양념을 뜨러 나오는 게 아니라 작은 광주리 를 들고 배추를 뽑으러 나왔다. 겉절이를 할 양이었던가 보았다. 넝뫼댁이 배추밭에 서서 이 고랑 저 고랑을 눈여 겨보더니 어느 고랑으로 가서 펑퍼짐하게 앉아 뽑을 배추 를 고르는데 그 모습을 몰래 지켜보던 넝뫼양반은 흐뭇한 속웃음을 치고 말았다. 넝뫼댁이 이 배추 저 배추를 다 제 치고선 잎이 가장 푸릇푸릇한 잘생긴 배추로만 골라 뽑고 있었던 것이다. 넝뫼양반이 먹을 점심상에 오를 겉절이 배추를 잘생긴 놈으로 골라 뽑고 있는 넝뫼댁의 그 모습.

대숲에 숨어서 잘생긴 배추를 골라 뽑는 넝뫼댁의 모습을 훔쳐보면서 넝뫼양반은 저 모습이면 됐다, 생각했다. 푸른 배추처럼 파아란 저 모습이면 되었다고. 딸애의 젊은 얼굴에는 몇십년 전 그 넝뫼댁의 어여쁨이 서려 있다. 세월이 넝뫼댁에게서 훑어가버린 뽀송뽀송함…… 그 애틋함…… 넝뫼양반의 것이라면 그림자도 차마 못 밟아 저만큼 떨어져 걸어오던 처녓적 넝뫼댁의 순정까지도. 그런데 넝뫼양반은 알 수 없다. 작년엔가 선을 봬주었던 그 총각이 왜 딸애보고 광대뼈가 솟아서 고집쟁이겠군요, 했는지를. 광대뼈라니? 뭔 광대뼈? 넝뫼양반은 여태껏 딸애의 얼굴에서 광대뼈 같은 건 요만큼도 본 적이 없는 것이다.

마중 나가자 마음을 고쳐먹고 넝뫼양반이 헛간에서 오토바이를 끌어내는데 누가 자꾸만 쳐다보고 있는 것 같다. 돌아다보니 초승달이 조그맣게 떠 있다. 둥그렇게 구부러진 게 꼭 넝뫼댁의 이마 같다.

"망할놈의 여편네…… 사람 참말 귀찮게 허네."

하늘에 뜬 총총한 잔별들이 얼레꼴라리, 넝뫼양반이 오토바이 끌고 넝뫼댁 마중 나가네 얼레꼴라리, 놀려대며 몰려다니는 것 같아 넝뫼양반은 그중 이윽히 내려다보고 있는 초승달을 올려다보며 괜히 투덜거린다. 정말 귀찮지만, 나는 정말 마중 같은 거 나가지 않고 잠이나 자고 싶지만, 밤길이니 어쩔 수 없잖소, 달님. 그러니 눈감아주오.

성당 철문 옆에 오토바이를 세워두고서 나오는 사람들을 눈여겨 살펴보아도 넝뫼댁은 나오지 않는다. 행여 놓칠세라, 눈을 크게 떠봐도 안 보인다. 이놈의 여편네가 부지런 떨고 가번졌나? 밤미사 보던 사람들이 썰물지듯이 다 빠져나갔는데도 넝뫼댁의 자취는 보이지 않는다. 가버렸고만. 그냥 돌아서려다가 넝뫼양반은 혹시 몰라서 성당 안으로 들어가본다. 성당 뜰 하얀 성모상 앞, 거기에 넝뫼댁이 참으로 간절하게 손을 모으고 있다. 반갑기도 하고 기가 막히기도 해서 넝뫼댁 손을 잡아끌려다가 넝뫼양반은 뒤로 주춤 물러선다. 옆에 누가 온지도 모를 정도로 넝뫼댁이 기도에 깊이 빠져 있어서.

읍내에서 십리 들어가는 넝뫼양반의 마을에서는 한밤중인 시간이 읍내 사람들에겐 아직 초저녁이다. 넝뫼댁을 오토바이 뒤에 태우고 읍내를 빠져나오는데 어느 골목이나 왁자하다. 달도 별도 안 보인다. 늘 넝뫼양반만 보면 안녕하세요, 나긋이 인사를 하는 포목점 여자도 여자 손님 두엇에게 천을 펴 보이고 있다. 오토바이를 처음 타보는 넝뫼댁은 읍내의 밝은 불빛 아래서는 흔들려도 버티더니, 오토바이가 한적한 산길로 들어서자 넝뫼양반의 허리를 꽉 잡는다.

"기도허믄 밥이 생겨? 성모님이 걸어나와 논물 대줘? 엥간히 허구 나오지나, 그냥 넘덜은 다 나오는디 무섭지도 안 해? 그 캄캄한 디서 그러고 앉았어? 지다리다가 다리 뿌러지게?"

"당신이 마중 나올 종을 지가 알았어야지요. 성당 간다고 헐 떠는 대답도 않더니만 웬일이요이? 마중 나온게 좋긴 허네요. 첨으로 오토바이도 타보고 이르케 하늘의 별도 보고요, 바람도 참말 시원타아."

"뭐라 기도혔디야?"

"기도는 쪼끔밖에 못했어라오. 대신에 신부님 존 말씀 많이 들었구마는. 아이, 나보담도 당신이 들어뒀음 더 좋을 긴디. 내가 옮겨볼게 들어볼라요? 나를 죽이고 살라 합디다. 나보다 못한 사람덜얼 생각허고 살믄 성도 안 난다요. 글고 모든 일은 하느님이 다 뜻이 있어서 만든 일이라드만요. 세상 사는 뜻을 깨닫게 허려구 나쁜 일도 당허게 허구 그런다요. 근디 말이유, 지가 신부님 이야그 가만 들음서 느낀 것인디요, 너무 존 말만 헝게 젊은 사람덜이 신부님 말씸대로 살었다간 등신 되는 거 아닌가 싶기는 헙디다이. 언지나 나를 낮추고 살라 허시는디 요새 고르케 살믄 덕 있다고 생각허는 게 아니라 얕보잖는감요? 그치만도 당신과 나한티는 그게 존 말이요. 송아지 잃은 거 생각허믄 속이 딸그락딸그락 아프지만도 다 지난 일이니 어쩌겄어요. 이제 그만 잊어뻐리소. 맴속에 두고두고 있음 속병만 들지 안 근가요? 나한티 성질내는 거야 암시랑도 않으요. 당신이 그러다 병 될까봐 그려요. 글구, 내가 기도했지. 담에 소 새끼 또 날 때는 아주 튼튼한 수소가 우리 집으로 오게 해달라구 했그만. 두고 보소. 꼭 그럴 것이어라. 당신이 농사일 소 키우는 일밲에 몰라 글지 시상에 나와서 사람덜 얘기 들어보믄 우리 송아지 그리된 거 그거는 암 일도 아니어라오. 사람덜 이야그 들어보믄 우리덜은 참말 호강에 되받혀 살고 있더랑게요. 우리야 뭔 수심이 있소. 딸내미 하나 있는 거 시집만 보내믄…… 아, 참, 서울서 전화 안 왔습디여?"

"왔어."

"그래, 송아지 죽은 거 이야그혔소?"

"뭐할라? 깝깝헌 사람덜이나 깝깝허고 말제."

"그리요, 잘했소잉. 근디 뭣 땜시 그새 전화 한통 못했답디여?"

"뭔 일이, 바빴다누만."

"체에, 그깟 전화허는 디 뭐 한시간이 걸린대여, 두시간이 걸린대여? 다아 맴이 문제지. 아까 낮에 나한티 하던 것맹이로 욕 좀 해주지 그맀소?"

넝뫼양반은 밤길의 바람 속에서 허어, 웃고 만다. 어느 산밭의 애오이 풋냄새가 웃는 입속으로 싸악 스며든다. 통화할 때 자신이 딸애한테 한 소리를 넝뫼댁이 똑같이 하고 있는 흐뭇함이 넝뫼양반으로 하여금 오토바이의 속도를 더 내게 한다. 넝뫼댁은 왜 이라요, 겁을 내며 넝뫼양반의 허리춤을 더 꽉 잡는다.

그런데 일이 그렇게 되려고 그랬는지 그 글을 철도청에 근무하는 고모님 아들, 병기라는 이름 때문에 그녀가 비행기 오빠라고 부르며 따랐던, 그러니까 그녀에겐 고종사촌이 되는 이가 사무실에서 읽었을 뿐만 아니라, 그녀도 어찌 된 영문인지는 모르겠으나 그 신문은 시골의 어느 집이나 한부씩 배달되던 참이라, 송아지 이야기는 마을 집집의 마당에 떨어지게 되었던 모양이다. 하지만 그녀의 비행기 오빠가 그 신문을 챙겨와 고모님에게 뵈드리지 않았으면 그냥 넘어갔을 일이었다. 신문이 와도 오는 대로 쌓아놓거나 읽는다 해도 고모님은 소설 같은 걸 읽을 분이 아니니까 말이다. 그녀 이름이 박혀 있다고 해도 고모님은 그냥 넘어갔을 것이다. 고모님은 그녀가 뭘 하는지 알고 있지도 않았을 뿐 아니라 조카가 신문에 나고 그러리라는 건 전혀 생각하지 못했을 테니까. 그녀의 비행기 오빠 또한 신문을 챙겨와서 고모님께 읽어드린 건 분명 그녀를 자랑할 셈이었을 것이다. 비행기 오빠는 그녀를 귀여워했으니까. 그런데 비행기 오빠가 읽어주는 아이고, 내 송아지,를 다 들으신 그녀의 고모님은 하늘이 노랗게 보였던가보았다. 마지막까지 다 읽어주기도 전에 코고무신을 꿰어신고 그녀 어머니를 찾아 그녀 집으로 달려온 거였다.

어젯밤에 이런저런 집안 돌아가는 얘기 끝에 그때 일을 그녀 어머니는 그녀에게 이렇게 전했다.

아휴, 나는 무신 큰일이 터졌구나 싶어 놀랐구나. 후닥닥 들어오시더니 오늘 신문 온 거 워디다 뒀냐구 안 하겠니. 마루에 뒀다 허니 대뜸 나가서는 신문을 챙기더라. 너거 작은아버지네 것도 챙겨갖고 오시더니 네 사진이랑 네 글씨가 나온 장을 찢어서는 불에 태우시더라. 내가 뭔 일이냐고 물으니께는 당장에 서울 가서 너 쫌 만나야 쓰겄다고 하시지 않겠니. 나이 찬 기집아가 시집은 안 가구 집안일 신문에다가 광고허구 댕긴다고 크게 역정을 내지 않겠니.

광고요?

몰라, 그러시더라. 그러잖아도 너거 아버지랑 너거 작은아버지, 죽은 송아지 땜에 속상혀 있는 참에 너거 작은

집 개가 큰집 송아지 물어 죽였다고 니가 신문에다 광고했다고 그러시던디? 진짜루 그냐?

어머니두 참, 광고는 무슨 광고예요. 그냥 이야기를 지은 것인데, 그리구 나는 작은집 개가 그랬다고도 안 했어요. 그냥 동네 개라고 했단 말이네.

그러니께 광고허긴 했구나?

광고가 아니래두 그러시네!

몰라야 나는. 아무튼지 간에 그때 고모 역정 낸 걸루 봐서는 너 보믄 그냥 넘기실 것 같진 않더라. 니 고모가 워디 엥간한 분이냐. 너거 아버지하구 너거 작은아버지 일이라믄 지금도 대신에 목심이라도 내놓으실 양반인게 그쪽 대목으로 얘기허믄 당헐 사람 하나 없다. 뭐라 허시믄 고저 다소곳이 한쪽으로 듣고 흘려라.

이것이 송아지 사건의 전모다. 그러니 큰애 왔다믄서? 큰기침을 하고 들어서는 고모를 맞이해야 하는 그녀의 마음이 편할 리가 있겠는가. 그녀가 그녀 편을 동반하는 심정으로 어머니 뒤를 졸졸 따라 방으로 와보니까 고모님은 방금 그녀가 누워 있던 아랫목에 앉아서 두 손을 엉덩이 밑에 넣고 기웃기웃 몸을 흔들고 있었다. 그녀의 눈엔 어렸을 때나 지금이나 고모님의 앉음새는 늘 한결같아 보인다. 쪽 찐 머리, 그 사이의 은비녀, 좁은 콧마루, 넓은 이마,

긴 얼굴, 진짜로 고모님은 별로 달라진 게 없었다.

그러잖아도 찾아가뵈려고 했는데 오셨어요?

그녀는 지레 겁을 내고는 엉거주춤 어머니 곁에 쪼그리고 앉았는데 고모님은 웃지도 그렇다고 찡그리지도 않고 쭈뼛대는 그녀를 낱낱이 보고만 있었다. 찾아뵈려고 했다는 건 빈말이 아니었다. 그녀가 어젯밤에 어머니에게 송아지 사건의 전모를 듣기 전만 해도 고모님을 찾아뵙는 일은 당연한 일이었다. 고모님이 같은 동네에 살아서만이 아니라 이곳에 내려오면 부모님께 인사드리고 다음번에 고모님을 찾아가는 건 그녀 형제들이 이곳을 떠나 살기 시작한 이후로 행하는 매우 당연한 과정이었다. 처음부터 그녀 아버지는 그녀 형제들에게 그런 길을 들였다. 고모님은 그냥 고모님이 아니었던 것이다. 고모님이 그냥 고모님이 아닌 내력은 이러하다. 그녀의 조부는 한의사였다. 조부는 둘째따님인 고모님을 한약재 수발을 들게 하며 가장 가까이 두었다. 고모님이 열다섯살 때, 그녀의 아버지가 여덟살 때, 마을엔 전염병이 돌았다. 그녀 집안 대종가의 종손이 전염병에 걸렸고, 그녀의 조부는 그 종손이 죽어가는 걸 두고 볼 수가 없어 진료를 갔다가 병을 옮겨 왔고, 그녀 아버지 형제들은 부친을 잃은 지 이틀 만에 모친상을 맞았다. 조부를 간호하던 조모도 병이 옮아 조

부가 세상을 뜬 이틀 후에 뒤따랐던 것이다. 그녀의 큰고
모는 이미 출가외인이어서 부모를 이틀 간격으로 잃은 그
녀 아버지 형제들의 가장 어른은 바로 고모님이었다. 그
때 고모님은 정혼 중이었는데, 사정이 그래서 그녀 고모
님이 시집을 가신 게 아니라 고모부님이 마을로 들어왔
다. 고모님은 그녀 아버지가 스무살이 되어 그녀 어머니
를 맞이할 때까지 집을 지키고 동생들을 길러냈던 것이
다. 그제야 시집으로 들어가려 했으나 전쟁이 터져 고모
부를 잃어버린 고모님은 마을에 따로 집을 지어 분가했
다. 그녀는 그녀가 태어나기 전의 이런저런 내력을 어려
서부터 고모님으로부터 듣고 자랐다. 어린 아들을 데리고
젊은 과수댁이 된 고모님은 여름밤이면 평상에 그녀 형제
들을 앉혀두고 옛날에 옛날에…… 하시며 늘 이야기를 해
주었는데 그 이야기들의 어느 틈 속에는 옛날이야기가 아
니라 집안 이야기가 섞여 있었던 것이다. 이런 내력을 가
진 고모님이었으니 그녀 아버지가 그녀 형제들이 사들고
오는 과일바구니나 고기 근을 반으로 나눠 쥐여주면서 고
모님 뵙고 오라 하는 건 당연한 일이었다. 오늘 아침에만
해도 그녀 아버지는 볼일이 있어 시내에 나가면서 고모님
께 가보거라, 하였다. 이미 고모님은 새벽에 그녀네 집을
둘러보고 갔을 참이었다. 고모님은 새벽에 잠을 깨면 맨

먼저 큰동생과 작은동생, 말하자면 그녀네와 그녀네 작은 집을 둘러보고 가는 것이 일이었다. 간밤에 별일 없는지 그냥 휘휘 둘러보고 가는 것이었다. 그런 분, 고모님은 그런 분이었다. 그러니 그녀 형제들이 여길 올 때는 고모님 댁에 들고 갈 걸 챙기는 것을 어찌 잊겠는가. 그녀도 어젯밤 늦은 도착에도 불구하고 이가 나쁜 고모님을 위해 말랑말랑한 복숭아통조림 상자를 사가지고 마을로 들어왔던 거였다. 그런데 어젯밤 어머니에게 들은 송아지 사건이 그러잖아도 주눅 든 그녀를 더 주눅 들게 했던 것이다. 고모님은 여간해서 그녀 형제들에게 성내는 법이 없지만 어쩌다 고모님이 성을 내면 무조건 아버지는 고모님 편을 들었다. 어떤 판단도 고모님이 희생한 삶을 뛰어넘지 못한다. 그녀 아버지가 그녀 형제들에게 은연중 가르친 건 그것이었다.

고모님과 그녀 사이에 어색한 침묵이 흐르자 어머니가 일어나서 광으로 가 그녀가 사들고 온 복숭아통조림 상자를 들고 나왔다.

야가 사온 것인디 가실 적에 갖구 가세요.

고맙따아.

정말 '따아'라는 센 발음처럼 그건 말씀뿐이고 고모님은 복숭아통조림 상자는 쳐다보지도 않고 계속 엉덩이 밑에 두 손을 넣고 상체를 기웃기웃하고만 있었다. 한참을 그러고만 있다가는 주머니에서 담배를 꺼내 물었다. 그녀가 성냥을 찾으려고 일어나려니까, 아니다 여깄다, 하면서 다른 주머니에서 막 라이터를 꺼내 불을 붙여 한모금 쭉 삼키고는,

니는 서울서 뭣 허냐?

묻는 것이었다. 그녀가 우물쭈물 말을 못하고 손바닥만 비벼대고 있자, 어머니가 대신,

성님두, 앤 서울서 글씨 쓰는 일 허잖아요. 소설가라는 디요. 전에 말씀드리니께 잊으셨는갑네.

하였다.

누가 자네한티 물었는감? 쟈한티 물었지!

고모님의 목소린 벌써부터 노기를 띠고 있어서 그녀는 저도 모르게 살금살금 어머니 곁으로 더 다가갔다. 그 송아지 사건을 대뜸 얘기하고 싶으나 고모님 나름껏 참고 있는 게 분명했다. 지금 고모님의 기세로 봐서는 그때 그녀를 찾아 당장 서울로 올라오시지 않은 걸 다행으로 여겨야 할 참이었다.

소설이라는 게 뭣이냐?

예?

소설이 뭣이냐고?

그녀는 찬찬히 고갤 들어 고모님을 올려다보았다. 세상에나, 내가 글을 쓰고 살긴 하지만 다른 이도 아닌 고모님한테 이런 질문을 받을 줄이야. 진짜로 고모님이 그녀에게서 소설이란 이러이러한 것이다는 대답을 들으려고 던진 질문이 아니라는 걸 알면서도 그녀 머릿속은 자욱해졌다. 그래 소설이 무엇인가? 그녀는 어느 자리에서 말했었다. 내 소설이 무언가를 변화시킬 힘이 있다고는 생각하지 않는다, 내게 있어 소설이란 우선 나 자신을 견디게 해주는 것이다, 내 마음속에 기른 헛것들을 더이상 가두어놓을 수가 없어 문장으로 풀어내고 있을 때, 그때만 불투명한 미래에 대한 불안을 잊는다,고. 그녀는 다리를 더 오므렸다. 삶을 송두리째 아버지와 작은아버지를 위해서 희생한 고모님 앞에서 할 말도 아니거니와, 지금, 다시 그녀에게 소설이 정말 그런가?라고 물으면 그때와 같이 대답할 확신이 없는 것이다. 그녀는 어느날 문득 어느 영화의 한 장면에 나오는 시시한 대사를 절실하게 소설적으로 이해하고 있는 자신을 보았던 것이다. 여자가 남자에게 말했었다. 내가 떠나도 너는 슬퍼하지 않을 거야. 왜냐하면 너는 나를 사랑하지 않으니까. 소설은 슬퍼하지 않을 것이다. 그녀가 쓰지 않아도.

그 소설이라는 게 집안 궂은일 광고허는 것이냐?

예?

소설가인 그녀는 고모님을 올려다보며 난처하게 울상을 지었다. 고모님, 고모님이 그러시지 않아도…… 그녀는 얼결에 입술 속 연한 살갗을 자근자근 깨물고 있었다. 어린 날, 여름밤에 고모님 무릎에 저를 누이시고 하늘나라에 베 짜는 여인 직녀와 소몰이 청년 견우가 있었구나, 하실 적에 어렴풋이 나도 자라면 고모님처럼 이야기를 재미나게 하는 사람이 되어야지, 했었지요. 연약한 사람들의 심연에 잠겨 있는 아름다운 이야기를 퍼뜨리는 사람이 되어야지, 했었고요. 그러다가 지금 제가 연약해져 이야기를 길어올리지 못하고 있는 이 판에 고모님이 그 소설이라는 게 집안 궂은일 광고하는 것이냐? 하시면 저는 어디에다 이 황무지 같은 마음을 비빈단 말인가요. 마음에 말도 못할 것들이 득시글거릴 때 그래도 목을 빼고 이곳을 생각하면 내가 광대인가? 하는 마음도 조금은 가라앉고, 무섭고 창피한 생각도 좀은 사라지고 했는데, 왜 갑자기 저를 내치려 하시는 건가요? 지금까진 소설이란 이러이러한 것이라는 저 나름의 독해가 있었단 말이에요. 제 독해라고 별다르겠습니까. 백가쟁론의 언저리를 크게 벗어나진 못하지만, 어떻든지나 그 언저리 속에서도 저는 그 어떤 것에도 매임 없이 가슴에 들어왔다가 나가는 사람살이를 바깥은 닮아도 안은 빛나고 아름답게 그릴 것, 이라고 저 자신에게 속살거렸습니다. 그랬기에 어떤 상황이 내게 다가오면 이게 소설적인가 아닌가를 어렴풋이 감으로 느낄 수도 있었고, 쓰고 나서도 이것이 소설인지 아닌지를 조금은 알겠었단 말이에요. 그런데 지금은?

왜? 왜 꿀먹은 벙어리냐?

그게 아니구……

아니면? 워디 좀 들어보자.

그녀는 워디 좀 들어보자,며 그녀의 눈을 들여다보는 고모님의 시선을 피해 고개를 수그렸다. 저절로 무릎까지 꿇어졌다.

너어, 그거 그만둬라. 다름도 아니요, 큰집 작은집끼리 살다가 어찌다 생긴 일을 그리 광고허믄 세상을 뭔 정으로 산다냐? 서루 궂은 맴은 보살피고 개인 맴은 함께 나눔서 사는 것이 도리지야. 그리 서루 안 좋은 데를 파고드는 일을 뭣 땜이 헌다냐?

소설가인 그녀는 위로받으려고 찾아온 태어난 곳에서 발가락만 꼼지락거리고서 고개를 더욱 포옥 수그렸다.

그녀의 태몽은 어머니 대신 고모님이 꾸었다고 했다. 고모님은 그녀를 큰애라고 불렀다. 여동생과 구분 짓는 의미로 큰애라고 한다면 동생은 작은애여야 할 텐데 고모님은 그녀의 여동생 이름을 불렀다. 지금처럼 늙지 않은 젊은 과수댁이던 고모님은 어린 그녀의 머리에 빗질을 해주며 큰애 넌, 태몽을 내가 했니라, 다정하게 말하곤 했다. 내가 수건을 쓰고 들판을 걸어가는디, 햇빛이 밝은 들을 싸목싸목 걸어가는디, 들판 저짝에 소 세마리가 묶어져 있지 않겄니. 검정소 흰소 누렁소였는디, 그중의 검정소가 먼디서 봐두 얼매나 털이 윤나고 눈이 빛나던지, 고만 내가 욕심이 나드라. 얼매나 빛이 나고 윤이 나던지 검정소 있는 자리만 훤하더라니께. 누구네 건지도 모름서 그 검정소의 고삐를 풀어 손에 꼭 쥐고선 끌고 왔어야. 그러구는 너그 외양간에 묶어두었는디, 그게 바로 너여야.

하지만 지금 마주 앉아 있는 고모님은 큰애야, 다정하게 그녀를 불러앉히고서 이야기를 전해주던 그 고모님이 아니시다.

나는 평생을 너거 아버지 작은아버지 위해 살았다. 내가 그때 신문을 미리 챙기서 불살라버렸으이 망정이지 행여 너거 작은아버지가 읽었어봐라. 저그 개가 송아지 물어 죽인 거 신문에다 냈다고 얼매나 성을 냈겄니? 너거 작은아버지 성격에 그걸 알았다간 너거 아버지하고 담쌓고 살 것이다!

그녀는 겨우 무슨 변명을 해보려고 고갤 들었다가 다

시 고개를 수그려버렸다. 고모님이 휘익 일어서버렸던 것이다. 그녀는 배웅도 못 나가고 어머닌 복숭아통조림 상자를 가지고 성님 하면서 쫓아나갔으나 고모님은 홱 뿌리치고는 뒤도 안 돌아보고 당신이 받쳐놓은 굄돌에 샛문이 부서지는 소리가 나도록 문을 쾅 닫곤 가버리셨다. 고모님의 뒷자취를 멍하니 바라보던 어머니는 방으로 들어와 복숭아통조림 상자를 내려놓고는 그때껏 방바닥만 내려다보고 있는 그녀를 측은히 바라보았다. 그러다간 방문 앞에 매달려 있는 가족사진틀 뒤를 깨금발을 딛고 손을 밀어넣어 휘저었다.

뭐 하세요?

대체 뭐라 썼길래 저러시는지 내가 쫌 봐야 쓰겄다야. 니 사진 박힌 거라 내가 한장 얻어서 여그다 숨겨뒀는디. 어디 읽어보자야. 작은아버지 이름자 박고 나쁜 사람이라구 썼냐? 아니믄 송아지값 물어내라고라도 썼냐? 니 고모 저 모습 보니께로 옛날 생각 절로 난다야. 거저 내가 하는 일은 다 못마땅해 해쌓더마는 그 성을 너한티까지 내네.

....

여깄다!

어머니는 사진틀 뒤에서 반듯반듯 접어서 감춰놓은 신문조각을 찾아서 펴들었다. 그녀는 어머니 손에서 신문조각을 빼앗았다.

읽어서 뭐 하려구? 난 정말 작은아버지의 '작'자도 쓴 적 없다니까. 글구 어머니가 읽어보고 고모 말이 틀리면 고모하고 쌈이라도 할 테야?

말은 그렇게 했지만, 진짜 그녀의 속마음은 어머니가 자신의 글을 읽는 게 싫었다. 어째서가 아니라 그냥 싫었다. 언젠가 그녀는 어머니에게 자신의 소설이 실린 책을 내밀면서, 한번 읽어보실래요? 한 적이 있었다. 소설? 어머니가 누워서 그녀의 이름자가 박힌 페이지를 펼치는 걸 보면서 그녀도 옆에 누워 다른 책을 보는데 어머니는 그녀의 소설이 실린 장을 한장도 못 넘기고 책으로 얼굴을 덮고는 잠을 자버렸다. 잠든 얼굴 위에 덮어진 책을 집어내는 그녀 보기가 조금 미안해진 어머니는 멋쩍게 웃으면서 너는 나허구는 다른 사람이 되었구나, 하였다.

쌈? 할라믄 하지 왜 못한다니!

고모님 앞에서는 그저 가만 계셨으면서.

그녀는 턱없이 어머니에게 성을 내는데 눈물이 핑 돌았다.

어머니가 한사코 내달라는 걸 그녀는 신문을 꼬깃꼬깃 접어서 제 주머니에 넣고는 밖으로 나와버렸다.

그녀는 마당으로 내려와 서성거리다가 피식 웃었다.

서쪽으로 320리를 가면…… 서남쪽으로 380리를 가
면…… 다시 서쪽으로 200리를 가면 취산이라는 곳인데
산 위에서는 종려와 녹나무가 자라고, 생김새가 까치 같
은 유조가 산다. 검붉은 털빛에 두개의 머리와 네개의 발
을 가졌으며 이것으로 화재를 막을 수 있다…… 서쪽으로
320리를 가면…… 서남쪽으로 380리를 가면…… 그녀는
헛간 쪽을 바라보았다. 옛날의 자리는 그리워해보는 것이
지 가보는 것이 아닌데, 가봐서는 안 되는데, 그때로부터
가늘게 흘러나오던 이야기마저 멎게 할 것인데, 그러면서
도 그녀는 발을 모아봤다. 마당에서 뒤꼍으로 70보쯤 가
면…… 푹신한 짚더미가, 돼지막이, 밑알이 놓인 닭 둥지
가, 책 읽는 어린 그녀가 있다. 거기에 스며들어 엎드려 있
으면 아무도 그녀를 찾아내지 못했다. 그녀가 읽는 책들
은 대부분 오빠 것이었고 그도 제 책이 아니라 어디서 빌
려온 것이었기에, 어린 그녀가 책을 빼내갈까봐 집 여기
저기에 감추었다. 장롱 밑, 광의 선반 위, 반짇고리 속. 어
디에 두어도 그녀는 책을 찾아내 헛간으로 스며들었다.
오빠가 책을 숨기는 방법도 늘어갔고 그녀가 찾아내는 기
술도 늘어갔다. 오빠가 천장을 오려내고 책을 감추고 감
쪽같이 닫아놓으면 그녀는 어머니 재봉틀 의자를 딛고 서
서 부지깽이로 천장을 두드리고 다니며 찾아냈다. 돌아온

오빠가 이름을 부르며 찾는 소리가 들려도 그녀는 내다보지도 않고 헛간 짚더미에 엎드려 있었다. 닭이 알을 낳으려다가 그녀 기척에 신경질을 부리며 파득거렸지만, 배고픈 돼지가 꽥꽥 소리를 지르며 어지러이 발걸음 소리를 냈지만, 아무려나 그녀는 거기 엎드려 있었다.

그녀는 일보, 이보 헛간을 향해 걸음을 옮겼다.

먼지구덩이에 휩싸여 있는 것 같던 그녀의 마음속이 조금 깨어났다. 70보가 아니군, 80보네. 그녀는 슬몃 헛간 문을 열고 안으로 들어갔다. 여기였나. 어린 그녀가 엎드렸음직한 자리를 찾아서 앉아보았다. 닭우리도 돼지막도 배를 깔고 엎드릴 짚더미도 이젠 없다. 바닥엔 소 사료부대만 수북이 쌓여 있고, 토담 벽엔 쇠스랑, 괭이, 호미, 낫이 유물처럼 걸려 있다. 아래에서도 위에서도 차가운 공기가 쑥 솟아올라 그녀는 몸이 오므라들었다. 차가운 공기 속에 앉아 있던 그녀는 주머니에서 어머니에게서 빼앗은 신문쪼가리를 꺼내 펼쳐들었다. 사진이 박혀 있고, 약력이 적혀 있고, 이건 뭔가? 작가의 말? ……고향의 두 분은 그냥 사시는 걸로 내게 삶을 가르치신다. 사랑을 알게 하고 노동을 알게 하고, 다정한 것이 무엇인지를 알게 하신다. 나는 택시를 타려다가도 그쪽을 생각하면 버스를 타게 된다…… 제목이 그녀가 지은 대로 '마중'이라고 나

갔으면 고모님이 광고라고 생각하지 않았을까? 그녀는
다시 한번 이 대목 저 대목을 살펴보았다. 도대체 어느 대
목이 아버지와 작은아버지 사이를 갈라놓게 할 대목이란
말인가? 넝뫼댁이란 택호를 그대로 써서일까? 일찍 양친
을 잃고 어린 동생들과 이 세상에 남은 고모님은 책을 읽
지 않고도 생의 정면을 마주 보며 살아왔다. 책이 없이도
어린 동생들을 성장시키고 전쟁을 치러내며 아들을 낳아
길렀다. 그리고 지금 고달픈 인간생활을 피하지 않은 사
람답게 당당하게 늙었다. 나의 소설은 무엇을 성장시킬
것인가. 내가 어떤 생을 살아야 먼훗날 나의 소설도 고모
님처럼 당당하게 늙을 것인가. 이런저런 생각에 그녀는
맥이 쭉 빠졌다. 옛날에 오빠 몰래 책을 읽으며 이야기를
지어내는 사람들은 어떻게 생겼을까, 생각에 잠기곤 했던
자리에서 자신이 지은 이야기를 읽으며 침울해질 줄은.
그녀는 신문조각을 잘게잘게 찢어서 소 사료부대 위로 날
려버렸다. 그녀의 빈방은 지금쯤 전화벨이 요란할 것이
다. 지금은 전화를 받을 수 없으니 메모를 남겨주십시오.
자동응답기의 응답 메시지가 그녀의 부재를 대신 알리며
그녀가 빠져나간 그녀의 일상에 스며들고 있을 것이다.
세번 미루고 네번째 다시 맞춘 날짜가 오늘이었으니 편집
자는 부재를 알리는 응답 메시지가 나갔는데도 수화기를

놓지 않고 말할 것이다. 지금 방에 있는 줄 다 알고 있어
요, 어서 전화받으세요.

오래전 집을
떠날 때

장마가 시작되기 전 나는 페루에 있었다. 잉카제국의 옛 도시와 환상의 대유적이 깊은 잠을 자고 있는 페루에. 풀 한포기 나지 않는 가혹한 안데스 산을 깊은 상처처럼 껴안고 있는 페루에. 거기 머무는 동안 망일(望日)이 끼여 있었다. 그날 밤중에 왜 홀연히 잠이 깨었는지 모르겠다. 그 깊고 깊은 밤중에. 잠이 깨었을 땐 창으로 스며들어온 노란 달빛이 객실 출입문에 머물러 있었다. 누군가 내 이마에 손을 내려놓은 것 같은 느낌이었으나 객실엔 내 잠을 깨울 만한 어떤 기척도 없었다. 출입문에 머물러 있는 노란 달빛밖에는. 혹시, 당신이 나를 두고 달 속으로 들어가다가 되짚어지는 추억에 잠시 돌아서서 내 이마를 짚었는가? 달은 지친 거북이처럼 느릿느릿 객실 창을 지나갔다. 침대시트 바깥으로 얼굴을 내밀고서 눈만 가느다랗게 뜬 채 달이 지나간 자리를 쳐다보며 오래 누워 있었다.

손을 뻗어 머리맡의 스탠드를 켠 건 갈증 때문이었다. 물을 얼마나 마셨는지 모른다. 아침에 룸메이트가 텅 빈 물병을 들어올리며 이걸 다 마셨어요? 눈이 휘둥그레졌으니까. 타는 듯한 갈증을 가라앉히고 다시 침대 속으로 들어가려는데 낮에 사왔다가 던져둔 엽서가 탁자에 아무렇게나 흩어져 있는 게 눈에 띄었다. 무심히 그 엽서를 집어들었다. 엽서 속엔 검은 머리를 길게 땋아 늘어뜨린 인디오 여인이 어린 자식에게 젖을 물리고서 오롯이 앉아 있었다. 앞엣것에도 뒤엣것에도 다 같은 그림. 어쩌자고 똑같은 그림엽서를 일곱장이나 샀는지. 달이 머물렀다 가는 걸 보아서였을 것이다. 나는 당신에게 엽서를 띄우고 싶었다. 그런데 나는 당신의 주소를 모르지. 내가 유일하게 외우고 있는 주소는 서울에 두고 온 나의 빈집이 있는 장소일 뿐. 나는 스탠드 불빛 아래 납작하게 엎드렸다. 방금 마신 물이 몸속에서 철썩 소리를 냈다. 그 물결을 따라 배 한척이 어느 심연으론가 미끄러져들어갔다. 그 밤, 그렇게 납작하게 엎드려서 내가 집을 비움으로써 인기척이 끊겼을 나의 빈집에게 다음과 같은 엽서를 썼다. 글씨를 쓸 수 있는 칸이 적어서 다음다음 엽서에 일, 이, 삼, 사, 오, 일련번호를 매겨가며.

페루 쿠스코에서의 어느날 아침이었어요. 티티카카 호수가 있는 푸노로 떠나기 위해 묵고 있던 쿠스코의 호텔에서 체크아웃을 하던 때였죠. 전날 새벽 기차를 타고 마추픽추에 다녀온 여독에서 덜 깨어났는지 저는 가방 챙기는 일이 늦어졌습니다. 해독이 아닌, 즐거운 피로에 쑥 빠져 있었습니다. 전날 새벽 기차를 타고 쿠스코의 산페드로 역을 떠나 마추픽추로 향해 갔던 여정을 제가 언제나 잊을는지. 철로는 계단식으로 놓여 있었고 앞으로 간 만큼 다시 뒤로 물러서며 한계단씩 고지로 올라갔어요. 뒤로 가는 기차. 기차가 첫걸음을 익힌 어린애처럼 지그재그로 흔들리며 겨우 산정에 올라 우뚝 솟은 바위산을 옆에 끼고 가는 동안 먼동이 텄지요. 거기 광활한 바위산 너머너머에 찬란한 만년설이 굽이져 있었습니다. 무엇이 잡아끄는 것 같아 고갤 들면 거기엔 매번 어린 시절 같은 만년설이 나를 굽어보고 있었지요. 태양의 신전이 불쑥불쑥 나타나는 길을, 인적이 끊기고 기괴한 선인장이 시퍼렇게 흔들리는 그런 길을, 세시간을 갔습니다. 간혹, 막 잠에서 깨어난 물살이 덜컹거리는 기차의 차창으로까지 넘쳐와서 저를 껴안을 듯이 거세게 뒤척였지요. 껴안고 싶다면 얼마든지 안겨주리, 제 가슴도 자유 속에 놓였었지요. 한때는 일만명이나 되는 잉카인들이 숨어 살았다는 잃어버린 도시 마추픽추는 텅 비어 있었습니다. 눈물겹게도 지붕이 없는 돌로 지은 빈집들만이 서늘하게 카메라 렌즈를 기다리고 있었어요. 멈춰버린 시간이 그 빈집들에 갇혀 있었습니다. 마추픽추의 텅 빈 집들을 보고 온 지난밤에 어찌 쉽게 잠을 이룰 수가 있었겠는지요. 가방을 챙겨들고 로비로 내려갔을 때 이미 일행들은 체크아웃을 다 마치고 로비의 의자에 앉아 있었어요. 곽선생이 내 이름을 불렀습니다. 그가 스페인어가 박힌 낡은 신문지로 돌돌 말린 것을 풀어내면서 이게 나스카의 지상 그림이에요,라고 말했습니다. 나스카의 지상 그림? 저는 가방을 내려놓고 곽선생이 내밀고 있는 둥근 동판을 들여다봤지요. 흑갈색의 동판 중앙에 독수리가 날아가고 있었어요. 타는 듯한 갈증이 느껴지는 안데스 산맥이 쭉쭉 뻗어 있고, 그 사이사이로 원숭이와 암호 같은 기하학적 도형들과 물고기와 펠리컨 등이 숨을 죽이고 있었습니다. 건조한 사막 기후 지대인 나스카 대평원 정상 한가운데의 삼십개에 가까운 거대한 동물과 기하학적 무늬들을 상상하시겠습니까. 자그마치 8킬로미터나 된다는 직선을, 274미터의 왜가리를, 50미터짜리 벌새를? 독수리와 거미와 도마뱀들을? 곽선생은 덧붙여 말했습니다. 나스카의 지상 그림은 기원전 350년에서 600년 사이에 그려졌고 비행기를 타고 공중으로 올라가지 않으면 보이지도 않는답니다. 너무 건조해서 사람이 정착한 적이 없는 황량한 불모의 대지에 왜 그런 자취를 남겼을까요? 이곳에 사는 사람들은 나스카의 지상 그림을 인간이 그렸다고 생각하지 않는다고도 했습니다. 그럼 누가? 인간이 아니면 누가? 그 순간 저는 엉뚱하게 이십여년도 전에 우연히 들여다보았던 어떤 빈 집의 풍경을 이해할 것 같았어요. 나스카의 지상 그림의 전모가 밝혀진 것은 20세기의 항공시대가 열린 후부터였다지요. 지상에선 보이질 않으니 비행기가 발명되기 전엔 몰랐다는 얘기지요. 이십여년 전에 들여다보았던 그 빈집에 대한 순간적인 이해는 야릇한 전율과 함께 왔습니다. 누군가 제 몸속에 우주선을 타고 착륙하는 느낌으로요. 우주선을 기착시키기 위해 내 허름한 육체는 쿠스코의 그 아침에 툭툭, 벌어지고 있었습니다.

*

　그녀는 다른 일행들보다 하루 먼저 서울로 돌아왔다. 그녀가 빈집의 현관문에 열쇠를 꽂았을 땐 밤 열한시경이었다. 공항에서 집으로 돌아오는 동안 거리에 비가 쏟아지기 시작했다. 장마가 덜 끝났나보다고 택시기사가 말했다. 택시기사는 그녀의 여행용 가방을 빈집의 문 앞까지 들어다주고 갔다. 왜 이렇게 어둡죠? 하면서. 택시에서 내려 트렁크에서 가방을 끌어내리는 동안 맞은 비에 그의 옷이 후줄근했다. 일행은 그녀까지 합해 자그마치 스물둘이었고 대부분이 사진을 찍는 일을 업으로 삼고 지내는 사람들이었다. 일행은 성향이 비슷한 사람들끼리의 사적 모임이었지만, 어느 땐 어떤 공식적인 명칭을 가진 모임보다 사회에 적극적인 발언을 하기도 하는 모임이었다. 그들은 신발끈여행사와 손을 잡고서 잉카문명 순례여행전을 추진했다. 페루는 비용도 비용이었지만 논스톱으로 갈 수 있는 거리가 아니었다. 어떤 항공을 이용해도 미국이나 일본, 캐나다를 경유해야만 했다. 한번 다녀오면 다시 가기가 힘든 곳이었다. 잉카문명 순례여행전은 이미 오래전부터 상당히 치밀하게 계획된 일이었지만 그녀의 참가는 좀 느닷없는 감이 있었다. 일행 중에서 대학에서 강의를 하는 사람이 학교 사정으로 합류할 수 없게 되어 빈자리가 생겼는데 이따금 자기 앞에 떨어진 고단가의 일거리를 그녀에게 맡겨주곤 하는 선배가 그녀에게 여행을 권유했다. 그때까지도 그녀는 페루행은 생각지도 않고 있었다. 그녀는 자신이 그들과 같은 처지의 사진작가라고 생각하지 않았다. 지상에서 사라지고 있는 동물들을 필름에 담아두기 위해 아프리카의 오지에 들어가 내리 삼년의 시간을 쏟아붓고도 틈만 나면 다시 케냐라든가 자메이카를 향해 카메라 가방을 꾸려 길을 나서곤 하는 그들과 요리책을 만드는 월간지의 프리랜서 사진기자인 자신이 같은 처지일 수는 없는 것이라고. 여행지가 페루만 아니었다면 그녀 또한 떠나기로 마음먹기가 쉽지 않았다. 여행 기간이 그녀 여동생의 출산 예정일과 맞물려 있었다. 여동생이 아이를 낳으면 시골에서 모친이 여동생의 산후를 지켜주려고 상경하기로 되어 있었다. 모친이 상경해 있는 동안 그녀가 시골집으로 내려가 부친과 함께 지내기로 되어 있었다. 모친이 집을 비우면 집에는 부친과 황소들만 남는다. 빈집에 부친과 황소만이라니. 부친은 보름이 아니라 한달이라도 혼자 있을 수 있다고 했지만, 사실 그녀 자신이 거의 이십년 만에 자연스럽게 생긴 부친과의 조용한 생활을 은근히 기대하고 있었다. 그렇지 않았으면 아무리 프리랜서라고 해도 그 바닥에서 십년인데 보름도 넘는 날짜들을 고스란히 빼놓기가 쉬웠겠는지.

오래전 집을 떠날 때, 마루에서 작별인사를 하는 어린 그녀를 병약한 부친은 어둑한 방 안으로 불러들였다. 부친은 몸을 반쯤 일으키고 손을 뻗어 그녀의 이마를 짚으며 말했다. 이 세상의 가장 높은 산정의 맑은 물기슭에 백조 두마리가 살았다고. 거울 같은 물속을, 고산식물들의 드높은 향기 속을 헤엄치며 살았다고. 어느 폭풍우가 몰아치던 밤 백조들은 폭우에 산밑으로 쓸려내려갔다고. 백조들이 어떻게 되었는지는 네가 서른이 될 때 얘기해주겠다고. 그녀는 백조 이야기를 마음속에 품고, 어둑한 방에 다시 몸을 누이는 부친을 두고, 그 집의 마루를 내려서며 생각했다. 곧 돌아오리라고. 돌아와서 다시 부친과 동생들과 모친과 함께 살리라고. 열다섯살 적의 일이니 꽤나 애절한 마음이었다. 이제는 십구년 전의 과거지사로 여겨질 뿐이지만. 마루를 지나 그 집의 대문을 나설 때 눈이 퉁퉁 붓게 울고 있는 남동생의 귓전에 대고 속삭였다. 울지 마라. 네가 울어도 나는 가야 해. 이 집에 더이상 머물 수가 없단다. 이미 가질 수 없는 것에 눈이 쏠려버려서 여기를 떠나야만 나는 살 수 있어. 그러니 눈물을 그치렴. 세월이 얼마나 걸릴지는 모르겠으나 한쪽으로 쏠린 내 눈이 제자리로 돌아오면 그땐 어디에 있다가라도 꼭 돌아올게. 그녀는 아직까지 돌아가지 못했다. 한번 떠나오고 나니 다시 돌아가는 일은 그녀 마음대로가 아니었다. 그녀가 가지 못하는 사이 남동생이 청년이 되어 그 집을 나왔고 작년엔 속눈썹이 긴 여자애와 결혼을 해서 그녀보다 더 멀리 그 집을 떠나갔다. 기차는 한번 사람을 멀리 데려

오면 쉽게 그 장소로 다시 데려다주지 않는다. 그녀라고
예외는 아니었다. 그 집에서 태어난 가족들은 그 집을 떠
나와 이 도시에 혹은 더 머나먼 곳에 다른 집을 짓고 새
가족을 만드는 중이다. 어쨌건 그녀는 거의 이십년 만에
부친을 제외한 모든 가족들이 마당을 비운 옛집으로 돌아
가 부친과 지내볼 작정이었다. 부친의 황소와 함께. 페루
에 가지 않았다면 어느날 부친은 오토바이를 타고 읍내에
나가 산낙지를 사올 것이고, 그녀는 식초와 설탕과 마늘
의 비율을 조절해서 초고추장을 만들었을 것이다. 산낙지
를 먹지 못하는 그녀인 줄을 모르는 부친은 왜 안 먹느냐
고 속상해했을 것이고, 병약한 그의 말이면 뭐든 다 들어
줄 용의가 있으나 꿈틀거리는 산낙지를 먹는 일만큼은 끝
끝내 수락할 수 없는 그녀는 결국은 전, 못 먹는단 말이에
요, 산낙지가 제 혓바닥을 돌돌 말아 먹어치울 거예요, 성
질을 부렸을 것이다. 결국 산낙지는 뜨거운 물에 데쳐졌
겠지. 그녀의 부친은 그랬겠지. 그녀를 변화시키느니 당
신이 변하셨겠지, 서글프게 아직도. 그녀는 그들이 가게
될 장소가 여기에서 그 머나먼 페루라는 것에 지독한 매
혹을 느꼈다. 페루. 지독한 매혹을 느꼈다고 했지만 페루
로 떠나기 전에 그녀가 페루에 대해 알고 있는 것은 멀다
는 것뿐이었다. 보태봐야 잉카제국의 수도였던 쿠스코를

품고 있는 나라라는 중학생 수준의 상식뿐이었다. 쿠스코
는 퓨마가 엎드려 있는 형상을 한 도시라고 했던가. 다시
또 생각해본다고 해도 로맹 가리의 소설 한편이 가로놓여
있었을 뿐이다. 그녀는 사진을 찍으며 먹고살지만 책을
읽는 데 시간을 더 많이 보낸다. 책을 읽는 일은 얼마든지
숨어서 할 수 있으니까. 어쩌면 책이 그녀가 전방위 사진
작가가 되는 걸 방해하고 있는지도 모르는 일이다. 책이
라기보다는 시라든가 소설이라든가 하는 것들이. 시나 소
설들을 읽고 있으면 굳이 다른 일을 해야겠다는 생각이
안 들었다. 그냥 그렇게 의자에 파묻혀 혹은 침대에 드러
누운 채 시나 소설과 함께 썩어가도 별수 없지, 싶은 것이
다. 로맹 가리의 소설 제목은 새들은 페루에 가서 죽다,였
지. 그녀는 그 소설의 제목에 반해 내용은 알지도 못한 채
김화영 번역의 책을 사와서 다섯번도 넘게 읽었다. 최근
에 현대문학사라는 출판사에서 새 표지로 단장되어 나왔
을 때 또 한권을 샀다. 깨끗한 흰 표지, 장을 많이 주어서
각을 깎아낸 샘물체의 붉은 글씨. 새들은 페루에 가서 죽
다,라는 제목은 여전히 매혹적이었다. 옛 책과 똑같은 내
용이었지만 그녀는 새 책이 풍기는 새 종이 냄새를 맡으
며 새들은 페루에 가서 죽다,를 한번 더 읽었다. 새삼스러
운 맛이 났다. 이 세상에 리마라는 도시가 있다는 걸 새로

읽으면서 처음 알았다. 리마, 예전에 읽을 땐 새기지도 않았던 페루의 수도 리마의 해변에 다른 사람들과 인연을 끊어버린 길고 여윈 얼굴에 피곤한 두 눈을 가진 남자가 까페를 경영하며 살고 있었다. 스페인과 투쟁하고 프랑스로 가서 독일에 저항하며 쿠바에 가서 지하운동을 벌였던 남자는 마흔일곱이 되어 안데스 산맥 밑, 모든 것이 끝나는 바닷가에서 숨어 살고 있다. 그럴까. 정말 그 남자의 말처럼 남자의 나이가 마흔일곱쯤 되고 보면 세상에서 배울 만한 일은 웬만큼 체득한 셈이 되는 것일까. 그래서 어떤 위대한 목적에도 아름다운 여자에게도 아무런 기대를 갖지 않게 되는 것일까. 그 남자는 그렇게 말했다. 그 나이가 되면 다만 아름다운 풍경에서 마음의 위안을 찾게 된다고. 풍경이란 거의 배반하는 법이 없다,고. 그녀는 생각했다. 그렇다면 당신도 어서 마흔일곱이 돼라. 아직 젊어 아름다운 여자에게 쏠린 마음으로 붉은 몸이 되어 나를 지나가지 말고. 마흔일곱의 남자가 바라보는 풍경 속에 새들이 떼지어 몰려와서 죽는다. 그 새들이 무엇 때문에 일생을 보낸 난바다의 섬들을 떠나 리마 북쪽 십 킬로미터나 떨어져 있는 해변에 와서 숨을 거두는 것인지 그 남자에게 설명해줄 수 있는 사람은 아무도 없다. 새들은 결코 그곳보다 더 북쪽으로도 더 남쪽으로도 가는 일이 없이

오직 정확하게 삼 킬로미터 길이의 그 해변의 좁은 모래
펄에 와서 죽는 것이다. 어느날 남자는 새들이 와서 죽는
그 해변에서 여자를 본다. 여자는 물속을 걸어가고 있다.
에메랄드빛 옷을 입고 벗은 두 어깨 위로 머리를 젖히고
초록색 목도리를 물 위에 질질 끌며 방파제 쪽으로 나아
가고 있었다. 물이 그녀의 허리께까지 차 있었다. 이제 파
도가 한번만 털썩 덮치면 여자는 수장될 참이었다. 이제
이 세상에서는 더이상 할 일이 없다고 생각하며 숨어 살
고 있던 남자는 물 위의 여자를 향해 힘껏 해변을 달려나
간다. 죽은 새떼의 몸통을 질경질경 밟으면서.

　페루.

　페루만 아니었어도, 그 장소가 그 머나먼 곳만 아니었
어도, 그녀는 빈집에서 조용하게 이어질 부친과의 생활을
포기하지 않았을 테지만…… 그 먼 페루라니. 먼 페루와
가까운 부친은 그녀의 마음속에서 반나절쯤 충돌을 일으
켰다. 결국 먼 페루가 이겼다. 그녀는 페루에 가야겠다고
마음을 정한 상태로 시골의 부친에게 전화를 넣었다. 리
마의 해변에서 남자에 의해 구해진 여자는, 심각해 보이
는 눈을 가진 여자는, 자신을 구해준 은둔하던 남자에게
말했다. 이렇게 계속할 수는 없어. 그녀는 부친에게 말했
다. 여행을 갈까 해요. 그녀의 부친은 섬세한 눈을 가졌다.

쉰이 지나면서부터 그 눈은 평생을 병약하게 살아온 사람의 외로운 눈으로 바뀌었지만. 세상은 섬세한 눈을 가진 사람이 이기기는 힘들게 되어 있다. 수화기 저편에서 잠시 흔들리는 부친의 눈을 그녀는 느꼈다. 그러나 상황을 길게 설명하지 않아도 되었다. 잠시 침묵을 지킨 후 부친은 짧게 말했다. 가거라. 내 걱정은 말고. 페루에 가기로 하고 그녀는 쓸쓸히 웃었다. 당신에겐 언제나 먼 것이 이겼지. 나는 당신과 지독하게 가까이 있고 싶었어. 먼 것에 당신을 빼앗길 때마다 내 가슴에 쌓여가던 침묵을 당신이 알아? 그런데 살다보니 나도 이렇게 되네. 가까이 있는 부친은 곧 다시 볼 수 있을 것 같네. 기다려줄 것만 같아. 그러나 이토록 가깝기에 바로 뒤는 절벽이겠지. 정말 절벽일까봐 그녀는 페루의 어디서나 부친에게 전화를 걸었다. 받을 때도 있었고 안 받을 때도 있었지만 벨소리라도 들어봐야 그녀는 안심이 되었다.

복도는 어둡고 열쇠를 잘못 꽂았는지 현관문은 열리지 않는다. 그녀는 다시 한번 열쇠를 맞춰보려고 애를 썼다. 복도 창을 타고 빗소리가 회오리져 지나갔다. 폭우다. 페루에서 돌아오면 장마가 지나 있을 줄 알았는데. 그렇게 어렵게 떠나놓고서 왜 그렇게 돌아오는 걸 급히 서둘렀는지. 나를 기다리고 있는 건 내가 떠남으로써 인기척이 끊겨버린 이 빈집뿐인데. 그 목소리 때문이라고 말한들 누가 이해하겠는지. 그녀는 어깨에 매달려 있는 가방을 바닥에 내려놓았다. 더듬더듬 손을 뻗어 공동으로 쓰고 있는 계단의 불을 켜려고 초인종 옆에 붙은 스위치를 올렸다. 불이 켜지지 않는다. 다시 스위치를 눌러보았으나 마찬가지다. 전구가 나갔나? 그녀는 더듬거리다가 여행을 떠나기 전에 현관문 앞에 내다놓고 간 큼직한 대바구니에 걸려 넘어질 뻔했다. 이렇게 어둡다니. 어두워서 잘 보이진 않지만 아마도 바구니 안엔 날짜 지난 신문과 우편물들이 쌓여 있을 것이다.

그녀 일행이 서울로 돌아오는 출발지는 칠레의 산티아고였다. 에콰도르와 볼리비아를 돌아온 끝이었다. 볼리비아에서 사막을 질주해간 끝에 도착한 산티아고는 남미의 전통적인 분위기와는 모습을 달리한 박물관투성이의 도시였다. 가난한 유럽 같았다고나 할까. 페루와 마찬가지로 여행을 떠나기 전에 그녀가 산티아고에 대해서 알고 있었던 건 영화 산티아고엔 비가 내린다,뿐이었다. 산티아고엔 비가 내렸다. 그곳에서 만난 대사관 사람은 산티아고는 비가 내리지 않으면 안 되는 곳이라고 했다. 깊은 분지여서 맑은 날씨가 일주일만 계속되면 공장이나 학교가 문을 닫아야 할 만큼 공해가 심하다고. 학생들이 체육시간에 뛰지를 못할 정도라고. 살바도르 아옌데 정권을 쿠데타로 무너뜨린 피노체트 군부가 계엄령을 선포하고 국회를 폐쇄하고 정치활동을 금지했던 때가 영화의 배경이었다. 군정을 비판하는 자들에게 내려졌던 살벌한 체포, 추방, 유배. 영화 속의 산티아고의 비는 탄압의 은유적 표현이었지만, 그녀가 산티아고에서 맞은 비는 유령처럼 떠다니는 공해를 가라앉히고 있는 비였다. 비는 산티아고에 머무는 사흘 동안 내내 추적추적 내렸다. 그녀의 가슴에 어떠한 감흥도 일으키지 못했던 비. 이상도 하지. 그녀에겐 남미 전역이 페루로 인식되었다. 경계심이 없는 눈동자들. 느린 걸음. 중고 물품 같은 거리. 그래서인가. 집으로 돌아오기 위해 로스앤젤레스로 출발하는 란칠레 비행기가 산티아고에서 출항해 적도를 가로지르는 동안에 벌써 그녀는 남미의 다른 나라들을 잊어버렸다. 그저 페루만 오롯이 그녀 가슴에 새겨졌다. 땅을 갖게 되면 빈 땅이라고 해도 우선 담장을 쳐야 하는 나라. 담장이 없는 땅엔 누구든지 들어가서 살 수 있는 곳이 페루였다. 그곳의 달동네는 대부분 가난한 사람들이 담장이 없는 빈 땅에 집을 짓고 살기 시작하면서 형성된 것이라 했다. 집이라고 해봐야 대부분 지붕도 없었지만. 다행히 리마엔 좀처럼 비가 내리질 않아 지붕이 없어도 사람들이 살아가는 데 큰 불편은 없다고 했다. 사람들이 담장이 쳐지지 않은 빈 땅에 들어가 집을 짓고 신부가 와서 성수를 뿌려주면 땅주인도 그들을 내쫓지 못한다. 그곳에서는 담장 없는 빈 땅에 들어가 사는 게 법률적으로도 하자가 없는 일이었다. 대통령이 기층민들에게 절대적인 지지를 받고 있는 나라. 대통령 후지모리는 빈 땅에 형성된 지붕 없는 집들을 방문해서 식수를 조달하거나 불을 넣어주는 일을 상류층의 눈치를 보지 않고 과감하게 시행하고 있었다. 외국 선박이 페루에 들어와 조업을 할 때는 선원의 삼십 프로를 현지인으로 고용하도록 법을 제정한 이도 후지모리였고, 문방구에서 택시라고 쓰인 빨간 딱지를 사서 자가용 앞 유리창에 턱하니 붙이기만 하면 바로 영업을 할 수 있게 해놓은 것도 후지모리라 했다. 다시 빨간 딱지만 떼면 자가용이 되는 것이다. 그녀는 그게 어이가 없기도 하고 재미있기도 해서 리마 거리의 택시들을 유심히 살펴보았다. 정말 아침이면 거의 모든 택시들이 빨간 딱지를 붙이고 있었다. 티코나 프라이드가 종종 눈에 띄었고 서울의 개인택시가 그대로 리마의 거리를 달리고 있기도 했다. 왜 개인택시라는 글자를 떼지 않느냐고 누군가 물었을 때 가이드는 외제 차이기 때문이라고 대답했다. 상류층이 오 프로이면 중산층이 이십 프로라도 되어야 할 것 같은데 나머지 구십오 프로가 기층민인 나라, 페루.

집으로 돌아오는 길은 멀었다. 산티아고에서 다시 페루의 리마를 거쳐 리마에서 로스앤젤레스까지 오는 데 하루 반가량이 걸렸다. 일정은 로스앤젤레스에서 하룻밤을 묵고 다음 날 서울로 돌아오기로 되어 있었으나 그녀는 갑자기 로스앤젤레스에서 마음이 급해졌다. 언젠가 한번 들은 적이 있는 여기 사람이 아닌 목소리가 몹시 갈증 난 목소리로 어서 집으로 돌아가라,고 했다. 그 목소리는 처음에는 나직하게 속삭이더니 나중에는 우렁우렁 굉음을 내며 그녀를 채근했다. 그녀는 그 목소리를 알고 있었다. 돌이킬 수 없는 순간. 어린 얼굴 하나가 기차의 강철바퀴에 으깨지고 터져서 초록 들판으로 튕겨나가던 돌이킬 수 없는 순간. 그 순간에 그녀는 집의 헛간에서 닭이 막 새로 낳은 피 묻은 알을 꺼내던 참이었다. 껍질이 까슬한 알을 몸속에서 힘겹게 빼놓고 둥지를 빠져나간 닭이 미처 몇 걸음 걷기도 전에 집어든 달걀은 참으로 알맞게 따뜻했다. 그녀는 지금도 행복에 온도가 있다면 그쯤이리라 생각한다. 갓 낳은 알을 손바닥에 싸안았을 때의 그 온기. 어린 그녀가 피 묻은 알을 손바닥으로 살살 굴리며 자두나무 밑을 지날 때였다. 생전 처음 들어보는 목소리가 그녀의 귓전을 후렸다. 그 목소리는 그 집의 한순간을 모두 정지시켰다. 방금 알을 낳고 꼬꼬댁거리던 닭이 뒷다리를 든 채로 더 걷질 못했고, 꽃밭에서 고갤 숙이고 있던 해바라기의 긴 목이 그 순간 허공을 향해 고갤 쳐들었으며, 바람에 밀리고 있던 샛문이 삐그덕 질겁하며 흔들리길 멈췄다. 그 순간이라고 했다. 그 목소리에 기겁해서 자두나무에 달려 있던 설자란 자두가 툭툭툭, 떨어졌던 그 순간, 그녀가 맥이 빠져 손바닥의 피 묻은 알을 놓쳐버렸던 바로 그 순간,이라고 했다. 자신의 손바닥보다 더 가까운 거리가 어디에 있는가. 그 가까운 손안의 따뜻한 알이 낭자하게 깨지고 말았던 그 순간, 자기도 모르게 물기슭을 떠난 백조 한마리가 기차에 목이 잘렸다.

그녀가 로스앤젤레스에서 다시 기습적으로 들었던 목소리의 전언은 어서 집으로 돌아가라,였다. 그녀의 손에서 알이 깨어지던 그 순간에 그 목소리가 했던 말도 그것이었을까. 집으로 돌아가라는? 그녀는 안절부절못하며 그날 안으로 서울로 돌아가는 비행기를 탈 수 있는지를 알아봐달라고 인솔자를 졸랐다. 이주일이면 단체여행으로선 꽤 긴 날들이다. 그 날들을 내내 잘 있다가 단 하루를 앞서가려는 그녀를 영문 몰라하는 건 당연했다. 저 여자가 누구야? 그제야 그녀를 처음 본 사람들도 있었을 것이다. 그녀는 타인의 눈에 띄지 않으려고 애쓰면서 살아가는 중이다. 머리핀 하나를 사도 누구나 다 꽂는 핀을 샀다. 일곱 중에 다섯이 단발머리면 그녀도 단발머리였다. 아홉이 모여 여섯이 커피를 마시면 그녀도 커피를 마셨다. 학교생활을 비롯한 모든 단체생활에서도 마찬가지였다. 오십명이 모여 있으면 열명은 특출해서 눈에 띄고 열명은 열등해서 눈에 띄게 마련이다. 그녀는 나머지 삼십명 중의 한 사람이었다. 사실 그녀도 자기 자신을 잘 모른다. 다만 아무에게도 눈에 띄지 않고 가만히 살고 싶어한다는 것밖엔. 그만그만한 민물새우들이나 그만그만한 푸른 오이처럼. 한두마리 한두개 없어져도 표 안 나는 것들처럼. 여행 중이라고 해서 달랐겠는지. 있는지 없는지도 모르게 여행을 마친 그녀가 갑자기 일행 중에 유독 눈에 띄는 단 한명이 되어 거의 억지에 가까운 수선을 한나절을 피운 끝에 일행들과 헤어져 하루 먼저 빈집에 도착한 끝인데 열쇠가 안 맞아 들어가지도 못하고 있다.

복도의 창으로 내다보이는 먼 가로등에 불이 켜져 있는 걸 보니 정전은 아닌 모양이다. 어쨌든 현관문을 열고 안에서 불을 켜야 될 것 같아 다시 현관문을 더듬거려 열쇠를 잡았다. 빗소리. 손바닥에 묻어나는 금속의 차가운 감촉. 왜 이럴까. 늘 들락거렸던 이 문 안으로 들어가기가 왜 이렇게 힘이 들까. 그녀의 이마에서 식은땀이 배어나왔다. 문이 열리지 않으니 떠났던 집이 이 집이 아닌 것만 같다. 다시 한번 열쇠를 구멍에 밀어넣고 있는데 웬 불빛이 그녀 손등에서 어룽대었다. 그녀는 흠칫 놀라 돌아다보았다. 복도의 창을 통해 언덕진 길을 올라오고 있는 자동차 헤드라이트에서 흘러나오는 불빛이다. 자동차는 바로 빈집 복도의 창으로 불빛을 보내며 천천히 오르막을 타고 올라왔다. 그녀는 자동차 헤드라이트가 비춰주는 불빛의 도움을 받아 현관문을 땄다. 문을 잡아당기는데 현관문 앞에 바투 놓여 있는 우편물 바구니가 가로막는다. 발길로 바구니를 저만큼 밀어보다가 그녀는 멈칫했다. 현관문과 우편물이 가득 담긴 바구니 사이에서 무슨 냄새가 흘러나오고 있다. 무슨 냄새지? 그녀는 엎드리기가 귀찮아서 발로 어찌해보려던 우편물이 쌓인 바구니를 두 손으로 밀어냈다. 문과 바구니 사이에 구부러져 있으면서 냄새를 풍기고 있는 것은 모눈종이만 한 구멍이 송송 뚫린 흰 헝겊에 포옥 싸인 국화꽃 다발이다. 꽃다발은 문과 바구니 사이에 접힌 채로 끼여 있다가 그녀가 바구니를 밀어내자 무슨 진동처럼 투둑, 부러지는 소리를 냈다. 오랫동안 잠겨 있던 헛간 문을 열었을 때나 맡아짐직한 습한 냄새를 풍기면서. 누가 국화를? 언덕진 길을 다 올라온 자동차가 빈집 앞에서 멈췄다. 헤드라이트가 국화꽃 다발에 조명을 보내고 있다. 무심코 꽃다발을 집어올리려다가 그녀는 휘익 스쳐가는 연상작용에 꽃다발을 바닥에 떨어뜨려버렸다. 순간 헤드라이트 불빛도 사라졌다. 누군가 차에서 내려 차 문을 닫는 소리가 빗소리에 섞여 어렴풋하게 들렸다. 빈집의 현관문 앞은 다시 캄캄해졌다. 빈집 앞에 놓인 말라비틀어진 국화꽃 다발은 묘하게 무덤을 연상시키고 있다. 그녀는 어둠에 잠긴 빈집의 문 앞에 서서 자신에게 불쑥 속이 상했다. 하필이면 하고많은 것 중에 무덤을 떠올리다니. 꽃을 보고서 다른 것도 아닌 꽃을 보고서. 하지만 어쩌랴, 이미 해버린 생각인걸. 왜 이렇게 어두운 거야? 그녀는 속상함을 누그러뜨려보려고 현관문을 탕탕 두드렸다. 그래 봐도 이미 야릇한 조바심이 가슴을 치고 지나간 뒤다. 말라비틀어진 국화꽃 다발이 놓인 꼬락서니에서 무덤을 보고 만 뒤다. 야산의 한적한 무덤도 아니고 그만그만한 봉분들이 수두룩한 공동묘지를. 누가 다녀갔을까. 이 무덤에 꽃을 바치고서.

　그녀의 기척이 소란스러웠는지 긴 머리의 옆집 여자가 문을 빠끔히 열고 내다봤다. 미안한 생각이 들어 여자를 향해 미소를 지으려던 그녀의 입매는 일그러졌다. 저 여자의 머리가 저렇게 길었던가. 안에서 흘러나오는 상앗빛 불빛 아래 서 있는 여자의 검은 머리가 휘익 날아와서 자신의 목을 친친 동여맬 것만 같다. 너무 예민해져 있군. 그녀는 가슴을 툭, 건드리며 고갤 내저었다. 국화꽃 다발 탓이야.

돌아오셨어요?

여자는 그녀의 속내를 아는지 모르는지 쌩긋 웃는다.

네…… 근데 왜 이렇게 어둡죠?

전구가 나갔나봐요. 갈아 끼워야 되는데 우리 애아빠도 출장 중이라…… 그런데 이번엔 오래 집을 비우시데요?

네에.

어딜 다녀왔는데요?

페루요.

여행한 장소는 남미 전역이었지만 그녀는 페루,라고 대답했다. 그랬다. 그녀는 페루에만 다녀온 것 같다.

좋으시겠어요. 이렇게 자유롭게 여행도 다니고…… 우리 애아빤 내가 하루만 집을 비워도 난리가 나는데…… 페루는 어땠어요?

이 밤중에 이 어두운 복도에서 페루 이야기를 하자는 것인가?

페루.

복도를 타고 후드득 들려오는 빗소리 탓인가. 카메라 필름에 들어 있을 페루의 이키토스 저지대에서 찍은 빈집들이 겹겹으로 떠올랐다. 오랫동안 사람이 살다가 더이상 살 수가 없었는지 버려둔 집들이었다. 그 저지대의 집들은 곧 무너질 지경으로 외롭게 서 있었다. 그녀는 한때 카메라 가방을 메고서 미친 듯이 빈집을 찾아다닌 경력이 있다. 문경새재로, 정선 아우라지로, 북제주의 애월로. 그녀는 자신이 혹시 진짜 사진 찍는 사람이 아닐까, 생각할 때가 이따금 있었는데 카메라 렌즈를 빈집에 갖다댈 때가 그랬다. 세상엔 세간살이 그대로 남겨둔 채로 사람이 버린 집들이 많았다. 산속에 들판에 바닷가에 언덕에. 때로는 마을 한가운데에도. 그러다가 사년 전에 어떤 빈집을 들여다본 후론 그녀는 빈집을 카메라에 담는 작업에서 손을 떼어버렸다. 줄포쯤이었다고 생각된다. 이름도 모르겠는 산을 향해 이 킬로미터를 걸어갔을 때 묘지가 나왔다. 묘지 옆에 길어야 삼개월 안에 무너지고 말 빈 흙집이 있다는 얘길 전해 듣고 찾아갔다. 정말 묘지 옆에 빈집이 있었다. 대문도 울타리도 없이 그냥 산길에서 턱 만나지는 흙집이었다. 집 안엔 수저 한벌 남아 있는 게 없었다. 이미 낡을 대로 다 낡아서 곧 무너지고 말 흙집이었다. 흙에 손바닥을 대어보니 댄 자리가 푹 파일 지경으로. 그 빈집의 정면을 찍어보려고 카메라를 들이대려다가 그녀는 멈칫했다. 마루 판자가 밑으로 쑥쑥 빠져나가고 두어개 매달려 있는 쪽마루 위로 방문이 보였다. 방문 위로 시렁도 보였다. 그런데 그 방문에 얼굴만 한 자물통이 걸려 있었다. 아무것도 없는 빈집에 저렇게 큰 자물통을 채워놓다니. 그녀는 마루로 올라갔다기보다는 먼지가 풀썩이는 쪽마루에 빠진 꼴로 완강하게 잠긴 문 안을 찢어진 문종이 틈으로 들여다보았다. 처음엔 지독하게 어두운 방이라고 생각했다. 그러나 어두운 게 아니라 푸른 방이었다. 방구들을 뚫고 올라온 억센 잡초가 방 안 가득 빽빽하게 들어차 있었다. 잡초들은 시퍼런 혓바닥을 널름거리고 있었다. 어떤 것은 천장을 뚫고 나갈 지경으로 생기 있게 웃자란 뒤에 목이 휘어져 있었다. 빈집의 방 안에 서식하고 있는 푸른 잡초들을 기웃거리다가 그녀는 그만 힘이 쭉 빠져 뒤로 무너지고 말았다. 빈집 방 안의 빽빽하게 들어찬 푸른 잡초 속에 백조 두마리가 목을 빼고서, 안을 들여다보는 그녀의 눈을 파먹을 듯 응시하고 있었던 것이다. 어쩌다가 물을 떠나 이 메마른 빈집에 백조가? 백조는 갈증에 불타는 듯했다. 그녀의 눈을 파내면 그곳이 곧 우물이 되어서 물이 콸콸 쏟아지는 것으로 알고 있는 듯한 깊은 응시였다. 그녀는 허겁지겁 그 마루 속에서 기어나와 그 집의 정면을 향해 아무렇게나 카메라 셔터를 누르곤 도망치듯 줄포를 빠져나왔다. 이후 그녀는 다시는 빈집을 찍지 않았다. 무엇 때문에 자신이 곳곳의 빈집들을 그렇게 찾아 헤매고 다녔는지 알 수가 없어질 지경으로 조용해져버렸다.

페루.

그녀는 다시 빈집들을 찍기 시작할 것인가? 그녀는 야릇하게도 페루의 이키토스 저지대에 서 있던 그 빈집들을 보는 순간 예전처럼 다시 혹시 나도 사진작가가 아닐까, 하는 생각에 잠시 사로잡혔다. 그녀는 저지대의 빈집들을 향해 렌즈를 맞추며 생각했다. 언젠가 당신이 혹, 다시 내게로 돌아온다면 그때 함께 와봤으면 한다,고.

그녀는 아주 피로했다. 그렇게 급히 집으로 달려와서 아직 안에 들어가지도 못하고 있질 않은가. 아까는 문이 열리지 않아서, 이제는 여자에게 붙들려서. 그녀가 자신도 모르게 얼굴을 찡그렸는가보았다. 옆집 여자는 얼른 말을 돌렸다.

내가 신문은 모두 바구니에 담아놨어요. 우편함 우편물들도요. 그런데 이상한 건요, 며칠 전에 내가 저녁 늦게 돌아오다 이층을 올려다봤는데 그쪽 집 창에서 불빛이 흘러나오더라구요. 그래서 아, 돌아왔나보구나 했는데 현관 앞에 신문이며 우편물들이 그대로 있더라구요. 이상하다 싶어서 초인종을 눌러봤는데 인기척은 없구……

그녀는 정말 피로했다. 여자의 허튼소리가 귀에 들어오질 않았다. 그저 한마디도 대꾸를 못하겠어서 그냥 네에, 하며 문을 열려는데 여자가 저기, 하면서 무슨 할 말이 남은 듯이 머뭇거렸다. 그녀는 한 손으로 바퀴 달린 여행가방을 끌어당기면서 잠시 여자를 바라보았다.

지금 돌아오는 길인데 이런 얘기 하면……

무슨 일이 있었어요?

참 이상했어요. 음악 소리가 들리고 어린애들 웃음소리가 들리고. 혹시 누구한테 열쇠 맡기고 갔어요?

그녀는 누구에게도 열쇠를 맡기지 않았다. 맡길 열쇠도 없다. 주인에게 건네받은 열쇠는 네개였으나 다 잃어버리고 한개가 남아 있으니. 그런데 빈집에서 음악 소리라니? 어린애 웃음소리라니?

잘못 들었겠죠.

아니에요. 어느날은 밤에 쓰레기 버리려고 나갔는데 달이 둥그렇게 떴더라구요. 달을 쳐다보다가 무심코 그쪽 집 창을 또 올려다보게 되었는데 불이 또 켜져 있더라구요. 문밖에 우편물이고 신문이고 그대로 쌓여 있었는데…… 쓰레기를 버리고 올라오다가 들으니까 또 그래요. 남자애와 여자애 소리가 섞여 들렸어요. 피아노 소리도 들리고요. 참 이상하기도 해서 이 문에다 귀를 대고……

여자는 손을 뻗어 그녀의 빈집 현관문을 가리켰다.

한참을 있어봤어요. 분명했어요. 남자애가 무슨 얘길 하면 여자애가 까르륵 웃고…… 남자애가 여자애에게 너무 큰 소리로 웃지 말라고까지 하더라니까요. 옆집에서 이상하게 생각한다구요.

여자의 목소리는 빗소리에 잠겼다가 떴다가 했다.

정말이에요. 아니라면 내가 뭣 때문에 이런 얘길 하겠어요.

내가 귀가 얇은 걸 어떻게 알았담. 하지만 그녀는 표를 내지 않고 묵묵부답으로 여자의 얼굴을 바라만 봤다. 여자의 집 내부에서 흘러나오는 불빛을 받은 국화꽃 다발이 하얗게 빛을 내고 있었다. 여자가 정말이에요,라고 하지 않아도 이미 그녀의 마음은 소란스러워져 있었다. 그러나 여자의 말에 맞장구를 칠 힘은 없어서 허리를 숙여 꽃다발을 들어 바구니의 우편물 위에 툭, 던져놓으며 다시 한번 잘못 들었겠죠, 귀찮다는 듯이 대꾸했다.

아니라니까요. 그렇게 말할 줄 알고 피아노곡이 무슨 곡인지까지 들어뒀는걸요.

네에?

월광이었어요.

베토벤? 그녀는 피식 웃었다. 옆집 여자와 그녀는 아침마다 누가 더 크게 듣나를 경쟁하듯이 베토벤을 크게 틀어놓았다. 여자가 볼륨을 높이면 그녀는 더 높였고 그녀가 더 높이면 여자는 더 높였다. 교향곡이나 피아노나 바이올린 소나타들. 운명의 전 악장을 밤새 다섯번도 넘게 들었던 다음 날이었다. 슈퍼의 생선코너에서 꽃게를 사려고 톱밥 속에서 꽃게의 다리를 들어올리고 있는데 옆집이 아닌 아래층 여자가 그녀에게 다가와서 저기요,라고 말을 건넸다. 입매가 단정하고 눈썹이 가지런하고 수줍음이 많아 보이는 여자였다. 그들은 위아래층에 살긴 하지만 한번도 말을 섞어본 적이 없는 사이였다. 저기요…… 낮에는 괜찮은데 밤에는 베토벤 좀 죽여줄 수 없어요? 아이가 잠 깨서 막 울어요. 그녀는 꽃게를 다시 톱밥 속에 내려놓고 귀밑이 빨개졌다. 베토벤 때문에 잠이 깨서 운다는 아이를 한번도 본 적이 없다. 그저 간혹 한낮이나 새벽에 벽을 타고 들려오는 울음소리를 들었을 뿐. 애가 까탈스러워서 잠재우기도 힘들고 잠 깨면 다시 잠을 자지도 않고 울어요. 말을 하는 동안 내내 아래층 여자는 미안해서 어찌할 바를 몰라했다. 자기도 모르게 물을 떠난 백조 한마리가 슈퍼마켓에 또 한마리 옹송그리고 있었다.

다음 날, 그녀는 이층 창문을 통해 처음으로 그 아이를 봤다. 산에서 언덕진 길목 쪽으로 휘영청 늘어진 아카시아나무에서 꽃이 지고 있는 오월의 한낮에. 사그라드는 아카시아의 흰 꽃이 언덕진 길을 하얗게 덮어놓는 중이었다. 그녀는 꽃이 아니라 눈이 내리는가 했다. 커피를 쏟아 걸레질을 하고 있는데 자꾸만 시선이 꽃 지는 쪽으로 흘러갔다. 꽃그늘 속에서 여자가 아이를 등에 업고 서성이고 있었다. 업혀 있는 애는 태어난 지 백일도 안 되어 보이는 갓난애였다. 아직 잇몸만 붉을 뿐 하얀 치아 하나 박지 못한 투명한. 여자는 노란 포대기를 짱짱하게 둘러서 아이를 등에 업고선 연립주택 단지 출입구로 향하는 언덕진 길을 오르락내리락했다. 갓난애는 어디가 아픈지 여자의 등에 얼굴을 파묻고 있다가도 발작적으로 울어댔다. 그럴 적마다 여자는 손바닥으로 아이를 어르며 언덕진 길을 오르락내리락 종종걸음 쳤다. 우는 아일 보고 있자니, 안타깝게 종종걸음을 치는 여자를 보고 있자니, 그녀는 서글퍼져서 무엇이라도 다 용서할 수 있을 것 같은 마음이 되었다. 이후로 밤에 베토벤을 듣는 일을 삼가거나 소리를 죽여놓았다. 머나먼 베토벤을 듣자고 가까운 어린애를 울릴 수는 없었으니까.

옆집 여자가 문을 닫고 들어가버리자, 복도는 다시 어두워졌다.

창으로 빗소리가 훅, 밀려왔다가 밀려간다. 그녀는 문

을 열고 안의 불을 켜려고 스위치를 찾아 손을 더듬거린다. 스위치를 올렸으나 불이 들어오질 않았다. 벗어놓은 그녀의 신발들에 채어 그녀는 하마터면 넘어질 뻔했다. 신발들. 오래전에 그녀의 모친이 그랬다. 너희 아버지가 오래 집을 비웠을 때도 나는 네 아버지 신발을 토방에 늘 세워두었다. 그래야 안심이 되었거든. 기억한다. 어머니는 그랬다. 신발뿐 아니라 아랫목에 늘 더운 밥 한그릇도 묻어놓았다. 대문도 늘 열어두었다. 어느 밤에 올지 모를 부친을 위해서. 그래서였는가. 그녀의 부친은 돈이 생기면 늘 기쁜 얼굴로 서둘러서 모친을 찾았다. 대문을 들어서자마자 토란잎 속에 오줌을 누고 있는 그녀를 향해 엄마 어딨느냐고 물었다. 마늘밭에 있어요. 바지를 올리고 큰 걸음의 아버지를 바쁘게 따라가보면 아버지는 벌써 마늘밭으로 성큼 걸어들어가서 어머니의 흙 묻은 월남치마를 펼치고 그 위에 봉투 속의 돈을 확 쏟아놓곤 했다. 뭔가 안심이 되고 흐뭇한 표정을 지으며.

　그녀는 문을 하나 더 열고 안으로 들어가서 벽을 더듬어 다른 스위치를 올려봤다. 마찬가지다. 어둠 속에서 죄다 꺼내놓은 신발들만 발에 툭툭 차였다. 모친의 신발 얘기가 그녀에겐 무슨 부적같이 느껴졌나보았다. 도시로 돌아와서 그녀는 신발장 속의 신발들을 죄다 끌어내서 바깥

에 줄을 세워놓았다. 봄, 여름, 가을, 겨울 신발들. 심지어
는 등산화까지. 줄지어서 있는 신발이 아닌 게 아니라 부
적 같기도 했다. 세탁기 수리를 위해 들른 기술자를 안으
로 들어오게 해놓고선 문득 겁이 나서 빈방을 열고선 전
화 왔어요, 전화받아요! 따위의 말은 안 하게 되었으니
까. 이따금 집 바깥에서 빈집의 신발들을 생각하기도 했
다. 빈집을 지키고 있을 자신의 신발들을. 그녀는 신발들
을 헤집고 어둠 속으로 더 걸어들어가 세면장의 스위치를
올려봤다. 거기도 불은 들어오질 않았다. 어떻게 된 거야?
분명 정전은 아닌데. 그녀는 난감해져서 잠시 어둠 속에
멍하니 서 있다. 그제야 오래 인기척이 끊긴 집의 냄새가
어둠 속에 서 있는 그녀에게로 훅, 덮쳐온다. 그녀는 역시
신발을 신은 채로 더듬거리며 책이 있는 방으로 걸어와서
선반을 더듬거렸다. 거기 어디에 양초가 있을 것이다. 여
러해 전부터 그녀의 모친은 그녀의 생일 무렵이 되면 성
당에서 둥근 양초를 구해서 올려보내곤 했다. 생일날 아
침에 그녀의 방에 불을 밝혀두라, 했다. 그 불빛이 그녀의
앞날을 밝혀주리라는 것이 모친의 말이다. 밝은 데로만
가라고 기도한다고 했다. 내 딸이 유채꽃같이 환한 자리
만 골라 딛게 해달라 기도한다고. 유채꽃같이 환한 자리.
당신이 가지 않는다면 진창 속이라도 환하지 않겠는가.

하지만 그녀는 한번도 그 초에 불을 붙인 적이 없다. 생일이라고 초에 불을 붙이기엔 어느덧 쑥스러운 나이가 되어 있었고, 실상은 유채꽃같이 환한 자리를 겁내고 있는 자신의 속내를 그녀는 느끼고 있었다. 환해지려고 하면 마음속에 가라앉아 있던 어떤 의지가 충돌하며 불꽃을 내지른다는 것을. 이래도 되는 것일까. 이렇게 행복해도. 그녀, 의지의 한편은 환한 자리를 매우 두려워하고 있었다. 그 자리를 열망하는 만큼이나. 한 해 한 해 선반에 덧없이 양초만 쌓여갔다. 손을 더듬으니 그중의 한개가 손에 잡혔다. 그녀는 어둠 속을 걸어서 가스레인지 앞으로 갔다. 가스레인지 불을 켜놓고 양초를 감싸고 있는 흰 종이를 벗겨내고 납작해진 심지를 세워 불을 붙이다가 그녀는 누구예요? 소릴 쳤다. 냉장고 근처에서 무슨 인기척이 느껴졌던 것이다. 놀란 가슴으로 돌아다보니 거기엔 촛불을 들고 있는 그녀의 그림자가 파도처럼 출렁이고 있다. 덧없이 또 이마에 식은땀이 배어나왔다. 촛불을 들고 나와 신발장 위에 얹어놓고선 아직도 바깥에 있는 여행가방들을 안으로 들여다놓았다. 신문과 우편물이 쌓여 있는 바구니도 힘껏 들어서 안으로 옮겨다놓았다. 관리실에 전화를 넣어볼 양으로 수화기 쪽으로 가다가 돌아와서 우편물이 쌓인 바구니 위에 얹힌 국화꽃 다발을 바닥에 내려놓고 신문 한장을 펼쳐서 덮어놓는 걸 먼저 했다.

그녀는 신발장 앞에 기대선 채로 관리인이 올라오기를 기다렸다.

촛불이 만들어놓은 희미한 빛 속으로 바깥의 빗소리가 휘익 스치고 지나간다. 언덕진 길 아래로 빗물 흘러가는 소리가 철썩철썩 들린다. 그녀는 선 채로 신발들을 발로 툭툭 건드리며 빗소리에 귀를 기울였다. 빗소리를 듣고 있으면 마음에 시퍼런 멍이 드는 기분은 왜인지.

페루의 리마엔 사계절 내내 비가 내리지 않는다 했다. 얼마나 비가 내리지 않았으면 오월에 내리는 아주 작은 양의 비를 두고 잉카의 눈물이라고 하겠는지. 여행기간 중에 리마는 겨울이었고 쿠스코는 가을같이 느껴졌고 이키토스는 모기가 득실거리는 한여름이었다. 같은 날짜에 여러 기후가 공존하는 길디긴 나라. 해독할 수 없는 인간의 자취들을 사방에 뿌려놓은 채 사라진 잉카의 깊은 침묵을 적도 바로 아래서 상처처럼 끌어안고 있던 나라. 마추픽추의 굿바이 보이는 지금 무엇을 할까. 마추픽추. 늙은 산. 잉카족이 스페인 사람들의 손이 닿지 않는 오지에 최후로 건설했다는 비밀의 도시가 그 산정의 맨 꼭대기에 있었다. 남자들은 싸움터에서 모두 죽고 태양의 처녀들만이 그 산정의 도시와 최후의 운명을 함께했다고 하던

가. 어찌 되었든 그렇게 높은 산의 정상에 어떻게 이런 도시를 세웠는지? 잃어버린 도시라 불리기도 한다더니 정말로 잃어버릴 만했다. 깊은 산중의 맨 꼭대기였다. 앞은 첩첩이 산이고 아래쪽에서는 위가 보이지도 않고 반대쪽은 깎아지른 절벽이었다. 공중에서만 도시의 존재를 확인할 수 있어서 공중도시라고도 칭해지고 있었다. 태양빛이 얼마나 강렬하던지 내내 목에 걸어두고만 다녔던 선글라스에 저절로 손이 갔다. 하늘은 또 얼마나 가깝고 파랗던지 앉았다가 일어서면 검은 머리가 그 하늘에 닿아 파랗게 물이 들 듯했다. 우리가 늙은 산이라고 부르든 공중도시라고 하든 잃어버린 도시라고 칭하든 상관없이 산정의 그 텅 빈 석조도시는 앞으로도 몇천년은 꿈쩍 않고 그 자리에 서 있을 것 같았다. 산봉우리의 지붕이 없는 빈집들 사이를 두어시간을 걸어다니고 나니 노출 부위가 빨갛게 부풀어올랐다. 그녀는 무슨 까닭으론지 그 빈집들 사이에서 가슴이 쓰려왔다. 여기에 정말 그들이 살았을까? 이 요새처럼 느껴지는 산정의 석조도시에 숨어서? 그들은 어떻게 죽었을까? 그들의 시체는 어떻게 처리되었을까? 다시 마추픽추 역으로 내려오는 미니버스에 올라탔을 때 그녀는 빨갛게 달궈져 쓰린 얼굴에 손바닥을 갖다대고 노곤해서 끄덕끄덕 졸았다. 창밖 울창한 푸른 나무들처럼

이쪽과 저쪽의 경계가 없이 흔들리고 있을 때 아주 아련히 소년의 외침이 들렸다. 처음엔 음악 소리라고 생각했다. 다음엔 새소리라고 생각했다. 그러다가 저쪽의 경계에서 그녀는 이쪽으로 훅 넘어왔다. 슬몃 눈을 떴다. 굿바이—음악 소리도 새소리도 아닌 인디오 소년의 목소리였다. 산정을 뛰어내려오는 인디오 소년의 검은 머리칼이 휘날렸다. 어떻게 산길을 저렇게 빨리 달릴 수가 있을까. 버스가 구불구불한 산모롱이를 통과할 적마다 인디오 소년은 뛰어내려오며 매번 굿바이—라고 외쳤다. 굿바이. 저렇게 애틋한 목소리의 작별인사를 들어본 적이 있었던가. 소년은 마침내 버스보다도 더 일찍 마추픽추 역에 도착해 버스 속으로 뛰어들어오며 굿바이,라고 손을 흔들었다. 빛나는 눈동자. 태양에 달궈져 터진 살갗, 버스보다 더 빨리 산을 타고 내려오느라 붉어진 뺨, 가쁜 숨. 버스 안의 사람들은 동전을 꺼내 소년의 손에 쥐여주었다. 그래, 마추픽추여, 굿바이.

그녀는 빗소리 속에 서서 베란다를 허물고 바깥을 직접 내다볼 수 있게 만들어놓은 통유리를 바라봤다. 폭풍우 몰아치는 밤 때문에 당신과 작별할 수 없다고 생각한 적도 있었지. 당신의 부재를 얼마든지 견딜 수 있으니 어디에 있든 비바람 몰아쳐 철썩철썩 물이 불어나는 그런 밤에만, 번개가 내리쳐 산의 전나무가 뚝뚝 부러지는 그런 밤에만, 내 곁에 있어주었으면 한다고, 그래 봐야 일년 중에 보름이나 되겠느냐고. 옆집 여자가 이 빈집에서 불빛을 봤다면, 이 빈집에서 어린애들이 움직거리는 걸 봤다면, 저 창을 통해서였을 것이다. 나도 없는데 누가 불을 켰단 말이지? 내가 없는데 이 빈집에서 누가 웃음소리를 내며 월광을 들었단 말이지? 심약하기는, 그녀는 얼른 고갤 저었다.

그앨 잃고 울었던가. 폭우같이 우우 진군하던 상실감. 울었다면 겨울날의 새벽시간이었겠지. 아궁이에 불을 때는 집의 겨울날 새벽. 아침밥을 지으러 나가는 어머니가 있다. 그녀는 아직 잠들어 있는 어린 자식들을 위해 밤새 불기가 사라진 아궁이에 군불을 밀어넣는다. 식었던 방바닥이 은근히 따뜻해진다. 불기를 얻은 방바닥에서 묻어나던 그 온기. 창호지문 밖 마루엔 밤새 들이친 눈이 수북이 쌓여 있다. 어머니보다 더 일찍 잠자리에서 몸을 일으킨 아버지는 눈 쌓인 마당에 세갈래 길을 내고 있다. 우물과 대문과 변소로 가는 길을. 싸악싸악 눈이 쓸리는 소리와 타닥타닥 아궁이에 불쏘시개 타는 소리를 듣는 어슴푸레한 새벽이 있다. 그 집의 어린것들은 서로 아랫목으로 가려고 광목을 댄 검정 이불 밑을 수풀 속의 물고기들같이 헤치고 들어갔다. 그러다가였을 것이다. 그 따뜻하고 작은 몸과 부딪치게 된 것은. 그래, 작은 어린애가 그녀 옆에 있었다. 팔을 얼굴 밑으로 넣어주면 검은 머리를 함빡 앞으로 쏟으며 그녀 품으로 파고들던 갓 낳은 달걀 같은 온기를 지닌 어린아이가. 그애의 입에서 싸아하게 뿜어나오던 자두 냄새. 겨우 다섯해 동안 목숨을 붙이고 있다 저기로 가버린 그 몸이 이 세상에 무얼 남겼을 것인가만 그녀는 여기에서 그애만 한 어린애를 만나면 그애 목덜미 밑에 손바닥을 밀어넣고 싶어 애가 타곤 했다. 그녀가 이렇게 어물쩍 서른을 넘겼으니, 그애 또한 어디서나 서른을 넘겼을 것이건만, 저기로 가버린 이들의 육체는 영원히 그 순간으로 정지된다. 섬광 같은 추억 속에 존재하느라 키가 크지도 못한다. 그앨 잃고 울었다면 겨울날 새벽의 이불 속이었을 것이다. 혼자 아랫목으로 파고들다보면 문득 공허해지고 몸에서 힘이 쭉 빠지는 소리가 들리곤 했으니까. 그녀 손의 따뜻한 알이 낭자하게 깨어지던 그 순간 몸에 투명한 붉은 피를 지니고 겨우 다섯해를 채워가던 목숨이 기차에 치여 산산조각이 나버렸다는데도, 그녀는 새벽이면 그애가 따뜻한 온기를 목덜미 밑에 숨기고서 그녀에게 파고들 것만 같았다. 그때껏 그녀의 피도 그애만큼은 따뜻했을 것이나, 그녀 몸속의 피의 반이 미처 성장하기도 전에, 차갑게 얼어붙었던 돌이킬 수 없는 순간. 피가 얼어붙는 데 이초나 걸렸겠는가. 그러나 영원한 이초이기도 했다. 남아 있는 나날들은 때때로 아름다워서, 여행가방을 끌고 집을 떠나 마추픽추의 산정에 오르는 날도 있는 것이고, 하늘이란 무릇 저래야지, 넋을 놓고 푸른 빛에 마음을 풀어놓는 온화한 날도 있는 것이지만, 그러다 문득, 깊이 모를 무의 심연을 타고 그 이초가 하얀 탁자보에 엎질러진 잉크처럼 마음에 번져올 때면, 누군들 당신을 붙잡고 싶지 않겠는지. 누군들 따뜻한 체취 곁에 머물고 싶지 않겠는지. 어디서나 이렇게 서둘러 집으로 돌아오고 싶지 않겠는지. 그 집이 폐가여도, 방구들을 뚫고 올라온 푸른 잡초가 널름거리고 갈증 난 백조가 눈구멍에 우물을 팔 듯 깊게 응시하고 있다고 해도.

관리인은 빗속을 철벅철벅 걸어올라와서는 누전차단기 뚜껑을 열었다.

이상하네요, 차단기도 이상이 없는데. 잠깐만 기다려보세요. 계량기가 있는 곳에 가보고 올 테니.

다시 빗물을 뚝뚝 떨어뜨리며 돌아온 관리인은 노란 딱지를 들고 있다.

전기세 안 내셨어요?

그녀는 머리가 띵해졌다.

관리인이 들고 있는 노란 딱지는 한국전력공사에서 와서 붙여놓고 간 것이다. 거기엔 삼개월이나 전기요금을 납부하지 않아 전기를 끊는다는 통고와 함께 체불된 금액이 적혀 있다. 전기를 끊고 갈 만큼 전기요금을 안 냈던가. 도무지 납부 여부가 기억이 나질 않았다. 그렇다고 전기를 끊고 가? 경비실도 있는데 말도 안 하고?

벌써 자정인데…… 어떡하죠.

그녀는 전화를 해보든지 어쩌든지 자신이 알아서 하겠다고 했다. 갑자기 관리인 보기가 창피해졌던 것이다. 세상에, 전기세를 안 내서 전기가 끊기다니. 때에 맞춰 낼 자신이 없으면 은행과 연결시켜놓으면 될 걸 그걸 못하고서.

이걸 두고 가겠습니다.

관리인은 손전등을 그녀의 신발장 위에 얹어놓는다. 계단에 물을 뚝뚝 떨어뜨리며 돌아가는 관리인의 등 뒤로 웬 여자의 얼굴이 불쑥 나타났다. 그녀는 지레 놀라 손전등을 집어들었다. 아래층 여자였다. 여자는 스럭스럭 그녀 곁으로 오더니 난 이 불빛이 싫어요, 하면서 신발장 위의 촛불을 훅, 불어 꺼버렸다. 아래층 여자는 어둠 속에 잠시 서 있다가 그 집은 괜찮아요? 하고 물었다. 무슨? 그녀는 손전등을 든 채로 여자의 얼굴을 빤히 바라보았다. 아래층의 아이가 결국 죽어나갔대요, 아카시아꽃도 다 진

유월에 옆집 여자가 문 앞에서 마주친 그녀에게 귀엣말을 했었다. 자다가 나왔을까? 아래층 여자의 얼굴이 좀 부은 듯했다. 사람들은 이상해요. 제 생각엔 아이를 잃었으면 부부지간이 더 서로를 위할 것 같은데 글쎄 아래층 여자의 남편이 짐을 싸가지고 시댁으로 들어가버렸대요. 당분간 떨어져 있자고 하면서요. 당분간 떨어져 있었다가도 당분간 함께 있어야 되는 것 같은데, 참 이상하지. 옆집 여자는 아래층에서 일어난 일을 두고 이해할 수 없다는 듯 참 이상하지,를 두번이나 더 발음했었다.

그쪽 여행 가 있는 동안 여긴 비가 엄청 내렸어요. 일층은 물이 거실까지 쳐들어왔어요. 소파며 카펫이 다 물에 잠겼어요. 오디오도 텔레비전두요. 산에서 쏟아진 물이 막 밀려들어오는데 무서워서 혼났어요. 물이 빠지는 데 하루가 걸렸죠. 그걸 봤다면 그쪽도 기겁했을 거예요. 일층이 그 지경이라 이층은 어떤가 궁금했어요. 하늘에 구멍이 뻥 뚫린 것같이 폭우가 쏟아졌거든요. 이층은 괜찮은가봐요?

거실이 물에 잠겼었다구? 아래층 여자는 마치 옛날에 어떤 남자를 만난 적이 있다는 투의 담담한 목소리를 내고 있어서 그녀는 물에 잠겼다는 아래층 거실 상황이 실감이 안 났다. 그러니까 의자가 물속에 서 있었단 말인가?

또 무슨 일인가, 하고 나와봤어요. 그 밤 이후론 뒤숭숭해서 잠도 잘 안 오고…… 이사를 갈까 하고 다른 집을 알아보는 중인데 한여름이라 나온 집도 없고……

거실이 물에 잠긴 상황을 말할 때와는 달리 여자는 금세 불안하게 흔들렸다. 가느다랗고 맑은 눈에 아직 추억이 되지 못한 상처가 일렁이고 있었다.

아이가 우네요.

그녀에게 대드는 듯이 아래층 여자의 목소리가 높았다. 이봐요, 정신 차려요. 그녀는 그만 손전등을 쥐지 않은 왼손으로 여자의 손을 끌어당겼다. 얼음장같이 차가운 손.

가봐야겠어요. 한번 깨면 계속 울어요.

아래층 여자는 그녀의 손을 탁 뿌리치고선 어서 가서 아이에게 젖을 물려야 한다는 듯 급히 층계를 내려갔다. 금방 넘어질 듯이 서두르면서. 아이 울음소리 같은 건 없다. 사방은 빗소리뿐. 다시 아카시아꽃이 피어도 이제 그녀는 아름다워서 서글펐던 지난 오월의 풍경을 다시 보지 못할 것이다. 꽃이 지던 언덕길을 아이를 업고 오르락내리락하던 여자를. 여자의 등에 업혀서 강그러지게 울던 아이의 존재를. 어린아이가 혈우병이라던가. 태어나질 말았어야 했대요. 원래 혈우병은 여자에게서 유전된대요. 세상에, 피가 멈추질 않는 병도 있다니. 옆집 여자는 정말

끔찍한지 귀엣말을 하면서도 손바닥으로 얼굴을 가렸다. 그녀는 아래층 여자가 현관문을 열고 안으로 들어가 다시 안에서 문을 잠그는 소리까지 다 들은 다음에야 손전등을 들고 안으로 들어왔다.

그녀는 손전등을 자는 방의 스탠드 옆에 내려놓고 옷을 벗고 세면장으로 들어갔다. 날이 밝아야 무엇을 해도 할 것이었다. 한국전력공사에 전화를 하든, 여행가방을 풀든. 잠이 올지는 모르지만 어서 침대에 눕고 싶었다. 손전등을 다시 집어들고서 세면장으로 들어가 욕조에 물을 받으려고 수도꼭지를 돌렸다. 잠시 쉬익, 소리가 나더니 욕조 바닥으로 붉은 물이 투둑투둑, 쏟아졌다. 오랫동안 잠가둔 탓이야. 그녀는 붉은 물을 빼내려고 서둘러서 수도꼭지를 세게 돌렸다. 붉은 물은 한참이나 욕조에 쏟아졌다. 그녀는 쇠솔을 집어 욕조 바닥을 벅벅 닦아냈다. 그러는 동안 욕조 속에 들어가 있고 싶던 마음이 싹 가셔버렸다. 그녀는 손전등 불빛을 받아가며 간단히 얼굴만 씻었다. 발을 씻으려고 샤워기를 발등에 갖다대던 중이었다. 자장자장 우리 아가, 금쪽같은 우리 아가. 세면장 밑이 아래층에선 아기의 방이었나. 환기창을 통해 빗소리가 쏴아, 밀려왔다가 밀려가는 속에 아래층 여자의 자장가 소리가 섞여들어왔다. 여자는 아마도 방의 여기저기를 왔다갔다하는가보았다. 자장가는 아주 가깝게 들렸다가 멀어졌다. 여자가 등에 업어서 재우고 있는 것은 무엇일까? 그녀는 베토벤을 듣고 잠이 깨서 울곤 했다는 죽은 아이를 생각하자 언짢아졌다. 그렇게 짧게 살다 간 시간 속에 내가 끼여 있었다니. 그녀는 아래층 여자의 목소리를 듣지 않으려고 물을 좀 세게 틀었다. 세면장 안의 뚜껑이 닫혀 있던 모든 것에서부터 눅눅한 냄새가 흘러나왔다. 비눗갑에서도, 보디클린저에서도, 치약에서도. 빨아서 개놓은 타월에서조차. 그녀는 이 타월 저 타월을 집어내 욕조 안에 툭툭 던져놓고 안엣것을 펼쳐서 씻은 발을 꼼꼼히 닦아냈다.

그녀는 손전등을 텔레비전 위에 얹어두고 침대에 누웠다. 자장자장, 달빛 같은 우리 아가. 빗발이 기세를 누그러뜨릴 때마다 여자의 목소리가 섞여들었다. 그녀는 부친에게 전화를 넣어볼까 하다가 시계를 보고는 그만두었다. 시곗바늘은 자정을 지나고 새벽 한시를 향해 가고 있다. 침대에 드러누운 채 어두운 방 시계만을 쳐다보고 있었더니 귓속 가득 시계 소리가 들어찼다. 째깍, 째깍. 시곗바늘 소리가 그녀의 귓속을 넘쳐흘렀다. 홍수처럼. 그녀는 시계 소리를 무찌르듯이 몸을 뒤집어 엎드렸다. 째깍, 째깍. 시계 소리는 끈질기게 그녀의 귓속을 파고들었다. 그녀는 침대 시트를 움켜쥔 채 페루를 생각했다. 전기만 들어 온다면 당장 암실로 가서 이키토스의 저지대에서 찍어 온 빈집들을, 마추픽추의 하늘을 향해 뻥 뚫려 있던 지붕 없는 유적들을 인화해보고 싶었다. 실로 사년 만에 느껴보는 욕구이기도 했다. 째깍, 째깍. 그녀는 끈질기게 귓전을 파고드는 시계 소리만큼이나 끈질기게 페루를 생각했다.

아마존 강에는 돌고래가 산다고 했던가. 모두들 강에 돌고래가 산다고? 의문을 나타냈지만 현지의 가이드는 그렇다고, 의심 없이 그렇다고 했다. 아마존의 일출을 찍으러 나가던 새벽이 있었다. 짙은 안개가 끼어 있었다. 팔을 휘휘 내저어 밀어내야 할 만큼. 안개 속을 헤치고 나가면서 일출을 찍는 일은 아무래도 틀렸지, 생각했다. 하지만 강가의 새벽공기 속을 뚫고 나가는 동안 누구나 다 생각에 잠긴 얼굴들이 되었다. 기선은 깊은 정글을 연상시키는 좁은 강폭을 따라 이십여분 달렸다. 누군가 가이드에게 잉카인들은 키가 아주 작았다면서요?라고 물어서 모두들 웃었다. 일행 중의 또 누군가는 잉카제국을 점령하러 왔던 스페인 병사들의 숫자가 겨우 오륙백명이었다고 해서 또 한번 웃었다. 정말 그랬대요. 잉카인들은 원래 싸움을 모르는 사람들이었대요. 총소리에 대포 소리에 지레 놀라 한편에선 하염없이 산정을 타고 올라가고 한편에

선 아예 엎드리고 그랬다고 들었어요. 생전 처음으로 듣는 총소리나 대포 소리의 공포? 그녀는 새벽 강가에 나와 있는 여자들의 움직임을 눈여겨보고 있었다. 빨래하는 여자, 물을 긷는 여자, 아이를 씻기는 여자. 그 강가에서 보았던 인디오 여인들의 눈동자를 잊는 데는 얼마나 시간이 걸릴는지. 그녀는 그들의 눈을 정면으로 바라볼 수가 없었다. 사랑을 해야겠다든지, 아름다워지겠다든지를 다 지나온 듯한 그들의 눈동자엔 깊은 물이 흐르는 듯했다. 놓쳐선 안 될 것도 없고, 보아서 안 될 것도 없는 듯한 야릇한 슬픔을 던져주는 눈동자들이었다. 강으로 휘영청 늘어진 나무 밑에서 사람의 기척이 나서 고갤 숙이고 들여다보면 거기 조각배를 타고 앉아 강물에 낚싯대를 던져놓은 야윈 사람들이 있었다. 한 애는 뉘어놓고 한 애에겐 젖을 물리며 강가의 마을을 향해 노를 저어가는 여인도 있어 자세히 보니 열다섯도 안 되어 보이는 앳된 얼굴이었다. 그곳의 소녀들은 안개 낀 새벽길을 타고 물동이를 옆구리에 끼고 강으로 내려오고 있거나 일찍 어린애를 낳아 젖을 먹이고 있었다. 그 강물 속에서 태어나 그 강물을 먹고 자라 그 강물 속으로 돌아가는 사람들은 아무것도 서두르지 않았다. 느리고 굼뜬 동작들. 그날 그들은 결국 일출을 찍지 못했다. 그걸 누가 강이라고 할는지. 좁은 강폭을 헤어나오니 광활한 물길이 아득하게 트여 있었다. 그제야 일행들은 그곳에 돌고래가 산다는 말을 이해했다. 광활한 물위의 안개 속에 떠서 해가 솟아오를 쪽을 향해 렌즈를 맞추고 있었으나 해뜰 시각이 한참 지난 뒤로도 안개는 걷히지 않았다. 그 짙은 안개 속에서 돌고래 이야기를 들었다. 아마존 물속에 사는 돌고래들은 노래하고 춤추기를 좋아해서 마을에 축제가 있는 밤이면 건장한 남자로 변해 강물 속에서 나온다고. 그중의 아리따운 여자를 홀려 함께 춤을 추고 노래하며 하룻밤을 보내고 날이 밝으면 다시 돌고래가 되어 물속으로 헤엄쳐 들어간다고.

아래층 여자가 다시 서성이기 시작했다. 자장자장 우리 아기, 꽃빛 같은 우리 아기. 째깍 째깍. 시계 소리 속으로 아래층 여자의 아기 재우는 소리가 다시 섞여들었다. 그녀는 몸을 뒤집고 손을 뻗어 어둠 속의 집 벽을 만져봤다. 주인이 아래층과 이층 벽을 뚫고 계단을 놓아 한집같이 하고 살았다더니. 계단이 메워졌어도 집은 이제 아래층과 이층에 서로 다른 여자들이 산다는 걸 잊어버렸나, 이렇게 모든 소리가 다 들리다니.

강가에 있는 마을에 처음으로 총을 쏠 줄 아는 사람이 생겼다. 그는 교육을 받고 군복무를 했던 것이다. 그는 마을로 돌아와서 경찰관이 되었다. 마을에 축제가 있어 사람들은 달빛을 받으며 모두들 집을 비우고 축제 장소로 나갔다. 그는 총을 옆구리에 찬 채 순찰을 돌았다. 얼핏 강기슭 쪽에서 웬 남자가 밧줄을 타고 올라오는 것을 본 것 같았으나 물기슭에 어롱대는 달빛이었다. 마을의 여자와 남자들이 춤을 추고 노래를 부르는 동안 밤은 깊어갔다. 총을 쏠 줄 아는 그는 이번엔 마을의 빈집들을 순찰 돌다가 어떤 집 담장을 뛰어넘어 들어가려는 건장한 남자의 그림자를 보았다. 사람들은 모두 축제 장소에 가 있고 텅텅 빈 집들이 주는 공포가 그로 하여금 생각해볼 것도 없이 그 남자를 쏘게 만들었다. 총알이 그 남자의 심장을 뚫는 소리를 그는 들었다. 그러나 그 건장한 남자의 시체를 찾을 수가 없었다. 그 근방을 아무리 뒤져봐도 끝끝내. 며칠이 지났다. 그곳에서 수십 킬로미터 떨어진 강변에 부상당한 돌고래 한마리가 피를 흘리며 물에 쓸려왔다. 죽어가는 돌고래의 가슴에 탄알이 박혀 있었다. 그 남자가 쏜 그 탄알이.

잠이 들긴 들었었는가.

혼몽이다. 눈에서 계속 피를 흘리는 어린애를 본 것도 같고, 기차의 레일을 베고 드러눕는 좀더 큰 아이를 본 것도 같다. 엄청난 물이 방문 바깥에서 넘실거려서 방문을 걸어잠그고 물에 밀리지 않으려고 안간힘을 쓰고 있었던 것도 같다. 어린애들이 갑자기 백조로 변해서 어떤 빈집으로 날아가는 걸 본 것도 같고. 그녀는 흥건한 땀에 젖어 눈을 뜨고 나서야 자신이 침대 밑에 굴러떨어져 있다는 걸 알았다. 바닥에 굴러떨어진 채로 그녀는 침대 위에 덩그렇게 놓여 있는 손전등을 바라보았다. 손전등을 끌어안고 잠들었던가. 텔레비전 위에 얹어두었던 것 같은데 언제 끌어내서? 귓전으로 빗소리가 휘익, 지나갔다. 아직도 비가? 빗소리를 듣자 목이 아플 지경으로 갈증이 느껴졌다. 그녀는 바닥에서 몸을 일으켜 침대 위의 손전등을 들고 방을 나왔다. 그녀의 그림자가 벽면에서 출렁거렸다. 냉장고 문을 열었다가 그녀는 기겁을 하며 얼른 다시 닫았다. 야채 썩는 냄새가 훅, 끼쳤다. 토마토가 뭉그러진 냄새. 그녀는 자신이 여행에서 돌아온 사람이라는 걸 잠시 잊어버리고 있었다. 전력공사에서 전기를 끊고 갔다는 것도. 대체 언제 전기를 끊은 것일까. 정전이 된 냉장고 안에 갇혀 있던 당근이며 오이며 날콩가루들이 일제히 토해내는 썩는 냄새. 명란젓갈이며, 갓김치며 깻잎들이 일제히 으깨지고 시어지고 눌어붙은 냄새. 그녀는 촛불을 들고 선 채로 차마 냉동실 문은 열지 못하고 쳐다보기만 했다. 냉동실엔 삼치며 오징어, 갈치토막들을 한끼 요리해 먹을 양만큼씩 포일에 싸놓았던 것이다. 아아, 냉장실이 이 모양이라면 냉동실은 얼마나 지독한 냄새를 풍기며 썩고 있을 것인지. 생각만으로도 코가 아파왔다. 물이라고 성하겠는지. 그녀는 물통을 꺼내 뚜껑을 열고 개수대에 쏟아내려다가 넘어질 뻔했다. 싱크대 밑판이 떨어져나와 아무렇게나 팽개쳐져 있다. 그녀는 손전등을 바닥에 놓고 엎드려서 싱크대 밑판을 자기 자리에 갖다대고 주먹을 쥐고선 탕탕 두드렸다. 소용없이 싱크대 밑판은 다시 허물어졌다. 몇번 더 해보다가 체념하고 그녀는 밑판을 가로로 길게 세워놓았다. 갈증을 달랠 길이 없어 컵에 수돗물을 받아 입안을 축였다가 뱉어냈다.

집에 인기척이 끊기면 가장 먼저 부엌이 허물어진다. 허물어지기 전에 긴장은 있었겠지. 수도꼭지가 누군가 비틀어주길 기다리며 바싹 말라갔을 것이고, 차곡차곡 쌓여 있는 크고 작은 접시들은 누가 건드리기만 하면 텅, 하니 깨져버릴 듯 유리문 안에서 바깥을 쏘아보았겠지. 국물이 넘친 자국을 간직한 채 불기가 끊긴 가스레인지는 빈 냄비를 얹어놓은 채 고독에 잠겨 있었을 테고, 그러다가 양념통에 벌레가 슬기 시작하겠지. 간장은 메마른 냄새를 풍기기 시작하고 식초는 자신의 독특한 향을 틈새로 날려보내고, 깨소금통에 갇힌 나방이 쉬익, 소릴 질러댔을 것이다. 그 공명음에 수저통 속의 숟가락과 젓가락들이 소란스럽게 바닥에 엎질러졌을 것이고. 그래도 부엌은 다른 아침이 오길 참을성 있게 기다렸겠지. 빈집의 메마름을 걷어내줄 누군가의 손길. 해가 뜨고 다시 어제와 같은 빈집의 하루가 계속되려 할 때 아마도 그때 저 싱크대 밑판은 더이상의 메마름을 참을 수 없어 허물어졌겠지.

그랬겠지만 그녀는 덩치 큰 냉장고가 썩은 음식을 가득 품고서 고독하게 서 있는 꼴은 처음 본다. 로스앤젤레스에서 불타는 듯이 갈증 난 목소리로 나를 불렀던 건 너였니? 그녀는 냉장고의 허리에 등을 대고 잠시 앉아 있다.

여행에서 돌아오는 밤이면 늘 이 모양이지. 빈집은 이렇게 식은땀 나게 해. 여행은 돌아오기 위해 있는 것이라고 하던데. 그녀는 돌아오는 비행기 안이나 기차 안에서 돌아가야 할 빈집을 생각하면 가슴이 덜컥 내려앉곤 했다. 인기척이 끊긴 집은 또 낡아 있을 테니. 침대 위에 벗어던진 셔츠는? 커피가 눌어붙어 있는 찻잔은? 읽다가 엎어놓은 책은? 그들은 그녀 손이 닿지 않으면 얼마든지 그러고 있을 것이었다. 하루고 이틀이고 열흘이고 한달이고 그래, 천년이라도. 여행에서 돌아와 자신의 빈집의 문을 따고 타인처럼 신발장 앞에 서서 빼꿋이 열려 있는 방문을 보고 겁을 먹는 존재도 이 세상엔 있는 거야. 사실은 집을 떠날 때 비행기 시간이나 기차 시간에 쫓겨 급히 나오느라 자기 자신이 미처 닫지 못했거나 너무 쾅 닫아 반작용으로 다시 열린 방문인 줄도 모르고. 물이 메말라 가쁜 숨을 쉬고 있을 화분들. 암실의 뿌연 먼지들. 차가운 방. 밀폐된 장소에서 풍기는 습한 냄새.

그녀는 이마를 찡그렸다.

당신이 아무리 나와 가까웠다 해도 여행에서 돌아와 아무도 없는 빈집으로 들어가는 내 마음을 들여다본 적 있어? 그때면 생각하지. 누군가 미리 집에 불을 켜놓고 현관문을 열어주고 누더기가 된 나의 가방들을 안으로 들여놓아주었으면, 그저 그날밤만이라도 누군가 차려준 양이 적고 간이 맞는 국물이 있는 식사를 할 수 있었으면, 다정한 인기척을 느끼며 깊은 잠을 잘 수 있었으면, 그저 그날 밤만이라도 이룰 수 없는 꿈을 꾸다가 공허하게 허공을 휘젓고 있는 내 손을 누군가 맞잡아 다시 이불 속에 밀어넣어주었으면, 하고. 시작도 안 해봤는데 다 지나버린 마음으로 고백할까? 그게 당신이었으면 했어. 당신이 내 산정이었으면. 내가 느껴보고 싶은 인기척이란 그런 것이었어. 하지만 당신이 내게?

그녀는 귀를 세웠다. 귓전보다 코에 스며드는 아주 낯익은 체취. 적막한 산속 공동묘지 안에서도 썩지 않을 냄새, 가족의 냄새. 귓전을 파고드는 여자아이와 남자아이

182

의 도란도란 말소리, 간혹 섞이는 웃음소리. 그녀의 팔엔 급히 유리창에 툭툭툭, 부서지는 빗방울 같은 소름이 돋았다. 그녀는 얼른 손전등을 집어들고 냉장고에서 등을 뗐다. 거실을 향해 한발짝 내디딜 때마다 불빛은 적막한 파도처럼 일렁였다. 어두운 거실이 있는 곳으로 몸을 돌리는 순간, 그녀는 붙박인 채 손전등을 툭, 떨어뜨리고 말았다.

어떤 남자애와 여자애가 거실의 수화기 앞에 서 있다. 오래된 흑백필름 속에서나 있음직한 남포등 불빛 아래에. 누구니? 그녀는 정신을 수습한 뒤 소릴 질렀다. 아무래도 그들에겐 그녀가 보이지 않는 모양이다. 그녀 목소리도. 그녀는 남자애에게 다가가서 애? 어깨를 잡아당겨 보았다. 애, 너희들 여긴 어떻게 들어왔어? 남자애는 그녀가 뭐라든 아랑곳없이 그녀가 관리인에게서 받아놓은, 한전에서 전기를 끊으면서 계량기에 붙여놓고 간 노란 딱지를 들여다보고만 있다. 여자애는 남자애가 글씨를 읽을 수 있도록 남포등을 들고 와서 노란 딱지에 바짝 갖다 대준다. 주인이 전기세를 석달치나 안 냈나봐. 남자애가 중얼거렸다. 한전에서 전기를 끊어놓고 갔어. 뭐 하는 여잔데 정신이 그렇게 없어? 여자애가 그녀를 책망했다. 사진 찍는 여자라고 네가 그랬잖아. 맞아. 저번날 오빠가 먼저 잘 때 심심해서 저 방문을 열어봤더니 암실이더라구. 빈집들을 많이 찍어놨더라. 텅 빈 집들 말이야. 근데 오빠, 아주 오래전에 우리가 묵었던 그 산속의 빈집도 있었어. 왜 줄포에 있었던 집 말이야. 방에 푸른 잡초가 무성했던 그 흙집. 이상한 여자야. 뭐 하려고 아무도 없는 빈집들을 그렇게 찍었을까. 자그마치 사진으로 찍어놓은 집이 백채도 넘는 것 같았어. 이 거실만 쓰자고 했잖아, 왜 남의 방을 기웃거려? 남자애가 제법 어른스럽게 여자애를 나무랐다. 아무 짓도 안 했어, 오빠. 그냥 방문만 열어봤다니까. 그냥 열어만 봤다면서 집이 백채도 넘는다는 건 어떻게 알았니? 세어봤다는 얘기잖아. 야단을 들은 여자애는 귀밑을 붉히며 눈물이 글썽해졌다. 또 운다! 남자애는 노란 딱지를 든 채 여자애의 얼굴을 끌어당겨 만져주었다. 여자애의 검은 머리도 쓰다듬어주었다. 시간이 없어, 울지 마. 여자애는 남자애의 품속에서 고갤 끄덕이며 뭐라고 중얼거렸다. 나는 말이야, 오빠, 집을 가지면 전기세 같은 건 제 날짜에 갖다 낼 거야. 어떻게 전기세를 석달치나 안 낼 수가 있어? 게으른 사람인 게지.

그녀가 아무리 그 둘 사이를 왔다갔다하며 대체 너희들 누구야? 전기세를 안 냈어도 여긴 내 집이야, 나가줘, 라고 소리를 질러보기도 하고 그들을 꼬집어도 보고 다리를 걸어도 봤지만 그들은 무슨 발광체들인지 그녀의 체취가 통하질 않았다. 그녀는 그만 지쳐서 그들의 발치에 주저앉아 그들이 하는 짓을 지켜볼 수밖에 없었다. 그들을 비춰주고 있는 남포등 불빛 속으로 유리문 밖 언덕진 길 위로 쏟아지는 빗발이 내다보였다. 대체 비는 얼마나 더 내릴 것인지. 굵은 빗발 속으로 이따금 마른번개가 노란빛을 내쏘고는 사라졌다. 오빠, 그만두는 게 어때? 그런 일 하는 건 너무 힘들잖아. 여자애가 남포등을 든 채로 남자애의 품속에서 속삭였다. 주인은 내일이면 돌아와. 돌아오자마자 정전인 걸 알면 얼마나 당황하겠니. 우리가 열나흘이나 쉬었다가 가는 집이야. 우리 몸을 누일 수 있게 해줬는데 이쯤이야 해주고 가야지. 한번 그러고 나면 오빠가 너무 힘들어하니까 그렇지. 저번 집에서도 오디오를 고쳐주고선 죽도록 아파놓고선. 곧 나았잖아. 넌 가서 부엌을 살펴봐줘. 청소하거나 그러진 말고 냉장고의 상한 음식들이나 주인이 떠났던 대로 복구해놔. 시들어가는 꽃나무들한테 물도 주구…… 싱크대 밑판도 빠졌던데 제대로 끼워주구. 빨래도 걷어놓을까? 빨래는 놓아둬. 왜? 주인은 빨래 걷어서 개는 걸 좋아해, 자기가 하고 싶을 거야. 오빠가 그걸 어떻게 알아? 세면장에 수건 개어놓은 거 못 봤니? 한가지만 보면 알지. 여자애가 고갤 숙이고 뭐라고 중얼거렸다. 남자애가 노란 종이를 든 채로 뭐라는 거니? 여자애에게 되물었다. 나도 빨래 걷어서 개는 거 좋아한단 말이야…… 여자애가 다시 울먹였다. 바보처럼 굴지 마. 남자애가 좀 퉁명스럽게 내뱉었다. 우리는 집을 가질 수 없다는 거 몰라? 빈집에만 깃들여 살 수 있다는 거 잊었어? 여자애는 울먹임을 거두고 남자애의 허리에 다시 팔을 친친 휘감는다. 알아. 아는데두 그냥 이따금 집을 갖고 싶어져. 오빠의 옷을 빨고 널고 걷고 개고 싶어져. 이젠 안 그럴게. 나 혼자 죽게 내버려두지만 말아.

내가 지금 무슨 풍경을 보고 있으며 듣고 있는 건지, 그녀는 좀 망연한 기분으로 그들 사이에 섞여 있다.

조금 힘이 들긴 들겠어. 워낙 오래된 집이야. 계량기가 바깥에 공동으로 달려 있네. 나갔다 올게. 우리 떠난 다음에 불이 들어오도록 해놓고 올 테니까 너도 어서 부엌에 가봐. 조심해, 오빠. 남자애는 유리문을 통해 휘익, 사라졌고, 여자앤 남포등을 들고 부엌으로 걸어갔다.

그녀는 혼자 남은 여자애를 뒤따라갔다.

여자애는 부엌으로 가더니 맨 먼저 냉장고의 냉장실 문을 열고선 남포등 불빛을 냉장실 깊숙이 밀어놓고 잠시 서 있다. 그녀는 여자애의 바로 등 뒤에서 죽은 음식들을 살려내고 있는 여자애의 주문 같은 웅얼거림을 새겨들었다. 언제는 혼자가 아니었는가만,이라고 여자애는 웅얼 거리고 있다. 애초에 그 밤이 없었더라면 으레 혼자거니 생각하면 그만이었을 테지만,이라고. 여자애는 냉장실 문을 탁 닫고서 이번엔 그녀가 겁이 나서 아예 열어보지도 못한 냉동실 문을 잡아당겼다. 여자애는 태연한데 그녀는 코를 싸쥐고는 여자애로부터 성큼 서너발짝을 떨어져나 왔다. 그럴 줄은 알았지만 생선 썩는 냄새는 너무나 지독 해서 가까이 있을 수가 없다. 그러나 여자애는 아무렇지 도 않은 듯 냉동실에 아예 남포등을 깊이 밀어넣고 한참 을 서 있다. 곧 냉동실에 찬기가 돌고 성에가 흘러다녔다. 축축해진 땅콩들이 알맞게 메말라갔고, 얼음통에 조각얼 음이 조각조각 담겨진다. 생선이 녹고 썩으면서 흘린 물 들이 너펄너펄 사라졌다. 그녀는 무슨 마술을 보고 있는 것만 같다. 냉동실이 예전처럼 회복되자 여자애는 남포등 을 식탁에 내려놓고선 방금 전에 그녀가 맞춰보려고 해도 잘 되질 않아 그냥 기대 세워놓았던 무너진 싱크대 밑판 을 쉽게 탁탁 끼워맞춘다. 이젠 꽃나무들에 물을 주려는 모양이다. 여자애는 그녀가 이따금 화채를 만들어 담아놓 곤 하는 옴팍하게 파인 꽤 큰 유리그릇에 물을 받아 나오 다가 세탁기 옆에 건조대를 펴고 널어놓은 그녀의 빨래들 앞에 잠시 서 있다. 그녀의 수건과 속옷과 셔츠들 앞에. 여자애가 빨래들을 넋을 잃고 바라보는 통에 그녀는 코를 싸쥐고 있던 손을 놓고 다시 여자애의 등 뒤로 가본다. 빨래를 보면 미래의 우리 일들을 생각하게 돼. 여자애는 주문을 외우듯 빨래건조대 앞에서 웅얼거렸다. 잘 마른 빨래들은 나의 내부를 환히 알고 있는 것 같아. 나를 비난하지. 저 기집애, 제 혈육하고 붙어먹은 기집애,라고. 하지만 이렇게 되어버렸는걸. 여기가 벼랑인걸. 이렇게라도 같이 있는 게 우리의 운명인걸. 안 그래? 안 그래? 여자애의 목소리가 너무 애절하게 들려서 그녀는 그만 여자애를 뒤에서 깊이 껴안아버렸다. 연약하고 작아서 한줌도 안 되는 여자애다. 아직 망울도 서지 않은 민짜 가슴의 어린애다.

비는 아무래도 밤새 퍼부을 모양이다.

빈집 지붕이 굵은 빗발에 사정없이 얻어맞고 있다.

그녀는 아주 우연히 이 집을 발견했다. 이전엔 여기에서 두 블록 지난 윗길에 살았다. 정도 육백년이 되는 해의 여름이었다. 사진작가 모임에선 정도 육백년 기념사업의 하나로 사진으로 남아 있는 옛 서울의 정경을 있는 대로 수집해서 전시회를 가질 계획을 진행시키고 있었다. 그녀는 인쇄물로 남아 있는 서울과 필름으로 남아 있는 서울을 체크해가며 건물 밑에 설명을 달아주는 일을 선배의 청에 따라 나눠 하고 있었다. 비 오는 종로거리의 빈집. 이 한마디를 골라 쓰는 일도 쉬운 일이 아니었다. 왜냐면 종로거리라고 써놓으니 종로인가보다 하지, 누군가 여기가 정말 종로 맞아요? 하고 반문해 오면 맞다고 확증을 삼을 증거가 없는 사진들이 수두룩했다. 그 여름 한달 동안 그녀는 머리를 싸매고 방구석에 틀어박혀 사진들과 씨름을 했다. 그런 여름의 한낮이었다. 그녀는 들여다보고 있던 종로를 덮어놓고 습관적으로 듣고 있던 에프엠도 끄고 책상의자에 깊숙이 몸을 파묻었다. 갑자기 적막해진 방 안으로 매미 소리가 굉음처럼 파고들었다. 사상 유례가 없다는 폭염이 쨍쨍한 그런 한낮. 의자에 파묻은 몸에 흥건히 땀이 고여왔다. 그대로 더 앉아 있다가는 가슴이 터지고 말 지경이었다. 세면장으로 들어가 찬물을 뒤집어쓴 뒤 집을 나왔다. 처음 생각으로는 에어컨 장치가 잘되어 있는 근처의 호텔 커피숍에 가서 팥빙수나 한그릇 앞에 놓고 쉬었다가 올 생각이었다. 금방 찬물을 뒤집어썼으나 골목을 빠져나오기도 전에 온몸이 땀이었다. 모르겠다. 그녀가 왜 갑자기 그 폭염 속에서 호텔로 가려던 방향을 틀어 이 집이 있는 쪽으로 걸음을 옮기게 되었는지. 도로를 타고 백 미터쯤 내려왔을 때 초원농원이라는 간판이 보였다. 아마도 농원이라는 팻말 때문이었는지도 모른다. 그녀는 잠시 팻말 앞에서 걸음을 멈추었다. 푸른 나무들이 폭염 속에서 불타고 있었다. 초원농원. 푸른 바탕에 흰 글씨로 새겨진 초원농원이란 팻말도 불타고 있었다. 그 팻말을 처음 보는 건 아니었다. 저 아래에 있는 슈퍼에 갈 적이면, 그녀의 빈집에 느닷없이 찾아든 내방객을 데리고 까페에 내려갈 적이면, 생리통에 허리를 싸쥐고 약국을 찾아갈 적이면, 갑자기 혼자 먹는 저녁밥이 싫어져서 어스름길을 걸어 식당을 찾아갈 적이면, 그녀는 그 팻말 앞을 지나쳐야 했다. 그때마다 그녀가 그 앞에 발자국을 찍으며 고갤 들고선 흘깃 쳐다보던 팻말이었다. 그러나 그렇게 흘깃 쳐다보고는 그만이었다. 도로변에 농원이라니. 그녀는 그 팻말이 거짓말 같았던 것이다. 숨이 막힐 듯한 폭양 탓이었을까? 그날 그녀는 농원 안으로 쑥 발을 들여놓았다. 나무가 우거진 안쪽으로 디딤돌이 쭉 이어져 있었다. 디딤돌에 신발을 댈 때마다 신발 밑창이 타들어가는 것같이 돌은 뜨거웠다. 그녀는 껑충껑충 디딤돌을 딛고서 안으로 쭉 따라 들어갔다. 디딤돌은 곧 끝이 났다. 마지막 디딤돌을 딛고 선 채로 휘휘 농원 안을 둘러보았다. 사찰에나 있을 법한 불두화가 여럿이었고, 막 가지가 갈라지고 있는 돈나무가 또 여럿이었으며, 잎사귀가 무성한 송악과 칠엽수 사이로 폭염에 불타는 향나무가 여럿이었다. 푸른색 호스가 물줄기를 뿜으며 측백나무 사이에 나동그라저 있었나. 인기척이 느껴지지 않았다. 누구 없어요? 그녀는 디딤돌에 선 채로 사람을 불러보았다. 누구라도 나와주었으면 싶은데 나무들이 토종개처럼 농원을 지키고 있을 뿐이었다. 또 한번 누구 없어요? 소릴 쳤어도 그녀는 사람을 만나질 못했다. 한참을 그렇게 서 있다가 들어왔던 세로 길을 접어두고 가로로 뻗어 있는 소로를 따라 나무들을 헤치고 농원을 빠져나온 그녀는 어안이 벙벙해졌다. 그녀가 서 있는 곳의 이십 미터 앞에 웬 경비실이 엿보였던 것이다. 그녀는 그제야 눈을 싹싹 씻고서 농원과 연결되어 있는 붉은 벽돌에 새겨져 있는 글씨를 읽어보았다. 호수빌리지. 이 안에 집들이 있단 말인가? 외부에서 보기엔 생각지도 못할 일이었다. 그녀는 내친김에 붉은 벽돌을 지나 경비실을 지나 안으로 더 걸어들어갔다. 이상도 한 일이었다. 외부에서는 짐작도 못하게 안으로 들어갈수록 길은 언덕져 있었고 어디에서 그렇게 시원한 바람이 불어오는지 목덜미에 흥건히 고여 있던 땀이 그 언덕진 길을 오르는 동안 싹 가셨다. 기다란 돌계단 양옆으로 나무들이 우거져 있었으며 언덕진 길 초입엔 아름드리 은행나무가 수십만개의 푸른 은행잎 팔찌를 끼고 찰랑거리며 서 있었다. 언덕진 길을 다 오르는 동안 양옆으로 푸른색 지붕의 이층짜리 연립형 집들이 서로 먼 거리를 유지한 채 숨을 죽이고 가만히 서 있었다. 그녀도 숨을 죽이고 가만히 걸었다. 언덕진 길을 올라와서 고개를 들었을 때다. 그녀는 그만 아, 하고 탄식하고 말았다. 언덕이 끝나는 곳에 산과 이웃한 마지막 녹색 지붕의 큰 창문이 시원하게 그녀를 내려다보고 있었던 것이다. 도로변과 불과 칠팔분 거리에 이렇게 산속 깊숙하게 틀어박힌 느낌의 집이 있었다니. 그녀는 산 쪽에 기대서서 옥색 버티컬이 쳐진 이층의 창문을 오래 쳐다보았다. 버티컬이 안을 가리고 있어서였을 것이다. 그 집은 꼭 빈집 같았다. 그녀는 그 빈집에게 불려나온 것만 같았다. 폭염도 잊고 팥빙수도 잊고 그녀는 거기 그렇게 선 채로 이층 창문을 올려다보다가 내려왔다. 이후로 그녀는 이따금 그 집 앞으로 갔다. 초원농원을 거쳐서 그 집으로 질러가는 돌계단을 한번만 바라다본 뒤 은행나무를 지나 언덕진 길을 천천히 걸어올라갔다가 거기 산과 이어지는 언덕진 길에 서서 마지막 집의 이층을 올려다보다가 땀이 식으면 내려왔다. 그 집의 옥색 버티컬은 늘 창 안을 가리고 있었다. 예닐곱번 그 집을 다녀온 뒤였다. 그녀는 자신이 어느새 그 집에 들어가보고 싶다는 강렬한 욕망에 휘둘리고 있음을 느꼈다. 바라보는 것만으로는 마음이 채워지질 않고 그 빈집에 자신의 일상을 심어보고 싶은 욕망이 나날이 쑥

쑥 사라났다. 그 욕망을 용케도 숨겨가며 그녀는 옛 서울을 들여다보는 일을 마쳤다. 그러나 그 전시회는 뜻대로 이루어지지가 않았다. 불타는 여름이 끝나갈 무렵의 어느 날 아침 성수대교가 무너져 버스를 타고 등교하던 여학생들을 수몰시켰고, 정도 육백년의 축제 분위기 또한 다리와 함께 무너져버렸다. 여름내 공력을 들인 일이 허사로 돌아가 뭔가 좀 공허한 기분으로 그녀는 초원농원을 거쳐 그 집 앞으로의 산책을 계속했다. 그 집의 버티컬이 내려쳐진 창문을 우두커니 바라보는 횟수가 늘어날수록 그 창 안으로 들어가보고 싶은 그녀의 욕구도 깊어졌다. 들어가서 저 버티컬을 걷어내고 창 가까이에 의자를 내놓고 그 안에서 이 바깥을 내다보고 싶었다. 그것도 우연이었을까. 여름이 다 지난 가을날 집주인으로부터 전화가 왔다. 계약 날짜는 여러달 남아 있으나 집이 매매가 되었으니 이사를 가줘야겠다는 것이었다. 집주인은 정확한 사람이었다. 계약기간 중이니 이사비용을 자신이 치르겠다는 말도 빠뜨리지 않았다. 일년 만에 또 이사라니. 그녀는 피곤하다는 생각을 하며 부동산에 들러봤다. 아무 기대 없이 무심코 호수빌리지의 나동 207호가 전세로 나와 있느냐고 물었다. 그녀는 그 집의 동호수까지 외워놓고 있었으나 그저 물어본 것이었다. 뜻밖에도 중개인의 대답은 어떻게 알았느냐면서 바로 방금 주인이 세를 내놓고 갔다는 것이었다. 그녀는 잠시 마음에 푸른 멍이 드는 기분이었다. 전셋값을 물어보니 그녀가 현재 살고 있는 집의 곱절이었다. 그녀는 머릿속으로 동원할 수 있는 돈을 생각해보았으나 천만원도 넘게 부족했다. 얼른 은행에서 마이너스대출을 받자고 생각했다. 대체 왜 그렇게 서둘렀을까. 당장 그 집을 계약하지 않으면 안 될 사람처럼 그녀는 조급하게 굴었다. 계약을 하겠다는 그녀를 외려 중개인이 빤히 쳐다보며 그 집에 들어가보셨어요? 물었으니까. 보지도 않고 계약을 하겠다구요? 안 될 말이라는 듯이 중개인이 이 집으로 그녀를 데려오면서 해준 그 집에 대한 이야기는 이런 것이었다. 처음에 이 집은 한국일보 사옥으로 지어졌고 그때의 이름은 한주연립이라고. 호수빌리지라고 이름을 바꾼 건 삼사년 안의 일이라고. 아직도 중국집이나 혹은 기름집 같은 데서는 호수빌리지라고 하면 어딘지 잘 모르니까 뭔가 주문할 일이 있으면 한주연립입니다,라고 하라 했다. 집주인은 바이올리니스트이고 일이층을 다 사서 일층은 살림집으로 이층은 연주실로 쓰고 있다가, 일층은 팔고 이층은 세를 놓고 북한강이 닿는 양수리에 전원주택을 지어 이사를 간다고 했다. 현재는 아래층과 이층의 내부가 서로 통하게 집 안에 계단이 있지만 공사를 해서 메워줄 거라고 했다. 그녀는 그 말에는 아랑 곳도 않고 이층도 임자가 나서면 팔겠네요?라고 물어보 았다.

안 팔 거라고 했습니다. 곧 재개발이 될 거라서 가지고 있으면 돈이 되거든요. 집 평수는 그저 그래도 이렇게 터 가 넓어서 지분이 많습니다. 서울 시내에 이런 집 없어요. 옛날에 지어서 그렇지 지금은 이렇게 터를 널찍하게 잡아 지을 땅도 없거니와 지었다 하면 고층이지요. 이렇게 집 과 집 사이가 멀고 더구나 단출하게 이층만 올렸으니 지 분이 세죠.

재개발? 그러면 그토록이나 오래된 집이란 말인가?

지은 지가 얼마나 되었는데요?

이십년 되어갑니다.

겨우 이십년 만에 재개발을 한다구요?

겨우라니요. 아파트들도 십오년 지나면 재개발 이야기 가 나오는 세상인데요.

십오년, 이십년 만에 재개발을? 어쩌다가 집의 수명이 이렇게 짧아졌을까. 하긴 시멘트의 수명이 길어야 삼십년 이라지. 시멘트로 지은 집이니 그럴 테지. 그래도 집이란 모름지기 한 생애가 태어나고 머물고 갈 동안만큼은 되어 야 집인 거지. 어쩌면 이 도시엔 이제 집은 없는지도 모른다고 그녀는 생각했다. 그저 시멘트만 있을 뿐. 어쨌든 그녀는 딱 한번만 들어가보았으면 했던 이 집으로 이사 오기로 계약을 했고, 그녀를 이 집으로 이끌어들이는 데 한 몫을 했던 은행나무의 은행잎이 펄펄 지던 가을날에 이사를 했다. 대출은 받지 않아도 되었다. 결혼하게 되면 냉장고며 의자를 사주려던 것이었다며 부친이 통장을 건네주었으니까. 이사를 하고 나서야 그녀는 이 오래된 집이 살기에 얼마나 불편한지를 실감했다. 금방 쓸어내도 먼지가 책상에 뿌옇게 내려앉았고, 걸핏하면 보일러가 터졌으며, 불쑥 정전이 되고 높다면 높은 지대라선지 아무 예고도 없이 단수되기가 일쑤였다. 가을비가 좀 길게 내리는 날 마침내 지붕에서 빗물이 샐 때는 차라리 정다웠다. 떨어지는 빗물 밑에 세숫대야를 대놓고서 그녀는 쪼그리고 앉아 빗물을 구경하기까지 했다. 지붕만 고치고 그녀는 여기저기 무너지는 집을 그대로 두었다. 고칠 시간도 없었다. 이 집으로 이사를 한 뒤 그녀는 거의 반은 집을 비웠다. 이상하게 자꾸만 바깥에 나가서 사진을 찍어야 하는 일을 맡게 되었다. 거의 고정적으로 찍어왔던 요리책 만드는 곳에서 그렇게 바쁘면 저흰 다른 분을 구해볼까봐요, 하는 말을 들을 정도로. 겨울엔 일본에 있거나 중국에 있었고, 봄엔 홍콩에 있거나 싱가포르에 있었다. 길에 나가서 잊을 일이 있었던가. 잊어야만 하는 일이. 그러다가 다시 돌아와 설악산에 있거나 제주도에 있었다. 돌아와보면 집은 늘 조금씩 더 오래된 냄새를 풍기며 낡아갔다. 겨울을 나는 동안 지붕에 쌓여 있던 눈은 물이 되어 부엌으로 슬금슬금 스몄고, 좌변기는 그녀가 엉덩이만 대도 바스러지는 듯한 소리를 냈다. 고풍스럽게 아직도 기름보일러였다. 기름 체크를 하지 못하고 있는 사이에 기름이 한밤중에 뚝 떨어지기도 했다. 지하실의 보일러통 밑으론 녹물이 흘러나와 느닷없이 합선을 일으키는 날도 있었다. 흰눈이 지붕 위에 포옥포옥 쌓이는 소리를 들으며 집과 그녀는 꽁꽁 얼기를 여러번 하고서야 겨울이 지나갔다.

얼마쯤이나 지났을까. 남자애를 기다리다가 여자애는 먼저 잠이 들었다. 남자애는 다시 휘익, 유리문을 통해 들어왔다. 남자애는 비를 흠씬 다 맞았는지 촉촉이 젖어 있었다. 잠들었구나. 남자애는 남포등을 곁에 세워두고 새우처럼 몸을 구부리고 잠든 여자애의 이마에 흩어진 머리카락을 쓸어 넘겨준다. 너무 오래 자진 말아라. 곧 가야 하니까. 가…… 지…… 말…… 아. 여자애가 몸을 뒤척이며 중얼거리자 남자애가 손을 쥐어주며 자고 있는 여자애를 안심시킨다. 너는 아직도 내가 너를 두고 갈 수 있다고 생각하니? 가엾어라. 이젠 안심하렴. 나는 어디에도 가지 않

아. 우리는 이렇게 함께 있어야 하는걸. 처음엔 내가 모르는 어디 깊은 물속으로 네가 잠겨버렸으면 할 때도 있었어. 그러나 정말 네가 잠겨버린다고 생각하면 오싹해져서 얼른 네 손을 꼭 틀어쥐곤 했지. 떠난다면 네가 떠날 거야. 남자애는 잠든 여자애를 깊이 껴안는다. 그럴 거다. 떠난다면 네가 떠날 거다. 나는 이미 너와 헤어질 힘을 잃었어.

그녀는 자신의 거실이 연극무대처럼 여겨져서 아예 관객처럼 식탁의자를 끌어당겨 여행에서 돌아온 피곤한 몸을 기댔다. 그녀가 뭐라 해본들 그들은 있을 만큼은 있다 갈 모양이다. 그녀는 이제 그들이 누구인지 알기를 체념하고 물끄러미 바라보기만 했다.

높은 산정의 물기슭이 백조를 품고 있듯, 그녀의 거실은 어떤 빈집을 깊게 껴안고 있다. 그 집의 앞뒤는 해가 지고 막 어둠이 시작되려 하는 초혼(初昏)이다. 한 여자애가 어둑신한 방에 누워서 마루 밑에서 태어난 지 닷새도 안 되는 강아지의 칭얼거리는 소리를 듣고 있다. 어디가 아픈가. 바들바들 떨며 식은땀을 뻘뻘 흘리고 있다. 가을인가. 빈집 마당의 배나무에 돌배가 주렁주렁 열려 있다. 어미개가 제 몸을 납작하게 엎드리며 어린것들에게 젖을 물린다. 아직 눈도 못 뜬 어린것들이 꾸물꾸물 어미의 젖에 새빨간 혓바닥을 들이민다. 어미는 몸을 활처럼 구부려 젖을 빨아대는 어린것들을 포옥 감싸고서는 배내털을 핥고 있다. 아직 일어서본 적도 없는 어린것들이다. 아직 아무것도 본 적이 없는. 초등학교 삼학년이나 되었을까. 남자애가 학교에서 돌아와 책가방을 마루에 던져놓는다. 집이 너무 조용하자 남자애가 방문을 빠끔히 열고 어둑신한 방 안을 들여다본다. 여자애가 어둑신한 방 안에 혼자 누워 있자 남자애가 신발을 벗고 방 안으로 들어온다. 모두들 어디 갔니? 아직 학교에도 입학하지 못한 여섯 살 여자애가 입을 달싹여 외가에,라고 대답한다. 엄마는 오빠가 학교에서 돌아오면 함께 외가로 오라고 했다. 빈집에서 오빠를 기다리는 동안 여자애는 배가 고파서 담장에 사다릴 받쳐놓고 칸칸을 딛고 올라가 돌배 하나를 따먹었다. 그것이 화근이었을까. 배가 뒤틀리듯이 아파오고 얼음물 속에 들어앉아 있는 것처럼 몸이 떨리는데 이마에선 식은땀이 쭈욱, 흘러내렸다. 외가는 기찻길 옆 산길을 타고 들어가 황토를 밟고 산언덕을 지나 기나긴 대숲으로 난 사잇길을 오래 걸어가야 나온다. 외가는 집을 새로 짓는 중이다. 오늘은 상량(上樑)날이다. 외가엔 대숲을 향해 장독대가 있다. 크고 작은 옹기들이 햇볕 잘 드는 뒤뜰에서 대숲을 사락사락 흔들고 지나가는 바람 소리를 들으며 반들반들 윤을 내고 있다. 사촌들과 숨바꼭질을 하던 지난 봄날, 대숲에 숨으려고 뒤뜰로 내달려 장독대를 돌아가는 순간, 여자애는 뚜껑이 열려 있는 독을 보게 되었다. 쭉쭉쭉, 늘어서 있는 독 중에서 가장 큰 독이었다. 수묵 같은 묵은 장이 독 안에서 출렁이고 있었다. 맑은 봄 하늘이 장 속에 떠서 어룽대었다. 대숲으로 몸을 숨기려고 가던 여자애는 그만 독 속으로 들어가고 싶어졌다. 그 속으로 숨어들면 누구도 자신을 못 찾을 것만 같았다. 여자애는 신발을 벗어 독 앞에 가지런히 놓은 다음에 독을 타고 묵은 장 속에 몸을 담갔다. 수묵 같은 장이 철썩이며 여자애를 깊게 끌어안았다. 여자애는 얼굴만 내민 채 하늘을 올려다보았다. 푸른 사다리가 쑥, 내려올 것만 같이 투명하고 아름다운 봄 하늘이었다. 사방은 조용했다. 얼마나 지났을까. 독 바깥에서 누군가 자신의 신발을 집어가는 소릴 들었다. 대숲에 봄바람이 일렁이는 소리도 사르락사르락 들렸다. 내가 너무 낯선 장소에 숨은 것일까. 누군가 독 바깥에서 신발을 집어갈 때만 해도 혹시 독 안을 들여다보고서 장 속에 몸을 담근 채 머리만 대롱 내밀고 앉아 있는 자신을 찾아버릴까봐 염려되더니 천지가 어두워지려는지 대숲 그림자가 장독대로 밀려오자 여자애는 와락 겁이 났다. 대숲에는 구렁이가 산다고 들었던 것이다. 한낮 대숲의 사락사락 소리는 밤이 되면 쉬익쉬익,

구렁이의 뒤척거림으로 바뀐다고 했다. 구렁이는 밤이면 대숲에서 쓰윽 내려와서 장독을 열고 간장을 들이마신다고. 그래서 그렇게 검다고. 여자애는 그만 무서워져서 이제 독 바깥으로 나가야겠다고 생각했으나 장에 절여진 몸을 움직여볼 도리가 없었다. 종일 밭에서 파 모종을 하다가 날이 어두워져서야 돌아온 외숙모가 장항아리 뚜껑을 닫으려고 장독대에 나왔다가 여자애를 장 속에서 건져냈다. 종일 파밭에 앉아 있다 온 외숙모의 품속에선 비릿한 파냄새가 났다. 외숙모는 밤 내내 샘에서 물을 길어다가 여자애가 들어갔던 장독만 한 또다른 빈 독에 가득 물을 채웠다. 간장에 절여진 여자애를 물독에 이틀을 담가놓았다. 그래도 여자애를 절여놓은 장냄새는 가시질 않았다. 외숙모는 여자애를 업고 나가 또랑의 흘러가는 찬물에 다시 하루를 담가놓았다. 봄물이 여자애의 숨구멍마다마다로 흘러들었다. 너무나 추워서 여자애는 물고기나 되었으면, 했다. 그러면 장독에도 물독에도 또랑에도 갇히지 않고 흘러갈 텐데. 외숙모가 담가놓은 대로 차가운 물속에 담가져 있었을 뿐 물고기가 되지 못한 여자애는 다시는 무엇이든 가득 찬 독에 속지 말아야지, 다짐을 했다. 누구도 여자애가 스스로 독을 타고 장 속으로 들어갔다고는 생각하지 않았다. 구렁이의 짓이라 했다. 집을 새로 지으려 하니 대숲에서 백년 동안 똬리를 틀고 있던 지킴이가 몸을 풀고 나와 여자애를 휘감아다 묵은 장 속에 담가놓았다고. 그 일로 잠시 새 집을 짓는 일은 미뤄졌다. 그러나 그 봄이 가고 하지가 되기 전에 쪽마루가 있던 외가는 헐리기 시작했다. 장독대도 헐리었을까? 여자애는 어둑신한 방에 누운 채로 식은땀을 줄줄 흘리는 자신의 얼굴을 빤히 내려다보고 있는 남자애를 올려다본다. 이 사람이 가버리면 어떡하나. 이 빈집에 나를 혼자 두고. 여자애의 아픈 얼굴에 더럭 두려움이 실린다. 곧 밤인데. 남자애는 일어서서 마루 기둥에 걸려 있던 남포등을 들고 와 등피를 열고 심지에 불을 붙여서 여자애의 머리맡에 놓아준다. 잠시 어찌할 바를 모르고 여자애의 아픈 얼굴을 들여다보고만 있던 남자애는 장롱에서 두꺼운 이불을 꺼내 들고 와서 덜덜 떨며 땀을 흘리고 있는 여자애의 몸을 덮어준다. 일어서려는 남자애의 손을 여자애가 붙잡는다. 곧 밤인데. 남자애는 마을 끝에 있는 고모 집에 가서 약을 얻어 오겠다고 한다. 어쩐지 남자애가 혼자 외가에 가고 말 것 같아서 여자애의 아픈 눈에 눈물이 글썽여진다. 울지 마. 금방 올게. 남자애는 맨손바닥으로 여자애의 이마에 돋은 식은땀을 쓰윽 밀어내주곤 방문을 밀고 나간다. 이미 마당은 어두워져 있다. 흰 이슬이 내리는 백로에 갑자기 굵은 빗발이 마당에 확 들이친다. 급히 나가느라 남자애가 미처 다 닫지 못한 문틈으로 마당의 흙냄새가 자욱하게 밀려들어온다. 빗발에 놀란 마루 밑의 강아지들이 빨고 있던 어미의 젖을 놓치고선 빗소리를 듣고 있다. 이 세상에 와서 처음 듣는 빗소리. 약을 얻어 빗속을 뛰어오느라 흠씬 젖은 남자애가 방문을 쾅, 닫는다. 덜 익은 돌배를 먹어서 그렇대. 남자애는 여자애를 일으켜 팔로 얼굴을 받치고서 이겨진 한약 냄새가 풍기는 알약을 여자애의 입술을 벌리고서 밀어넣는다. 여자애가 한기로 인해 바들바들 떠는 통에 숟가락에 이긴 알약의 반이 방바닥에 쏟아진다. 아침이면 괜찮아질 거래. 빗발이 마당을 지나 마루로 진입해 문고릴 잡아당길 듯이 차갑게 문종이 위를 스치고선 휘익 지나간다. 빗발에 돌배들이 후드득 떨어져 담장 밑으로 나동그라지는 소리가 들린다. 여자애의 아픈 얼굴 위로 근심이 서린다. 물이 마루 밑까지는 들이치지 말아야 할 텐데. 아직 만져보지도 못한 강아지들이다. 그토록이나 여자애의 말을 잘 듣던 어미개는 여자애조차도 새끼 근처엔 얼씬도 못하게 했다. 제 새끼들을 지키느라 여자애에게조차 눈을 부릅떴다. 마을의 어느 집에선가 얼굴을 보자기로 가린 채 들어온 강아지 적부터 여자애가 돌보아왔는데도. 외가에 간 가족들은 밤이 깊어도 돌아오지 않는다. 밤이 깊을수록 가을비는 더욱 사나워진다. 처마 밑으로 흘러가는 물소리가 철썩철썩 들린다. 남자애는 아픈 여자애를 벽 쪽으로 밀어놓고 그 옆에 나란히 눕는다. 남자애는 여자애의 아픈 얼굴을 벽을 향해 돌려놓고서 남포등 불빛이 출렁거리는 벽을 향해 팔을 처들고서 손가락을 움직여 개를 만들어준다. 짖는 개, 달려가는 개, 움츠리고 있는 개. 나비를 만들어준다. 날개를 접은 나비, 날아가는 나비, 허공에서 정지해 있는 나비. 개와 나비 사이로도 빗소리가 후드득후드득 질러간다. 오빠, 추워. 남자애는 이불을 들추고 여자애의 곁에 들어와 눕는다. 식은땀을 뻘뻘 흘리며 오들오들 떨고 있는 여자애의 목덜미 밑에 제 팔을 밀어넣는다. 여자애의 아픈 얼굴에 제 배고픈 얼굴을 갖다대고서 문밖의 빗소리에 귀를 기울인다. 둘은 끌어안은 채 빗물에 잠겨가는 빈집에 갇혀 있다. 문밖은 빗물이 철썩거리고 대문에 마른번개가 번쩍이다 간다. 여자애가 몸을 사리자, 남자애가 여자애를 더 깊이 끌어안는다. 이불 속에서 어린 손가락들이 엉키고 발가락들이 엉킨다. 누구도 그들을 넘겨다보지 못할 빈집의 방 안에 남폿불이 출렁인다. 여자애는 문득 지금 세상에서 자기가 가질 수 있는 유일한 것은 남자애뿐이라고 생각한다. 언젠가는 이 남자애의 백조를 낳아야지. 그리고 지켜야지, 눈을 부릅뜨고서. 가족들은 비가 그친 새벽에야 돌아오고 있다. 빈집은 깊은 물에 떠내려가고 없다. 일곱마리의 강아지 중 세마리도 물에 떠내려가고 없다. 어미개는 필사적으로 물에 떠내려가는 어린것들을 물어다가 여자애가 돌배나무 밑에 받쳐놓은 사다리를 타고 담장 위에 데려다놓았지만 끝내 세마리는 구할 수가 없었다. 어미개가 담장 위 돌배나무 잎사귀 밑에서 살아남은 어린것들을 헛바닥으로 핥고 있다가 집터만 남은 장소로 돌아오고 있는 가족들을 바라본다. 치료될 수 없는 슬픈 눈을 치뜨고서.

그녀는 갑자기 무엇에 깊이 찔리는 기분에 소스라쳤다. 어둠디어두웠던 집이 대낮처럼 환하다. 그녀를 소스라치게 한 건 갑자기 쏟아진 불빛이다. 새벽 네시. 그녀는 휘딱 거실의 유리문 앞을 쳐다본다. 텅 비었다. 여기가 어디일까? 현관문 앞에 여행용 가방 두개가 덩그렇게 놓여 있다. 그녀는 휘둥그레진 눈으로 빈집을 휘휘 둘러본다. 환해진 집은 오래 비워둔 집 같지 않게 여기저기가 반들반들하다. 유리문 앞에 서 있는 벤자민 잎사귀가 늘 누가 가꾸어준 듯이 윤을 내며 찰랑거리고 있다. 그녀는 빛에 눈이 찔린 듯 아파와서 거실의 스탠드 불빛만 남겨놓고 큰

등들의 스위치를 내렸다. 타는 듯한 갈증에 목이 아플 지경이다. 수돗물이라도 받아 마셔야겠다 싶어 그녀는 부엌으로 갔다. 그녀는 잠시 의아한 눈으로 싱크대 밑판을 내려다본다. 제자리에 잘 있다. 방금 누가 씻어놓은 것같이 장식장 안의 접시들도 깨끗하다. 가스레인지 위의 국물도 말끔히 닦여 있다. 그녀는 냉장고 문을 열었다. 싱그럽게 차가운 기가 쑥 밀려나온다. 상추 한잎까지 생기롭게 살아나 있다. 냉동실 문을 열어보았다. 하얀 냉기가 쑥 밀려나온다. 생선토막들은 물론이고 통에 반쯤 남아 있던 투게더아이스크림까지 신선하게 얼어 있다. 다시 먹을 수 있게 되살아난 음식들을 보자 페루 이키토스의 소녀들이 떠올랐다. 일행은 정글로 들어가기 위해 선착장에서 기선을 탔다. 기다란 나무의자만 양쪽으로 외롭게 붙어 있는 허름한 기선은 강안에 정박해 있었다. 난간을 걸어들어가 기선의 나무의자에 등을 대고 앉았을 때 가이드는 일행들에게 두쪽의 빵이 담긴 도시락과 음료수 한병씩을 나눠주었다. 도시락을 받아드는 순간, 강가에서 물살을 타타타 가로지르며 한떼의 소녀들이 달려왔다. 그녀는 소녀들이 강물을 타타타 가르며 왜 기선을 향해 그렇게 필사적으로 달려드는지 영문을 몰랐다. 누런 강물에 허리를 담근 검은 눈의 소녀가 그녀가 방금 받아든 도시락을 향해 때가 넉지덕지 긴 손바닥을 내밀기 전에는. 몇몇이 빵이 담긴 도시락을 소녀들에게 건네주었다. 좀 늦게 역시 강물을 첨벙거리며 빵을 얻으러 달려오고 있는 다른 소녀들이 도착하기 전에 기선은 정글을 향해 출발했다. 부두를 떠나면서 돌아다보니 그때껏 소녀들은 강물 속에 서 있었다. 그녀에게서 빵을 받아 간 소녀가 그녀를 향해 손을 흔들고 있었다. 늦어서 빵을 받지 못한 소녀들은 내 다른 손에 들려 있는 빵을 슬픈 눈으로 보고 있었다. 소녀들에게서 멀어져가는 그녀는 울적해졌다. 그녀가 버린 수많은 음식들이 그 머나먼 곳에서 죄스럽게 떠오르리라고는 예상치 못한 일이었다. 때로 당신이 떠난 줄을 모르고 함께 식사를 해야지, 하고 저녁밥을 짓기도 했었지. 함께 먹으면 맛있었을 텐데. 나는 당신이 오지 않은 문밖을 서너번 내다보다가 밤이 깊으면 음식들을 쓰레기통에 쏟아붓곤 했어.

그녀는 물통을 통째로 꺼내들고 다시 거실로 나왔다. 그녀는 물통 꼭지를 입에 대고 물통 안의 물을 몸 안으로 콸콸 쏟아부었다. 물통은 순식간에 텅 비었다. 빈 물통을 든 채로 우편물이 쌓여 있는 대바구니 옆에 신문지로 덮인 것을 들추었다. 말라비틀어진 국화꽃 다발. 빗소리가 후욱, 창을 통해 밀고 들어온다. 그녀는 눈물이 글썽해져 말라비틀어진 국화꽃 다발을 번쩍 들어올렸다.

아아, 기적같이,

그들이 왔다갔나보다. 폭우에 밀려, 이십여년 전에 비에 떠내려간 그들의 빈집을 찾아 아직도 산정을 오르고 있는가보다, 사랑을 완성하기 위하여. 서른이 되던 해, 그녀는 무슨 연유론가 새하얗게 질려 어두운 방에 앓아누웠다. 그녀의 부친은 그 어두운 방, 그녀의 머리맡에 찾아와 백조 이야기를 마저 해주었다. 폭우에 쓸려 산밑으로 떠내려온 백조들은 진흙탕과 개펄을 헤매면서도 제 물기슭의 물살과 식물들의 향기를 잊어본 적이 없다고. 타는 듯한 갈증으로 눈알을 뽑아내면서도 그 산정의 제 물기슭으로 돌아가기 전에 그 어디에도 둥지를 틀지 않았다고.

*

그들이 가고 장마가 다시 이어지는 동안 나는 다시 텅 빈 집의 암실에서 이키토스의 저지대에서 찍은 빈집들을 인화해 반복해서 들여다보았다. 그 빈집에 내가 친밀하게 지냈던 누군가의 영혼이 스며들어 살고 있지, 싶었다. 곧 무너질지도 모르고 평화롭게 잠들어 있지. 나는 수많은 빈집들 중에 어느 집에 그의 영혼이 스며 있는지를 알아내려고 들여다보고 또 들여다보았다. 그 빈집들을 들여다보는 동안 어떤 소리가 내 귓속에 흘러들었다. 그 소리는 이렇게 소곤거렸다. 사랑을 완성하기 위해 한번이라도 애써본 적 있어? 항상 네 상처만 생각하지. 이 세상에 없는 것까지 부족해하고 근심하면서 정작 네 가까이에 있는 것들은 불가능하다 여겨 외롭게 하지. 내 귓속에 흘러드는 소리를 들으며 그 빈집들을 들여다보고 있으면 나도 모르게 그 빈집들의 명복을 빌게 되곤 했다. 무너진 뒤 온화하게 잠들어 다른 자연이 되길. 아침이 되면 집 안의 모든 소리를 죽여놓고 옆집 여자가 틀어놓은 베토벤을 듣기도 했다. 이따금 깊은 밤에 갑자기 비바람이 몰아치면 누가 현관문을 두드렸다. 나가보면 아이를 잃은 아래층 여자가 불안하게 떨며 서 있었다. 나는 아래층 여자를 안으로 들어오게 해서 의자에 등을 편안히 기대게 하고 그동안 내가 찍은 세상의 빈집들을 한장 한장 보여주었다. 아래층 여자가 숨을 고르며 깊이 잠이 들면 나는 여자를 업어 그 여자의 빈집에 덩그렇게 놓여 있는 침대에 뉘어주었다. 흩어져 있는 이불을 당겨 목까지 덮어줄 때면 여자는 어두운 허공에 손을 휘휘 내저었다. 나는 그 손을 붙들어서 이불 밑에 밀어넣어주고 나의 빈집으로 올라오곤 했다. 사진을 하도 들여다봐서 빈집들을 다 외우게 되었을 무렵에 페루에서의 어느 보름밤, 내가 썼던 엽서가 도착

했다. 야릇한 일은 무슨 까닭인지 엽서에 쓰인 내용이 그
날밤 달이 그 객실을 지나간 뒤 스탠드를 켜고 앉아 내가
썼던 내용이 아니다. 여전히 인디오 여인은 앞가슴을 풀
어헤치고 어린 자식에게 젖을 먹이고 있는데, 필체가 내
것이 아니었다. 내 필체를 닮게 쓰려고 애쓴 흔적만 글씨
에서 역력히 묻어나왔다. 수신자가 혹시 내가 아니지 않
을까, 하여 나는 잠시 엽서를 물끄러미 들여다봤다. 그럼
누구? 이 빈집? 아직 길 위에서 반도 돌아오지 못하고 있
는 나? 혹시 당신? 정확한 수신자가 누구이든 내게 도착
한 엽서의 내용은 이러했다.

　푸노는 페루의 남쪽, 안데스 산맥의 거의 중앙에 위치
하고 있는 해발 3,800미터의 지방도시입니다. 푸노는 세
계에서 가장 높은 곳에 자리 잡은 티티카카 호수를 숨기
고 있었습니다. 저는 서울에서부터 고산증에 대한 이야기
를 많이 들어서 푸노에 도착하자마자 고산증 대비약을 물
도 없이 삼켰으며, 티티카카 호수에 둘러싸인 에스테베스
호텔로 출발하는 버스 안에서 미리 두통약을 두알이나 먹
어두었고(제가 두통에 거의 공포의 감정을 갖고 있다는
건 아시지요) 숙소에 도착해서도 고산증을 희석시킨다
는 코카 차를 연속 넉잔이나 마셨지요. 나는 티티카카 호

수가 세계에서 가장 높은 곳에 있다고 해서 산정에 떠 있는 조용한 물일 줄 알았습니다. 그런데 호수 안에 페루와 볼리비아의 국경선까지 그어질 정도로 광활했습니다. 수많은 크고 작은 섬들을 숨기고 있는 신비스럽고 깊디깊은 호수였습니다. 호수의 가장 안쪽에서 잉카의 창시자가 아내와 함께 깊은 물살을 타고 나와 강림했다는 전설을 물은 숨기고 있었죠. 호수에는 또또라라고 불리는 갈대가 우거져 있었습니다. 호수 속의 섬들은 또또라가 흙이었어요. 상상할 수 있겠습니까. 갈대를 베어서 깔고 깔아 깊은 물을 메워 만든 섬을요. 물의 맨 밑에 썩은 갈대가 누워 있는 것입니다. 맨 위엔 갓 베어다가 깐 생갈대가 누워 있고요. 갈대로 이루어진 섬은 폭신폭신했어요. 갈대로 만든 섬이 흔들리는 바람 부는 밤이면 그들은 앉은 채로 서로 등을 대고 잔답니다. 숙소는 건물 전체가 호수를 향해 유리를 달고 있었습니다. 갈대배를 타고 섬의 깊은 곳까지 들어갔다 나온 밤에 객실의 침대에 누운 채로 호수의 수면 위로 노랗게 떠오르는 달을 지켜보았습니다. 지상의 가장 높은 곳에 존재하는 물 위에 아름다운 노란 달이 잠겨 있었습니다. 이따금 맑은 밤 구름이 달의 이마를 짚고 흘러갔습니다. 모르겠습니다. 언제 잠이 들었는지. 그러다가 왜 깨어났는지를. 놓친 달을 잡으려고 허우적거렸을까, 아니네요. 나를 건너 다른 달 속으로 흘러들어가는 당신의 존재를 잡으려고 허우적거렸던 것 같네요. 당신이 떠나면 모든 게 멈출 거라고 생각했습니다. 내겐 당신이 나의 산정이라고. 당신이 죽을 때 보게 될 사람이 나이기를, 내가 죽을 때 잡을 손이 당신 손이기를 바랐습니다. 한번 떠났다가 돌아온 당신이 또 간다 하니 제 마음인들 제 마음대로 할 수가 있었겠습니까. 내가 당신의 이마에 내던진 그 찻집의 꽃병은 부디 잊어주세요. 저는 당신에게 상처를 입히고 싶은 게 아니라 당신의 백조 한마리를 낳고 그 어린것에게 존재하는 것들의 처음을 일러주며 조용한 생활을 일궈내고 싶었습니다. 그뿐입니다. 식은땀을 흘리며 눈을 떴을 때, 달은 가고, 아아, 어렴풋한 새벽빛 속으로 금빛 샛별이 우주 속에서 찬란히 솟아올라 호수 속으로 휘익, 빠졌습니다. 나를 지나간 당신…… 어디서라도 저 별빛이 당신을 지켜주기를. 내 영혼이 지상의 가장 높은 곳에서 일렁이고 있는 푸른 물 속으로 휘익, 빠지는 순간, 그토록 가까운 거리에서 당신을 잃고, 이토록 먼 곳에서 당신을 상념할 때까지의 애증도 한순간에 조용해졌으니. 우리가 발생시켰던 외로운 에너지만 저 광활한 우주 속으로 스며들어가 몇천년을 가없이 떠돌겠지요. 마음이 너무나 조용해져버렸으므로 침대에 그대로 누워 있었습니다. 고갤 돌릴 힘조차 남아 있질 않아서 새벽녘의 호수에 조용한 바람이 일렁이는 것을 눈을 가느다랗게 뜨고 보고만 있었습니다. 새벽빛을 타고 키가 큰 인디오가 한 척의 갈대배를 저어 소리 없이 호수 안으로 미끄러져들어가는 것을 보았지요. 송어를 잡으러 가는 것일까. 갈대배는 수백년 전부터 저 새벽빛을 타고 호수 안으로 들어갔겠지요. 자신도 모르게 너무 깊이 들어가서 다시는 나오지 못한 배도 있었겠고요. 한 척의 갈대배가 여명 속으로 멀어질 무렵, 푸른 물의 끝에서 붉은 해가 떠올랐습니다. 그제야 저는 기운을 차려 당신의 안녕하고조차 헤어질 수 있었습니다. 눈을 질끈 감았네요. 아니 뜨고 있을 수조차도 없었어요. 해가 푸른 물을 찰나에 붉게 물들이며 공격적으로 떠올랐거든요. 잉카를 정복하러 온 스페인 병사들처럼요. 그 붉은 해를 눈을 부릅뜨고 맞바라봤더라면 저는 그 빛에 눈이 찔려 눈이 멀었을 겁니다. 무엇에라도 다시 눈이 멀면 나의 빈집으로 돌아가지 못할 것입니다. 나의 빈집에는 내가 빨아 널어놓고 온 빨래가 있습니다. 다급히 나오느라 걷어 개놓지 못하고 길을 나섰어요. 돌아가서 그 빨래를 걷어야지요.

빈집

사랑을 잃고 나는 쓰네

잘 있거라, 짧았던 밤들아
창밖을 떠돌던 겨울 안개들아
아무것도 모르던 촛불들아, 잘 있거라
공포를 기다리던 흰 종이들아
망설임을 대신하던 눈물들아
잘 있거라, 더이상 내 것이 아닌 열망들아

장님처럼 나 이제 더듬거리며 문을 잠그네
가엾은 내 사랑 빈집에 갇혔네

─기형도 「빈집」 전문

스페인은 언제 가시우?

밤이 되면서부터 내리기 시작한 눈을 흠뻑 맞아 눈사람이 되어 스튜디오 경비실을 막 지나려는 그를 보며, 아니 그의 어깨에 걸린 기타를 보며 늙은 경비원이 습관처럼 물었다.

봄이 오면……

자신이 생각해도 어처구니가 없어 대답을 줄여버리려는 참인데 스튜디오 뜰의 거위 우리의 꽉꽉 소리가 그의 소리를 잘라먹었다.

웬 뜰에 거위를?

그가 늙은 경비원이 거위를 기르고 있다는 걸 모르고 꽉꽉거리는 소리에 짜증을 내며 물었을 때 경비원은 앉아 있던 자리에서 엄한 표정을 지으며 벌떡 일어났다.

집 지키는 덴 거위가 최고요. 나는 이때껏 거위만큼 집 잘 지키는 사나운 놈은 못 봤소. 나 어려서 산골짝에 있는 그 집에 살 적에도 거위 두마리만 있으면 하나도 안 무서웠으니까. 그러니 상관 마오. 댁은 여기 사는 사람도 아니잖우.

후에 알고 보니 늙은 경비원의 그런 신경질적인 반응은 그에게만 보이는 것이 아니었다.

도저히 주거용 건물이 있을 것 같지 않은 시내 한복판

에 이 스튜디오는 뭔가 비현실적으로 삐딱하게 서 있었다. 그 속엔 14평과 10평짜리 원룸 형식의 방들이 모여 있었다. 제대로 된 살림을 하는 이들은 없고, 시내에 직장을 둔 혼자 사는 사람들이나, 혹은 굽이진 사연을 안은 채 둘이 사는 사람들, 간혹 신혼부부들이 눈에 띄었다. 다만 그는 지난 일년을 그녀의 집에 드나들면서 이 스튜디오 내에서 어린아이가 딸린 가족들을 만난 적은 없었다.

스튜디오라는 이름이 붙은 건물은 주인은 따로 있고 각 호실마다 보증금 얼마에 집세를 치르며 살고 있었다. 건물 주인의 먼 친척이라는 경비원은 여기에 채용이 되자마자 스튜디오 뜰에 거위 우리를 만들었고, 스튜디오보다 거위 보살피는 일에 더 시간을 보냈다. 늘 생기 없이 처져 있는 늙은 경비원의 눈이 부라려지는 순간은, 바로 사람들이 거위에 대해 불만을 드러낼 때였다. 한밤중 혹은 새벽 아무 때나 거위들은 꽉꽉거렸고, 그 소리에 잠 깬 피곤하고 창백한 사람들이 창에 얼굴을 내밀고 거위 욕을 하면, 경비원은 대번 그 창 쪽을 향해 눈을 부라렸다. 집 지키는 데는 거위가 최고라니께, 하면서.

갑자기 웬 눈인지 모르겠구먼요. 눈을 보니 조놈들도 발이 시려운 모양이오. 눈 내리기 시작할 때부텀 저리 꽉꽉거리느만요. 아, 내 정신 좀 봐, 스페인은 언제?

봄이 오면,이라고 다시 대답할 수가 없어 그는 웃으며 돌아섰다. 지난가을엔 뭐라고 대답했던가? 겨울이 오면, 이라고 했지. 겨울이 오면 가야지요. 여권도 만들어놨으니.

스페인. 그는 웃고 있는 자신의 입꼬리를 갈무리했다. 겨울에는 스페인의 봄, 갈리시아의 이끼 긴 교회에 내리는 비를 생각하며 봄이 오면,이라고 말했고, 막상 봄이 오면 스페인의 여름, 나자레 해변을 씻어내리는 대서양의 물결을 생각하며 여름이 오면,이라고 했다. 그렇게 또 여름이 오면 스페인의 가을, 한낮의 공원에서 푸른 거울 같은 하늘을 보며 빠져드는 그들의 낮잠을 생각하며 가을이 오면,이라고 말했다. 그들은 그들의 언어로 시에스타라 불리는 낮잠 자는 시간을 기준으로 하루를 두번 산다, 했다. 겨울에는, 겨울에는? 지금은 겨울인데 스페인의 겨울은 생각나지 않았다. 다만 계절을 넘어, 변해가는 것과 변하지 않는 영원한 것의 공존을 넘어, 피레네 산맥이 있을 거였다.

지금은 겨울이다. 그래, 겨울이지. 특히나 오늘은 갑자기 기온이 영하 7도로 떨어져서 그는 학원에서 여기까지 오는 동안 어깨에 짊어진 기타를 한번도 손으로 잡지 않았다. 눈바람 속에 칼날이 느껴진다. 주머니 속에서 손을 꺼내기만 하면 그대로 얼음조각으로 변할 듯했다. 그래,

겨울이다. 무방비 상태로 내놓아진 얼굴 살갗 밑에 살얼음이 쌓인 듯 시린 겨울.

어깨에, 머리에, 기타에 쌓인 눈을 툭툭 털며, 신발 위에 쌓인 눈도 털기 위해 발을 툭툭거리며, 계단으로 오르려는 그를 이보우, 하며 경비원이 다시 불러 세웠다. 돌아다보니 경비실 창으로 경비원의 늙고 핼쑥한 얼굴만 나와 있다.

깜박했는데 그 꽃 만드는 처녀 이사 갔수? 아우?

그는 대답 대신 낮에 그녀가 이삿짐이 실린 트럭에 올라타는 모습을 숨어서 지켜보았던 스튜디오 입구의 건물에 시선을 주었다.

하긴 말두 안 하고 이사했을 리는 없고. 그럼 이 밤중에 뭐 하러 빈집으로 올라가우? 뭘 놓고 갔다 허우? 열쇠는 있수?

그래, 그녀가 떠난 줄을 알면서 나는 왜 저 빈집에 들어가려 하는가? 무의식적으로 이끌려 온 걸음도 아니다. 학원 야간반 수업을 진행 중일 때, 수업을 마치고 미끄러운 학원 현관을 나설 때, 점점 굵어지는 거리의 눈발 속이나, 버스정류장에서 우두커니 서 있을 때, 그는 분명 그녀가 떠났음을 느꼈다.

그는 거리에서 스스로를 향해 속삭이기까지 했다. 낮에

몰래 숨어 그녀를 실은 트럭이 스튜디오를 빠져나가는 걸 보지 않았더냐, 한달 전부터 그녀가 그녀 주변을 정리하고 있는 걸 느꼈으면서 마치 그녀가 떠나기를 기다리고나 있었던 듯, 모른 척하다 맞이한 오늘이 아니었더냐고. 모른 척한 이유는 있었다. 나는 스페인에 가야 하니까, 언젠가는 그녀를 떠나야 하니까, 그녀가 가려 할 때 보내야지, 그때 상처가 안 되게. 그녀는 갔다. 그녀를 감당할 수 없는 마음이 그녀를 붙잡지 않게 했다. 그녀가 간 줄, 이제 그녀의 집은 빈집인 줄 알면서도 그는 여기로 오고 있었다. 한사코.

그는 현관문에 열쇠를 꽂다 말고 가만 귀를 기울였다. 그녀가 이사한 방 안은 분명 텅 비어 있을 텐데 방금 전 열쇠를 문에 꽂자 안에서 무엇이 놀라 후닥닥거렸다.

혹시 그녀가 돌아왔나?

부질없이 귀를 기울이니 문안의 기척은 사라지고 조용했다. 그녀가 있을 리가? 그래, 있을 리가. 그가 다시 열쇠를 만지려는 적막 사이로 갑자기 옆집에서 켜는 텔레비전 뉴스 소리가 쩡하니 섞여들었다.

오늘 오후 한시쯤 동대문구 이문2동 307번지 김선식씨 집에 세들어 살던 아파트 청소원 부부가 나란히 숨져 있는 것을 셋째딸인 미영씨가 발견했습니다. 미영씨는 회사 기숙사에서 전화를 해도 받지 않아 이상한 생각이 들어 급히 집에 와 현장을 발견했다고 합니다. 경찰은 문이 안으로 잠겨 있고 외부 침입 흔적이 없는 것으로 미루어 자살로 추정하고 있으나 자살할 이유가 전혀 없다는 가족들의 말에 따라 타살 가능성에 대해서도 수사하고 있습니다.

그는 그대로 망연히 서 있었다.

바람이 뼛속까지 휙 들어오는 것 같아 그는 다시 손을 열쇠에 갖다대기 전에 손바닥을 비볐다. 어느날 그녀가 그녀의 손가락에서 빼서 그의 왼손가락에 끼워준 반지가 오른손 등이며 손바닥에 스쳐갔다.

그는 문을 따고 안으로 들어와 문에 등을 대고 가만 서 있었다. 처음엔 깜깜했던 방 안의 어둠에 차츰 익숙해지자, 흰 벽이 보이고 세면장 문이 열려 있는 게 보였다. 그녀가 떼어가지 않은 선반이 구석에 그대로 매달려 있는 것까지 눈에 잡혔을 때, 그는 손을 뻗어 방 안의 불을 켰고, 문에서 등을 떼고, 어깨에 짊어진 기타를 풀어 문에 세워두었다. 봄은 희망이야. 봄이 되면 스페인에 갈 거니까. 거기 가서 파코 데 루시아처럼 악보 없이 플라멩코를 연주할 거니까. 그래, 그럴 거니까.

그녀를 만난 날도 봄이었다. 모두들 자칭 기타리스트들인 아는 얼굴들이 모여 객석 의자가 마흔개도 될까 말까 한 소극장에서 연주회를 열었을 때, 그 자리에 그녀가 왔다. 그가 크라이슬러의 「사랑의 기쁨」과 마이어스의 「카바티나」를 접속곡으로 연주하고 났을 때 그녀는 박수를 쳤다. 그가 마지막으로 타레가의 「알함브라 궁전의 추억」을 치고 났을 때도 그녀는 앉은 채로 계속 박수를 쳤다. 쉬지 않고 박수를 치고 또 쳤다. 그녀가 얼마나 많이 박수를 쳤는지 누구나 다 생각했을 것이다. 그녀의 손바닥이 얼마나 아플까를. 그래서 연주회가 끝났을 때 그가 극장을 빠져나가고 있는 그녀 곁으로 가서 물었다. 기타 소리를 좋아하는가보군요. 그녀는 대답이 없고 그녀와 동행한 그녀 곁의 늙은 여자가 가만 웃었다. 그는 둘이 모녀 사이인 줄 알고 이번엔 늙은 여자를 향해 따님이 기타 소리를 좋아하나봐요,라고 다시 물었다. 그녀의 엄마가 아니고 이모라는 늙은 여자가 대신 대답했다. 이앤 소리를 들을 수 없어요. 귀머거린걸요.

귀머거리? 그는 멍하니 선 채로 그녀와 그녀의 이모라는 늙은 여자가 극장을 빠져나가 바깥으로 통하는 계단을 오르는 걸 바라보았다. 그의 시야에서 두 여자가 아주 안 보이게 되었을 때 그는 뛰어나가 그녀들을 찾았다. 버스정류장을 향해 걷고 있는 그녀들을 찾아냈을 때의 그 반가움은, 오래전 한 여자와의 정중한 이별 후 처음 느껴보는 반가움이었다. 육년 만인지, 칠년 만인지. 그동안 그 육년인지, 칠년 동안, 여섯번인지 일곱번인지 봄을 보내면서, 여름 가을 겨울을 보내면서 그는 스페인에 가리라, 했다.

자그마치 저 옛날, 1600년대에 지은, 길이 94미터에 폭이 128미터의, 사방이 성곽으로 둘러싸인 풍취 있는 마요르 광장에서, 화려한 왕가의 의식과 사나운 투우축제와 종교재판의 화형식이 있었던 그 마요르 광장에서, 유랑인들 틈에 섞여 기타를 치리라, 했다. 아, 그리고 마드리드에서 아란후에스로 가는 열차를 타리라, 황야 속에서 저 혼자 기름진 들판을 이루고 있는 아란후에스, 수많은 나무와 식물로 둘러싸여 있는 아란후에스, 그 왕가의 휴양소에서 물소리를 들으며 기타를 치리라, 했었다. 그것만이 그에게 여섯번인가 일곱번 봄 여름 가을 겨울을 보내는 대안이었다.

신발을 벗고 안으로 들어서려다 그는 다시 멈춰 섰다. 그녀의 냉장고가 놓여 있던 곳, 이제는 텅 비고 어둠이 내려앉아 있는 자리에 그녀가 냉장고 문을 열며 서 있는 것 같다. 밖에 춥죠? 엉덩이까지 내려오는 흰 셔츠를 입은 그녀가 입술을 달싹이며 그에게 다가오는 것 같다. 그는 저절로 춥긴 별로야, 공허하게 대꾸하다가 어깨를 한번 움츠리곤 안으로 들어섰다.

그녀는 대답을 소리로 듣지도 못할 거면서 무엇이든 물었다.

텔레비전의 '동물의 세계' 프로그램에서 밀림의 코끼리들이 천연적으로 알코올이 만들어지는 풀들을 뜯어 먹어 술 취해 비틀거린다는 얘기에 코끼리들이 왜 그래요? 하고 물었다. 그는 거창한 밀림이 자꾸 파헤쳐지고 그나마 살아남은 코끼리들도 자꾸만 터를 뺏기는 데서 오는 스트레스 때문이래, 대답하다가 그녀를 물끄러미 바라봤다. 화면만 보고 진행자의 소리는 듣지도 못하면서 코끼리들이 뭘 하고 있는지를 아는 것인가? 스트레스 때문이래,라고 대답하는 그의 대답을 이해하긴 하는 것인가? 그의 의아심하고는 상관없이 그녀는 엉뚱한 말까지 더 보탰다. 코끼리들이 스트레스를 받긴 받을 거예요. 이 지구상에선 커다란 것들이 점점 없어지잖아요. 코끼리들은 다음엔 자신들이 소멸할 것이라는 걸 짐작하고선 그러는지도 몰라요.

마치 냉장고 앞에 서 있는 그녀를 안으려나 가는 듯 그가 안으로 성큼 들어섰을 때 세면장에서 뭔가가 화닥닥 움직이는 기척이 났다. 정말 그녀가? 순간 그의 가슴에 반가움이 흘렀다.

화수?

그는 그녀의 이름을 부르며 얼른 세면장 안을 들여다봤다. 그녀는 없고 세면대 위 거울 앞에 그녀가 기르던 고양이가 등을 세우고 그를 쳐다보고 있다. 그렇겠지. 그는 멋쩍게 웃었다. 낮에 건물 뒤에 숨어서 그녀의 이삿짐이 트럭에 실려 떠나는 걸 두 눈으로 지켜보았으면서도, 그랬으면서도 그녀가 아직 여기에 있으리라고 생각하다니.

어둠 속에서 사삭거리고 있는 고양이 눈이 새파랗다. 그녀가 기르던 두마리의 고양이 중 점박이다. 점박이는 그녀가 원래부터 기르던 고양이였다. 갈색 털에 흰색 털이 점처럼 박혀 있어 점박이라고 부른다고 했다.

그녀가 트럭에 올라탔을 때 품에 안고 있던 고양이는 희디흰 것이었다. 그 흰 것은 그녀의 것이 아니라 그가 어느 식당에서 얻어 온 것이었다. 이제는 쟁쟁한 기타리스트가 되어 있는 친구의 독주회에 갔다가 저녁을 먹으러 들른 식당에 새끼고양이들이 다섯마리나 있었다. 태어난 지 삼주나 되었을까. 다른 놈들은 활발하게 식당 손님들의 발밑을 기어다니고 뛰어다니는데 온몸이 하얀 고양이 한마리만 움직이지를 않고 주눅이 들어 웅크리고 있었다. 사람들이 새끼고양이들을 귀여워하니까 음식 시중을 드느라 왔다갔다하던 주인이 기르고 싶으면 가져가라, 했다. 어여뻐하면서도 막상 가져가라 하니까 누구도 선뜻 나서지를 않았는데 그의 입이 어느새 내가 한번 길러볼까요, 말하고 있었다. 그는 여러마리의 고양이 중 가만히 웅크리고만 있는 흰 고양이를 안고 왔다. 털이 희다고 그는 그 고양이를 흰순이라 불렀다. 흰순이는 순하고 얌전했다. 하지만 그를 전혀 따르지 않았다. 너무 어려서였을까, 흰순이는 그저 가만 웅크리고만 있었다. 아침마다 배달되는 우유를 반으로 나눠 마시고 고양이들은 통조림을 좋아한다길래 슈퍼마켓에서 참치통조림을 사와 접시에 조금씩 덜어주었는데, 흰순이는 그가 옆에서 지켜보고 있으면 그걸 먹지도 않았다. 그가 모른 척하고 있어야 겨우 조금 입에 댔다. 흰순이는 간섭할 필요가 조금도 없었다. 작은 모래상자를 만들어 옆에 뒀더니 거기에 오줌도 누고 똥도 누고는 안 그런 척 열심히 덮어놓기까지 했다. 이틀째 되던 날이었다. 새벽에 눈을 떴는데 흰순이가 보이질 않았다. 어디에 있겠거니 했는데 오전 열시가 돼도 안 보였다. 출입구를 열어두지 않은 이상 흰순이가 그의 방을 나갈 도리가 없는데 이 구석 저 구석을 다 들여다봐도 기척이 없었다. 그는 정말이지 그때 코미디언처럼 책상 서랍까지 열어봤다. 그의 방은 칠층이었고, 나가면 곧 찻길이었다. 오므리고 앉아 있는 것밖에 사회성이라곤 눈곱만큼도 없어 보이던 흰순이가 방을 빠져나갔다면 어리둥절한 채 교통사고를 당했을 게 틀림없었다. 제발 방을 빠져나가지 않았기만을 바라며 그는 책 사이사이, 악보 사이사이까지 들여다봤는데도 없었다. 정오가 되었을까, 그렇게 찾아도 기척이 없던 흰순이가 어디선가 가르랑, 소리를 내는 게 아닌가. 소리 난 곳을 헤쳐보니 악보들 사이사이 뒤쪽 그의 옛 사진들을 담아놓은 노란 봉투 속이었다. 폭삭한 솜까지 깔아준 집을 마다하고 흰순이는 그렇게 구석쟁이를 찾아들어갔고, 그는 매일 구석을 쑤시고 다니느라 애를 먹었다. 흰순이는 책상 밑바닥에 달라붙어도 있었고 싱크대 서랍에 들어가 있기도 했으며 이젠 그가 신지 않는 낡은 신발 속에 웅크리고도 있었다. 한번 구석을 파고들면 그가 찾아낼 때까지 거기 오므리고 앉아 있었다. 그게 저 사는 방법이었는지 몰라도 음식을 먹지 않으니 여간 걱정이 아니었다. 그는 정말이지 그의 방에서 죽은 고양이를 집어내는 일 같은 건 절대로 하고 싶지 않았다. 겨우겨우 찾아내서 밥을 먹이곤 하는 일을 얼마간 하다가 그는 흰순이를 그녀에게 안고 갔다. 그녀가 흰순이의 터였을까? 흰순이는 그녀의 손안에서 금방 투실해져 어린 티를 벗었다. 처음에 흰순이의 등장에 성을 돋우던 점박이는 나중엔 제집을 흰순이에게 내주고 제가 냉장고 위나 신발장위, 아니면 흰순이가 자고 있는 집 옆의 방바닥에서 잤다.

그는 숨을 크게 들이쉬었다. 거울 속으로 비친 점박이의 등이 실제의 등과 겹쳐 점박이는 아주 커다랗게 보였다. 그가 세면장으로 들어가서 웅크리고 있는 점박이의 두 눈을 가리며 안아 내리려니 점박이는 갑자기 베란다쪽으로 화다닥, 튀어갔다. 그는 자신도 모르게 점박이의 뒤를 따랐다. 한마린지 두마린지 생쥐가 찌익, 소리를 내며 어디론가로 사라졌다. 점박이는 아쉽다는 듯 눈에 파란 광채를 내며 생쥐가 사라진 쪽을 쏘아보고 있었다. 아직도 쥐덫이 있군. 그는 점박이 뒤에 서서 이쪽에서 저쪽으로 이어지는 좁은 베란다 끝에 아직 쥐덫이 놓여 있는 걸 바라봤다.

어느날 그가 그녀에게 쥐가 있나보다고, 아주 가까운데서 생쥐 소리가 들린다고 해도 그녀는 설마 쥐가 있을라고요, 하는 표정을 지었다. 그러던 그녀가 어느날은 쥐덫을 사다 베란다에 설치한 뒤 노트에 썼다. 정말이었어요. 새벽에 세면장에서 생쥐가 비누를 갉아 먹고 있는 걸 봤어요. 그는 새벽에 그녀의 세면장에서 비누를 갉아 먹고 있는 생쥐의 모습이 어땠을까를 떠올려보려고 했지만 허사였다. 그는 쥐의 소리만 듣고 그녀는 쥐의 모습만 봤을 뿐이었다. 소리는 모습보다 질기다. 어느날 새벽에 비누를 갉아 먹느라 그녀에게 모습을 들킨 생쥐는 더이상 음식이나 비누를 갉아 먹지 않기로 한 모양이었다. 그랬다. 생쥐는 그녀가 귀머거리인 걸 알게 된 모양이었다. 쥐덫을 피해 구석구석 어딘가로 생쥐는 찌익, 소리로만 나타났다가 사라지곤 했다. 모습이 안 보이니 그녀는 곧 생쥐도 쥐덫도 잊었다. 모습만 나타내지 않으면 생쥐는 그녀에게 자신의 존재를 완벽히 숨길 수가 있었다. 하지만 그의 귓속에서 생쥐는 찌익, 소리를 내며 음산하게 왔다 갔다했다.

그녀가 느끼지 못하는 생쥐의 존재를 그는 혼자서 소리로 느끼며 외로웠다. 그 외로움은 언젠가 한 여자가 느닷없이 그를 떠난다고 했을 때, 당신의 기타 소리를 좋아했고 지금도 좋아하지만 그것만으로는 부족함을 느낍니다. 정중하게 말하고서 가버렸을 때, 그가 그저 담배나 피우고, 얼마간 걸어다니다가 돌아와 기타를 치던 손톱을 깎고, 두 계절인가를 창 가까이에 앉아서 천장을 지나가는 거미나 바닥을 기어가는 바퀴벌레 같은 걸 보고 있을 수밖에 없었을 때, 느끼던 것과 비슷한 것이었다. 빈방에 앉아 그것만으로는 부족함을 느낍니다,라는 여자의 말을 새길 때마다 마음에 스며들던 그것을 어느 언어로 표현을 해야 할지. 이제 더 앉아 있지 말자, 무슨 일인가 하자, 마음 먹으며 다시 기타를 메고 학원에 나갔을 때 사람들은 그에게 기타 소리가 더 좋아졌네, 그로서는 알 수 없는 말을 했다.

그는 생쥐가 사라진 쪽을 바라보며 가르릉거리는 고양이를 향해 엎드렸다. 그의 손이 닿자 점박이는 이미 세운 등을 더 세우고는 파드닥 튀어나갔다. 점박이는 방바닥을 딛고, 창틀을 딛고, 그녀가 떼어가지 않은 선반 위에 사뿐히 올라가 앉았다. 그곳에서 얇은 책 한권이 툭 떨어졌다. 다가가서 집어보니 몇편의 단편소설이 수록된 얇은 책 속에 편지 봉투가 끼워져 있다. 그는 봉투를 내려다보았다.

또 시작이군. 봉투 속의 편지를 꺼내려는데 그의 귓속으로 망치 소리가 신경을 끊듯 섞여들었다. 도대체 저들은 벽에 무엇을 저토록 박는 걸까? 그녀와 함께 있을 때도 위층에서는 자주 벽을 망치로 두들기는 소리가 들리곤 했다. 저들은 한번 시작하면 적어도 두시간은 망치 소리를 냈다. 두시간 동안 내내 두들기는 건 아니었지만 십분 간격에 오분 간격에 이십여분 간격에 어김없이 쾅쾅 소리를 냈다. 처음에는 그러려니 하다가, 다음에는 그 벽이 아니라 아래층 이 벽이 허물어질 것 같은 생각이 들다가, 그

도저도 지나가면 그땐 그 층의 벽이 망치에 얻어맞는 게 아니라, 그의 머리가 망치에 얻어맞는 것 같아졌다. 그 소리에 그는 괴로워 죽을 것 같은데 그녀의 검은 눈은 산속처럼 고요했다. 그는 기가 막혀 노트를 꺼내 썼다. 저 소리가 안 들린단 말이야? 저 소리를 못 듣는데 내 기타 소리엔 어떻게 그토록 박수를 쳤지? 그녀가 받아썼다. 당신 손가락이 기타 위에서 소리를 냈어요. 나의 손가락이?

겉봉에는 어떤 글씨도 없다. 그는 벽에 등을 대고 앉아 봉투 속에서 편지를 꺼냈다. 편지의 글자 위로 위층의 쾅쾅거리는 망치 소리, 어딘가로 도망치는 생쥐의 찌익찌익 소리, 스튜디오 뜰의 거위가 화닥닥거리며 꽉, 하는 소리가 끼여들었다.

이 글을 그쪽이 읽게 될는지요.

한번은 그쪽이 이 빈집에 올 것이기에 나도 한번은 내 마음이 그쪽에게 읽힐 기회를 만들어봅니다. 그쪽이 선반 위에 놓일 이 편지를 발견하지 못하면 그만이고, 만약 발견한다면 내가 그쪽 몰래 이 집을 비우고 가는 것이, 언젠가 한번 그쪽을 떠난 여자 때문이 결코 아님을 알아주세요.

그는 머리가 띵해 잠시 읽는 것을 멈췄다. 위층의 망치 소리가 천장을 흔들고 그가 기댄 벽을 흔들었다. 그 진동에 점박이가 놀라 그의 배 위로 폴짝 뛰어내렸다. 그는 지진 같은 진동을 이루는 망치 소리가 마치 자신의 손등을 내리치고 지나간 것 같은 타격을 느꼈다. 그녀가 그를 떠나간 옛 여자의 존재를 알고 있었던가?

그는 다시 편지에 눈길을 돌렸다.

두통 때문이에요.

두통? 그는 눈을 번쩍 떴다. 두통 때문이라고? 그녀는 단 한번도 그에게 머리가 아프다는 말을 해본 적이 없었다.

그쪽에겐 기타줄 위에서 춤추듯 움직이는 그쪽 손가락을 보고 있으면, 내 귀에는 그 손가락들이 내는 소리가 들린다고 했지만 사실은 아니었어요. 나는 아무 소리도 들을 수 없었습니다. 이제 나는 그 무슨 대가를 치러도 좋으니 단 한번만이라도 그쪽 손가락이 가는 자리에서 새어나오는 진짜 소리를 듣고 싶다는 지독한 욕망이 싹텄어요. 그 소리 속에 사랑하고 욕망하고 후회하며 살아가는 인간생활이 다 담겨 있을 것만 같았어요. 나는 그 욕망을 품게 된 후부터 두통에 시달렸어요. 그쪽의 손가락이 튕기는 소리를 한번만, 한번만 내 귀로 듣고 싶어한 그 순간부터요. 어제는 한줌 먹은 알약을 토해냈어요. 의사는 내가 마음속으로부터 아무 생각을 하지 말아야 된다고 했어요. 그의 진단처럼 아무 생각도 하지 않으려 했지요. 하지만 나날이 너무나 괴로워서 슬퍼할 수도 없을 지경이었어요. 머리를 한쪽으로 가만히 두고 두 손으로 꼭 껴안고 있어도 두통은 거기까지 따라와서 나를 한밤중에 침대에서 떨어뜨리곤 했어요. 머리 한군데가 피투성이로 늘어진 것같이 아팠어요. 때로 바로 앞에 앉아 있는 그쪽도 알아보지 못했답니다. 울거나 웃으면 두통은 입 모양이 만들어지는 쪽으로 왈칵 쏠려 웃을 수도 울 수도 없었답니다. 한번만 당신이 내는 소리를 듣고 싶어한 대가가 너무 아픕니다. 너무 아파서 이젠 사람이라고 할 수도 없어요. 어느날 자다가 일어나 찬물에 머리를 담그고 있다가 나와 머플러로 침대와 내 머리를 묶어두고 배 위에 양손을 포개고서 한번만 그쪽 손가락이 내는 소리를 듣고자 했던 원을 놓았어요. 그러니 머리가 편안해졌습니다. 안녕, 내 사랑. 차라리 이 빈집에 들어와 이 편지를 읽지 말길. 내가 집 정리를 하는 줄 알면서도 그쪽의 마음이 모른 척하였듯 차라리 내가 두통 때문에 그쪽을 버리고 가는 걸 영원히 모르길. 그러면 뒷날 그쪽 마음에 내가 가없을는지.

아아아 ─ 그는 소리를 지르며 편지를 떨어뜨렸다. 하지만 그의 비명은 쾅쾅거리는 망치 소리를 이기지 못했다. 무엇에 놀랐는지 뜰의 거위들조차 꽉, 외마디를 지르며 파드닥거렸다. 망치의 쾅 소리와 거위의 꽉 소리 사이로 어디선가 찌익, 하며 생쥐가 지나갔다.

철커덕철커덕 지하철 지나가는 소리, 자동차가 끼익 급정거하는 소리, 후닥닥 계단을 뛰어가는 소리, 오래된 아파트가 무너지는 소리, 셔터 내리는 소리 속에 끼여 있을 때마다 그는 생각했다. 저 소리 소리들이 결국 살아가고 싶은 욕망을 균열지게 할 거라고. 봄이 돼도 햇빛이 들지 않는 그늘진 육교를 지나거나, 강습시간은 늦었는데 트럭과 소형차들 속에 끼여 움직이지 않는 버스 속에서 기타를 메고 거리를 내다볼 때면 귀를 파고드는 소리들 때문에 그는 죽고 싶었다. 그런데 그녀는?

그랬으면서도, 그가 사티의 「짐노페디」를 칠 때면 그 곁에 바짝 앉아 마치 자신의 귀에 기타 소리가 들리는 듯 행복에 겨운 미소를 짓다니, 사실은 그 미소가 한번만 그의 소리를 듣고 싶어하는 간절한 괴로움인 줄도 모르고서 손가락을 보고 있으면 소리가 들린다는 그녀의 말을 단 한번 의심도 없이, 누구 앞에서보다 그녀 앞에서 손가락을 더욱 깊이 맵시 있게 사삭거렸다니, 그럴수록 그녀의 두통이 더 깊어졌으련만.

편지를 든 채 멍하니 앉아 있는 그에게로 점박이가 다가왔다. 그는 편지를 떨어뜨리고 점박이를 안았다. 그녀가 떠날 때 너는, 너는 어디 있었니.

그녀는 이삿짐을 실은 트럭을 기다리게 하고 흰순이를 품에 안은 채 애타게 점박이를 찾았다. 어딨니? 그녀는 점박이를 찾으려고 이미 열쇠를 채우고 나왔을 빈방을 몇번을 오르내렸다. 트럭 위로 가 거꾸로 세워진 의자 사이, 탁자 사이, 책 사이사이를 들여다보는 그녀를, 우편함까지 열어보는 그녀를, 그러고도 어디 갔을까요? 방금까지 있었는데, 경비실을 서성거리는 그녀를, 딱 두동밖에 없는 스튜디오 여기저기를 헤매다니는 그녀를, 나중엔 스튜디오의 황폐한 겨울 뜰과 오층 꼭대기 옥상을 향해 어딨니? 를 외쳐대는 그녀를, 그는 몰래 숨어서 엿보았다.

그는 점박이의 양 겨드랑에 손바닥을 집어넣고 그녀의 침대가 놓여 있던 자리에 길게 누웠다. 그는 그의 배 위에 점박이를 내려놓았다. 금세 점박이가 앉아 있는 자리에 따뜻한 기운이 퍼졌다. 그는 눈을 가늘게 뜨고 자신의 배 위에 웅크리고 있는 점박이를 보았다. 너 그때 어디 있었어? 그의 목소리가 공허하게 그녀의 살림이 빠져나간 일곱평의 실내를 떠돌았다. 흰순이를 품에 안고 애타게 점박이를 찾고 있던 그녀의 초췌한 모습이 떠올라 그는 지금 그의 배 위에서 가만히 앉아 있는 놈이 야속해졌다. 어떻게 들어왔을까? 현관문도 창문도 다 닫혀 있었는데.

그는 망치소릴 이제 혼자 들으며 자신의 손가락을 보았다. 그녀가 끼워준 반지. 정말 아무것도, 세상의 어떤 소리도 들리지 않는다고 느껴지던 날 금은방에 가서 사서 낀 거예요. 귓속의 깜깜한 칠흑을 이 반지가 위로해줄 거라고 혼자 최면을 걸었죠. 그러고 나니 정말 아무 소리도 들리지 않을 때 이 반지를 만지고 있으면 불안하지 않았어요. 그녀의 반지를 받으며 그는 썼었다. 그런 반지를 내게 주고 앞으론 어쩔려고? 이젠 괜찮아요, 소리가 들리지 않아도 살 수 있어요. 무슨 힘으로? 그녀는 썼다. 당신이 내 곁에 있는 힘으로.

언제부턴가 자주 그녀의 눈에 눈물이 어렸다. 그랬다, 그는 알고 있었다. 그 눈물 어림이 그치면 그녀가 가리란 것을. 그는 그녀가 풍기는 이별의 냄새 앞에 무얼 해야 할지를 몰랐다. 그는 알고 있었다. 그녀가 간 후면 그저 담배를 피우고, 얼마간 걸어다니다가 돌아와 기타를 치던 손톱을 깎고, 한 계절이거나 두 계절 창 가까이에 앉아 있으리란 걸. 저것 봐라, 여기도 거미가 있지 않은가, 창문 위, 물방울무늬의 거미가 스륵, 거미줄을 타고 기어내려오고 있다. 나무나 수풀, 돌 밑이나 풀 속, 바닷가나 사막, 물속이거나 꽃 위가 아니라 저 거미는 왜 여기에서 기어다니는 건지. 그러다가 어느날 이제 더이상 앉아 있지 말자, 무슨 일인가 하자, 마음먹으며 다시 기타를 메고 학원에 나가면 그때도 사람들은 그를 향해 기타 소리가 더 좋아졌네, 그로서는 알 수 없는 말을 할 것이었다.

그는 점박이 머리를 쓰다듬던 팔을 아무렇게나 떨어뜨려버렸다. 그의 팔은 그에게서 버림받고 바닥에 축 처졌다. 그의 눈에 흰순이를 품에 안고 점박이를 못 찾아 허둥거리던 그녀의 모습이 어렸다. 찾다가 찾다가 다시 한번 이미 열쇠를 채운 이 빈방에 올라갔다 내려온 그녀는 체념한 듯 고갤 수그리며 인부들에게 품삯을 계산했고, 그러고는 다시 한번 삼층, 그들이 자주 창가의 의자에 앉아 바깥을 내다보곤 하던 이 창을 잠시 바라보더니 트럭에 올라탔다. 그녀는 그 트럭기사와 함께 오늘 종일 고속도로를 달렸을 것이다. 그녀가 이 도시를 아예 떠나겠다고 그에게 말한 바도 없는데 그는 그녀의 이삿짐을 실은 트럭이 이 도시의 톨게이트를 지나 온종일 고속도로를 달렸을 거라고 생각한다. 언젠가는요, 내가 떠나온 곳으로 다시 돌아가고 싶어요. 그녀가 떠나온 곳이 어디인지 그는 모른다. 거기가 어딘데?라고 그는 묻지 않았다. 아주 먼 곳일 거라는, 그는 거기까지만 생각했다.

그녀가 살림들을 싣고 고속도로로 나갔을 때 그녀 곁엔 그가 아니라 한마리의 흰 고양이가 앉아 있었을 것이다. 그녀의 품속에 그 고양이만이 따뜻한 체온으로 안겨 있었을 것이다. 어쩌면 지금쯤 그녀와 고양이 한마리는 종일 고속도로를 달려, 그녀가 떠나와 한번도 가본 적이 없다는 그녀의 그곳에 닿아 있을지도 모를 일이다. 그는 점박이를 바라보았다. 낮에 함께 갔으면 너도 그랬을 텐데 너는 왜 여기 이 빈집에 홀로 있니?

그는 누운 채로 자신의 버려져 있는 듯한 팔을 모아 배 위의 고양이를 안았다. 고양이의 부드러운 등털 속에서 그녀의 손길이 느껴졌다. 그랬을 거라고, 그녀도 이렇게 어느 순간순간을 부드러운 등털 속에 손을 묻으며 밤과 낮을 보냈을 거라고 생각하니, 그는 얌전하게 점박이의 등을 만지고 있을 수가 없어졌다. 그의 손길에 힘이 들어가고 어지러워지니 천년이라도 그의 배나 손바닥에 웅크리고 앉아 있을 것 같던 점박이는 그를 차내고 가볍게 창틀을 딛고 벽의 선반 위에 사뿐히 내려앉았다.

그가 그의 배를 떠나버린 고양이를 누운 채 우두커니 올려다보고 있는데 포포롱 포포롱, 새 우는 소리가 들렸다. 새소린 망치 소리와 거위 소리, 생쥐 소리에 섞여 있어 그는 포포롱, 포포롱, 소리가 초인종 소리라는 걸 한참 뒤에야 알았다. 이 집에 초인종이 있었나? 그는 벌떡 일어섰다. 포포롱 포포롱 소리가 잠시 멎어 그는 잘못 들었나, 하는데 다시 포포롱 포포롱,거린다. 혹시 그녀가? 그는 성큼성큼 현관 쪽으로 가 문을 땄다.

문밖에 한 남자가 흰 마스크를 입에서 턱으로 밀어내리고 있다.

누구세요?

관리실 직원이에요.

그런데?

소독 좀 하려구요.

그러고 보니 남자의 다른 손엔 분무기가 들려 있다. 그는 어이가 없어 분무기를 든 남자를 빤히 쳐다봤다. 밖에 아직도 눈이 내리는가? 남자의 어깨에 머리에 눈이 소복하다. 허연 남자는 그의 시선을 떨쳐내고 그를 밀치고선 안으로 한발 들어섰다. 그래서 본의 아니게 그가 아아니,

하며 막은 손바닥이 남자의 가슴을 친 격이 되어버렸다. 그의 제지에 남자가 멈칫 섰다.

잠시면 되는데요.

밤 열시에 무슨 소독을 하겠다는 거요.

다른 집은 낮에 다 했는데 여긴 문이 잠겨서…… 경비원이 지금 문이 열렸다길래…… 댁이 가면 또 잠길 것 같으니까.

소독 한번 안 했다고 무슨 일 나요? 유령같이 한밤에 무슨 소독을 하겠다는 거요?

그는 말하고 나니 섬뜩해졌다. 정말 분무기를 들고 서 있는 남자가, 눈을 흰 모자처럼 쓰고 있는 남자가 유령인지도 모른다는 생각이 들었다. 그는 유령 같은 남자를 밀어내고 문을 닫아버렸다. 문이 닫힌 후에도 소독하는 걸 포기하지 못한 유령 같은 남자는 초인종을 다시 눌렀다. 포포롱 포포롱, 새 우는 소리. 그녀는 듣지도 못하면서 초인종을 왜 달아놨을까? 그는 언제나 그녀가 어느날 손바닥에 얹어준 열쇠로 문을 직접 따고 이 집에 들어왔다. 관리인이 초인종을 누르기 전엔 이 집에 초인종이 달려 있었는지조차 그는 알지 못했다. 안에서 그가 대답이 없자, 밖에서 유령 같은 남자가 문을 주먹으로 쿵쿵 두드린다. 문 두드리는 쿵쿵, 소리는 쾅쾅거리는 망치 소리에 비하면

소리도 아니다. 유령 같은 남자는 그걸 알았는지 분무기를 들어 철제 현관문을 부술 듯 내리쳤다. 발끈한 그는 안에서 거는 보조키를 따고 문을 와락 밀쳤다. 그 바람에 유령 같은 남자는 소독 분무기를 든 채로 반은 넘어져 있다.

이 방은 소독할 거 없소!

문 두드리는 양으로 봐서는 지금 어떻게든 소독을 하고 갈 기세더니 유령 같은 남자는 몸을 일으키며 턱에 내려가 있는 마스크로 다시 입을 가리고는 힘없이 계단을 내려갔다.

현관문의 보조키를 잠그고 그는 방으로 성큼 걸어들어와 방 가운데 망치 소리와 거위 소리와 생쥐 소리 속에 오래 서 있었다.

한시간이나 지난 후에 그는 그 자리에 스르륵 무너져 누웠다.

점박이가 요기롭게 가르랑거리며 선반에서 내려와 그의 이마 위에 몸을 오그리고 앉았다.

이마가 점박이의 발톱에 파일 듯 아파왔다.

하지만 그의 팔은 방바닥에 버려져 있을 뿐 힘을 내어 이마에 앉아 있는 점박이를 들어올릴 줄을 몰랐다.

그가 겨우 점박이를 향해 혼잣말로 너, 저 편지를 내게 읽게 해주려 남아 있었구나, 하는데 몸을 웅크리고 앉아 있던 점박이가 날카로운 이빨을 드러내며 부드러운 털 속에 숨기고 있던 발톱을 카르릉, 세우더니, 마치 금방 잡은 살코기를 팽개치듯 힘껏 그의 이마를 찼다.

아악, 그가 비명을 지르는 사이 고양이는 날듯이 창틀을 한번 딛고는 다시 선반 위로 옮겨가 앉았다. 점박이 발톱에 할퀴어진 그의 이마는 짝 금이 가더니 금세 핏물이 그의 눈으로 흘러들었다. 그는 팔을 들어 소매로 핏물을 닦았다. 자꾸만 핏물이 눈으로 들어가 그가 몸을 일으켜 고개를 숙이자 핏물이 방바닥에 투둑, 떨어졌다. 그는 얼굴을 천장을 향해 들고서 윗옷을 벗었다. 어깨선에서 소매가 붙어 있는 곳을 찢어 이마를 감싸서 뒤로 묶었다. 그는 그렇게 누워서 벽의 선반에 올라가 새파란 눈을 빛내고 있는 고양이를 올려다보았다. 너는, 너는 내 두 마음을 보았지? 붙잡고 싶으나 보내고도 싶은 내 두 마음을. 너는 알고 있었지, 마침내는 보내고 싶은 내 마음이 이기는 걸.

그는 방바닥에 팔을 버렸다. 점박이는 알고 있었을 것이다, 그녀의 두통을. 점박이는 보았을 것이다. 그녀가 밤에 자다가 일어나 세면장으로 기어가 찬물에 머리를 담그는 것, 머플러로 침대와 그녀의 머리를 꽁꽁 묶는 것을. 점박이는 느꼈을 것이다. 그녀가 한번만 그의 손가락이 내는 소리를 듣고 싶어했던 그녀 깜깜한 귓속 칠흑의 외로움을. 그래서 너 지금 내게 이러는 거다, 그럴 게다.

그녀, 여기에 앉아 책을 읽을 때도 그토록 머리가 아팠을까? 그 아름다운 색색의 꽃들을 만들 때도? 그녀의 손끝은 마술에나 걸린 듯 색색의 종이 위에서 섬세하고 빠르게 움직여 금세 꽃을 만들어냈다. 장미, 안개, 아이리스, 백합. 그녀가 조용히 앉아 만든 꽃은 그녀 이모가 하는 서점을 겸한 장식품 가게에 진열되어 팔려나가곤 했다. 책을 사러 온 손님들이 책을 구경하다 말고 그녀가 만든 꽃에 시선을 주면, 저만큼에서 책방 점원으로 서 있는 그녀를 두고도 그녀 이모는 말했다. 아름답죠, 귀머거리가 만든 꽃이랍니다. 그는 그녀에게 말해주고 싶었다. 기타소리는 마음에다 대고 환하게 말하는 진짜 노래야, 아무리 퍼내어도 마르지 않는 샘과 같은 거지,라고.

하지만 그가 한번 해야 할 말은 그 말이 아니었다는 걸 그는 느꼈다. 그가 했어야 할 말은 그녀가 꽃을 만들 때 나는 사삭사삭 소리에 대해서였다. 그 소리들이 얼마나 아득한가에 대해 말했어야 했다.

그의 마음 깊게 반향되어 외려 앞을 가리는 기타. 그는 악기 중에 피아노와 기타가 가장 좋았다. 나중에 생각해보니 그 두 악기만이 화음과 멜로디 두가지를 다 할 수 있는 것이라서,였는가보았다. 피아노가 멀어진 건 가지고 다닐 수가 없어서였다. 가지고 다닐 수 없는 피아노가 멀어지는 대신 기타는 그의 신체 중의 하나가 되어 있었다, 그녀처럼.

그는 팔을 바닥에 버린 채 소리 소리들 속에서 오래 그러고 있었다.

그녀는 이제 그에게서 떨어졌다. 헝겊으로 줄을 하나씩 훑어서 깨끗이 닦아주던 그녀가.

얼마 후에 그는 버려놓은 양팔을 들어 허공을 향해 휘저어보다가 손가락을 깍지 껴 팔베개를 했다.

다시 얼마 후 그는 담배를 한대 피웠으면 싶었지만 팔을 푸는 게 귀찮아 그대로 가만있었다.

그가 그러는 동안 창밖의 세상으로는 눈이 내렸다.

(오랫동안 기타를 치지 못했던 때가 있었다. 이 땅의 날씨가 나빴고 그는 그 날씨를 견디지 못했다. 그때도 거리는 있었고 자동차는 지나갔다. 가을에는 퇴근길에 커피도 마셨으며 눈이 오는 종로에서 친구를 만나기도 했다. 그러나 기타를 치지 못했다. 그가 하고 싶었던 말들은 형식을 찾지 못한 채 대부분 공중에 흩어졌다. 적어도 그에게 있어 기타를 치지 못하는 무력감이 육체에 가장 큰 적이

될 수도 있다는 사실을 그는 그때 알았다.

그때 눈이 몹시 내렸다. 눈은 하늘 높은 곳에서 지상으로 곤두박질쳤다. 그러나 지상은 눈을 받아주지 않았다. 대지 위에 닿을 듯하던 눈발은 바람의 세찬 거부에 떠밀려 다시 공중으로 날아갔다. 하늘과 지상 어느 곳에서도 눈은 받아들여지지 않았다.

그러나 그는 그처럼 쓸쓸한 밤눈들이 언젠가는 지상에 내려앉을 것임을 안다. 바람이 그치고 쩡쩡 얼었던 사나운 밤이 물러가면 눈은 또다른 세상 위에 눈물이 되어 스밀 것임을 그는 믿는다. 그때까지 어떠한 죽음도 눈에게 접근하지 못할 것이다.)*

저기가 텔레비전이 있던 곳, 오디오가 놓여 있던 곳. 그녀는 들리지도 않을 소리들을 언제나 켜놓았다. 어느 땐 너무 크게 틀어놓아 그가 볼륨을 줄여야 했을 정도이다. 저기는 이인용 식탁과 의자가 있던 곳. 그는 빈방에 누운 채로 옷장이 빠져나간 곳을 응시했다. 그러다가 그는 가만 몸을 일으켰다. 그는 빈 방 안을 성큼성큼 걸어보았다.

---

* 괄호 속의 문장은 기형도 시집 『입속의 검은 잎』 뒤표지에 새겨진 것임. 소설의 흐름상 '글을 쓰지' '시를 쓰지'를 '기타를 치지'로, '나는'을 '그는'으로, '내가'를 '그가'로, '나'를 '그'로 바꾸었다.

그녀가 식탁에 앉아 있다. 그녀가 옷장 문을 열고서 옷걸이를 꺼내 그의 웃옷을 받아 걸고 있다. 그녀가 거울 앞에 서서 로션을 바르고 있거나, 텔레비전 채널을 돌리고 있다. 그녀가 세면장 문을 빠끔히 열고 수건을 그에게 넣어주다가 닿은 그의 손을 잡는다, 싶었을 때 그는 방바닥에 내팽개치듯 버려져 있는 그녀의 편지를 주워들었다. 그는 사진을 찍듯 선 채로 편지의 글씨들을 마음에 찍었다.

"이젠 사람이라고 할 수도 없어요" 부분의 '사람'이란 글자에 핏물이 튀어 '람'자가 일그러져서는 '랑'으로도 읽혔다. 그가 핏물이 일그러뜨려놓은 부분을 이젠 사랑이라고 할 수도 없어요,라고 되읽고 있는 틈, 쾅쾅 망치 소리 사이로 고양이가 가르랑, 소리를 내며 뭐에 놀란 듯 팔짝 그의 어깨로 뛰어올랐다.

고양이를 놀라게 한 건 악, 소리를 지르며 계단을 뛰어내려오는 여자의 비명이었다. 그는 그의 어깨 위에 내려앉은 고양이와 함께 창가로 가서 바깥을 내다봤다.

광장이랄 것도 없는 스튜디오 앞 눈이 쏟아지고 있는 작은 뜰로 머리가 헤쳐지고 긴 치마를 입은 여자가 튀어나왔다. 차가운 눈바람이 여자의 치마를 위로 확 젖히니 그 바람에 뜰에 내려앉아 있던 눈이 쿨렁거렸다. 수은등 불빛이 눈빛 위에 창백하게 쏟아지고 있다. 살려줘요, 비명을 지르며 죽어라 도망치는 여자는 눈 위에 맨발이었다. 두려움에 질려 있는 여자의 맨발은 눈 위에 닿을 새도 없이 화닥닥 내달렸다. 잠잠해져 있던 거위 우리 속에서 거위들이 동시에 후닥닥거리며 꽉, 소리를 내질렀다.

아이구, 이 사람들이, 거위가 놀라잖우.

늙은 경비원이 뛰어나와 거위 우리로 가는데, 맨발의 여자가 뜰을 막 돌아서는데,

거기 서지 못해.

사나운 소리와 함께 여자가 튀어나온 자리에서 시커먼 남자가 뛰쳐나왔다. 거위들이 다시 후닥닥거리며 꽉 ― 질겁했다.

이 사람들아.

늙은 경비원은 마치 남자가 여자를 향해서가 아니라 거위 우리를 향해 뛰어오기라도 하는 양 눈발 속에서 거위 우리를 가로막고 섰다. 거위 우리를 늙은 몸으로 막고 서 있는 경비원과 사납게 여자를 뒤쫓아가는 성난 남자를 내려다보는 그의 머리가 띵했다. 저게 뭔가. 눈 속에서 여자를 뒤쫓아가는 남자의 손에서 뭔가 섬뜩하게 번득였다. 처음에는 눈빛인가 했다. 그것은 남자가 팔을 저으며 내

달릴 때마다 휘둘러지며 푸른빛을 냈다. 설마, 그는 한걸음 물러섰다. 여자를 뒤쫓는 남자가 들고 있는 게 식칼이라는 걸 깨달았을 때 그는 그만 아득해졌다. 거위 우리를 막고 서 있던 늙은 경비원도 남자의 손에 들린 것이 식칼인 줄을 뒤늦게 알았는지 그 자리에 철버덕 주저앉아버렸다. 그는 놀란 가슴으로, 그의 어깨 위의 고양이의 눈은 새파랗게 광채를 내며, 식칼이 어둠 속에서 휘둘러질 때마다 내는 칼 빛을 창가에 서서 내려다보았다.

저 남자는 저 여자를 붙잡으면 정말로 저 식칼을 내리꽂을 것인가? 얼마 후에 그도 거위 우리 앞의 늙은 경비원처럼 창틀 밑에 철버덕 주저앉아버렸다. 그 통에 그때껏 그의 어깨 위에 파란 눈빛을 내며 앉아 있던 고양이가 가르랑,거리며 바닥으로 뛰어내렸다. 처음 보는 싸움 구경이 아니다. 저들은 자주 저렇게 싸웠다. 윗집도 아니고 아랫집도 아니고 옆동인데도 그들의 싸우는 소리는 요란하게 벽을 뚫고 들려왔었다. 그러다가 가끔 저렇게 살려줘, 외마디 소리를 지르며 여자가 스튜디오 뜰로 뛰어나왔고, 뒤이어 남자가 거기 서지 못해,를 외치며 따라나왔다. 그녀는 창가에 서서 그들을 구경하다가 늘 피식 웃곤 했다. 그가 왜 웃는가? 물으면 그녀는 그럼 울까요? 했다. 빈손으로가 아니라 식칼을 들고 여자를 쫓아가는 남자를 보고도 그녀는 웃을까? 싸움 때마다 살려줘, 하는 여자의 외마디를 듣지 못한다 해도 저 남자의 손에 들린 저 식칼은 보일 것이다. 그래도 그녀는 웃을까? 웃는 그녀를 보고 그가 여전히 왜 웃는가 물을 수 있을까? 그때도 그녀는 그럼 울까요?라고 대답할 수 있을까.

괜찮아, 괜찮다.

주저앉혀진 몸을 일으켜세워 다시 창밖을 내다보니 남자가 휘두른 식칼에 놀라 거위 우리 앞에 폭삭 무너졌던 늙은 경비원이 바닥에서 겨우 몸을 일으켜서는 거위들을 달래고 있다. 도망치는 여자와 식칼을 들고 쫓아가는 남자와 거위를 달래고 있는 늙은 경비원과는 상관없이 눈은 하염없이 내렸다. 바람이 불 때면 순간순간 눈은 그가 서 있는 창으로 달려와 판화처럼 어렸다.

그는 주저앉아 편지를 접어 봉투에 넣었다. 그녀의 편지가 얌전히 끼워져 있던 단편소설책은 저만치 내팽개쳐져 있다. 그는 편지를 처음과 같이 책에 끼워두었다.

그가 그러고 있는 동안 위층의 쾅쾅 망치 두들기는 소리, 스튜디오 뜰의 거위가 꽉,거리는 소리, 어디선가 생쥐가 찌익, 재게 몸을 숨기는 소리가 그치지 않았다. 빈방에 홀로 앉아 있는 그의 귀에 망치, 거위, 생쥐 소리들이 채워져 그는 감각을 잃어가며 앉아 있다.

그가 편지를 다시 끼워넣은 책갈피를 막 닫을 때였다. 그의 옆에 등을 세운 채 가만히 앉아 있던 고양이가 현관 쪽으로 빠르게 걸어갔다. 그 움직임이 얼마나 날쌔던지 획, 바람이 일었다. 점박이는 현관문 밑을 발톱으로 마구 긁어댔다. 그러다간 그를 돌아다봤다. 점박이 눈의 새파란 광채가 더욱 파래져 있었다. 고양이가 몸통을 돌려 그를 보고 있는데도 문 긁는 소리가 계속 나는 게 이상해 그는 몸을 일으켰다. 분명 바깥에서 긁는 소리다. 무슨 소리지? 망치, 거위, 생쥐 소리들 사이로 문 긁는 소리는 신선하게 끼어들었다.

누구요?

그의 목소리가 새나가자 조용하다. 그러다가 다시 문을 긁기 시작한다. 무얼까? 그는 조심스럽게 보조키를 따고 현관문을 밀었다. 문밖에 희디흰 고양이 한마리가 긴장한 채 앉아 있다. 그녀가 안고 트럭에 올랐던 고양이 흰순이다. 안의 점박이는 바깥의 흰순이를 보자마자 야옹, 몸을 완전히 말았다가 폈다.

점박이는 흰순이에게 화다닥 달라붙어 나뒹구는데 흰순이는 무엇에 질린 듯 등을 세운 채 꼼짝 않고 있다. 그는 눈이 휘둥그레진 채 두 고양이들을 내려다봤다. 두 고양이들을 밀어서 안으로 들여놓고 그는 어두운 계단을 내다봤다. 누군가 돌아온 고양이 뒤에 서 있을 것 같았는데 아래층으로 가는 계단은 어둡기만 하다.

그가 다시 문을 닫고 들어왔을 때도 흰순이는 세운 등을 펴지 않고 질려 있다. 점박이는 흰순이에게 몸을 비비며 발을 들어 얼굴을 쓿어보고 드러누웠다가는 발딱 일어나며 흰순이와 한몸이 되어보려 하지만 흰순이의 몸은 외려 바들바들 떨리기까지 했다.

그는 돌아와서 떨고 있는 흰순이의 머리에 손바닥을 갖다댔다. 얼마나 먼 밤길을 달려왔는지 등의 털이 차디차다. 너 왜 그러니? 그는 흰순이의 목을 만지고 등을 쓿어내리다가 섬뜩했다. 흰순이의 등에 붉은 핏방울이 점점으로 떨어져 있다. 흰털에 바싹 말라붙어 있긴 했으나 그건 분명 핏방울이었다. 그가 핏방울을 내려다보자 점박이도 피냄새를 맡았는지 수선을 그치고는 흰순이의 등털에 말라붙은 핏방울을 핥아본다. 무엇을 본 게야? 그는 흰순이의 얼굴을 쓰다듬었다. 점박이는 핏방울을 핥다 말고 흰순이의 얼굴에 제 얼굴을 대며 시무룩해졌다. 그렇게 얌전히 그에게 목이며 등에 얼굴을 대보던 점박이가 갑자기 등이 휘도록 몸을 사리더니 베란다 쪽으로 확 내달렸다. 그 날쌤 사이로 생쥐의 찌익 찍, 하는 소리가 들렸다. 찌익 찍,거리는 소리엔 두려움이 섞여 있다. 점박이가 그렇게 홱 내달아도 흰순이는 가만있다. 그가 점박이를 따라가보니 베란다의 쥐덫에 생쥐 세마리가 갇혀 있다. 쥐덫 바깥에서 발을 동동거리던 어미쥐는 그와 고양이의 출현에 기겁을 한 듯 몸을 사리면서도 새끼가 갇힌 쥐덫 곁을 떠나지 못하고 질려 있다. 카르릉 카르릉, 덫에 갇힌 생쥐와 어미쥐에게 달려들어 그들을 물어뜯고 싶은 점박이는 베란다 문을 사납게 긁어대며 몸을 부딪쳤다. 그는 베란다 문을 더욱 꽉 잠그며 점박이를 안으로 몰았다. 겁에 질린 어미쥐가 잠시 옆 벽을 타고 물러섰다가는 다시 쥐덫 가까이로 다가오며 까만 두 눈으로 그를 쏘아봤다. 흰순이의 등에 떨어진 핏방울을 핥아줄 때만 해도 다정히 느껴지던 점박이가 얼마나 맹수 같은지, 그는 순간 자신이 쥐로 태어나지 않은 것을 고맙게 여길 지경이었다. 점박이는 숨기고 있던 발톱과 이빨을 드러내고 화다닥 문위로 튀어올랐다가 그의 머리로 팔딱 내려앉았다가 다시 문을 요란하게 긁어댔다. 그 통에 그의 이마에 동여매져 있던 셔츠 팔소매가 풀어져 바닥에 떨어졌다. 그는 점박이를 향해 꽥 소리를 지르면서 안으로 몰고는 떨어진 피묻은 셔츠 팔소매를 주워 다시 이마에 친친 맸다.

안으로 몰아도 다시 베란다 창으로 향하는 점박이를 안으로 몰고 몰다가 그는 현관문 곁에 세워둔 기타를 들고 와 기타집에서 기타를 꺼냈다.

그의 손가락이 다섯개의 기타줄을 퉁겼다. 그가 그녀의 청에 의해 기타를 칠 때면 그녀의 무릎 위에 나란히 웅크린 채로 아무 소리도 듣지 못하는 그녀 대신 그의 기타소리를 듣던 섬박이였다. 그는 덫에 갇혀 온몸이 두려움으로 뭉쳐진 생쥐들이 찌익 찍,거리는 소리 속에서, 그 쥐덫 곁을 맴돌며 안타깝게 찌익,거리는 어미쥐의 소리 속에서, 위층의 탕탕거리는 망치 소리 속에서, 약이 올라 등털과 꼬리털이 뻣뻣해진 점박이의 카르릉 카르릉 소리 속에서, 피 묻은 셔츠의 팔소매를 이마에 동여맨 채로 세살 때 실명한 로드리고의 「아란후에스 협주곡」을 퉁겼다.

로드리고. 아무것도 볼 수 없는 눈으로 어떻게 왕궁의 영화와 향수를 느낄 수 있었을까. 그래, 거기라면 고원 여기저기에 왕궁이 흩어져 있는 아란후에스라면, 아름다운 자연에 둘러싸여 있는 아란후에스라면.

왜 달라졌을까? 처음 그녀가 그의 손가락을 봤을 때 그녀는 그의 손가락 움직임만 보고서도 소리를 들을 수 있다고 했는데, 무엇이 그 소리를 넘어 그녀로 하여금 한번만 진짜 소리를 듣고 싶은 욕망을 품게 하였을까.

그의 손가락은 그의 슬픔을 타고 한번도 가본 적이 없는, 그러나 봄이 오면 혹은 여름이 오면 가을이거나 겨울이 오면 다시 또 봄이 오거나 여름이 오면 가을이 오면 혹은 겨울이 오면 가볼지도 모를, 스페인의 고성과 폐허, 아란후에스나 알함브라 궁전에서 펼쳐질 아직 만들어지지 않은 그의 추억을 연주했다. 거위와 생쥐와 어미쥐와 고양이와 망치 소리를 상대로 기타를 뜯는 그의 모습은 고즈넉했으나, 그의 손가락은 그가 낼 수 있는 최대한의 음량을 어느 순간 넘어가고 있었다.

창에 어리는 눈처럼 그의 마음에 그녀가 어렸다.

스페인에 가면 시작만 할 것이야. 곡이 끝난다는 이미지조차 머릿속에서 지워버릴 것이야. 시계는 열둘까지의 숫자를 두번 돌면 하루가 지날 테지만, 스물여덟번 돌면 십사일이 지날 테지만, 그곳에서 나는 그것을 거스를 것이야. 내 소리로 시간을 정할 것이야.

그의 기타 소리가 깊어지자, 베란다 문 앞에서 발광을 하던 점박이가 천천히 돌아와 휜순이의 등에 제 얼굴을 묻고 방바닥에 엎드렸다. 이따금 바르르, 떨던 휜순이가 먼저 잠들었다. 이어 점박이가 잠들었다. 쥐덫 속의 생쥐가 잠들고, 어미쥐가 갇힌 새끼들 곁에서 잠들고, 위층의 망치 소리가 잠들었다. 싱크대 밑의 바퀴벌레와 천장을 기어가던 거미도 납작하게 엎디어 잠들었다. 그래, 소리여, 자유로이 쾅쾅, 찌익찍, 꽉, 찌익, 카르릉,을 넘어가라.

울타리를 넘고, 하수구를 넘고, 공기를 넘고, 행렬을 넘고, 자꾸만 멀리 가서, 그녀의 귓결, 그 어두운 속에 닿아라.

그는 기타를 기타집에 넣어 어깨에 메고, 그녀의 편지가 끼워진 책을 처음대로 선반에 올려놓았다. 그가 방 안의 불을 끄고 쥐나 고양이가 잠이 깨지 않게 가만가만 걸어 문밖으로 나와 빈집의 문을 잠그는데 옆집에서 막 켜는 텔레비전 자정뉴스 소리가 확 퍼져나왔다.

……오늘 전라남도 광양의 국도에서 1.5톤 트럭이 눈길에 미끄러져 가로변의 미루나무를 들이받고 추락했습니다. 운전기사로 보이는 남자는 중상을 입고 병원으로 옮겨졌고, 이십대 후반으로 보이는 여자는 사망했습니다. 트럭에 이삿짐이 실려 있는 걸로 보아 이사 중이었던 것 같으며 이들의 정확한 신원은 밝혀지질 않고 있습니다. 사고 시간은 오후 여섯시로 추정되고 발견된 시간은 밤 열시경입니다.

그는 진저릴 쳤다.

밤 열시라면? 관리인이 분무기를 들고 소독을 하겠다던 무렵이었다. 그는 계단을 걸어내려왔다. 여자가 그녀라는 법이 있나? 다짐을 두는데 그의 안에서 또다른 얼굴이 반문했다. 그녀가 아니라는 법은 또 어디 있지? 그는 경비실 앞을 지났다. 눈은 계속 내리고 있었다. 그가 뜰의 거위 우리 앞을 지나려니 그 앞에 쭈그리고 앉아 있던 늙은 경비원이 그의 이마에 매여 있는 피 묻은 셔츠 팔소매를 올려다봤다. 경비원은 고갤 갸웃하더니 이내 상관 않고 눈을 맞으며 순하게 잠든 거위만 들여다봤다.

이상한 일이구랴, 갑자기 이리 순하게 잠들다니.

그는 눈 속에 서서 그녀가 살았던 삼층을 한번 올려다봤다. 그녀가 없는 빈집의 창은 어두웠다. 빈집을 뒤로하고 고개를 떨구는 그의 내부가 빈집만큼 어두워졌다. 그가 막 스튜디오 입구를 빠져나가는데 순하게 잠든 거위 우리 앞에 쭈그리고 앉아 있던 늙은 경비원이 생각난 듯 외쳤다.

스페인은 언제 가시우?

봄이 오면.

마당에 관한
　　　　　짧은 애기

그 건물은 크림색의 신축건물이다. 오래되었어야 오년쯤?

　그 건물을 떠나온 지가 삼년은 되어가니 내가 거기에 살았을 때는 신축된 지 이년쯤 되었겠다. 내가 그 건물로 이사를 들어간 건 우연이었다. 그 건물에 입주하기 전에 살던 곳은 열평짜리 독신자 아파트였다. 함께 살던 여동생이 막 결혼을 해서 나는 혼자 남아 나중에 '모여 있는 불빛'이란 제목을 붙여준 단편소설을 쓰고 있었다. 여동생은 아침마다 흰 우유를 마시는 걸 좋아했고 나는 우유라면 질색을 했다. 우유를 마시는 여동생은 이제 그 방을 떠났는데 미처 끊지 못한 우유는 매일 아침 배달되었다. 나는 신문과 함께 우유를 안에 들여와 냉장고에 차곡차곡 쌓아두었다. 어느날 밤이다. 물을 마시려고 냉장고 문을 여는데 우유팩이 와르르 바닥으로 쏟아져내렸다. 냉장고 안에서 오렌지색 불빛이 흘러나와 흩어진 우유팩을 비추었다. 우유팩은 내 맨발 위에도 쌓여 있었다. 흩어진 우유팩을 내려다보고 있자니 이런 밤의 여동생의 체취가 생각났다. 나는 그애를 베개처럼 껴안고 자기를 좋아했다. 그러나 그앤 내가 우유를 질색하는 만큼이나 내가 그애를 껴안는 걸 싫어했다. 잠든 그앨 몰래 껴안고 자다가보면 갑자기 내 손이 사납게 내팽개쳐지곤 했다. 그래도 그애가 잠들면 또 껴안았다. 그애가 등을 돌리면 뒤에서 껴안았다. 나는 그애의 목덜미나 머리카락에서 맡아지는 냄새가 좋았다. 그건 우리 가족의 냄새였다. 엄마가 쓰고 있는 때에 전 수건 냄새였고, 아버지의 엽총 냄새였으며, 옛집 마당의 미색 장미꽃 냄새였다. 사방으로 흩어진 우유팩은 열린 냉장고에서 흘러나오는 희미한 불빛 아래서 그애의 부재를 말해주고 있었다. 냉장고 문을 잡고 있던 내 손에서 힘이 빠지더니 갑자기 눈물이 쑥 솟아나왔다. 얼마나 울었는지는 나도 모른다. 정신을 차리고 보니 내가 냉장고 문을 열어놓은 채 흩어진 우유팩 사이에서 자고 있었다. 냉장고에서 흘러나오는 희미한 불빛 아래 흩어진 우유팩들도 가만히 자고 있었다. 발을 뻗어 냉장고 문을 닫고 몸을 일으키려니 무릎이 휘청했다. 사방은 어둠에 휩싸여 있었고 나는 잠시 그 어둠 속에서 휘청이는 무릎을 싸안고 앉아 있었다. 혼자라는 생각이 들었다. 그가 잡초가 무성한 길 위에 나를 남겨놓고 가버렸다는 생각. 불을 켜고 손거울을 집어 얼굴을 들여다보니 눈꺼풀이 사라질 만큼 눈이 퉁퉁 부어 있었다. 세면장으로 들어가 세수를 하려고 보니 내 얼굴이 세숫대야만 하게 느껴졌다. 우유 직매장에 전화를 걸어 우유 배달을 중지시키고 그릇을 닦았다. 옷장 속에서 미처 동생이 가져가지 못한 옷가지들을 꺼내 빨아 널었다. 세면대를 오래오래 비누질해서 닦아내고 신발장 속의 흙들을 쓸어내었다. 손톱을 깎고 머리를 감았다. 그리고 책상에 앉아 쓰고 있던 단편소설을 이어 쓰기 시작했다. 그애의 부재를 견디기 위한 글쓰기였다. 이제는 그 집으로 퇴근할 동생이 아닌데도 밤이 되면 내 습관이 그앨 기다렸다. 무심코 왜 이렇게 늦나 싶어 시계를 보았고, 또 무심코 식탁에 그애 몫의 수저를 내려놓았다. 글을 쓰는 동안에도 그애가 언니, 하며 차가운 손을 내 목덜미 속으로 집어넣는 것 같아 고개를 젖히곤 했다. 그렇게 모여 있는 불빛,을 반쯤 써나갔을 때 주인이 방문을 했다. 주인은 영화감독이었다. 그는 영화를 제작하기 위해 미국에 나가 있던 후배에게 그 아파트를 팔았는데 그 후배가 귀국한다고 했다. 그러니까 아파트를 비워달라는 얘기였다. 내게는 한달의 기한이 주어졌다. 다음

날로 이사할 곳을 알아보러 다녀야 했으나 나는 겨우 경비실로 내려가 그 아파트 내에서 새로 나온 곳이 없는가만 물어보았다. 비어 있는 곳이 없다고 했다. 그 아파트는 독신자용으로 지어진 것이었다. 어느 독신자가 춥디추운 일월에 이사를 가겠는지. 머릿속이 잠시 복잡했지만 나는 도로 책상 앞으로 와서 모여 있는 불빛,을 쓰는 일에 매달렸다. 그때의 그 습기가 무엇이었는지 나도 모르겠다. 깊은 도랑이 몸속에 들어앉은 것처럼 나는 습했다. 그 단편소설을 완성하는 일에 집착하지 않았다면 아마도 난 그 습기에 매몰되어 또 한번 익사했을 것이다. 허기 끝의 탐식처럼 눈을 부라리고 앉아 모여 있는 불빛,을 완성했을 땐 이사 날짜가 겨우 일주일 남아 있었다. 그제야 여기저기 복덕방엘 다녀봤으나 일주일 뒤에 내가 들어가 살 곳을 찾기란 어려웠다. 그러다가 그 건물의 608호를 벼룩신문을 통해서 알게 되었다. 언제든지 입주할 수 있다는 조건 때문에 나는 모르는 사람에게 전화를 걸었다. 구조를 묻는 내게 주인은 열세평 원룸에 구석에 한평 정도의 세면장이 있고, 도시가스 대신 전기로 밥을 지어 먹을 수 있는 레인지가 달린 한자짜리 싱크대가 설치되어 있다고 대답했다. 그거면 됐다고 생각했다. 나는 그 건물을 가보지 않은 채 이사를 했다. 미리 가볼 수도 있었지만 이삿날까지 가보지 않았던 것은 그 건물이 마음에 들지 않을까봐 서였다. 이 도시의 어디에도 일주일 안에 내가 이사를 할 수 있는 곳은 없었으니 마음에 드나 안 드나 이사를 해야 했던 것이다. 미리 가보아 마음에 안 든다고 해서 다른 대안도 없었으니까. 그런데 이삿짐을 싣고 와보니 산이 아주 가까이에 있는 마음에 쏙 드는 건물이었다. 산 때문이었을까? 나는 이미 오래전에 그 장소에서 한번은 머물러본 적이 있는 기분까지 느꼈다. 공기며 햇빛이며가 내가 태어나 자란 마을과 비슷했다. 건물이 도로변에 바짝 붙어 있는 것이 마음에 걸리긴 했으나 새 건물인 것도 싫지 않았다. 건물의 왼편으론 긴 터널이었고, 오른편으론 시내로 통하는 외길이 나 있었으며, 맞은편엔 이북5도청과 산으로 오르는 길이 길게 뻗어 있었고, 건물의 지하엔 커다란 목욕탕이 딸려 있었다. 내 처소가 된 608호 문을 따고 들어가보니 멀리 산을 향해서 통창이 나 있어 깜짝 감격하기까지 했다. 비록 먼산이긴 했지만 이 도시에서 창 하나 가득 산이 내다보이는 처소를 갖게 되기가 어디 쉬운가. 그러나 그 감격은 하루 만에 사라졌다. 그 건물에서의 첫날밤부터 그곳을 떠나올 때까지 나는 잠을, 깊은 잠을 잘 수가 없었다. 그토록 감격했던 창으로는 도로의 가로등 불빛이 쏟아져들어와 실내등을 다 꺼도 대낮처럼 환했으며 건물 왼편의 터널을 빠져나온 자동차들은 밤새 전속력으로 내달렸다. 그 소음은 새벽까지 이어졌다. 차라리 한낮엔 소음이 덜 느껴졌다. 밤이 되면 사방이 조용해서인지 유독 자동차 소리들만 들렸다. 암막이 되는 이중직으로 된 두꺼운 커튼을 만들어 와 치는 것으로 쏟아져 들어오는 빛은 차단했으나, 자동차 소음을 내 힘으로 막을 도리는 없었다. 하룻밤에 네댓번은 잠이 깨어야만 아침을 맞이할 수 있었다. 그 소음에 얼마나 시달렸는지 한밤에 터널을 빠져나온 자동차들이 전속력으로 질주하는 소리는 그 건물을 떠나온 지가 삼년이 되어가는 지금도 내 귓전에 선명할 지경이다. 건너는 사람이 없어도 신호등은 밤새 딩동 소리를 내며 바뀌었고, 큰 트럭이 도로변을 내달릴 땐 건물 자체가 기우뚱 흔들리는 것도 같았다. 그곳에서 살 적에 나는 종종 자동차가 끼익, 하며 급정거하는 소리에 놀라 침대에서 굴러떨어지기도 했다. 삼중사중 충돌로 인해 도로로 유리 파편이 튀는 소리에도. 침대에서 떨어져 잠시 망연히 앉아 있다가 일어서서 커튼을 젖히고 도로를 내다보면 밤고양이의 시체가 내려다보이기도 했고, 사고를 낸 차량에서 내린 운전자들이 서로 멱살을 쥐고 싸우고 있기도 했다. 그 건물은 도시의 도로에서 한밤중에 벌어지는 그런 소동들을 고즈넉이 내려다보며 서 있었다. 어쨌거나 나는 그 건물에서 일년 남짓을 살았고, 지금부터 내가 하려는 이야기는 그 건물에 사는 동안 처음으로 깊은 잠을 잘 수 있었던 어떤 밤에 관한 이야기이다. 아니, 그 밤, 그 건물에서 만난 소녀에 관한 이야기이다. 아니, 어쩌면 그라는 어떤 헛것을 잊어가는 과정의 이야기가 될지도 모르겠다.

*

나는 이따금 다른 사람들은 삶 속에서 돌연히 발생하는 부재나 돌연한 사별을 어떤 방식으로 받아들이는지가 궁금하다. 여동생이 결혼을 해서 내 곁을 떠나간 것과 동시에 이따금 만나서 함께 밥을 먹고 강변으로 가서 강물을 쳐다보곤 했던 수화기 저편의 그의 목소리가 냉랭해졌다. 가까웠던 사람이 멀어져가는 걸 감당하는 일이 내겐 매번 힘겹다. 때로는 이제 내겐 가까웠던 사람과 작별할 힘이 전혀 남아 있지 않다는 느낌도 든다. 그런데도 이렇게 또 살아지는 걸 보면 삶이 무섭기조차 하다. 한 사람이 멀어져갈 때마다 나는 그 사람을 찾아 헤매는 대신 무엇인가를 반복적으로 했다. 똑같은 행동의 반복은 아니었다. 그때그때마다 조금씩 다른 행동의 반복이었다. 어떤 이별 앞에선 밤마다 외출을 해서 시내에서 집까지 걸어서 돌아왔고, 어떤 이별 앞에선 오후마다 수영장에서 헤엄을 쳤으며, 또 어떤 이별 앞에선 틈만 나면 기차를 타고 낯선 역에 도착했다가 돌아오곤 했다. 그러는 사이 고독은 단련되었다. 무슨 행동인가를 그렇게 반복적으로 계속하고 있으면 그 사람이 내게서 멀어졌다고 해서 이 세상에 없는 건 아니라는 결론에 이르게 되곤 했다. 어디서든 살아 있으면 된다고. 그러나 매번 거기에 도달하기까지의 과정의 힘겨움은 조금도 줄어들지 않았다. 만약 내게 가까운 사람들의 돌연한 죽음에 대한 공포가 없었다면 내가 자연스레 다시 일상으로 복귀하기란 더 힘겨웠을 것이다. 나는 나하고 가깝게 지낸 사람들이 내게서 멀어지는 것보다 그들이 죽는 게 두렵다. 멀어져서 못 만나는 거와 죽어서 못 만나는 것은 다른 것이다. 이 세상 어딘가에서 그도 나처럼 걸어다니고 감기에 걸리고 옷을 갈아입고 목욕탕엘 간다고 생각하면 한결 마음이 누그러졌다. 그가 달라진 건 없어, 내가 내게 속삭였다. 이젠 나와 함께가 아니고 다른 사람과 함께인 것뿐이야,라고.

그가 부재하면 그가 남긴 사물들이 숨소리를 내기 시작한다. 그가 더이상 내 집 앞에서 자동차를 세우지 않게 되었을 때, 나는 그가 내 생일날 선물로 준 목걸이를 목에 걸었다. 그가 내 곁에 있을 땐 한번도 걸지 않은 목걸이였다. 그때는 그가 있었으므로 대체물이 없어도 그를 느낄 수가 있었다. 나는 쌕쌕 숨소리를 내는 목걸이를 목에 걸고 책상 앞에 앉아 더이상 할 말이 없어질 때까지 그에게 편지를 썼다. 어느날은 누통도 쓰고 어느날은 세통도 썼다. 편지는 물론 부치지 않았다. 물론이라고 써놓고 보니 이상하다. 쓴 편지를 안 부치는 것이 당연한 일은 아니니까. 하지만 나한테 있어서는 처음부터 부치려고 썼던 편지는 아니었다. 냉랭해진 그의 목소리가 던져주는 슬픔을 견딜 방법이 달리 없어서 썼던 것일 뿐. 편지가 다 써지면 접어서 큼직한 노란 봉투에 담아놓았다.

소녀를 만난 건 그 건물에 입주한 지 석달쯤 지난 밤이었다. 예전에 함께 일하던 방송국 피디가 우편으로 보내온 초대권으로 첼리스트 요요마의 내한공연에 다녀오는 귀갓길이었다. 자정이 다 된 시간이었다. 내가 탄 택시가 그 건물의 정문을 향해 턴을 하는 순간 내 몸이 약간 옆으로 기울어졌는데 내 눈 속으로 닭을 안고 있는 그 소녀가 비쳤다. 그 건물의 자동으로 열리는 유리문 바로 앞이었다. 자정 근처가 아니었다면, 소녀가 안고 있는 게 닭이 아니고 꽃이었다면 나는 대수롭지 않게 생각했을지도 몰랐다.

다 크지도 않은 애가 이 밤에 웬 닭을?

얼른 몸을 바로세우고 다시 보려는데, 참 이상한 일이었다. 조금 옆으로 기울어진 몸을 바로세우는 데 걸린 시간은 이초이거나 삼초일 텐데 닭을 안고 있던 소녀는 별똥별처럼 사라지고 없었다. 응? 나는 고갤 흔들고 눈을 반짝 다시 떴다. 소녀는 없고 유리문만 차갑게 빛나고 있었다. 택시기사가 안 내리느냐고 다그치지 않았으면 나는 그 자리에서 멍해지고 말았을 것이다. 잘못 보았나? 택시비를 치르고 거스름돈을 받고 나서도 뭔가 좀 이상했다. 잘못 봤으면 잘못 본 대상이라도 있어야 하는데 그 자리엔 아무것도 없었다. 소녀가 서 있었다고 생각된 자리에 서자 건물 안으로 통하는 문이 스르르 열렸다. 나는 자꾸 뒤를 돌아다보며 건물 안으로 들어왔다. 경비원이 나를 향해 묵례를 하며 무얼 찾느냐고 물어왔다. 나는 아니라고 하며 엘리베이터 버튼을 눌렀다. 아니라고는 했지만 닭을 안고 서 있던 소녀의 모습이 무척 생생히 떠올랐다. 잘못 보았다고 하기엔 매우 선명한 모습이었다. 나는 내 앞에서 문이 열린 엘리베이터를 그냥 보내고 경비실로 가서 센서식 유리문 바깥을 가리키며 방금 닭을 안은 소녀가 저 앞에 서 있지 않았느냐고 물어보았다. 경비원은 소녀보다도 닭을 안고,라는 내 말이 이상했는지 그, 글쎄요,

하더니 저는 못 봤는데요,라며 웃었다. 엘리베이터를 타고 육층까지 오르는 동안 내 가슴 어딘가가 싸아하니 아파왔다. 두평도 안 되는 엘리베이터 안에서 어떤 마당이 떠올랐던 것이다. 언젠가 여섯시 무렵에 조계사 앞을 지나가게 되었을 때도 그랬다. 스님이 치는 범종 소리에 그 마당이 떠올랐다. 우물도 있고 장미꽃도 있고 오리며 거위 따위가 있는 그런 마당이었다. 나는 엘리베이터 벽에 피로한 몸을 기대며 나를 잠식하고 있는 마당을 물리치려고 애를 썼으나 마당은 나를 모래로 생각하는지 파도처럼 밀고 쳐들어오며 쉬익쉬익 숨을 내쉬었다. 나는 그만 엘리베이터 바닥에 털썩 주저앉았다. 백평도 넘을 숨 쉬는 마당을 두평의 좁은 엘리베이터는 견뎌낼 재간이 없었던 것이다. 마당은, 장미밭을 휘젓고 있는 사나운 거위의 야생적인 긴 목을 주저앉은 내 무릎에 머리에 대어주며 속삭였다. 나를…… 잊지 말아. 정신이 아득해지려는데 엘리베이터 종이 땡, 하고 울렸다. 나는, 나를, 점령해 오는 마당의 거친 숨소리를 손을 휘저어 물리치면서 엘리베이터 안에서 휘청이며 걸어나왔다. 이마에 식은땀이 흥건히 배어나왔다. 나는 무엇에 매달리듯 가방끈을 꽉 잡았다. 나를, 나를 잊지 말아. 낯익은 숨결로 나를 붙잡는 마당을 밀어내며 나는 도시의 건물 속에 쏙, 파인 나의 처소를 향해 필사적으로 걸어갔다. 608호의 열쇠구멍에 열쇠를 밀어넣을 때까지도 이마의 식은땀은 걷히지 않았다. 불시에 여기의 내 삶 속으로 습격하듯 찾아와서 내 마음을 휘저어놓고 가곤 하는 그 마당은, 내 마음의 저기에서 타박타박 걸어온 숨겨진 방죽인지도 몰랐다. 혼자 태어났다가 혼자 죽는다든가, 내가 받을 응보를 아무도 대신해줄 수 없다고 생각하는 때에, 그 마당은 내 일상에서 떠오르지가 않았다. 보이는 얼굴과 들리는 말을 탐하고 있을 적엔.

문을 따고 들어와 타월로 머리를 싸매고서 시간을 들여 샤워를 했다. 고정적인 일자리를 찾아봐야 되지 않을까 생각했던 것도 같고, 기교에 넘치던 첼로 앞의 요요마 생각을 했던 것도 같고, 서른이란 내 나이를 생각했던 것도 같다. 서른. 나는 청춘이랄 것도 없이 이십대를 지나왔다. 하나의 사건도 없이, 문장이 될 만한 한마디의 말도 없이. 나의 이십대는 침묵과 도보뿐이었다. 나는 말없이 그냥 여기저기를 걸어다녔다. 혹, 아직도 명동성당의 벤치나 남쪽 절집으로 들어가는 전나무 그림자가 어룽대는 긴 산문(山門)에 나의 등자국이나 발자국이 남아 있을지도 모르지. 대체 무엇하고 그렇게 지독한 이별을 했기에 그렇게 일찍 삶에 대해 겁을 내게 되었는지. 지금이나 예나 다름없이 내 마음속에 일렁이는 이 반딧불 같은 것은 누구하고도 헤어지기 싫다는 것이다. 헤어지기 싫어 만나지 조차 못했다면? 그랬다면? 등신 같은 이십대였다고 생각 될 때면 눈이 부릅떠진다. 어느 거리에나 고갤 숙이고 다리를 절며 걷고 있는 내가 보인다. 그 속을 걸어서 어떻게 여기까지 왔나? 걷다가 몇몇을 잃고 몇몇을 얻고 그리고 지금은 다시 그를 잃어가는 중인가. 내게서 멀어져가는 그를 생각하는 사이 내 마음에 떠올랐던 마당은 다시 방 죽 속으로 가라앉았다.

그날밤, 나는 초인종 소리에 잠이 깼다. 차 소리나 전화벨 소리가 아니고 초인종 소리에 잠이 깨긴 처음이었다.

잠을 깨긴 했으나 잘못 들었나 해서 어둠 속에서 귀를 기울였다. 삐리리리, 분명 초인종 소리였다. 누구지? 무심히 몸을 일으키려다가 새벽 한시도 넘어 잠자리에 들었다는 생각이 났다. 마당이 다시 깊은 공동 속으로 가라앉은 뒤에도 먼 곳을 향해 소롯하게 뻗어 있는 길처럼 유리문 앞에서 만난 닭을 안은 소녀가 눈앞에서 어룽대서였다. 정말 헛것이었을까. 그러기엔 너무나 생생했던 소녀의 모습이 자꾸만 아로새겨져서 나는 그 모습과 헤어져보려고 캔맥주를 따서 마시기까지 했다. 커튼을 치고 불을 끄고 잠자리에 들어서도 금방 잠이 들질 않아 나는 침대 위에서 자꾸만 몸을 뒤집었다. 내가 두려워하는 것은 헛것들일지도 모르지. 이 손으로 껴안고 만지고 체취를 아로새겼으나 곧 새벽빛처럼 사라졌던 당신. 그러나 깊은 밤중이거나 혹은 투명한 한낮의 적요 속에서 나는 당신이 나의 무의식 속으로 틈입자처럼 걸어들어오는 소리를 듣곤 했지. 나는 당신을 거부할 수가 없었어. 아니 어쩌면 당신으로 이루어진 게 나일지도 몰라. 그래서 두려웠던 거지. 곧 내가 되고 말 헛것이었기에. 그 헛것들을 두려워하지 않았으면 나는 늘 익사했을 거야. 두려워했기 때문에 나는 이따금 한번씩만 익사할 수 있었어.

문 가까이에 가지도 못하고 침대에 일어나 앉은 채로 누구세요?라고 크게 물었다. 응답이 없었다. 나는 이불을 잡아당겨 목까지 덮으며 누구세요? 다시 물었다. 내 목소리만 공명음으로 떠돌 뿐 아무 응답이 없었다. 한밤중에 도로를 질주하는 자동차 소리만 우릉우릉 들려왔다. 나는 이불을 끌어당겨 얼굴을 다 덮었다. 현관문에서 침대가 바로 보이는 게 싫어 책장으로 칸막이를 쳐놓은 저편에서 갑자기 누군가가 불쑥 나타날 것만 같아서. 여동생이 있었으면 그앤 실내등을 켜고 슬리퍼를 끌고 탁탁탁 걸어나가 문을 열어보고 돌아왔을 것이다. 그렇게 이십분쯤 이불을 뒤집어쓰고 있다가 나는 갑자기 이 건물 안에서 나 혼자 자고 있는 건 아닌가, 하는 엉뚱한 생각에 휘말렸다.

이 구층짜리 건물 안에 나 혼자 자고 있으려니 생각하니 턱이 꽉 다물어졌다. 그럴 수도 있을 것이었다. 엄밀한 의미로 보면 그 건물은 사무실용이었다. 609호도 610호도 실제로 개인 사무실들이어서 그들은 아홉시에 출근하고 여섯시면 퇴근을 했다. 이 덩치 큰 건물에서 나 혼자 잘 수는 없다. 나는 일어나서 잠옷 위에 셔츠를 급하게 껴입었다. 이미 해버린 생각이었다. 나 혼자 자고 있는 것이 아님을 내 눈으로 확인해야만 생각은 끝날 것이었다. 현관문을 열기 전에 나는 문밖을 향해 누구세요?라고 물었다. 응답이 없었다. 신발을 신고 문을 따고 빠끔히 바깥을 내다보았다. 아무도 없었다. 주위는 지독히 적막했다. 614호까지 이어지는 긴 복도만이 어둠 속에서 괴괴했다. 나는 용기를 내서 현관문을 탁 소리 나게 닫고 슬리퍼를 착착 끌며 복도의 불을 켜는 스위치를 눌렀다. 어두웠던 복도가 순간적으로 환해질 때 나는 반사적으로 뭔가를 외면하기 위해 질끈 눈을 감았다. 그랬어도 빛이 들어오기 전 복도에 일렁이던 괴괴한 어둠 속으로 닭을 안은 소녀가 다급하게 첨벙 뛰어드는 모습을 본 것도 같다. 이 헛것들을 헤치고 나가야만 한다. 나는 성큼성큼 걸어서 엘리베이터를 타고 일층으로 내려갔다. 경비실 아저씨는 탁자에 얼굴을 묻고 졸고 있었다. 나는 그대로 건물 바깥으로 나와 신호등을 무시하고서 성큼 뛰어서 길을 건넜다. 헤치고 나가지 않으면 나는 또 익사할 거야. 건물의 맞은편에 서서 크림색 건물을 올려다보았다. 나는 안도의 깊은 숨을 내쉬었다. 띄엄띄엄이긴 했지만 건물의 여기저기 창문에서 은은한 불빛들이 흘러나오고 있었기에.

이게 무슨 꼴이람, 자다 말고.

불빛들을 확인한 뒤에 맥이 쭉 빠져서 가로수 그늘 밑에 선 채로 내가 살고 있는 육층을 올려다봤다. 마치 타자의 공간을 바라보듯 방금 전까지 내 육신이 머물고 있던 공간이 아득하게 보였다. 육층만은 불빛이 흘러나오는 곳이 내 창문뿐이었다. 내 창에서 흘러나오는 불빛을 외부에서 올려다보는 마음은 기묘했다. 누군가 내 창 안에 있다는 생각. 그 사람이 내 창 안에서 이 거리의 나를 내려다보고 있다는 생각. 나는 내 창이 뿜어내는 불빛을 피해 터널 쪽으로 시선을 옮겼다. 가련하고 비천한 인간. 나는 내가 지독하게 경멸스러워져 눈을 질끈 감았다. 눈을 감은 채로 나는 나도 모르게 손을 뻗어 정신없이 내 뺨을 후려쳤다. 나를 비껴가는 그에 대해서 기껏, 내가 뭘 잘못했어요?라고밖에 물을 줄 모르는 나약한 인간. 생이 송두리째 비껴가도 대면은커녕 저 또한 한쪽으로 비껴서서 신발로 땅바닥이나 콕콕 찧고 있겠지. 음악회에 가기 전에 끓여 먹었던 수제비가 뒤늦게 반란을 일으킨 듯 목을 타고 올라왔다. 나는 내 손바닥에게 얻어맞아 얼얼해진 뺨을 나무둥치에 대고 서서 입을 꽉 다물었다. 너는 편안하게 토할 자격도 없어. 나는 더 세게 입을 다물었다. 꾸역꾸역 목을 거슬러 올라오는 토사물을 꿀꺽 삼켰다. 속은 점점 더 거북해지고 입안에서 역한 냄새가 풍겨나오기 시작했다. 제 생의 정면을 늘 피하기만 하는 자들이 내뿜는 더러운 냄새. 입을 꽉 다물수록 토사물도 꾸역꾸역 내부를 밀고 기어나왔다. 이빨 사이사이로 속에서 올라온 토사물이 흘러나오는 게 느껴졌다. 나는 털썩 주저앉아서 가로수 나무 밑에 퉁퉁 불은 수제비를 토해내기 시작했다. 내 눈물 같지도 않은 굵은 눈물방울이 부풀어오른 밀가루 반죽 위로 뚝뚝 떨어졌다. 내가 그러고 있건 말건 터널 위엔 노란 개나리가 흐드러지게 피어 가지를 있는 대로 내려뜨리고 있었고, 내가 붙잡고 엎드린 은행나무 속으로도 봄물이 흐르는지 싸한 냄새가 흘러나와 밤공기 속으로 퍼져갔다. 시내 쪽에서 달려온 트럭 한대도 터널 속으로 질주해들어갔다. 속엣것을 다 토해내고 길을 건너려고 은행나무에 기댄 몸을 추스르던 나는 그 자리에 붙박인 듯 서버렸다. 맞은편 건물 유리문 앞에 닭을 안고 서 있는 소녀가 또렷이 보였던 것이다. 소녀는 푸른빛을 받고 있어서 마치 연극무대 위의 마임 배우 같았다. 나는 소녀에게서 눈을 떼지 않은 채 길을 건넜다. 소녀는 닭을 끌어안고서 여전히 마임 배우처럼 푸른빛에 싸여 서 있었다. 계절은 봄인데 소녀는 밤색과 흰빛이 섞인 체크무늬의 남자아이용 겨울 점퍼를 입고 있었다. 소녀에게 가까이 다가갔을 때다. 나는 내 몸이 점점 작아지는 것 같았고 작아진 내 몸이 그 점퍼 안으로 쑥 들어가는 것 같았다. 어릴 때 내게도 저런 점퍼가 있었다. 처음부터 내 점퍼는 아니었다. 중학교 장학생 시험을 보러 가는 셋째 오빠에게 어머니가 마음먹고 사입힌 점퍼였다. 셋째 오빠는 그 점퍼가 너무 따뜻해서 시험지를 들여다보다가 그만 잠들어버렸다며 화가 나서 다시는 그 점퍼를 입지 않았다. 어머니는 내게 그 점퍼를 물려주었다. 그러나 나는 남자아이가 입는 무뚝뚝하게 생긴 옷은 입기 싫었다. 수도 놓아지고 아기자기하게 주머니가 달린 그런 옷을 입고 싶었다. 그래도 어머니가 보는 앞에서는 점퍼를 입고 나왔다. 대문만 나서면 벗어 들고 다니거나 어디다 숨겨놓았다가 집으로 들어갈 때만 입었지만. 바람이 불고 지독하게 추운 날 저 점퍼를 입고 철로변에 나간 적이 있었다. 얼마나 추웠는지 밉고 곱고 간에 점퍼를 벗을 생각이 나질 않았다. 외려 점퍼를 꼭꼭 여며 입은 채로 레일을 베고 누워 겨울 하늘을 바라보았다. 차가운 겨울 하늘 끝에 얼굴 하나가 아련히 실리었다. 언제나 걱정에 싸이면 맨 늦게 떠오르곤 하는 얼굴이었다. 어머니는 그런 나를 보면 어린애가 벌써 표정에 애(哀)를 실었다고 역정을 내곤 했지만 그렇게 말하고 나서 꼭 우는 건 어머니였다. 나는 그 철길에서 저 점퍼를 잃어버렸다. 찾을 생각도 없었던 점퍼였으므로 잃어버렸다는 것조차 잊었는데 소녀가 입고 있는 걸 보니 다사롭고 정다운 느낌이 번갈아 들었다. 한번 만져보고 싶은 것을 참느라고 애를 썼지만 벌써 내 손이 쑥 나가서 소녀의 어깨쯤을 쓰다듬고 있었다. 참으로 친숙한 감촉이었다. 소녀는 상고머리에 통통한 볼을 하고는 점퍼 속으로 엿보이는 빨간 스웨터에 닭의 얼굴을 바싹 갖다대주고 있었다. 소녀가 안고 있는 게 닭이 아니고 꽃이었으면 괴이하지 않았을까. 한밤중에 도시의 최신식 건물 앞에서 닭을 안고 있는 소녀의 존재는 갑자기 그 건물에게서 도시의 일상성을 제거해버렸다. 일상성이 제거된 건물은 갑자기 비현실적이 되었고, 매일 드나드는 건물의 유리문이 갑자기 다른 세계로 들어가는 입구 같아졌다. 나는 소녀가 입고 있는 점퍼에서 흘러나오는 친밀감을 밀어내며 정신을 가다듬으려고 애를 썼다. 만져서는 안 될 것을 만져버렸다는 생각.

언젠가도 그랬지. 보아서는 안 될 인간의 얼굴을 봐버린 적이 있었지. 구더기가 들끓고 있던 다정했던 얼굴. 썩어 문드러진 노동에 전 손. 생을 향해 남긴 유서 위로 스멀스멀 기어가던 구더기. 그 여름의 긴 장마. 그 얼굴을 사랑했던 죄로 나는 오랫동안 얼굴을 들 수가 없었다. 회오리바람처럼 쳐들어오는 생의 정면들에 내가 얼마나 깜짝깜짝 놀랐는지. 나쁜 생. 청춘에 들어서기도 전에 미리 겁을 주다니. 눈을 뜨고 싶지 않은 수많은 아침들이 지나간 뒤로 나는 자신감을 잃었다. 분명한 대답들과 분명한 명분들이 무서워졌다. 숨어 살아야겠다고 생각했지. 어디에도 얼굴을 내밀지 말아야겠다고. 다행히 나는 아름답지가 않아서 숨어 살 수가 있었다.

나는 점점 더 맥이 빠졌다. 손과 입안에서는 토사물 냄새가 역하게 나고 있었다. 나는 소녀에게 돌아가라,고 말해주고 싶었다. 이 건물에게 도시의 일상성을 돌려주고 돌아가라고. 그러나 나는 입을 달싹도 못하고 일시에 건물에게서 일상성을 제거해버린 소녀를 지나쳐서 건물 안으로 들어왔다. 경비원은 의자에 앉은 채로 깊은 잠에 빠져 있었다. 엘리베이터 버튼을 눌러놓고 잠에 빠진 경비원을 쳐다보자 어디선가 그는 내가 잠재웠어요,라는 목소리가 들렸다. 나는 그 목소리의 야릇한 여운에 사방을 휘휘 둘러보았다. 주변엔 소녀뿐이었으나 그건 소녀가 낼 만한 소리가 아니었다. 적어도 스물은 되었을 여자의 목소리였기에 나는 다시 한번 주위를 두리번거려보았으나 사방으로 크림색 회벽만 보일 뿐이었다. 이상한 밤이야. 나는 내 앞에 멈춘 채 스르륵 문이 열린 엘리베이터에 올라타면서 소녀 쪽을 바라보았다. 소녀가 나를 향해 몸을 돌리는 순간 엘리베이터 문이 탁 닫혔다.

방으로 올라와서 나는 그에게 편지를 썼다. 겁을 잔뜩 먹고 있다고 썼다. 하찮은 일에도 놀라고 있다고. 음악회에 갔었다고도 썼다. 돌아오는 택시 안에서 그가 매일 아침 출근하는 길을 지나치게 되었다고. 그 길목에서 황폐하게 끊어진 다리를 보았다고. 철근이 드러나고 시멘트 덩어리가 뭉텅이로 흩어져 있었다고.

그 황폐한 풍경을 매일 보고 지나다녔을 그를 생각하니 가슴이 저려왔다. 어쩌면 그는 내게 짜증을 낸 게 아니었는지도 모른다는 생각조차 들었다. 저 무너진 다리를 매일 보고 지나다녀야 하는 것에 짜증을 냈던 것인지도 모르겠다고. 하지만 나는 편지에는 가슴이 저려왔다,고 쓰진 않았다. 내게 새 힘이 생길 때까지 거리에서 당신을 보게 돼도 알은척을 안 할 거예요,라고 써서 봉투에 던져놓고 뒤척뒤척하며 잠을 이루려고 애를 썼다.

얼마를 지났을까. 나는 가수면 상태에서 삐리리, 초인
종 소리를 들었다. 나는 그 소리를 기다렸던 것처럼 자연
스럽게 침대에서 스르륵 몸을 일으키고 있었다. 오랫동안
꺼져 있던 내 심연의 불 하나가 탁 켜지는 소리도 들었다.
잠시 내게로 와서 쉬어가고픈 여자애를 너무 오래 문밖에
세워두었구나. 다시 초인종 소리가 길게 이어졌을 때 시
계를 쳐다보았다. 새벽 두시 이십분이었다. 실내등을 켜
고 슬리퍼를 끌고 걸어나가 문을 땄다. 역시 닭을 안은 소
녀가 서 있었다. 밤바람 속에 너무 오래 서 있은 듯 소녀
의 입술은 새파랬다. 나는 소녀를 데리고 안으로 들어왔
다. 내가 코코아를 컵 가득 타가지고 왔을 때 소녀는 닭을
안은 채로 내 침대에 걸터앉아 발을 흔들고 있었다. 야위
고 작은 발이었다.

"이걸 좀 마시렴, 몸이 따뜻해질 거야!"

소녀는 닭을 안은 채로 커다란 컵의 코코아를 다 마셨
다. 아주 맛있다,는 표정이었다. 나는 소녀에게 점퍼를 벗
지 않겠느냐고 물었다. 잠을 자려면 답답할 거라고. 소녀
는 별 대답 없이 다 마신 코코아 잔을 바닥에 내려놓았다.

"닭은 내려놓지 그러니?"

내가 다시 말하자, 소녀는 잊고 있었다는 듯 순순히 제
품속에서 닭을 바닥에 내려놓았다. 닭은 바닥에 내려지자

마자 다시 소녀의 품속으로 기어들었다. 소녀가 다시 내려놓으면 닭은 다시 소녀의 품속을 파고들었다.

"겁을 먹어 그래요."

웅웅, 마치 터널 속에서 내지르는 소리 같은 목소리. 나는 흠칫 놀라 눈을 둥그렇게 뜨고 소녀를 바라보았다. 소녀는 입술을 움직이지도 않았는데 새어나오는 소리였다. 아까 엘리베이터 앞에서 내가 잠재웠어요, 하던 이십대 여인의 그 목소리.

"너 복화술을 하는구나."

"복화술이 뭐예요?"

여전히 소녀의 입술은 움직이지 않았다.

"지금 너처럼 입을 움직이지 않고도 말을 하는 거."

"우리들은 이렇게밖에 말할 수 없어요."

우리,라는 말에 나는 소녀가 안고 있는 닭을 쳐다보았다. 아무렴 어떠니, 나는 소녀가 서먹해져서 아예 말을 안할까봐 싱긋 웃기까지 했다.

"길을 잃었어요."

"어딜 가는 길이었는데?"

"나를 잊은 사람을 찾아가는 길이에요."

소녀는 눈을 감으려다 말고 무슨 생각이 났는지 몸을 일으켰다. 소녀는 가만히 닭을 무릎에 내려놓고 점퍼 주머니 속에서 종이를 꺼내 내밀었다.

"이 사람 알아요?"

소녀는 여전히 입을 벌리지 않고 말을 하고 있었다. 어쩌면 그건 닭이 하는 말 같기도 했다. 소녀가 내민 종이에는 뜻밖에도 내게 냉랭한 목소리를 내기 시작한 그의 이름이 적혀 있었다.

"이 사람은 왜?"

"그 사람은 나를 잊은 사람이 어디에 있는지 알고 있을 것 같아요."

"………"

"나는 이란성 쌍둥이였어요. 나와 같은 날에 태어난 남자아인 스물넷이 되었죠. 지금 군에 가 있어요. 엄마는 해마다 봄이면 병아리를 쉰마리쯤 마당에 풀어놓고 길렀어요. 병아리만은 아니었죠. 오리며 거위도 있었어요. 돼지 새끼도 있었고 토끼도 있었죠. 봄날, 마당의 병아리를 돌보는 일은 언니 몫이었어요. 언닌 마루 밑의 강아지나 오리들, 송아지나 염소들을 참 좋아했죠. 나는 그런 것들보다는 감자나 오이, 호박 같은 게 좋았는데. 그 집 우물 옆 꽃밭엔 덩굴장미가 자라고 있었어요. 둘째 오빠가 군대 가면서 심어놓고 간 장미였어요. 그 집에서 언니와 내가 둘다 좋아하는 게 있었다면 그 장미나무였어요. 미색 꽃이 만발하면 언닌 장미꽃을 꺾어서 책가방 뒤에 달고 학교에 가곤 했죠. 그해 봄날 장미나무에 거름을 주려고 장미나무 밑동을 팠죠. 그런데 땅속에서 손가락 굵기만 한 지렁이가 호미 끝에 등이 잘렸어요. 잘린 채로 꿈틀꿈틀거렸죠. 나는 놀라서 호미를 내팽개치고 방으로 뛰어들어 갔죠. 얼마나 놀랐는지 몰라요. 나는 겨우 일곱살이었으니까요. 가슴을 졸이다가 나와보니 언니의 병아리 한마리가 내가 놀라서 내던진 호미에 맞아 죽어 있었어요. 언니가 죽은 병아릴 내려다보며 막 야단을 쳤어요. 삐질삐질 울며 집을 나왔다가 다시 집으로 돌아가지 못했어요."

"………"

"봄볕이 좋아서 기찻길에서 레일을 베고 잠이 들어버렸거든요. 내 머리 위로 기차가 지나가버렸어요."

"………"

"언니의 잘못도 내 잘못도 아니에요."

"………"

"나는 죽은 뒤에 줄곧 언니를 따라다녔어요. 언니는 헛간이나 다리 밑에 쭈그리고 앉아 있곤 했죠. 내가 아무리 언니의 잘못도 내 잘못도 아니라고 해도 언니는 나를 느끼지 못하는 것 같았어요. 어느 겨울날 언니가 철로로 나가더니 레일을 베고 드러눕는 걸 봤어요. 장난으로 그러는 거였는지 어쨌는지 나는 몰라요. 어쩌면 내 생각을 하고 있었는지도 모르죠. 저만큼에서 기차가 사납게 기적을 울리며 다가왔어요. 잠든 것 같진 않은데 언니는 그냥 가만히 있는 거예요. 내 머리가 박살 났을 때의 고통을 언니에게까지 느끼게 할 수는 없었어요. 나는 언니를 철로에서 질질 끌어 밑으로 내려놓고서 언니의 점퍼를 벗겨서 내가 입고 그 마을을 떠났어요. 내가 곁에 있는 한 언니가 나를 잊을 것 같지가 않았거든요. 떠돌다가 떠돌다가 여러해 전에 내 호미에 맞아 죽은 닭을 만났어요. 그땐 병아리였는데 닭이 되어 있더군요. 우린 우연히 죽은 목숨이라 사람들의 얼굴을 알아볼 수 없어요. 냄새로 느끼지요. 우리도 이제 다른 공기 속으로 가서 다른 모습으로 태어날 시간이 되었어요. 언니를 한번만 만나고 가야겠다고 생각하면서 길을 나섰는데 너무 오래 헤어져 있어서 쉽게 찾을 수가 없어요. 언니가 있는 곳을 간신히 알아내면 그런 사람은 방금 전에 떠났다고 했어요. 떠났다고 해도 곧 다시 따라갈 수 있었는데 이번엔 어디로 갔는지 찾을 수가 없어요. 바람 속에 흩어져 있는 냄새를 따라다니다가 여기까지 왔어요."

나는 소녀의 입술에 묻어 있는 코코아 자국을 닦아줘야 한다고 생각했지만 실행할 수가 없을 정도로 졸음이 엄습해 왔다. 소녀는 점퍼를 벗어 침대 머리맡에 올려놓고는 닭을 그 위에 내려놓았다. 점퍼에 감싸인 닭이 목을 갸웃거렸다. 나는 졸음에 겨워하며 소녀를 깊게 껴안아 침대에 뉘었다. 편안히 자고 가렴. 나는 손을 뻗어 소녀의 작고 야윈 발가락을 만져주었다. 닭이 점퍼 속에서 목을 길게 빼내어 따뜻한 목덜미를 내 이마에 얹었다. 나는 다시는 돌아올 수 없을 듯한 깊은 잠 속으로 빨려들면서 소녀를 꼬옥 끌어안았다. 차디차고 습한 냄새. 어디에 있었니? 이렇게 차가운 몸을 하고. 소녀의 등뼈가 내 손바닥에 쓸릴 때 나는 침대 시트가 흥건하도록 울고 있었다. 이렇게 야위고 작은 몸으로 어디를 그렇게 헤매고 다녔니.

어렴풋이 이젠 갈 시간이에요,라는 말을 들었던 것도 같다. 소녀가 다시 점퍼를 입고 닭을 껴안는 모습이 눈에 비치는 것도 같았다. 오늘밤은 깊은 잠을 잘 수 있을 거예요,라는 목소릴 들었던 것도 같다. 소녀가 몸을 깊숙이 숙여 내 얼굴에 제 뺨을 대었을 때 소녀의 눈에서 후드득, 빗방울 같은 눈물이 떨어졌던 것도 같다. 내 귀에 문 따는 소리가 딸칵, 하고 들렸을 때 나는 그만 일어나야 된다고 생각했다. 떠나려는 이 아이를 붙잡아야 한다고. 하지만 나는 내 몸을 마음대로 움직일 수가 없었다. 잠과 사투를 벌였지만 눈이 떠지지가 않았다. 사방이 이끼 낀 우물

안처럼 조용했다. 그토록 나의 수면을 방해하던 도로변의 온갖 소음이 뚝 끊겨 있었다. 일어나야 해. 나는 나를 점령하고 있는 잠을 밀어내고 밀어냈다. 겨우 침대에서 몸을 일으켜 비척비척 창가로 가서 커튼을 젖히고서 도로변을 내려다보았다. 아, 나는 유리창에 손바닥을 갖다댔다. 저절로 이마가 창에 가닿았다. 밤낮없이 자동차들이 질주하던 도로는 온데간데없고 수십마리의 병아리가 큰 닭과 함께 섞여 두엄자리를 쪼고 있는 마당이 펼쳐졌다. 오리가 꽉꽉거리며 장미밭 속으로 뒤뚱뒤뚱 걸어가다가 퐁당, 알을 낳아 마당에 떨어뜨리고 있었고, 거위가 강아지의 뒷다리를 긴 부리로 쪼며 장난질을 치고 있었다. 무엇에 놀랐는지 닭이 푸드덕거리며 마당 한가운데로 몰려왔다가는 다시 서로 뒤섞여 이리저리 돌아다녔다. 우물 옆 꽃밭에 미색 장미가 만발했고 그 위로 봄볕이 따사롭게 쏟아져내리고 있었다. 대문은 먼길을 향해 활짝 열려 있었으며 닭을 안은 소녀가 타박타박 그 길을 걸어가고 있었다.

*

그 밤 이후,

나는 냉장고 안의 식료품들이 거의 바닥날 때까지 침

대 근처만을 맴돌았다. 같은 날들의 같은 되풀이가 열흘도 넘게 이어졌다. 침대에 너무 오래 누워 있어 등이 배기면 방바닥에 내려와 발을 꼬고 창을 향해 앉아 있다가 허리가 아파지면 다시 침대로 올라가 멀거니 천장을 쳐다보고 있었다. KBS 제1에프엠에 맞춰놓은 라디오는 새벽 세시가 되면 모든 프로그램이 끝나 조용해졌다가 다섯시가 되면 다시 방송을 시작했다. 베토벤의 「전원」이 귀에 잡힐 때도 있었고, 쇼팽의 「야상곡」이 흘러들기도 했다. 메모라도 해놓지 않으면 어제가 오늘인지 오늘이 내일인지 구분이 안 가는 그런 단조로운 날들이었다. 그러던 어느 날이었다. 나는 침대에 엎드려 있다가 두 손바닥을 펼쳐 내 얼굴을 받쳐주었다. 내 몸속에 숨어 살고 있던 마당들이 일제히 수수수거리며 숨을 쉬기 시작했던 것이다. 수많은 마당들이 앞서거니 뒤서거니 떠올랐다. 배꽃이 질 때의 봄마당, 폭염이 쏟아지던 여름 마당, 뒤란의 감나무 잎새가 어지러이 휘날리던 가을 마당, 싸락눈이 사각사각 쌓여가던 겨울 마당들이 또렷이 되살아났다. 침대에 누워 비바람과 눈보라가 치던 마당들을 기억하다가 등이 배기면 바닥으로 내려와 따사로운 봄볕이 쏟아지던 마당의 숨소릴 들었다. 갑자기 소나기가 퍼부으면 마당의 흙들은 깜짝 놀라 돌돌돌 말려지며 흙냄새를 풍겼어. 담장 저편으로부터 밀려온 마당의 싸아한 체취가 내 동생들의 어린 손가락이며 발가락들을 감싸주었지. 창밖엔 연일 비 올 바람이 불고 있었다. 양말을 신은 채 잠을 잤고 세수를 하지 않은 채 며칠인가가 더 흘렀다. 마지막 남은 식료품들로 오므라이스를 만들어 쟁반에 받쳐들고 침대에 올라가 먹을 때였다. 나는 비로소 그 또한 살아 있으면 된다,는 생각을 했다. 나와 함께가 아니더라도 어디서든 살아 있으면 된다고.

나는 내 목의 목걸이를 풀어 편지들이 들어 있는 봉투에 집어넣고 풀칠을 해서 봉투 입구를 막았다. 신발을 신고 나가 가게에서 분재용 삽을 하나 샀을 때 봄비가 내리고 있었다. 나는 비를 맞으며 산의 능선을 향해 걸어갈 수 있는 데까지 걸어갔다. 봄기운이 스민 폭삭폭삭한 땅을 파고 노란 봉투를 꽃나무 뿌리를 심듯이 묻었다. 묻혀라. 묻히고 묻혀서 다른 것이 되어라. 산을 내려올 때 빗속의 산비둘기들이 꾸루룩거려서 잠시 마음이 고즈넉해졌으나 뒤돌아보진 않았다. 아무렇지도 않을 줄 알았는데 눈에 비질비질 물기가 어리긴 했다. 나는 분재용 삽을 공중으로 휙 던졌다가 두 손으로 받아내면서 소릴 쳤다. 살아 있으면 된다. 나와 함께가 아니더라도.

그때 내가 그를 잊기 위해 편지를 쓰고 또 썼던 그 건물은 이 도시 안에 있다. 내가 살고 있는 이곳에서 택시를 타면 기본요금 거리 안에. 이따금 그 건물 앞을 지날 때면 나는 자연 걸음이 멈춰진다. 고독한 크림색 건물이 쌕쌕 숨을 쉬고 있는 것만 같아서. 그 밤, 닭을 안고 서 있던 그 소녀는 저 건물의 정령이었으리. 나를 잊지 말아요,라고 말하고 싶었으리. 한밤중 긴 복도에 쏟아지는 불빛은 여전히 괴괴할 것이다. 엘리베이터는 여전히 땡, 신호음을 울리며 출발하고 멈출 것이다. 그러다가 이따금 누군가에게 아주 낯선 체취를 실어나를 것이다. 나는 돌아서 오다가 꼭 다시 한번 몸을 돌려 그 건물을 담담히 올려다보곤 한다. 이제는 나 아닌 다른 사람이 문을 따고 걸레질을 하고 바깥을 내다볼 608호의 유리창을. 한때는 저 창이 나의 창이었다는 생각을 하면서.

깊은 숨을
쉴 때마다

1

제주공항에 내렸을 때 어떤 여자가 나를 쳐다봤다. 내 시선과 정면으로 부딪치자, 여자는 고개를 갸웃하며 아무래도 잘못 봤지, 싶은지 수화물이 나오는 곳으로 걸어갔다. 창백하고 연약한 얼굴. 보려고 본 얼굴이 아닌데 내가 놀랐다. 여자의 얼굴은 습자지 빛이다. 나와 J도 가방을 찾아야 해서 수화물취급소라고 쓰인 곳으로 갔는데 공교롭게도 나를 쳐다봤던 여자가 바로 앞에 서 있다. 여자는 나를 다시 살핀다. 저 연약함으로 어떻게 남을 살펴볼 용기가 났을까. 여자는 다시 나와 시선이 닿자, 미안했는지 어디서 많이 뵌 분 같아서,라고 말을 건네는 것도 아닌 것도 아닌 조그만 소리로 말했다. 그런 소리를 많이 들어요, 여자가 미안하지 않게 내가 응수를 했다. 같은 여자가 보기에도 보호해주고 싶을 만큼 여자는 피로하고 지치고 힘이 없어 보여 저절로 나온 웅수. 곁에 서 있던 J가 너를 알아보는 모양이네, 속삭였다. 아니야, 내가 워낙 평범하게 생겨서 그래. J는 또 시작이네, 하는 표정으로 눈을 흘기지만 내 말은 사실이다. 설령, 여자가 내 얼굴을 책 표지나 신문 광고에서 본 적이 있다 해도 사람들로부터 어디서 많이 본 것 같다는 말을 듣기 시작한 건 내가 책을 낸 이후부터는 아니다. 지금 바로 생각나는 것만도 중학교 때다. 그때 나는 우리나라 남쪽 소읍의 중학교를, 그 소읍에서 소롯한 길로 사 킬로미터는 더 들어가는 곳에서 자전거 통학을 했다. 일학년 처음 반 배정을 받고 담임선생님이 첫 출석을 부를 때 대답하는 학생의 얼굴을 익히려고 이름을 부르고는 얼굴을 쳐다보고 했다. 선생님은 그때 58번이던 내 번호를 부르고 이름을 부르고 나를 쳐다보더니 너, 혹시 과교동에 사냐?라고 물었다. 아니라고 하자, 과교동에 친구가 사는데 그 친구와 매우 흡사해서 그 친구의 동생인가 했구나, 그랬다. 어디서 본 듯한 얼굴. 얼핏 옆집 여자 같고 친구 동생 같고 나는 아무래도 그런 얼굴. 그거야 내가 어떻게 고쳐볼 수가 없는걸. 내가 답답한 건 내가 쓰는 글이다. 나는 내 이름을 가려도 내가 쓴 것 같은 느낌을 주는 글, 가보지 않은 곳에 발을 디뎌보는 것 같은 새로움이 느껴지는 글을 쓰고 싶다. 그러나 써놓고 보면 늘 어디서 본 듯했다. 창백하고 연약한 얼굴의 여자는 보이지 않는 저 안으로부터 수화물들을 싣고 굴러오고 있는 컨베이어에서 큰 가방 두개를 바닥에 내려놓는다. 하나는 어깨에 메고 하나는 왼손으로 들고 공항 바깥으로 걸어간다. 왼손잡이인가. 오른손으로 들면 좀 나을 텐데. 선량한 J는 제 배낭을 비슷한 시간에 찾기만 했어도 아마 여자의 다른 가방 한쪽을 들어주었을 것이다. 하지만 J의 배낭이 나왔을 땐 여자는 이미 사라지고 없다.

2

내가 도착한 곳은 성산포다. 마을을 둘러싸고 사면이 바다인 곳에 나는 도착했다. 내가 이곳을 찾은 건 아무런 뜻도 없다. 떠났기 때문에 어딘가에 도착해야 했고, 우연히 도착하고 보니 성산포였을 뿐. 성산포에서 하루를 묵으면서도 계속 머무를 것인지 떠날 것인지를 정하지 못하고 있다가, 다음 날 아침 산책길의 목초지에서 말라깽이 소녀가 다리를 저는 청년에게 자전거 타기를 배우고 있는 걸 보고 머무르기로 했다. 소녀가 자꾸 넘어질 때마다 청

년은 불평 한마디 없이 넘어진 말라깽이 소녀를 일으켜세
우고 있었다. 소녀의 목엔 망원경이 걸려 있고, 자전거 뒤
엔 새끼를 밴 누런 개가 시종 뒤따라다녔다. 말라깽이 소
녀는 나를 성산포에 붙잡고 있는 게 저라는 걸 모르는 채
계속 넘어지고 있었다.

소녀가 자전거 타기를 배우는 목초지와 그 건너 우뚝
솟아 있는 거대한 바윗덩어리 성산 일출봉 사이에 폐쇄된
건물이 문이 다 뜯긴 채 음산하게 노출되어 있다. 평화로
운 목초지에서 느닷없이 만나지는 웬만한 초등학교 덩치
의 폐쇄된 건물이 시선을 잡아당겨 객실과장에게 무슨 건
물이냐고 물었더니 옛날에 호텔이었는데 너무 낡아서 폐
쇄시켰다, 했다. 왜 뜯지 않죠, 보기 흉한데? 물으니 객실
과장은 글쎄요, 예산이 모자란 모양이죠,라고 대답했다.
이 섬이 생기기도 전에 바닷속에서 솟아올랐다는 일출봉
앞의 짙푸른 바다를 향해 폐쇄된 호텔은 문이 다 뜯긴 채
황폐하게 서 있다.

내가 제주도엘 가겠다고 했을 때, 시를 쓰는 H는 내게
함덕을 소개했다. H는 어느해 여름, 함덕에 갔을 때를 말
해주었다. 그냥 조그만 해수욕장이야. 귀옥이 알지? 함께
갔었지. 민박을 했었어. 돈 다 떨어질 때까지 거기 있다
오자 하고 갔는데 사실 돈은 이틀 쓸 것밖에 없었어. 그런

데 어떻게 일주일이나 묵을 수 있었는지 몰라? 노을이 기가 막힌단다. 함덕. 함덕은 H의 추억을 통해 내게로 왔다. 함덕을 향해 출발했지만 함덕에 대해 내가 아는 것은 H의 추억이 전부였다. 그래도 공항에서 택시를 탈 때까지는 함덕에 가겠다는 생각엔 변함이 없었다. 그런데 청년으로 보이는 택시기사가 우리가 함덕으로 가자 하니까 그곳엔 왜 가려고 하는지 모르겠다는 어조로 차라리 협재로 가지 그러세요, 그랬다. 협재? 내가 숙소를 정하는 걸 보고 도시로 돌아가겠다고 따라나섰던 J가 나를 쳐다봤다. 꼭 함덕이어야 할 이유가 없었던 내가, 더구나 함덕에 한번도 가본 적이 없는 내가, 택시기사의 함덕에 대한 무시에 어, 했던 것이 우리를 종일 방황하게 하고 결국 성산포로 오게 했다. 함덕보다 협재가 좋으냐, 묻는 말에 택시기사는 함덕엔 아무것도 없다 했다. 그냥 덩그러니 바다만 있다,고. 함덕에 대한 불만이 많은 택시기사에게 그렇다고 노을은요?라고 물을 수는 없어서 협재는 어떠냐니까, 함덕과는 대볼 수 없이 좋은 곳이란다. 같은 바다라 해도 협재 바다는 얼마나 기가 막힌데요, 근처에 한림공원이 있는데 협재굴 쌍룡굴도 있고 또 열대식물원, 워싱턴야자원, 관엽식물원, 푸른천년목원…… 식물의 왕국이 있어요. 그렇게 해서 식물의 왕국을 향해 택시로 이만원 어치를 달려 협재에 갔을 때 내 눈은 그만 휘둥그레졌다. 그리 아름다운 바다는 처음이었다. 택시기사에게 고맙다고 인사하고 싶은 생각이 저절로 났다. 설령 가보지 못한 함덕이 그보다 더 아름다울지라도 나는 만족이었다. 택시기사는 우릴 내려놓고 가고, J와 나는 무거운 가방을 들고 다니며 묵을 곳을 찾아볼 수는 없어서, 잠시 가방을 맡기기 위한 식사를 했다. 식당에 가방을 맡겨놓고 나왔을 때 해안으로 들어가는 울창한 소나무 숲길의 공기 속엔 송진내가 물씬했고, 곧 눈앞에 수심이 얕고 경사가 완만한 바다가 펼쳐졌다. 제주의 서북 방향인 중국 쪽으로부터 산봉우리 하나가 제주를 향해 날아와 협재 앞바다에 이르렀을 때, 한 여인이 놀라 산이 날아온다,고 소리치자 날아오던 산이 그대로 바다에 떨어져 섬이 되었다는 비양도가 저만큼 내다보였다. 구월의 투명한 햇살 아래서 꿈결같이. 대체로 협재는 희었다. 흰 조개껍데기들. 기다란 백사장의 흰 모래들. 체에 받쳐낸 듯이 고운 모래 위를 J와 나는 신발을 벗고 양말도 벗고 맨발로 걸었다. J의 흰 발가락들. 모래는 퍼석거리지 않고 알맞게 딴딴해서 발바닥을 대기에 그만이었다. 눈앞의 바다. 내륙에서 자란 나는 세상에 그처럼 아름다운 물빛이 존재한다는 걸 처음 알았다. 파란빛의 유쾌함. 협재의 바닷빛은 연푸르다 희고 짙푸르다 희고 청빛이다 다시 흰빛을 겹겹으로 이루고 있었다. 협재의 해안에선 손바닥을 하늘에 대볼 수도 있을 것 같았다. 얼마나 상쾌하던지 멀리 해안식당에서 내놓은 흰 비치의자 등에 씌어 있는 카스라는 맥주 이름까지 친구 이름 같았다. 아침마다 혹은 해 저물 때마다 지 조개껍데기를 밟고 저 언덕을 넘어와 이 모래 위를 해안이 끝나는 곳까지 상쾌하게 뛰어다녀야지. 그때면 저 바다, 지금도 저리 아름다운 저 바다, 아침 햇빛 아래선 얼마나 더 눈부시겠는가. 그러나 얼마 안 있어 우리는 식당에서 가방을 찾아 어깨에 메고 해안버스를 타고 있었다. 협재엔 민박집밖에 묵을 곳이 없었다. J가 도시로 돌아가면 나는 혼자 있을 것이고, 혼자 있기엔 협재의 민박집 창문들은 너무 허술하거나 누구라도 힘 안 들이고 안을 들여다보게 되어 있었다. 이렇게 무작정이어서는 안 되었는데…… 누군가의 안내가 필요했는데…… 해안버스를 탔을 때에야 후회가 되었다. 다른 곳을 찾아보자,고 J는 말했지만 그나 나나 제주도는 처음이었다. 제주에서 알고 있는 다른 곳이란 그나 나나 함덕뿐이었다. 우리의 정처 없음과는 상관없이 해안버스가 달리면서 보여주는 풍경은 아름다웠다. 이름처럼 해안버스는 해안으로만 달렸다. 낮은 가로수들, 낮은 둔덕들, 바람에 날리는 모래들, 그 너머로 보이는 끝

없는 바다. 성산포로 가자,는 결정은 해안버스가 대정을 지나고 화순을 지나고 모슬포를 지나고 중문을 지나고 서귀포를 지날 때쯤 내리게 되었다. 성산포에 가면 묵을 만한 깨끗한 곳이 있을 거라는 해안버스 기사의 귀띔 한마디에. 동남에서 내려 성산포로 들어가는 택시에 올라 기사에게 묵을 만한 곳에 내려달라 했더니 택시는 우리를 제성장이라는 여관에 내려줬다. 내리자마자 오래 묵을 곳이 아니라는 걸 알았지만 그날로서는 더는 갈 곳도 없고 갈 수도 없었다. 벌써 밤이었다. 서귀포에서 표선, 표선에서 신양, 신양에서 성산포…… 우리는 제주공항을 출발해 제주도의 해안길 중 삼분의 이를 달린 셈이었다. 제성장의 한 객실에서 세수를 하고 밤산책을 나왔다가 이 호텔을 발견했다. 호텔은 제성장보다는 마을 안쪽, 케이비에스 송신소 앞에 있었다. 삼층짜리 작은 새 호텔이었다. 객실도 작고 로비도 작고 프런트도 작은. 밤이라 있을 만한 곳인지 어쩐지 알 수 없어 그냥 제성장으로 돌아왔다가, 다음 날 아침 산책길에 목에 망원경을 걸고 자전거 타기를 배우는 말라깽이 소녀를 만나고 돌아와서 가방을 호텔에 옮기고 잡화점에 들러 운동화를 한켤레 샀다. 아무래도 성산포는 구두를 신고 걸어다니는 곳이 아닌 것 같아서. J는 이틀을 성산포에 묵고 다시 도시로 돌아갔다. J는 공항에서 귤과 파인애플을 사서 상자를 뜯고는 넣을 수 있을 만큼만 배낭에 넣고 난 뒤 나머지는 나를 주었다. 다 가지고 가라고 해도 극구 남겨놓고 갔다. J가 다시 비행기를 타는 걸 보고 공항에서 성산포로 혼자 돌아오는데 해 저물녘에 혼자 마루 끝에 앉아 있는 것같이 쓸쓸했다. 초원을 지날 때는 풀냄새가, 바다를 지날 때는 갯내가, 귤밭을 지날 때는 귤내가 쓸쓸함 속으로 흘러들어왔다. 도시의 집에서도 혼자이긴 마찬가지였는데 타지여서인가보았다. 쓸쓸함은 더해져 고개가 숙여졌다. 도시에 무엇이 있었나. 언제나 연락이 되는 H나 J, P. 장난으로 초인종을 누르고 도망치는 옆집 꼬마, 각각 다른 동네에 살긴 하지만 가족들, 책을 내준 출판사, 이른 아침이나 한밤중에 전화를 걸어 내가 받으면 뚝 끊는 모르는 얼굴…… 그리고 또?

여기로 오기 전 날짜를 보니 곧 추석이었다. 나는 시골의 어머니께 돈을 송금하고 전화를 걸었다. 추석에 내가 서울이나 아니면 어머니가 계신 시골에 있지 못하는 이유를 찾아야 했다. 어쩔 수 없는 이유 말이다. 제가요, 내일 외국에 나가니까 좀 오래 집을 비울 거예요, 알고나 계세요. 수화기 저편, 늙은 호박을 썰어 말리거나, 서울에 보낼 고추를 말려서 닦고 있었거나, 참깨를 털고 있다가 전화를 받았을 어머니의 목소리가 가느다랬다. 뭐야? 어딜 간다고야? 외국요. 외국? 추석 앞두고 갑자기 외국은 왜 야? 글쎄, 왜 가는지…… 아무 말도 떠올라주질 않아 내가 침묵을 지키자, 수화기 속의 어머니가 애탔다. 뭔 일로야? 나는 얼른 애먼 출판사를 둘러댔다. 출판사 사람들하고 일 때문에 가는 거예요. 뭔 일이 추석을 끼고 있다니. 그 사람덜은 추석도 안 쉰디야? 다른 나라에 추석이 어딨어요, 어머니. 근디 워딜 가는 거야? 달리 둘러댈 나라가 없어 독일요! 했다. 거게에 누가 있냐? 나는 어머니의 물음에 독일에 누가 있나,를 생각했다. 친구가 한 사람 공부하러 가 있기는 했다. 한데 그 친구는 방학을 맞아서 지금은 서울에 와 있었다. 내가 대답을 못하자, 어머니는 다시 물었다. 누가 마중은 나온대여? 나는 피식, 웃었다. 마중은 무슨. 여럿이 가니까 걱정 안 해도 돼요. 나는 그냥 끼여서 따라가는 거예요. 그래두 명절인디 바깥에서 따순 밥이나 먹겠냐? 염려 없어요. 여럿이 가는데요.

어머니는 다음 날 이른 아침에 내게 전화를 걸어왔다. 내가 여그 일만 없으믄 공항에 나가봐야 되는디 일이 워낙 바빠놔서 말이다. 어머니가 진심으로 공항에 나오지 못하는 걸 미안해하자, 나는 할 말을 잃었다. 나는 전화를 끊으려는 어머니를 어머니, 하고 다시 불러서는 추석 잘

쇠세요, 했다. 여그서야 뭐, 객지에 있는 사람덜이 걱정이지. 전화를 끊고 괜히 기분이 이상해져서 짐을 꾸려놓은 가방 위에 잠시 앉아 있었다. 어머니는 늘 내게 나처럼은 되지 말라,고 하셨다. 어머니가 당신처럼 되지 말라는 뜻은, 시골로 시집가지 말고, 장남한테 시십가지 말고…… 이런 것들. 산 하나 너머에서 태어나 산 하나 너머의 종가로 시집을 와 제사 지내며 농사짓는 일에 평생을 보낸 어머니는 당신의 삶을 내가 반복하는 건 싫었는가보았다. 계절마다 제사가 한둘씩은 끼여 있지만 여름 제사는 하루 걸러에 두번 있다. 그것도 가장 더운 삼복더위 안에. 여름이라 음식은 조금만 간수를 잘못하면 쉬는데, 생선 중에서도 가장 잘 쉬는 홍어를 껍질 벗겨 실고추와 실파, 통깨를 묻혀 채반에 쪄서 제상에 올리는 게 그 지방 관습이었다. 쉬지 않아도 어쩐지 쉰 것 같은 냄새를 풍기는 홍어. 그 홍어를 여름 제사에 두번씩이나 요리를 해야 하는 어머니. 나는 어린 시절 제상에 오를 홍어를 어머니와 함께 다루는 데 질려서 지금도 홍어는 먹지 않는다. 질긴 홍어 껍질. 혼자서는 벗길 수가 없다. 어머니는 어린 나를 불러 우물가 맞은편에 앉게 했다. 홍어의 머리를 꼭 잡으라 했다. 내가 꼭 잡으면 어머니는 칼로 귀퉁이의 껍질을 얇게 떠낸 뒤 맞은편에 앉아 있는 어린 내 힘에 의지해 쭉 잡아당기지만 곧 끊어지고 말거나 어머니 힘에 끌려가다가 내가 그만 홍어의 머리를 놓쳐버리면 우물가에 옹색하게 앉아 있던 어머니는 뒤로 넘어졌다. 그래도 다시 시작하는 어머니. 어머니는 내게 다시 홍어 머리를 잡게 하면서 내게 꼭꼭 일러두었다. 너는 나처럼 살지 말거라.

하지만 어머니에게서 예나 지금이나 다른 삶을 엿볼 수조차 없다. 예전에는 언제나 허리 굽혀 돌봐야 하는 어린 자식이 줄줄이여서라고 생각했지만, 그 어린것들이 다 성장한 지금도 마찬가지다. 초라해진 문중. 작은아버지, 고모, 전주에 사는 막내 할아버지, 당숙들, 오빠들이 모여서 다른 계절의 제사들은 지낸다 하더라도 여름 제사를 하루에 합치자는 회의를 했다. 어떻게 그렇게 되어가는 것 같았는데, 가장 반가워할 줄 알았던 어머니가 거부했다. 내가 사십년 동안 해온 일이께 내가 살어 있는 동안은 내가 헐 테니께, 며느리한테 물려줄 때나 여름 제사고 가을 제사고 다 합쳐서 한번으로 만들어서 물려주라,는 것이었다.

나는 어머니의 뜻과 같이, 어머니같이 살지는 않는다. 그렇게 살 수도 없다. 그러나 그것을 어머니가 좋아하는지는 의문이다. 가끔 어머니가 다른 딸을 갖고 싶어하는 건 아닐까, 하는 생각이 들 때가 있다. 어머니가 국을 끓일 때 곁에서 파를 다듬어주고, 아버지의 신발이 놓인 토방을 어머니 대신 쓸어주고, 머리 염색할 때 옆에서 수건을 들고 서 있어주는 딸. 근처 읍내로 시집을 가서 제사 때면 집으로 돌아와 맞은편에 앉아 홍어를 잡아주는 그런 딸, 말이다. 도시는 어머니에겐 다른 세계. 내가 시골을 벗어나 도시로 온 뒤부터, 내가 그 다른 세계에서 다른 습관을 들인 뒤부터 어머니와 나는 서로 할 말을 잃어갔다. 식혜 대신 커피를 마시는 딸. 비누 대신 샴푸로 머리를 감는 딸. 파를 다듬는 대신 신문을 읽는 딸. 땀이 밴 수건이 아니라 손수건을 접어 핸드백에 넣어 가지고 다니는 딸. 우리는 모녀지간의 본능으로 서로를 잡아당기지만 점점 서로의 의견을 토론할 줄을 모르게 되었다. 어머니는 점점 말을 잃고 나를 물끄러미 보고만 있는 때가 많다. 내가 책에 얼굴을 박고 있거나, 집 안에 없는 커피를 읍내까지 나가서 사와 끓여 마실 때의 어머니의 눈길. 대견하지만 이젠 남이 되어버려 당신으로서는 어떻게 해볼 수 없다는 체념의 눈길.

어머니와 통화를 마치고 여행가방 위에 걸터앉는데 어머니의 눈길이 되살아났다. 언젠가 어머니가 먹음직스럽게 푹 익은 갓김치를 독에서 꺼내 오며 그중의 한줄기를 손가락으로 집어 내 입속에 넣어주려 하는데 나는 고개를 저었다. 젓가락으로 먹을래요. 터무니없이 왜 그 장면이 떠올랐던 것인지. 왜 갑자기 그때 어머니가 쓸쓸하셨겠다,는 생각이 그제야 들었던 것인지.

J가 가고 며칠이 흘렀다.

그 며칠 동안 잡화점에서 산 운동화를 신고 마을 여기 저기를 걸어다니는 게 내 일과였다. 초소를 지나 방파제로, 목초지를 지나 일출봉으로, 케이비에스 송신소를 지나 부두로, 성산초등학교를 지나 소섬이 보이는 둑길로. 객실에 혼자 앉아 있을 때나 누워 있을 때면 문득 도시의 산밑 집에서의 내 낮 친구는 라디오였다는 생각이 들곤 했다. 무슨 연유에서인지 객실의 라디오는 고장이 나 있었다. 성산마을을 샅샅이 다녔으나 라디오 파는 가게가 없었다. 나는 어느날 버스를 타고 동남이라는 곳에 나가 손바닥만 한 라디오를 사 가지고 와 객실에 켜놓았다.

나는 여자가 혼자 호텔에 묵고 있는 야릇한 분위기를 풍기지 않기 위해 객실에 혼자 있을 땐 시무룩해 있다가도 프런트에 나갈 때는 머리를 질끈 묶고 명랑한 표정을 지었다. 얼굴이 안 보이면 괜한 생각을 할까봐 하루에 한 번씩은 양말까지 꼭꼭 찾아 신은 단정한 차림으로 로비에 나가 커피를 마셨다. 호텔 사람들은 모두 친절했다. 로비에 앉아 있으면 내가 무료할까봐 내 앞에 신문을 가져다주었고, 청소하는 아주머니는 내게 잘 마른 수건 한장을 따로 더 내주었다. 프런트의 여성 호텔 직원은 신문지로 싼 큰 포도송이를 심심할 때 따 먹으라고 준 다음 날엔 또 접시에다 겨자가 박힌 스펀지떡과 식혜를 담아주기도 했다. 받아먹기만 하는 게 미안해서 이제는 마을에 나가 점심을 먹고 들어오는 길에 아이스크림을 한통 사다줬더니, 그녀는 수줍게 웃었다. 돌려달라고 준 거 아닌데, 하면서. 그들이 친절해도 나는 그들 앞에서 희미해 보이지 않으려고 노력하는 일을 그만두지 않았다. 걸음도 씩씩하게 걸었고, 호텔 사람들 중 누군가가 식사했어요?라고 물으면 늘 큰 소리로 예, 그랬다. 사흘 동안 밥이라고는 입에 대지 않고 있었을 때도 예, 그랬다. 그러려 해서 그런 게 아니라 그 며칠 안에 추석이 끼여 있었다. 마을의 식당이 문을 닫아서 호텔에 딸린 식당이 있는 지하로 내려갔다. 초등학교 강당만 한 곳에 쇠붙이 의자가 달린 식탁이 쭉 나열되어 있었다. 추석 연휴에 지하에서 쇠붙이 의자에 앉아 혼자 밥 먹고 있느니, 하며 그냥 올라와버렸다. 밥 먹는 사람이 한 사람이라도 있었으면 괜찮았으려나? 스산할 정도로 넓은 곳에 주방과 식탁과 의자뿐이었다. 굶었던 건 아니다. 객실에서 J가 놓고 간 버너로 인스턴트 야채수프를 끓여 먹기도 하고, 역시 J가 남긴 귤과 파인애플을 껍질을

306

벗겨 먹었다. 심심해도 한번 놀란 후에는 텔레비전은 켜지 않았다. 컵라면을 먹다가였던가, 나무젓가락 끝으로 텔레비전 전원을 눌렀는데 볼륨이 굉장히 크게 올라가 있었던 모양이다. 인간이 이렇게 타락할 수도 있는 것일까요. 갑자기 엄기영 앵커의 목소리가 커다랗게 나를 전율시켰다. 무슨 일이 있었나? 나는 어리벙벙해서 볼륨을 줄일 생각도 잊고 있었다. 엽기적인 살인행각을 벌인 지존파 일당이…… 지존파? 온갖 살인 수법을 총동원한…… 화면에 겉보기엔 그저 평범한 새로 지은 농가로 보이는 일층 슬래브집이 비쳤다. 카메라가 그 지하실을 따라가고 있었다. 지하실은 창고 안쪽에 낸 가로세로 일 미터 크기의 정방형 입구를 목제 사다리를 타고 내려가도록 돼 있었다. 감금용 철제 창살이 붙은 마루방과 소각로가 보였다. 범인들은 이 소각로 아궁이에 시체를 토막 내 집어넣은 것으로 추정되며…… 처음엔 수호지의 한 장면을 읽고 있는 것 같아 멍하니 앉았다가 들고 있던 컵라면을 내려놓고 얼른 텔레비전을 꺼버렸다. 이마에서 식은땀이 만져졌다.

추석 연휴가 지난 다음에, 오후에 밥을 사 먹으러 나갔다가 피아노 학원엘 갔다. 첫날, 유도화가 피어 있는 여관 제성장에서 밤을 보내고 가방을 호텔로 옮길 때 눈길을 끌던 집이었다. 그 집 앞에 서서 나는 유도화가 여관의 뜰에 피어 있었던 게 아니라 피아노집의 유도화가 여관의 담장을 넘어와서 그렇게 보였다는 것을 알게 됐다. 피아노 학원은 유도화를 울타리로 해서 동화 속에나 나옴직한 낮은 키의 나무 두그루가 평화롭게 옆으로 가지를 퍼뜨리고 있고, 다시 그 안쪽으로 사철나무며 종려나무가 나란나란 자라고 있었다. 낮은 담장. 집터가 다른 집들보다 약간 낮아 피아노집은 오목하게 들어가 앉아 있었다. 그래서 여관의 유도화인 줄 알았던 모양이다. 유도화가 피어 있는 피아노집은 야릇한 향수를 불러일으켰다. 따뜻한 밥을 지을 줄 아는 고운 여자가 한 사람 가만히 살고 있을 것 같은 그런. 갈색 목조로 되어 있는 집 벽이며 소담스러운 지붕이며 파란 배추가 자라는 뒤뜰이며 낮은 담장 위에서 깨끗하게 말라가는 흰 운동화 한켤레 같은 것들 때문이었을 것이다. 첫날, 안으로 통하는 출입구 나무간판에 조용히 씌어 있던 쇼팽 피아노 학원이라는 글씨를 보고 문득 이곳을 떠나기 전까지 저 집에서 피아노를 배워볼까, 농담처럼 생각했는데 진짜로 나는 그 집 출입문을 드르륵 열고 있었다. 복도가 있고 양옆으로 방이 나 있었다. 아기 울음소리가 들렸고 이어서 긴 머리의 여자가 맨 끝방에서 걸어나왔다. 나는 얼른 피아노를 한달만 배울 수 있겠는가고 물었다. 나는 고쳐 말했다. 나는 외부인이고, 여기에서 한달쯤 묵을 생각인데, 그동안 이 학원에 나와도 되겠느냐고. 여자는 고개를 끄덕였다. 시간은 몇시가 좋을까요? 여자는 오전이면 좋겠다고 했다. 오후엔 성산초등학교 아이들이 학교를 파하고 피아노를 배우러 온다고. 한달 수강료는 삼만 오천원인데 무엇부터 배울 거냐고 여자가 다시 물었다. 나는 멋쩍어졌다. 무엇부터? 대답이 궁해서 그냥 처음부터,라고 대답했다. 맨 처음부터요, 나는 피아노를 전혀 칠 줄 모르거든요. 그럼 바이엘부터 배우세요. 나는 고갤 숙여 묵례를 한 뒤 내일 열시에 수강료를 가지고 오겠다며 그 집을 나왔다가 다시 들어가서 열시가 아니라 열한시에 오겠다고, 그래도 되겠느냐고 물었다. 불면. 성산포에 온 뒤 나는 밤새 뒤척이다 새벽녘에 잠들곤 했으므로, 열시가 자신없어서였다. 여자는 흔쾌히 그러라고 했다.

가끔 아침에 바다가 보이는 목초지로 나가보면 여전히 말라깽이 소녀는 다리를 저는 청년에게서 자전거를 배우고 있다. 청년이 뒤에서 자전거를 잡고 소녀를 따라다닌다. 그 뒤를 새끼를 밴 것 같은 누런 개가 또 따라갔다. 청년이 절뚝이면서 자전거를 뒤에서 잡아줄 때는 소녀는 제법 저만큼 페달을 굴리며 달리다가 청년이 손을 놓으면 금세 넘어지곤 한다. 넘어지면서 말라깽이 소녀는 잊지 않고 목에 걸려 있는 망원경을 붙잡곤 했다. 때로 말라깽이 소녀는 넘어진 채 멀리, 초원의 끝에서부터 시작되는 방파제를 망원경으로 내다보곤 했다. 아마도 넘어지지 않고 그 방파제까지 자전거를 타고 달려보고 싶은 모양이다.

혼자 마을을 산책하는 동안 내가 체득한 건 간 길로 오자,는 것이다. 길은 깨끗했고, 이 길과 저 길이 서로 통할 것 같아 들어서면 곧 막다랐다. 방파제를 오래 걸어다니다가 몹시 피곤해져 숙소로 빨리 돌아오려고 지름길로 보이는 길로 접어들어 한참을 걷다보면 맨 끝에 어느 집 대문이 열려 있기도 하고 뜬금없이 밭으로 이어지곤 했다. 밭둑마다 말들이 풀을 뜯고 있었다. 빨리 가려던 게 도리어 처음으로 다시 돌아가서 시작해야 했으므로 더 늦어지곤 했다. 그런 줄 알고 난 뒤에도 어느날 또 빨라 보이는 길로 접어들었다가 두번을 돌아갔다. 첫번은 성산초등학교 뒷담, 두번째는 케이비에스 뒷문. 두번 다 뒷담이거나 뒷문이었는데 한적한 곳이라서일까. 뒷담도 참 아름답게 쌓아놓았고, 뒷문도 참 정답게 만들어놓았지만, 나는 말도 새도 아니라 돌아 나와야 했다. 돌아와 모래범벅인 발을 씻고 또 창가에 앉았으면 문득 아무 일도 하고 있지 않다는 불안에 휩싸여 파트릭 모디아노의 청춘 시절,을 서른 페이지쯤 읽다가 책갈피에 이마를 묻고 잠들곤 했다.

지금, 나는,

유일하게 바다를 등지고 있는 일출봉의 서북면, 마을과 이어지는 유연한 잔디 능선을 밟고 여자가 성산마을로 걸어들어오는 걸 호텔 로비 창으로 바라보고 있다. 커피를 마시다가 무심코 시선을 창밖으로 돌렸는데 호텔을 향해 걸어오는 여자가 눈에 띄었던 것이다. 여자 쪽에서는 내가 자기를 보고 있는지를 모를 그런 거리에서부터 나는 여자의 움직임을 지켜보고 있다. 여자의 보폭은 아주 좁고, 그것도 긴 치마가 자꾸 신발에 밟히는지 조심스럽기까지 하다. 그 조심스러움이 우아해 보이기도 한다. 내가 아니라 다른 사람이 그 자리에 앉아 있었어도 여자에게서 눈길을 떼지 못하기는 마찬가지였을 것이다. 그만큼 초원을 가로질러 여행용 가방을 두개나 들고 걸어오는 긴 머리의 여자는 인상적이다. 여자가 아주 가까이 다가왔을 때 나는 여자가 들고 있는 가방 중의 하나가 여행용 가방이 아니라 첼로가 든 가방이라는 걸 알았다. 치마가 밟혀서 걸음걸이가 조심스러웠던 게 아니라 첼로 가방이 크고 길어 자꾸만 땅에 닿는 걸 여자는 조심하고 있었던 것이다. 모퉁이를 돌고 호텔 뜰을 지나 프런트에 다시 나타나는 동안 여자는 내 시야에서 잠시 사라졌다. 규모

가 작은 호텔은 프런트와 로비가 통하게 되어 있을 뿐 아
니라 그 거리도 짧아 프런트에서 하는 일을 로비에서, 로
비에서 하는 일을 프런트에서 바로 쳐다보게 되어 있었
으므로 나는 자연스레 몸을 돌려 프런트에 서 있는 여자
를 바라보았다. 피로하고 연약한 얼굴. 무서울 텐데. 여자
는 여행용 가방도 첼로 가방도 그대로 들고 있다. 저 얼굴
을 어디서 봤던가. 문득 공항에서 나를 알아보려고 했던
여자의 얼굴이 스쳐갔다. 물론 그 여자는 아니었지만 둘
은 닮아 있다. 공항에서 만난 여자는 창백하고 연약한 얼
굴이었고, 지금 내 앞에 서 있는 여자는 창백하진 않았지
만 피로한 얼굴이었다. 뭔가에 지쳐 있는 조용한 얼굴. 하
지만 여자는 천성인 듯한 상냥한 미소를 지으며 프런트의
객실과장에게 좀 오래 묵을 생각이라면서 조용한 방의 숙
박료를 묻고 있다. 객실과장은 삼만 천원이라고 발음했다
가 오래 묵으실 거면 이십 프로 할인해드리지요, 한다. 여
자가 웃자, 객실과장은 이십 프로 할인하면 마을 입구의
여관 숙박료와 거의 맞먹습니다, 한마디 덧붙인다. 객실
과장은 내가 보기에도 여자에게 친절해져 있다. 이십 프
로 할인이란 내게는 없었던 말이다. 하긴 나는 오래 묵을
생각이라고 말하진 않았다. 있을 수 있을 때까지,라고 했
다. 어쩌면 오래 묵을 생각보다 있을 수 있을 때까지가 기

간이 더 길어질지도 모르는 일이지만 오늘 바로 있을 수 없게 될지도 모르는 일. 여름이 지나 호텔은 썰렁했다. 일출을 보러 오는 관광객들이 더러 있었으나 그들은 마을 안의 이 호텔까지 오지 않고 마을 입구의 여관에들 묵었다. 거기다 호텔은 새 호텔이었다. 아직 이 호텔이 성산마을 안에 자리 잡고 있다는 걸 모르는 택시기사들이 많은 모양이다. 그래서 관광객들이 성산마을에서 하룻밤 묵을 수 있는 깨끗한 집에 데려다달라고 하면 마을 입구의, 내가 유도화가 피어 있는 집이라고 착각한 제성장에 손님들을 내려놓고 가는 모양이다. 피아노집 옆뜰에 피어 있지만 얼핏 유도화는 제성장 뜰에 핀 것으로 착각하게 하면서 참 얌전하게 피어 있잖은가. 해가 뜨는 걸 보기 위해 온 사람이라면 제성장의 울타리 역할을 하는 유도화에 이끌려 별 불만 없이 하룻밤을 보낼 것이다. 그런 상황에 마을 안의 호텔로 걸어들어온 여자이니 객실과장이 여자에게 상냥할 만하다. 여자가 식사는 어디서 하는가 묻자, 객실과장은 호텔 지하에 식당이 있으며 그 지하 식당이 마음에 안 든다면 조금 산책 삼아 걸어나가면 마을에 식당은 많다,고 대답한다. 여자는 제가 묵는 동안 객실 청소는 제가 하겠어요, 그냥 하루에 한장씩 수건만 갈아주세요, 그런다. 객실과장이 여자를 객실로 안내하면서 일출시간은 여섯시 십오분이고 호텔에서 서비스 차원으로 일출봉에 오르는 입구까지 아침마다 실어다주는 봉고차가 있다, 원한다면 시간에 맞춰 인터폰을 넣어주겠다,고 했지만 여자는 저는 됐어요, 하고선 객실로 올라간다. 아주 희미한 목소리.

성산포에서 말라깽이 소녀 다음으로 내 눈에 띈 건 당근밭이다.

구월 하순의 당근밭에 이제 막 돋아난 새파란 당근잎이 땅속에 주황색 어린 영혼을 낳느라 찡그리며 바람에 나부끼고 있다. 십일월의 어느날 당근잎은 무성해지고 잘생긴 당근이 흙덩이 바깥으로까지 주황색 얼굴을 덤덤히 내밀 것이다.

어린 시절을 보낸 마을, 신작로로 나가는 길목 밭도 어느해인가 당근밭이었던 적이 있다. 내가 그 당근밭을 기억하는 건 내가 자란 마을에서는 당근을 심지 않아서이다. 그 마을의 밭에 당근을 심기는 그해의 그 당근이 처음이고 마지막이었다. 내가 떠난 이후로는 모를 일이지만. 무잎도 아니고 배춧잎도 아닌 말갈기처럼 갈라진 당근잎을 처음 보았을 때 나는 이게 무엇일까? 생각했다. 이게 무엇일까? 무엇이 이렇게 생겼을까? 나는 그때까진 밭에서 나는 건 다 알고 있다고 생각했다. 밭에서 콩을 따 오

314

는 일, 상추를 솎아 오는 일, 오이를 따 오는 일은 다 내 차
지였으므로. 눈이 붙은 씨감자를 땅속에 묻어도 보았고,
고구마도 캐보았으며, 배추와 무도 뽑아봤는데, 당근잎은
처음 보는 것이었다. 그게 십일월이었는지는 기억할 수
없지만 아침에 비가 대지를 휘젓고 간 어느날 나는 그 궁
금증을 참지 못하고 당근밭을 지나가다가 남몰래 한뿌리
를 뽑아보았다. 별로 힘도 안 들였는데 어린 당근이 감자
알처럼 가볍게 쏙 뽑혀나왔다. 당근이잖아! 내가 밭작물
을 보고 그렇게 탄성을 지르긴 그때가 처음이었다. 당근
이잖아! 그랬다. 당근이었다. 나는 주황색 당근이 땅속에
서 난다는 것이 그렇게 신기할 수 없었다. 아무도 내게 당
근이 밭작물이라는 걸 가르쳐주지 않았다. 하긴 콩이 밭
작물이라는 걸 가르쳐준 사람도 없다. 하지만 콩이나 감
자 같은 건, 배추나 무 같은 건 누가 가르쳐주지 않아도
저절로 그냥 그렇게 알아졌던 것이다. 어느날 내가 저절
로 이젠 나 혼자 힘으로 이 세상을 살아가야 한다는 걸 깨
닫고 큰오빠에게서 떨어져나왔던 것처럼.

　땅속에서 당근이 나오는 걸 보고 놀란 후에 세월은 이
십년이 흘렀다. 내가 알고 있는 것 이외의 참으로 많은 것
이 그 세월 속에 있다. 시간 속에 오롯이. 삶은 허리의 신
경다발 같은 것. 너무 가는 신경으로 얽혀 있어 이불 개

키듯 손수건 접듯 할 수 없다. 역사는 어떻게든 상징적인 몇개의 일을 고무줄에 묶어 그 시대는 이랬다고 알아보기 쉽게 기록해놓고는 먼지 속으로 던져둘 것이다. 70년대는 이랬고, 80년대는 이랬다고. 그러나 개인사 속에서, 1979년 큰딸 고등학교 입학, 1985년 큰아들 리비아 파견 근무,라면 그것으로 무얼 알 수 있겠는지. 흘러간 세월 속에 내가 만나거나 헤어졌던 여러 얼굴들이 서로 마주 보거나 등을 대거나 바닥을 내려다보거나 하면서 서로 끼여 있다. 그중 불쑥 나를 변화시킨 큰오빠가 솟아오른다. 도시에는 가난하지만 얼굴이 흰 큰오빠가 있었다. 나는 태어난 마을을 떠나 그의 곁으로 왔다. 사랑하는 오빠. 태어난 마을에서는 영어책을 큰 소리 내어 읽는 오빠를 무서워했지만 도시로 나온 그해부터 지금까지 오빠를 사랑하지 않은 적이 한순간도 없다. 가난해서 데모도 못했던 청년. 나는 오빠의 가난에 보태진 혹. 살아가기 위해서 서로 사랑하는 일밖에 남아 있지 않았던 우리는 서로 혹. 그가 터무니없이 내게 화를 내도 나는 그를 사랑했다. 한번, 오빠가 내게 참을 수 없는 말을 했다. 너 보따리 싸가지고 집에 가버려라. 가슴이 퉁퉁 붓는 느낌. 오빠, 그때 내게 너무했나봐. 그로부터 세월이 얼만데 그 생각을 하니 또 가슴이 붓네. 나도 너랑은 더 못 살아. 자주색 책가방을 들고 방을 나온 나, 서울역까지 가긴 했으나 그래도 떠나온 마을로 돌아가는 기차를 타진 못했다. 돌아가서 부모님한 테 뭐라고 해야 할지를 몰랐다. 부산. 내 가출은 겨울 하룻 밤. 부산 가는 기차표를 끊었다. 돌아오지 않을 거야, 했지만 열차에서 내내 나는 돌아가고 싶어 덜덜 떨었다. 내린 자리에서 다시 올라오는 기차를 탔을 때 이미 원망은 사라지고 방위병이면서도 가발을 쓰고 학원에 나가 아이들에게 영어를 가르치고 있는 청년이 눈앞에 아른거리기만 했다. 문 여는 소리가 나자 그 외진 방에서 대문까지 뛰어나와 대번에 내 뺨을 치던 오빠. 어디…… 갔었어,라는 말이 끝나기도 전에 우린 와락 껴안고 눈물을 터뜨렸지. 오빠야, 참말이지, 70년대식이다. 나는 오빠의 가난. 내가 대학을 꿈꾸지 않았으면 오빠가 좀 덜 가난했을지도. 어쨌든 오빠의 가난인 나는 아침이면 다락방에서 내려와 그의 도시락을 싸고 있다. 그의 가발을 꺼내 빗질하고 있다. 그가 밤늦게까지 돌아오지 않으면 전철역 계단에 쪼그리고 앉아 그를 기다리고 있다. 그는 그 시절의 내 우주. 나는 그를 기준 삼아 자전하고 공전했다. 그때 싹튼 사랑이 아직도 그의 말이라면 무슨 말이든 수긍하게 만든다. 이제 늙어가는 그. 변치 말자. 당근밭에서 당근을 처음 보고 이십년 동안 당근이 이상했던 것만큼 오빠에 대한 사랑 앞으로 이십년 동안만이라도 변치 말자. 이만한 일쯤은, 사랑쯤은, 갖고 있어야지.

처음에 나는 말라깽이 소녀가 망원경으로 나를 보고 있다고 생각했다.

사흘 전부터 소녀는 정오 무렵이 되면 창가에 서서 망원경을 통해 호텔 쪽을 쳐다보고 있다. 소녀의 집은 호텔과 바로 맞은편에 있고, 거기다 소녀의 방 창문은 내가 묵고 있는 307호 객실의 창을 향해 약간만 옆으로 비껴나 있다. 아마도 308호하고는 정면일 것이다. 그제는 우연히 창을 열었다가 이쪽을 올려다보고 있는 소녀를 발견했다. 어제는 피아노집엘 갔다와 커피를 한잔 끓여 마시려고 J가 놓고 간 버너에 불을 붙이다가 역시 똑같은 자세로 이쪽을 올려다보고 있는 소녀를 발견했다.

그리고 오늘.

오늘 나는 피아노집에 가질 못했다. 어제의 불면 때문에. 어젯밤 잠든 나를 깨운 건 커튼에 비치는 그림자였다. 뭔가가 불안해서 눈을 떴는데 커튼에 둥그런 모양의 빛그림자가 어른거리고 있었다. 바다에 떠 있는 밤 어선에서 내쏘는 빛의 그림자라는 걸 알고 난 뒤에도 눈을 감았다가는 다시 쳐다보게 되고, 다시 쳐다보게 되고 그랬다. 어젯밤만 그 빛이 내 창에 어른거렸을 리는 없는데 왜 갑자기 그 빛을 보게 됐는지. 불면 속으로 봄과 여름 동안 내 머릿속에 불던 모래바람이 다시 불었다. 이렇게는 더 글을 못 쓸 것같이 몰려오는 피로. 봄과 여름 동안 내 머릿속은 하얬다. 아무것도 떠오르지 않고, 아무 흔적도 잡히지 않고, 글을 쓰기 위해 앉아야 하는 의자가 형틀처럼 느껴져서가 아니었다. 글쓰기가 아니라 무엇을 하고 산들 그에 따르는 어려움이 형틀처럼 느껴지는 순간이 없겠는가. 빵집에서 빵을 만들며 사는 여자에겐 때로 빵틀이 형틀 같을 것이고, 세탁소집 남자에겐 드라이클리닝 기계가 형틀처럼 느껴지는 때가 있을 것이다. 새삼 내가 앉아야하는 의자의 고독이 나를 피로하게 했다고 생각하진 않는다. 오히려 그 고독 속에 놓여 있을 때 내가 하찮은 인간이 아니라는 생각이 들어 생기로워지곤 했으니까. 뭔가가 내게서 빠져나가버린 느낌. 그러나 상실감만 있을 뿐빠져나간 게 무엇인지는 떠올라주지 않았다. 아침에 눈뜰 때나 한밤중에 깨어났을 때, 나를 긴장시키던 그것, 마음을 돌이켜보게 하고, 가족을 생각하게 하고, 때로 막연한 슬픔에 젖게 하며 나를 응시하던 그것, 그것이 내게서빠져나간 느낌. 경제적으로 힘들어서 갖는 느낌도 아니었다. 시골집을 떠난 뒤, 그리고 큰오빠 곁을 떠난 뒤, 나는처음으로 방이 아닌 집으로 이사를 하기도 했으니까.

내 모래바람 속으로 봄꽃은 순서대로가 아니라 목련과 개나리와 라일락이 터울 없이 뭉텅이로 피었다 졌다. 꽃들이 왔다가는 동안 내가 한 일이란 아는 사람의 결혼식에, 한시인 예식을 두시로 잘못 알고 뒤늦게 가서 나보다도 더 늦게 온 아는 선배에게 왜 이렇게 피로한지 모르겠다고, 아침이면 눈뜨는 게 힘이 든다고 중얼거린 일뿐이었다.

이어 찾아온 여름은 내내 살인적인 폭염이 방 안까지 들이쳤다. 길을 걸을 수가 없었다. 신발이 아스팔트에 눌어붙는 것 같아서. 신문을 주우러 문을 열어보는 일 외에는 문 열고 바깥으로 나가는 출입 없는 날들이 며칠씩 이어지는 무력한 시간 속으로 구월이 왔다. 계절의 어김없는 순환. 그 지독한 폭염 속에도 가을이 배태되어 있었던 것이다. 내가 살고 있는 산밑의 집은 방금 떠난 여름을 금방 잊어버리고 아침저녁으로 찬바람을 몰고 와서 내게 감기를 던져주었다. 나는 감기약을 지어 오며 하늘을 쳐다봤다. 찬바람이 부는데도 봄과 여름 동안 내 머릿속으로 불던 모래바람은 여전했다. 아무것도 떠오르지 않고 아무 흔적도 잡히지 않은 적이 처음은 아니다. 그때마다 나는 얼마간 가라앉아 있다가 무슨 힘으론가 곧 떠오르곤 했는데 이번엔 여름이 지나 가을인데도 나아질 기미가 보이지 않았다. 커튼에 비치는 그림자에 휘둘리다 아침 무렵에 잠들었고, 깨어났을 땐 정오가 다 되어 있었다.

커튼을 젖히니 오늘 또 소녀는 창가에서 턱을 괸 채 이쪽을 올려다보고 있다. 문득 소녀가 이쪽을 바라다보고 있는 시간이 늘 정오 무렵이라는 생각이 든다. 저앤 이쪽의 뭘 바라다보고 있는 걸까. 궁금해져 나도 의자에 앉아 잠옷 차림으로 소녀를 내려다본다. 서로 인사를 하진 않았지만 소녀는 자전거 타기를 배우는 자기 근처를 배회하던 나를 알고 있을 것이다. 소녀는 자신이 망원경으로 이쪽을 바라다보는 걸 내가 지켜보는데도 개의치 않는다. 소녀는 매일 저렇게 이쪽을 쳐다보고 있었나? 그랬다면 창을 열어놓고 있을 땐 내가 안에서 무얼 하고 있는지가 소녀의 눈에 다 잡혔을 것이다. 침대에 누워 있는 나, 세수를 하고 나오는 나, 의자에 앉아 졸고 있는 나, 거울을 들여다보며 얼굴에 크림을 바르고 있는 나를. 혹, 창문이 열린 줄도 모르고 샤워를 하고선 객실을 서성인 적은 없었는지. 나는 나도 모르는 사이에 관찰당하고 있었다는 생각에 마음이 언짢아져서 소녀를 향해 큰 소리를 냈다.

"너 뭘 보고 있니?"

"베란다를 보고 있어요."

소녀는 별일 아니라는 듯 망원경을 내린다.

"베란다는 왜?"

"그쪽 베란다 말고 그 옆 거요."

옆 거라는 말에 나는 창밖으로 고개를 쑥 내밀고 소녀
가 말하는 옆 베란다를 쳐다봤다. 나는 환각인가 했다. 그
런데 분명 여자가 거기 있다. 308호 베란다에 의자를 내놓
고 앉아 있다. 창가도 아니고 베란다에 앉아 있다. 저 작은
베란다에. 308호 것만 작은 게 아니라 특실을 제외한 호텔
의 모든 베란다는 다 작았다. 무슨 용도로 쓰이기보다는
건축물의 외형미를 위해 만든 것이라고 생각된다. 창과
분리되어 있는 것도 아니고 베란다로 나가려면 창틀을 넘
어야 했으니까. 나는 베란다가 거기 있다는 것도 잊고 있
었다. 가끔 손으로 비벼 빤 손수건이나 양말을 창가에 널
때만 창틀 너머 저 베란다 끝에 널면 잘 마를 텐데, 하는
생각은 했다. 그런데 여자는 의자를 거기에 내놓고 앉아
먼 데를 보고 있다. 당근밭 건너, 목초지 건너, 바다 건너
에서 누가 오기라도 하는 것처럼. 그의 모습이 보이기만
하면 자신이 베란다에 앉아 있다는 것도 잊고 일어서서
그를 향해 마중 나갈 것 같은 그런 앉음새로. 그러니까 말
라깽이 소녀는 나를 보고 있었던 게 아니라 사흘 전부터
여자를 올려다보고 있었던 것이다. 말라깽이 소녀와 나의
실랑이에 여자는 내 쪽으로 얼굴을 돌리더니 가만히 웃는

다. 조용한 얼굴에 지어지는 희미한 웃음. 여자는 내가 안녕하세요, 하자 네, 역시 희미한 목소리로 대답하고선 창틀을 넘어 안으로 들어가버린다. 여자의 연푸른 치맛자락이 잠시 창틀에 걸쳤다가 사라진다. 가볍고 빠른 동작이다. 마치 첼로의 한 음 같은. 여자가 사라진 베란다엔 의자만 남았다. 아예 내놓은 모양으로 여자는 의자를 안으로 들여가진 않았다. 나는 여전히 놀라서 베란다에 덩그러니 남아 있는 의자를 바라봤다. 말라깽이 소녀는 나에겐 관심이 없는지 벌써 사라지고 없다.

이튿날, 피아노집에 갔다가 나와 점심을 사 먹고 방파제까지 걸어나갔다가 호텔로 돌아오니 여자가 프런트에 서 있다. 열쇠를 찾으려고 프런트 가까이 갔을 때 내 귀에 여자의 희미한 목소리가 들렸다.

"저를 찾는 사람 없었어요?"

객실과장이 아무도 찾아온 사람이 없었다고 하자, 여자는 상심한 표정이 되어 객실로 올라간다. 내게 열쇠를 내주면서 객실과장은 고개를 갸웃했다.

"누구를 기다리는 걸까요? 꼭 이 시간만 되면 내려와서는 찾아온 사람이 없었느냐 묻고선 없었다고 하면 저렇게 실망하며 올라가네요."

방으로 올라온 나는 커튼을 젖히고 창을 열었다. 또 말라깽이 소녀가 망원경으로 이쪽을 올려다보고 있다. 나는 고개를 쑥 내밀어 308호 베란다를 건너다보았다. 좀 전 프런트에서 상심한 표정으로 올라갔던 여자가 또 거기 의자에 망연히 앉아 있다. 정말 누구를 기다리는 것일까? 말라깽이 소녀를 향해 그러지 마라,고 소리를 지르려다가 나는 여자를 방해하고 싶지 않아 그만두고 가만히 내 창을 닫았다.

오후 다섯시쯤 갑자기 머리가 깨질 듯이 아팠다. 타이레놀 두알을 먹고 잠시 누워 있는다 생각했는데 눈을 떴을 땐 동트기 전의 새벽이었다. 열린 창으로 바닷가에 떠 있는 멸치 배나 자리 배 불빛이 보인다. 내가 낯선 곳에 와 있다는 걸 잊어버리고선 창으로 내다보이는 바다의 불빛을 보며 저게 무얼? 한참 생각했다. 무엇이 내 창밖에서 저렇게 반짝이고 있을까. 여기는 그 도시, 한밤중에 갈증이 나면 불을 켜지 않고도 방문을 열고 냉장고까지 걸어갈 수 있는 곳이 아니라, 성산포라는 생각이 들 때까지 나는 침대에 누워 어선에서 흘러나오는 불빛의 정체를 알아내려고 바짝 긴장했다. 불을 켜고 시계를 보니 다섯시. 어제 오후 다섯시 무렵에 두통약을 먹고 잠들었다는 생각. 열두시간이나 잠을 잤다는 게 느껴지지 않았다. 어제 머리는 왜 그렇게 아팠던 것인지. 창을 닫으려다 그대로 의자에 앉는다. 바다 위로 불고 있는 새벽바람이 일렁이는 물결을 통해 느껴진다. 내가 잃어버린 건 무엇일까. 갑자기 내 몸속에서 빠져나가 나를 긴장으로부터 풀어버린 것은?

여명 속으로 어느해인가, 한 남자친구와의 사소한 싸움이 연극의 한 장면처럼 떠오른다.

싸움이라고 했지만 그가 내게 일방적으로 당한 것이다. 그 남자친구와 나는 책 읽는 모임에 속해 있었고, 모임의 대부분은 작가 지망생들이었다. 그 남자친구는 모임 중의 키가 작은 여자와 다정한 커플이었다. 그들이 공식적으로 결혼을 발표한 바도 없는데 우리는 모두 그 둘이 서로 결혼할 줄 알았고, 그러리라 믿었다. 그 모임은 일년가량 계속되었고, 봄에 야영을 가기도 했다. 우리는 야영을 가서 그들이 한 텐트 안에서 잠을 자도 이상하게 생각하지 않았다. 그들은 서로의 집을 내왕하는 것 같았고, 조금만 안정되면 당연히 결혼을 할 것 같았다. 그러나 둘은 헤어졌다. 그들이 너무 덤덤히 헤어졌기에 우리는 그들이 결혼할 것이란 생각을 자연스럽게 했던 것같이 뭐가 안됐나보다고 또 그들의 작별을 자연스럽게 받아들였다. 생각해보면 세상의 여자와 남자 사이엔 그런 일이 수도 없이 많고, 그 둘의 작별도 여자와 남자 사이에서 발생했다가 사라지는 흔한 일 중의 하나였다. 단지 내가 거기 있었기에 가까이에서 보게 된 것일 뿐. 여자는 모임에서 빠졌고, 남자는 계속 나왔다. 얼마간 그럭저럭 지냈다. 그는 그날도 깨끗한 셔츠를 입고 나와 재치 있게 유머를 구사하며 모임을 이끌었다. 그와 연인이었던 여자가 모임에서 빠진 뒤로 시간이 꽤 지나 있었으므로 그날의 돌연한 나의 심경변화를 나도 뭐라고 설명할 수 없다. 얼마간이라도 그가 그 여자가 빠진 자리를 의식하고 있는 게 느껴졌다면 사정이 달라졌을지. 우리가 흔히 연고전이라 부르던 두 대학의 체육대회가 일반 시민들에게도 상당히 관심을 불러일으키던 무렵이었다. 그해의 연고전 럭비게임이 고대의 승리로 끝나던 날이었다. 게임이 종막된 후 그들은 평화시장과 종로, 명동으로 스크럼을 짜고 나와 데모를 했다. 그때 명동성당에선 노동자들이 단식투쟁을 하고 있었으므로 퇴계로를 건너온 데모대는 명동 쪽으로 몰렸다. 우리가 앉아 있던 지하 술집으로도 한패의 청년들이 체육복 차림으로 쫓겨들어와 한편에 자리를 잡고 데모송을 부르며 동동주를 마시고 있었다. 그날 나는 생리 중이었는지도 모를 일이다. 그 남자의 바로 옆자리에 내가 앉았는데 돌아가면서 노래를 부르고 있었다. 그 남자의 차례가 되었다. 그는 앞에 놓여 있던 생맥주 잔을 마이크처럼 들고 큰 소리로 노래를 부르기 시작했다. 그가 부른 노래는 김창완의 「청춘」이었다. 언젠가 가겠지, 푸르른 이 청춘 피고 또지는 꽃잎처럼. 그는 언제나 노래를 잘 부르는 축에 속했고, 그날도 마찬가지였다. 나를 두고 가는 님이야 용서하겠지만 날 버리고 가는 세월이야. 그의 노래가 가운데로 들어올수록 나는 그 남자가 참을 수 없어졌다. 여자와 헤어지고도 아무 일 없었다는 듯이 웃고 떠들고 밥을 먹고 맥주를 마시는 그를, 정둘 곳 없어라, 허전한 이 마음, 기껏 감상적인 노래를 부르고 있는 그를, 내 마음이 강하게 거부하고 있다는 걸 나는 뒤늦게 알았다. 나는 그날 내가 그 남자와 헤어져 모임에서 빠진 여자친구를 배반하고 있다는 생각까지 들었다. 그 여자가 출입문에 기대어 우리들이 앉아 있는 곳을 응시하는 것만 같았다. 나는 손바닥이 축축해지며 그 남자친구가 노래를 부르는 동안 몇번이나 출입문 쪽을 바라봤다. 흥에 겨운 그가 생맥주 잔을 높이 처들고 일어서다가 바로 옆의 내 무릎으로 쓰러졌다. 순간 나는 내게 쓰러진 그를 사납게 털어냈다. 다른 사람들의 눈이 휘둥그레졌다. 일부러 그런 것도 아니고 실수로 쓰러진 것인데, 더구나 술자리였는데, 나는 마치 엄청난 무엇이 내 무릎에 묻기라도 한 듯 사정없이 그를 털어내고 있었다. 실수로 쓰러졌다가 또 대책 없이 내게서 털려나간 그는 바닥으로 팽개쳐졌다. 노래는 그치고 모두들 놀라서 나를 쳐다봤다. 그를 털어낸 나는 어느새 벌떡 일어나 있었다. 내가 일어나면서 밀어낸 의자에 그의 손가락이 눌려 있었다. 내 행동은 자기가 하는 일에 대해 굳은 신념을 갖고 있는 사람이 터무니없이 갖는 고집스러움, 그것이었다. 엉겁결에 그래 놓곤 다음에 어떻게 해야 할지를 몰라 나는 서 있기만 했다. 어디에 숨어 있다가 튀어나온 행동인지. 사실은 내 완강함에 나 자신도 놀라고 있었다. 나는 가방을 챙겨들고 술집을 나왔다. 이후, 나는 그 모임에 나가지 않는 걸로 그들과 헤어졌다.

바다에 동이 터오자, 그토록 휘황하던 어선의 불빛이 어렴풋해진다. 목초지엔 여전히 노쇠한 말 한마리가 동터오는 바다를 향해 서 있고, 그 곁으로 자전거를 끌고 가는 소녀와 청년이 보인다. 소녀는 여전히 청년이 뒤에서 잡아주지 않으면 조금도 나아가지 못하고 초원으로 넘겨졌다. 해가 솟을 때 그들은 모두 붉게 물든다. 초원과 말과 소녀와 청년과 자전거 뒤를 졸졸 따라다니는 개까지도. 갑자기 그 남자친구 생각은 왜 난 것인지.

오후에 라디오 볼륨을 올려놓고 세면장으로 들어가 머리를 감고 있는데 말라깽이 소녀가 나, 거기로 올라가도 돼요,라고 외치는 소리가 세면장으로까지 들렸다. 침묵.

다시 소녀의 외침. 내 수도꼭지의 물소리뿐. 그래도 소녀는 계속 나 거기로 올라가도 되느냐고 소리를 지르고 있다. 침묵. 혹시 나를 향해 외치는 건가? 나는 수건으로 머리를 감싸고 세면장에서 나와 창을 열었다.

"왜 그렇게 늦게 나와요?"

소녀의 외침은 나를 향한 것이었다. 308호 베란다 쪽을 건너다보니 여자는 없고 의자만 덩그러니 놓여 있다.

"여기 오겠단 말이니?"

"네."

"뭣 땜에?"

"할 말이 있어요."

"나한테?"

"가서 말할게요."

이번엔 의아해진 내 쪽의 침묵.

"지배인한테 말해줄래요? 나 가면 올라오게 하라구."

소녀는 내 대답을 듣지도 않고 창가에서 사라졌다. 무슨 일이지? 나는 잠시 또 멍하니 서 있다가 프런트에 인터폰을 넣어두긴 했다.

얼마 후. 말라깽이 소녀는 종발에 당근싹을 심어가지고 와서 객실 복도에 서 있다. 목에 여전히 망원경이 매달려 있다. 문은 열었으나 내가 들어오란 소리도 안 했는데 소녀는 서슴없이 안으로 쑥 들어와서는 내 창을 타고 베란다로 넘어간다. 그러고선 308호 베란다에 들고 온 중발 속의 당근싹을 놓아두려고 팔을 길게 뻗고 있다. 나는 어안이 벙벙해져서 소녀가 하는 양을 바라보고만 있다. 무슨 연유인지는 모르겠지만 지금 말라깽이 소녀는 여자의 베란다에 중발에 심은 당근싹을 놓아두고 싶은 모양이다. 그러나 그쪽 베란다 턱에 당근싹을 놓기엔 소녀의 팔은 너무 짧다. 내 팔로도 어림없다.

"이상하네. 저 아래서 볼 적엔 여기하고 저기가 붙어 있는 것 같았는데."

소녀는 애를 쓰다가는 안 되겠는지 그제야 창가에서 저를 바라다보고 있는 나를 올려다본다.

"무슨 일이니?"

"저기다 이걸 놓아두려구요."

"왜?"

대답이 궁한지 소녀는 어물어물한다. 당근싹을 들고 가까이에 서 있는 소녀는 멀리서 볼 적보다 훨씬 더 말라깽이다. 새가슴. 마른 손가락. 짧은 커트머리 밑의 마른 귀. 그러면서 제 얼굴보다 더 커 보이는 망원경은 왜 저렇게 매달고 다니는지.

나는 소녀를 의자에 앉히고 냉장고에서 J가 남겨놓고

간 과일 중 마지막으로 남은 파인애플을 꺼냈다. 내가 파인애플 껍질을 벗기고 노란 알맹이를 잘라서 제 앞에 밀어내놓아도 소녀는 가슴에 당근싹만 품고 있다.

"그거, 내려놓고 이거 먹어."

뜻을 이루지 못한 소녀는 파인애플도 먹으려 들지 않는다. 저 당근싹을 왜 308호 베란다에 갖다놓으려 하지? 나는 이제 소녀가 아무 말도 안 해주고 그냥 가버릴까봐 신경이 쓰인다.

"아는 사람이니?"

"몰라요."

"그런데 왜 그 당근싹을 거기 갖다두려고 그래?"

소녀는 시무룩한 채 대답이 없다. 꼭 그렇게 하고 싶다면 방법이 있지,라고 내가 말하자, 소녀의 검은 눈이 반짝인다.

"308호에 가서 문을 두드려. 그런 다음 네 생각을 말해."

"안 들어주면은요?"

"안 들어줄 것 같진 않아."

"어떻게 알아요?"

"저절로 알아. 그런 얼굴을 가지고 있는 사람은 너같이 쪼그만 아이의 청을 거절 안 하게 되어 있어."

"이쁘죠!"

스쳐가는 지치고 연약한 얼굴.

"이쁘죠!"

"그, 그래."

"같이 가줄래요?"

"나?"

"네."

".........."

"같이 가주면 내가 왜 거기에 이걸 두려는지 말해줄게요."

"왜 그러는데?"

"같이 가는 거 먼저 약속하고."

".........."

소녀는 당근밭이었던 이곳에 호텔이 지어지는 걸 창을 통해 지켜봤다고 했다. 땅이 깊이 파일 때 소녀의 집이 흔들리기도 했다고. 깊은 땅속에 철근이 심어지고 대형트럭에 시멘트가 가득 실려 오는 것도 봤다고. 매일 철근을 갈아대는 듯한 시끄러운 소리가 끝나고 회오리바람을 탄 것처럼 먼지가 공중으로 치솟다가 어느날엔가 호텔에 창문이 만들어지는 것을 봤다고.

창은 완공이 되고 창마다 커튼이 쳐졌다. 그때까지만 해도 소녀에게 호텔은 아무런 뜻이 없었다. 저 작은 베란다. 소녀는 이야기를 하면서 베란다를 쳐다봤다. 그랬다, 저, 작은 베란다를 보기 전에는 소녀에게도 완공되어가는 호텔 건물이란 마을 사람들이 그저 무심히 공사 현장을 보고 있는 마음과 별다를 게 없었다. 그러나 창문이 만들어진 뒤, 각 객실마다 둥근 베란다가 지어질 때 그만 소녀는 아— 소리를 내질렀다. 공중에 매달린 둥근 공간. 소녀에게 그처럼 마음에 드는 공간은 세상에서 처음이었다. 허공에 갑자기 그처럼 예쁜 둥그런 곳이 생긴다는 게 꿈결만 같았다. 그때부터였다. 아무런 뜻도 없어 보이던 호텔 건물이 소녀는 좋아졌다. 베란다에 하얀 페인트칠이 시작되면서 호텔은 소녀에게 꿈을 주었다. 많은 베란다 중에서도 소녀의 창과 정면으로 마주한 308호 베란다가 내 창에 달려 있으면 좋겠다고, 소녀는 생각했다. 그렇다면 나는 저기서 낮잠을 잘 테야, 꽃을 심을 거야, 새장을 걸어둘까? 아니 담요로 내 몸을 둘둘 말고 밤마다 하늘을 내다봐야지.

그렇게 생각하니 308호 베란다는 다른 호실의 베란다보다 더 아늑하고 평화로워 보였다. 소녀는 틈만 나면 308호 베란다를 쳐다봤다. 아침 햇살이 그 곁에 머물 때는 정말 환하고 밝아서 어서 빨리 그 자리에 무슨 싹인가를 갖다놓고 싶었다. 한데 그 베란다의 창은 호텔이 완공

된 뒤 한번도 열린 적이 없었다. 다른 창은 이따금씩 열렸다가 닫혔는데, 바로 옆 창만 해도 열렸다가 닫히는 게 수차례였는데도 사랑스러운 베란다로 통하는 308호 창만은 한번도 열린 적이 없었다. 마찬가지로 소녀는 그 베란다에서 사람의 모습을 한번도 본 적이 없으며 창에 드리워진 커튼이 젖혀지는 것도 본 적이 없었다. 아마도 저 방엔 아무도 들지 않는 모양이라고 소녀는 생각했다. 소녀는 저 창을 열고 가장 가까이에서 저 베란다를 처음 내다볼 사람이 누군가 궁금했다. 드디어 창이 열리고 한 여자가 나타났다. 어마, 사람이네. 소녀는 망원경으로 여자를 지켜보았다. 여자는 서성이더니 안의 의자를 베란다로 내놓았다. 그러고는 창을 타고 베란다로 나왔다. 매일 정오에서 오후 두시가 되는 동안 딱 한번 여자는 홀연히 일어서서 나갔다가 들어오곤 한다,는 것이다. 나는 소녀의 얘기를 들으며 객실과장이 하던 말을 떠올렸다. 하루에 한번씩 꼭 내려와서 자기를 찾아온 사람이 없느냐고 묻곤 한다는. 정오에서 두시가 되는 동안 딱 한번,이라고 소녀가 말하는 때가 여자가 프런트에 가서 찾아온 사람이 없느냐고 묻는 그때인가보았다.

말라깽이 소녀는 여전히 파인애플에 관심도 없고 당근 싹이 담긴 종발을 품에 안은 채 종알거린다.

"그냥 앉아만 있었어요. 아무 짓도 하지 않고요. 바다 건너를 내다보고만 있는 거예요. 가끔 손에 얇은 책이 들려 있을 때도 있지만 읽는 것 같지는 않았어요. 왜냐하면 책을 들고 있긴 하나 얼굴은 멀리, 바다 쪽만 보고 있었거든요."

"네가 망원경으로 쳐다보고 있다는 걸 아는 것 같아?"

"알겠죠. 벌써 며칠이나 됐는데요. 내가 숨어서 몰래 본 것두 아니구요."

"근데 아무 말도 안 해?"

"네, 먼 곳만 보고 있어요."

소녀의 창에서는 여자가 바라보고 있는 바다가 보이지 않지만, 소녀는 여자가 앉아서 바라보는 바다가 시간마다 어떤 색깔로 바뀌는지 바다에 무슨 배가 떠 있는지 다 알고 있어서 여자가 뭘 보는지는 궁금하지 않다,고 했다. 알겠지. 여자는 이곳에 온 지 겨우 사흘 되었지만 너는 이곳에서 벌써 십년째 살고 있으니까.

"그런데 당근싹은 왜?"

"말했잖아요. 그 베란다가 내 것이었으면 좋겠다고. 내 것이면 난 거기에 앉아 있지 않고 당근싹이랑 이런 것들을 기를 텐데."

"그게 이유야?"

"네."

"………"

"시시해요? 그래도 그건 내 꿈이에요."

나는 이야기를 들은 대가로 말라깽이 소녀를 데리고 308호 문을 두드렸다. 아무리 두드려도 응답이 없다. 다시 시무룩해진 소녀에게 당근싹이 심겨 있는 중발을 놓고 가면 내가 여자에게 전해주겠다고 했더니 그제야 소녀는 씩 웃으며 중발을 내 탁자에 내려놓고 안녕히 계세요, 인사하고는 갔다. 소녀가 돌아간 두시간 뒤쯤 나는 308호 객실 문을 두드렸다. 두드리다보니 옆에 초인종이 붙어 있다. 객실마다 초인종이 달려 있는 줄 몰랐다. 아무도 내 방문 앞 초인종을 누른 자가 없었으니까. 초인종이 한번 울렸는데 여자가 아주 급히 문을 열고 나왔다. 더 연약해 보이는 얼굴. 여자가 나를 보고는 눈을 감았다가 떴다. 스쳐가는 실망의 빛. 아마도 내가 기다리는 그 사람인 줄 알았던 모양이다. 나는 머쓱해져 당근이 심겨 있는 중발을 여자에게 내밀며 소녀의 뜻을 전했다. 여자는 힘없이 베란다에 갖다놓으면 되나요? 나에게 물었으나 대답은 듣지 않고 안으로 들어가 문을 잠갔다.

아침에 프런트에 나가 신문을 찾았더니 객실과장이 로비를 가리켰다. 그가 가리키는 곳을 보니 사십대로 보이는 관광객이 커피를 마시며 신문을 들여다보고 있다. 나도 로비의 창가에 가서 앉았다. 시키지도 않았는데 직원이 커피를 앞에 갖다놓으며 마시라 한다. 관광객이 신문을 덮어 옆으로 밀어놓기에 내가 가져와 펼치는데 여자가 계단을 내려오고 있다. 여전히 연약한 얼굴. 여자는 프런트의 객실과장을 향해 묵례를 하더니 바깥으로 나갔다. 여자의 뒷모습을 멀거니 바라보고 있던 관광객이 갑자기 객실과장을 향해,

"저 폐쇄된 호텔에서 귀신이 나온다면서요?"

라고 묻는다.

"예, 나옵니다."

객실과장이 싱긋 웃는다. 내가 신문을 펼치려다 말고 객실과장을 쳐다보자 그는 또 한번 웃더니 나를 향해,

"밤에 혼자 일출봉에 올라가지 마세요, 거기 귀신 나옵니다."

그런다.

"정말요?"

내 반문에 객실과장은 싱긋싱긋 웃기만 하는데 관광객이 한수 더 뜬다.

"정말이랍니다. 내가 어제 마을 사람들한테 들었는데요, 방금 방에 앉아 있던 아기가 없어졌더랍니다. 그런데

일출봉의 폐쇄된 호텔 쪽에서 아기 우는 소리가 나더래요. 정신없이 올라가봤는데 울음소리만 날 뿐 방향이 어딘지를 모르겠더라지 뭡니까. 여기서 들리는 것 같아서 그쪽으로 가보면 아니고, 저기서 우는 것 같아 또 거기로 가보면 아니고, 그러더래요. 우는 소리를 쫓아 이 객실 저 객실 밤을 꼴깍 새우며 헤매다니다가 동이 터서 집에 와보니까 글쎄 아기가 방 안에서 울고 있더라지 뭡니까."

내가 놀란 눈을 뜨자, 객실과장은 싱긋 웃으며 밤엔 나가지 말아요, 또 그런다. 아기 울음소리, 문이 다 뜯겨나간 폐쇄된 호텔의 객실들. 괜히 기분이 이상해져서 더이상 관심을 갖지 않으려 애쓰며 신문에 얼굴을 가져갔다. 신문. 잊고 있다가도 아침 신문을 손에 쥐면 도시가 떠오른다. 광화문이나 동숭동, 정동이나 서교동이나 인사동. 내가 없는 산밑의 빈집. 나는 봄과 여름 동안 모든 것을 내버려두었다. 건전지가 다 닳은 벽시계가 시침을 멈춰도 건전지를 갈아주지 않았고, 자동응답기가 고장이 나서 제멋대로인데도 그냥 두었고, 온수통 속에서 윙윙 소리가 나는데도 고치는 대신 켜지 않았고, 네번째 줄이 끊긴 기타도 그냥 책 사이에 몇달째 세워두었다. 방 안의 공기가 눅눅해졌겠지. 전화벨이 울리겠지. 오디오를 켜놓고 온 건 아닌지. 몸이 두개도 아닌데 그 빈집이 떠오르면 그 집에 있을 때의 내 행동들이 보인다. 나는 여기에 있는데 내가 어느새 그 빈집의 개수대에 서서 접시를 닦고 있다. 우편물을 뜯고 있거나, 걸레를 빨고 있거나, 창틀을 닦고 있거나, 전화를 받고 있는 모습이 보인다. 빛이 바랜 필름이 돌아가는 것같이. 내가 세면장으로 들어가 샴푸며, 수건이며, 안 그래야지 하면서도 늘 순간적으로 중간부터 눌러 짜고 마는 치약 따위를 제자리에 놓고 있는 모습까지 보일 때쯤이면 나는 내가 여기에 있는 게 아니라 진짜로 어느새 도시로 돌아가 있는 듯한 착각이 들기도 한다.

객실과장과 관광객은 처음엔 인사로 폐쇄된 호텔의 귀신 얘기를 하는 것 같더니 이제 그들의 대화 속엔 동서양의 별의별 귀신들이 오글거리고 있다. 자리를 떠버리면 그만이련만 나는 얘기를 듣지 않기 위해 거의 필사적으로 신문을 들여다보고 있다. 김정일의 아들인 13세 소년이 운전사의 아들로 가장하여 스위스의 인터내셔널 스쿨에 다니고 있다는 소식. 학교에서 귀가하는 김정일의 아들을 비밀리에 찍은 사진이 희미하게 실려 있는 옆에 프랑스 바스티유 음악감독 겸 상임지휘자로서는 마지막으로 오페라 시몬 보카네그라,를 지휘하고 있는 정명훈씨 사진이 실려 있다. 열광의 고별무대라는 큰 글자 옆에 2천 7백여 관객 기립박수…… 꽃다발 세례…… 해임 책임자

사임하라,는 비난 고함 쏟아져,라는 글자도 배열되어 있다. 2000년까지 계약된 정명훈씨를 바스티유 음악감독직에서 일방적으로 해임한 바스티유와 정명훈씨의 대결은 소송으로까지 비화된 여름 내내 한국과 프랑스 음악계의 뉴스거리였다. 정명훈의 승소였지만 결국 그는 바스티유를 떠나게 된 모양이다. 다음 장을 넘기자, 사진이 아니라 그림 한장이 눈에 띈다. 버스정류장에서 젊은 여성과 할머니가 서로 무관심하게 앉아 있는 모습을 대비시킨 작품 옆에는 남부 정류장,이라는 그림 제목이 씌어 있고, 대한민국 미술대전 구상부문 대상이라고 적혀 있다. 젊은 세대와 노인 세대 간의 단절된 모습과 갈등을 담담한 분위기로 표현하고 싶었습니다, 수상자 정석수씨의 소감이다. 이번 작품은 4부작으로 구상한 연작의 첫번째 것으로 앞으로 세대간의 친화, 노인의 쓸쓸함, 어린이의 생동감 등을 주제로 한 작품을 차례로 발표할 계획입니다.

나는 신문을 덮고 호텔을 걸어나왔다. 다시금 아무 일도 하고 있지 않다는 불안이 스친다. 나는 왜 여기서 배회하고 있는지.

여자는 어디로 간 것일까? 나는 바다 쪽과 방파제를 두리번거리며 눈으로 여자를 찾았지만 보이지 않았다. 목초지에서 말라깽이 소녀가 혼자서 자전거를 끌고 나와 간

신히 올라타 페달을 두번쯤 밟다가 넘어지고 넘어지고 있다. 늘 목에 매달고 다니던 망원경은 아예 목에서 풀어서 풀밭에 내려놓았다. 늘 소녀를 따라다니던 새끼를 밴 누런 개가 그 망원경 옆에 엎드려 있다. 소녀는 나를 보더니 화들짝 반가워하며 고맙다고 했다.

"뭘 말이야?"

"당근싹 잘 전해줬던데요. 오늘 아침에 보니까 베란다에 당근싹이 놓여 있었어요."

"그래?"

나는 미처 308호 베란다를 쳐다보지 못했다. 아니, 당근싹은 어느새 잊고 있었다.

"그 언니 저기로 올라갔어요."

말라깽이 소녀가 가리키는 곳은 일출봉이다.

"그런데 이제 너 혼자 탈 수 있니?"

"아니요, 자꾸 넘어져요."

"그런데 왜 혼자 나왔어?"

"오빠 떠났어요."

"어디로?"

"성남서 공장 다니는데요, 추석이라 내려왔다가요, 이젠 갔어요."

공장? 나는 절뚝이던 청년의 걸음걸이가 생각나 잠시

망연해졌다.

"오빠는 여기서 낚시하면서 살고 싶어해요. 그런데요, 나 때문에 돈을 벌어야 해요."

"네가 무슨 돈을 쓰니?"

소녀, 시무룩.

"곧 서울서 만날 거예요."

"왜? 이사 가니?"

"아니요."

소녀는 다시 시무룩해진다.

"돌아오는 설날엔요, 오빠가 세계를 돌려가면서 볼 수 있는 지구의를 사다준댔어요. 저 망원경두요, 오빠가 사다준 거예요."

"내가 뒤 잡아줄까?"

"아니에요. 오빠가 그랬어요. 혼자서 자꾸 넘어져야 곧 잘 타게 된대요."

소녀는 다시 자전거에 올라탄다. 이번엔 페달을 굴려 보지도 못하고 넘어진다. 소녀는 다시 일어선다. 일 미터쯤 바퀴가 굴러가다가 역시 다시 넘어진다. 넘어질 때마다 망원경 옆에 엎드려 있던 새끼를 밴 누런 개가 안절부절못하며 일어섰다가 앉는다. 나는 자꾸 넘어지는 소녀를 보며 일출봉 쪽으로 걸어갔다. 여자를 만난 건 일출봉 꼭

대기에서다. 여자는 기암에 앉아 사만평쯤 돼 보이는 분화구를 내려다보고 있다. 분화구 건너 아침 바다엔 자리배, 멸치 배들이 돌아오고 있다. 해는 이미 떠서 바다를 붉게 물들였다. 그 빛이 사면으로 퍼지고 있다. 여자는 오래도록 분화구에서 시선을 떼지 않는다. 오랜 후에 여자는 푸른 분화구에서 얼굴을 들어 바다를 향하려다가 나를 발견하고는 희미한 목소리로 안녕하세요, 인사를 했다. 나도 말했다. 안녕하세요.

여자가 나를 어색해하는 것 같아 나는 일출봉을 내려와 방파제로 나가려고 둑길을 걸었다. 바다를 쳐다보느라 몇번이나 넘어질 뻔하면서 기어이 넘어지고 나서야 나는 걷는 걸 포기하고 아까부터 계속 검은 무엇이 떴다 가라앉았다 하는 쪽의 바다를 향해 둑에 앉았다. 저게 무엇일까? 바다에 공같이 둥근 것이 하얗게 떠 있다. 내 시선을 잡아당긴 것은 그 둥근 것이 아니라 그 곁에서 어른거리는 검은 무엇이었다. 그것은 공 주변을 왔다갔다하다가 가끔은 공을 타기도 하며 거꾸로 바닷속으로 사라졌다가 나타나곤 했다. 설마 고래는 아닐 테고, 분명히 움직이기는 하는데 저게 무엇일까?

돌아다보니 노란 수건을 쓴 할머니 한분이 내 쪽을 쳐다보고 있다. 나는 바다를 가리키며 할머니를 향해 저게 무어냐고 물었다. 할머니는 가까이 오더니, 해녀 아니냐고 했다. 해녀요? 내가 놀라자, 할머니는 내가 해녀라는 말을 못 알아듣는 줄 아는지 바닷속에 들어가서 섭조개도 따고 멍게도 잡고 하는 사람 있잖으냐고, 그 사람이라고, 저기도 있고 저기도 있잖우, 했다. 그제야 둘러보니 여기저기 해녀들이다. 해녀일 줄은 설마 몰랐다. 지금은 시월인데다 바다가 여간 깊어 보이는 게 아니어서 사람이 그 물속에 있을 줄은 정말 몰랐다. 내가 발견한 바다의 해녀보다 더 먼 바다로 나가 있는 해녀들이 많았다. 저 하얀 건 뭐냐고 해녀 곁에 떠 있는 흰 공을 가리키며 내가 다시 묻자, 할머니는 가라앉지 말라고 달고 다니는 것이라고 했다. 암것도 아녀, 저기 저런 것이래니께. 할머니가 가리키는 곳을 보니 일그러진 아이스박스가 바닷가에 버려져 있다. 내가 바다를 보던 눈을 거두자, 어느새 곁에 앉은 할머니가 어디서 왔느냐고 묻는다. 서울에서요. 그런데 신랑은 어디 두고? 신랑? 나는 빙긋이 웃으며 잠자요, 그랬다. 각시하고 좋은 데 와서 잠만 자남? 나는 피식 웃었다. 저 사람들은 저런 데서 일 못해. 할머니가 저런 데라고 하는 곳은 마을의 건물들, 밭들이다. 왜냐믄 하루 바닷일 허믄 십만원도 벌고 십이만원도 벌거든. 섭조개 있잖여, 그게 한마리에 이만원썩 안 혀. 그러니 육지 일 시시혀서 할 수 있었어. 할머니도 바다 일 해보셨어요? 아니, 나는 여기 와서 산 지 삼년밖에 안 되었어. 여기 참 좋아. 이 풀들, 겨울 돼도 이대로 시퍼러. 추울 텐데요? 바람은 많이 불어도 안 추워. 아무것도 안 얼어. 내가 여거저거서 많이 살어봤는디 거저 제 몸 고급으로 돌릴 생각 없이믄 여거가 젤여. 먹을 것도 쌨어. 감자밭에 가믄 감자 한 광우리 캐오고 나물밭의 나물도 거저지. 당근이믄 당근, 너무 많어서 수북이 쌓아놓구 가져가라 하지. 마늘도 그랬는데 올핸 마늘이 너무 비싸서 안 그렇드만. 마늘이 한접에 만원씩 하니께는. 마늘밭이 얼매나 넓은지 몰라. 저 바다만해요? 할머니는 야단치듯 바다에다 비하믄 안 되야, 그런다. 할머니께서 넓다고 하니까 그렇죠. 그래두 바다하고는 비하믄 안 돼야. 바다는 끝이 없잖여. 어떤 바닷사람이 바쁘게 걸어가니께는 큰 새가 물었디야. 어디를 그르케 가느냐구. 그르니께 그 사람 대답이 바다 끝엘 갈려구 한다구 그랬다네. 그니까 큰 새가 하는 말이 내가 날개로 하루에 삼만구천리를 널러댕겨두 안적 바다 끝을 못 갔는데 어떻게 당신이 바다 끝을 가겠느냐구 했대누만. 그게 이야기의 끝이에요? 그럼 뭐? 그만큼 끝이 없단 얘기지. 침묵. 계속 가만있으면 나이는 몇이냐? 신랑은 뭐 하는 사람이냐? 물을 것 같아 되레 내가 묻는다. 여기 내려오기 전엔 어디 사셨는데요? 대전서 살았지. 거기 오래 살았어두 바다 한번 못 봤어. 지금은 맨날 바다야 쌔고 쌨대니께. 누구랑 사세요? 아덜이랑. 맨 낚시질만 다닌다니께. 내가 오직해야 낚시질 못 댕기는 곳으로 이사 가자 허면 웃는다우. 뭘 하시는데요? 식당 해. 그러면 많이 잡아서 팔면 되겠네요. 팔 수가 있나. 너머 많이 잡아 오니께는 다 썩지. 그놈의 낚시질, 징말로 낚시질 못허는 곳으로 이사 갔이면 좋겄어. 뭘 잡아 오는데요? 많어, 깔치, 돔새끼, 고등어. 갑자기 할머니는 시무룩해진 얼굴로 일출봉을 바라봤다. 왜덜 안 내려오지? 누구요? 둘째 아들이랑 며느리가 명절 때 못 왔다구 지금 왔다우. 자꾸만 어머니 어머니, 놀러 가요 놀러 가요, 해서 따라나섰는데 저기에 아무것도 없드만! 한다. 할머니가 가리킨 저기는 일출봉이다. 왜요. 해 뜨는 것도 보이고 바다도 보이고. 해 뜨는 건 뭐 우리 집 옥상에 올라가도 뜨는 거 보인다우. 바다는 뭐 쌔고 쌨는데 뭐할라 저기까지 올라가 본단 말이가? 아무것도 없어. 나는 꽃이라도 피어 있는 줄 알았드니만. 할머니는 아무것도 없다는 말을 두번이나 더 한다. 처음에 들을 땐 아무렇지도 않더니 할머니가 반복적으로 아무것도 없다고 하니까, 갑자기 방금 내가 일출봉에서 바라봤던 바다며 해는 무엇이었나, 싶어진다. 무엇이었나? 할머니는 비행기삯이 오

만원은 하재? 하고 물었다. 사만팔천원 해요. 뱃삯은 만원
인데. 그건 서울까지가 아니라 부산이잖아요? 부산 가서
또 가면 되지. 강원도엘 다녀와야 되는데. 강원도요? 멀리
많이 다니시나봐요? 곧 죽을 거거든. 그러니까 강원도 오
대산으로 해서 돌아다니다 와야지. 거긴 왜요? 옛날에 거
기 살았으니까는. 그러면 아는 분도 많겠어요. 하도 오래
돼놔서 다 잊어버렸지. 해녀는 계속 바닷속에서 섭조개를
따는데 나는 할머니와 얘기를 나누는 동안 머리가 멍해졌
다. 다 잊어버렸다면서 강원도엔 왜 다녀와야 된다는 것
일까? 왜 일출봉에 아무것도 없다고 하실까? 해녀를 바라
보던 할머닌 다시 중얼거린다. 자세히 들어보니 이제 그
만 죽어야 한다는 것이다. 당신은 벌써 일흔둘이고 할아
버진 일흔여덟이라고 어서어서 가야 한다는 것이다. 나는
멍해진 머리로 할머니를 바라보았다. 평범한 모습의 노란
수건을 쓴 할머니였다. 나이가 들면 뚱뚱해지거나 바싹
마르거나 둘 중 하나라면 할머니는 후자 쪽이다. 일흔둘.
이제는 어서어서 가야 한다고 말하고 이제는 나보다도 더
관심 있게 해녀를 바라보는 할머니의 눈은 일흔두해 동안
참으로 많은 것을 보아왔을 것이다. 식민지 생활과 전쟁
과 어제까지의 그 모든 것, 바로 지금 저 해녀의 물질까지
를. 누구도 시간을 멈추게 할 수 없기는 마찬가지다. 이제

할머니의 육체를 근거로 이루어졌던 과거는 저 마른 살집을 마지막으로 사라질 것이다. 나는 잠시 눈을 감고 늙어가는 내 주변의 여자들을 생각했다. 맨 먼저 어머니를 다음엔 고모와 이모를, 그리고 역시 그 과정을 거쳐갈 내 친구들 그리고 나. 작년에 막 태어난 동생의 아이가 어쩌면 내가 늙어서 볼 마지막 늙어갈 사람인지도 모르겠다는 생각이 들자, 나는 고즈넉해졌다.

할머니는 나와 헤어지면서 머리에 쓴 노란 수건을 매만졌다. 수건 위로 햇살이 노릇노릇했다. 할머니는 아들이 차를 세워뒀다는 초원 쪽으로 몸을 돌렸다. 할머니가 나를 향해 뭐라고 말했다. 나는 할머니의 말을 알아들을 수가 없어 귀를 기울이며 뭐라고요? 되물었다. 이제는 어서어서 가야 한다고 수차례 말했던 할머니가 내게 건넨 작별인사는 나중에 또 만나자는 것이었다. 예. 나는 할머니의 노란 수건을 향해 대답했다. 그런데 언제, 우리가 다시 만날 수 있을지.

피아노집 여자는 사분의 사박자 음표를 내 마음대로 치고 있는 흰 건반 위의 내 손등을 탁 친다.

"손목에 그렇게 힘을 주면 손이 찌그러져요. 손목의 힘을 빼고 부드럽게 그리고 손바닥을 열고."

손바닥을 열고? 나는 피아노집 여자를 올려다봤다. 그

녀는 내 눈앞에 자신의 손바닥을 펴 보였다가 둥글게 오므린다. 달걀을 한개 쥐고 있는 형상이다.

"이렇게 하는 것 보고 손바닥을 연다고 그래요. 해봐요."

나는 피아노집 여자처럼 손바닥을 폈다가 오므리다가 뭔가 석연치 않아 웃어버린다. 피아노집 여자는 내 손바닥을 잡고 작은 달걀을 쥐고 있는 모양을 만들어준다. 얼마나 오랫동안 피아노를 친 것일까? 부드럽고 유연해 보이던 피아노집 여자의 손은 딱딱했다.

"처음부터 손 자세를 잘 잡아야 돼요. 안 그러면 나중에 손가락이 찌그러져요."

손가락이 찌그러질 만큼 피아노를 치게나 되었으면.

"오른손 음표 치기 먼저 하는 거예요. 자, 해봐요."

도솔레솔미솔파솔미솔레솔도.

"그리고 왼손, 자, 왼손을 건반에 올려요. 오른손의 도가 왼손의 솔이에요."

내 왼손은 좀처럼 열리지 않는다. 그렇게 말고, 이렇게 팔목에 힘을 빼고…… 그래도 내 왼손의 검지는 솔의 건반 위에 뻣뻣하게 뻗쳐 있거나 새끼손가락은 도까지 가기도 전에 힘이 쏙 빠져 있다. 유도화가 웃겠네. 객쩍어진다.

"처음엔 다 그래요. 자꾸 연습을 하면 양 손바닥이 다 열리게 되어 있어요. 피아노 앞에 얼마나 오래 앉아 있느냐에 달렸어요."

저, 상냥함.

커피를 끓여 내온 피아노집 여자가 노트를 꺼내 와 나를 적는다. 전화번호? 나는 호텔의 전화번호와 객실 호수를 가르쳐준다. 피아노를 배우러 오는 아이들용으로 만들어진 기록노트에 보호자 이름을 적는 칸이 눈에 보인다. 여자는 그 칸에 볼펜을 댔다가는 다음 칸으로 넘어간다. 내 이름이 적힌 윗칸까지는 보호자란이 비어 있는 게 없다. 김혜란, 이인숙, 소정화. 피아노집 여자는 날짜를 적고는 노트를 덮는다.

"여긴 혼자 왔어요?"

"네."

"왜요?"

"그냥."

"그냥요?"

갑자기 피아노집 여자는 영문 모를 웃음을 지었다.

"왜 웃어요?"

피아노집 여자의 머뭇거림.

"사실은 혼자 왔다고 하니까 혼자 여기 와서 죽은 여자가 생각났어요."

"죽어요?"

"네."

피아노집 여자는 나를 보고 그 여자를 떠올린 모양인
데 내겐 퍼뜩 베란다에 의자를 내놓고 앉아 있던 여자의
얼굴이 스친다.

"어릴 때였어요. 할머니가 해변가에서 식당을 했거든
요. 어떤 여자가 식당에 와서 밥을 먹구서는 손가락에서
반지를 빼서 할머니에게 줬어요. 할머니가 안 받으려고
하니까 인제 자기한텐 필요 없는 반지라고 하면서 기어이
놓고 갔는데 다음 날 바닷속에서 그 여자의 익사체를 건
져냈어요."

침묵.

"할머니는 너무 속상해하면서 그 반지를 바닷속에 던
져버렸죠. 오랫동안 할머니는 그 여자가 앉았다가 간 식
당 탁자를 닦을 때면 그 여자를 욕했어요. 단지 한 이십
분, 그 정도 같이 있었을 뿐인데."

"뭐라고 욕했어요?"

"어쨌건 살아가야 하는 거라구 하시면서, 죽으려면 밥
은 왜 먹고 가느냐구, 새파랗게 젊은 게 노인한테 와서 반
지를 빼주고 갔다구, 요망한 것이라구."

밤에, 오늘이 며칠이나 되었는지 알아보려고 수첩을 들
여다보다가 나는 깜짝 놀랐다. 내일 날짜에 원고 약속이

되어 있다. 나의 아버지,라는 메모를 보자 까마득하게 잊어버리고 있던 원고 약속이 되살아났다. 나는 여름 내내 원고 청탁 전화가 오면 글을 못 쓰고 있는데요,라고 대답했다. 나의 아버지, 원고 청탁을 해 왔던 신문사 기자의 목소리는 아주 정중했다. 너무 정중해서 그만 글을 못 쓰고 있다고 말할 기회를 놓쳐버렸다. 기회를 놓치고 허둥지둥 어쩌나, 하고 있는데 그는 내가 작년에 펴낸 두번째 소설집을 미국 출장길에 읽었고, 지난봄에 출간한 장편소설 또한 미국으로 가는 비행기 안에서 읽었다고 했다. 진짜로 그가 읽었는지 안 읽었는지야 모르겠지만 나는 그 말을 듣느라고 글을 못 쓰고 있다는 말을 할 기회를 영 놓쳐버렸다. 나는 수첩을 멍하니 들여다봤다.

제목: 나의 아버지. 7, 8매. 사진.

아버지에 대해 7, 8매 안에 쓰란 말인가?

객실 카펫에 쪼그리고 앉아 머리카락을 한올 한올 집어낸다. 다 내 머리카락일 것이다. 처음 이 객실에 들어왔을 때는 카펫이고 탁자고 깨끗했다. 언제부턴가 내겐 글을 쓰기 직전이면 청소부터 하는 습관이 생겼다. 책상 서랍을 뒤집어 정리하고, 옷 서랍에서 뒤섞인 계절 옷을 정리하고, 개수대에 크린졸을 부어 쇠수세미로 닦아내고, 접시들을 키 순서대로 쌓고, 방바닥을 닦고, 책상 위에 뒤섞인 채 쌓여 있는 책들을 책장 제자리에 꽂고. 나는 카펫에서 눈에 보이는 대로 머리카락을 다 집어내고 허리를 펴면서 텔레비전을 쳐다봤다. 지존파 소식에 놀라 꺼버린 뒤 한번도 튼 적이 없는 텔레비전에 전원을 넣었다. 아홉시 뉴스. 또 엄기영 앵커다. 그는 올해 74세의 요한 바오로 2세의 건강 이상설을 전하고 있다. 교황이 미국 방문을 취소한 일로 번진 건강 이상설인 모양이다. 화면에 묵상에 잠긴 교황의 얼굴이 지나가고 교황 전기 작가의 얼굴이 비친다. 얼마 전 교황이 산책을 할 때 보니 발을 끌더군요. 이전에 교황은 그러지 않았습니다. 이전의 교황은 스스로 엎드려서 땅에 입을 맞추었으나 이젠 흙을 떠서 교황의 입술에 대줘야 합니다.

나는 텔레비전을 틀어놓은 채 수건을 빨아 작은 냉장고 안에 끼여 있는 성에를 오래 닦아냈다. 주전자에 새 물을 받아다놓고 컵도 씻어 엎어놓는다. 아버지도 요즘 제대로 걷지를 못하고 발을 끌고 다닌다. 귓결로 아버지가 타고 다니는 오토바이 소리가 윙 —— 들려온다. 그는 새벽 다섯시면 일어나서 오토바이를 타고 논을 돌아다보고, 우사의 쇠똥을 치우고 소들에게 사료를 주고 물을 준다. 지난여름에 시골에 갔을 때 역에 나와 있는 아버지의 오토바이를 탔을 적만 해도 아버지가 발을 끈다는 걸 몰랐다.

장을 보아 가려 시장 안 아버지의 단골 정육점으로 들어
가는데 오토바이에서 내린 아버지는 제대로 걷질 못하고
왼발을 끌었다. 내가 시골에 가서 물고 온 아버지 다리 이
상설로 아버지는 큰오빠에 의해 서울로 진료를 받으러 오
게 되었고 세브란스병원 재활의학과에서 아버지에게 내
린 진단은 관절퇴화증.

화장대용으로 텔레비전 옆에 놓여 있는 기다란 탁자
위에서 거울을 들어내니까 탁자는 그대로 책상이 된다.
들어낸 거울을 스탠드가 놓인 탁자 뒤에 세워놓고, 출입
문 쪽에 붙어 있는 액자를 떼어 와 거울을 들어낸 자리에
건다. 갑자기 객실 안의 사물들이 뒤죽박죽이 되어버렸지
만 그렇게 해놓고 의자를 끌어와 탁자 앞에 앉으니 책상
앞에 앉아 있는 기분이 든다.

관절퇴화증. 교황도 관절퇴화증일까?

얼마간 입원을 해서 물리치료를 받으라는 의사의 권유
를 아버지는 뿌리쳤다. 시골에 가서 그곳 병원에서 치료
를 받겠다는 것이었다. 하지만 그것이 아니었을 것이다.
아버지는 논의 벼가 걱정이었을 것이다. 사상 유례없는
폭염에 지독한 가뭄 중이라 물을 대야 하고 농약을 쳐야
하고 새끼를 가져도 될 만한 우사의 소에게 인공수정 주
사를 놔주어야 하고…… 여름이 지나면서 아버지는 발을

점점 더 끌었다. 나는 아버지에게 화를 냈다. 일을 줄이세요, 아버지. 일하신다고 뭐 남는 거 있어요? 한번 아프시면 그만인걸.

그 말이 사무쳤을까. 이학기가 시작되려 하자, 아버지는 내가 이미 동생에게 보낸 막냇동생의 등록금을 내 통장에 보내왔다. 동생의 하반기 용돈까지 함께. 내가 전화를 걸어 또 화를 내자, 아버지는 수화기에 대고 당신이 하고 싶은 말씀만 했다. 그 돈 갖고 그놈 용돈이 되겠냐만, 우선 그걸로 기본을 허고 더 드는 건 네가 보태거라. 돈을 부칠 수 있게 된 대신 아버지는 다리를 점점 더 끌었다.

큰오빠는 추석에 내려가면 돌아오는 차에 아버지를 싣고 오겠다고 했다. 싫다 해도 강제로 입원을 시키겠다, 했다. 입원만은 안 하겠다는 아버지의 입원 거부 이유는 시골 사람들은 누구나 그만큼은 아프다는 것, 이만큼 아픈 걸로 입원하기로 하면 논에 나가 일할 사람은 한 사람도 없다는 것이다. 아버지의 자존심은 이제 막냇동생을 살펴주는 일에 있는 것 같다. 아버지는 막냇동생을 하나 남은 자식이라고 표현한다. 막냇동생은 아버지 돈이 필요한 하나 남은 자식인 것이다. 하나 남은 거 앞으로 이년만 돌봐주고 일을 줄이시겠다는 것. 삶이란 이런 것일까. 한쪽이 다리를 끌고 다니며 일해야 한쪽이 성장하는 것.

하지만 그것조차 수월치 않다. 이제 아버지는 늙고 작아졌다. 아니 쪼그라들었다. 거기다 이제 아버지의 체질이나 다름없는 쌀은 농업의 희망이 아니다. 사람들은 논에 고추를 심기 시작했고, 포도를 재배하기 시작했다. 일조량을 맞추기 위해 논에 야간등을 설치하고 비닐하우스 안에서 장미꽃이나 카네이션, 국화 들을 기르기 시작했다. 아버지는 그것이 이해가 안 되는 분이다. 어떻게 쌀이 나오는 논에 과일을 심고 꽃을 기르는가. 농촌이 이제 쌀 대신 대체작물 재배에 힘써야 한다는 말을 아버지는 흘려듣는다. 어떻게 쌀이 나오는 논에다가…… 하기는 아버지는 민족음식주의자시니. 체질을 알고 음식을 먹어야 한다, 아버지 체질엔 짠 것, 매운 것, 자극적인 것, 육것들이 맞지 않는다, 그러니 젓갈이며 너무 뜨거운 국물 등은 드시지 않는 게 좋겠다, 식생활을 바꿔야 한다,고 하면 나는 태어나서부터 그렇게 먹어왔고, 또 이전에 할아버지 식습관도 나와 비슷했다, 체질은 오늘내일 그렇게 만들어지는 게 아니다, 우리 집 음식은 몇백년 조상들이 드셔온 그대로다, 그러니 내게 필요한 것들은 내 몸이 알아서 찾는다, 내 입이 당기는 것이 내게 맞는 것이다,고 한다.

나는 아버지에게 막냇동생은 아버지의 하나 남은 것,일 뿐 아니라 내게도 큰오빠에게도 하나 남은 동생이라는 걸

납득시키려다 실패했다. 내가 너희들을 서울로 보내고 고생만 시켜서 너희들 성질부려도 할 말을 못하고 사는데 그애까지 너희에게 맡기고 나는 입 다물고 살란 말이냐? 할 말을 잃는다. 어머니와 아버지 그리고 나는 말로 서로의 마음을 전하는 데 익숙지 않은 것이다. 그래도 아버지는 내가 서울에서 몇시 기차를 탔는가만 아시면 오토바이를 끌고 역에 나온다. 역과 집 사이는 오토바이로 십오분. 내가 뭔가 좀 쑥스러워서 그저 허리께의 옷을 슬며시 잡고 타면 너, 그러다간 떨어진다 하면서 내 팔을 돌려 아버지 배를 꼭 껴안게 한다. 지금은 오토바이지만 어려서는 자전거였다. 아버지 자전거에 실려 치과에 다녔던 기억이 난다. 나는 어린 시절을 반듯반듯한 오빠들 틈에 섞여 주근깨처럼 지냈다. 예쁘지도 않았고, 공부도 못했고, 말썽도 안 피웠다. 나라는 존재가 있는지 없는지도 몰랐을 거라고 생각될 만큼 나는 조용한 아이였다. 그래서 역작용으로 학교가 파하면 교문 앞에 자전거를 세워두고 나를 기다리고 있던 아버지가 오롯이 생각나는지도 모르겠다. 아버지는 자상하고 조용하고 말수가 적다. 겨울이 시작되면 아버지는 우리 형제들 치수대로 빨간 엑슬란 내복과, 지금은 스님들이나 신는 검정 털신 등을 사서 그 자전거 뒤에 실어 오곤 했다. 풋밤 같던 우리 형제들이 무럭무력 자라서 살림에 정신이 없어질 때까지는 가을일이 끝나면 이따금 사라져 겨울 끝 무렵의 증조부의 제삿날 무렵에야 오시곤 했다. 눈길을 걸어 대문을 들어서고 그리고 토방에서 신발에 묻은 눈을 턱턱 털어내는 그 소리. 그렇게 돌아온 아버지는 어머니 앞에 오백원짜리 지폐 다발을 내놓기도 하고 생과자와 보석같이 생긴 알사탕들을 우리들 앞에 쏟아놓기도 했다. 도시에 나가 닥치는 대로 돈 될 만한 일을 했을까. 행여 돈 따먹기를 했던 것은 아닐까. 지금도 나는 그 돈과 과자의 출처를 모른다. 평생 농부로 살면서도 농부 같지 않던 아버지가 농사일에 마음 붙인 건 우리들을 서울로 하나둘씩 보내면서였다. 나를 가장 어린 나이에 서울로 보낸 셈인데 그때 아버지는 무슨 일을 하느라고 지금은 사라진 철길 옆집에 묵고 있었다. 이제 나, 간다고 인사드리러 가는데 저만큼서 버스가 오는 것이다. 그 버스를 마을 안쪽에서 어머니가 타기로 해서 나도 타야만 했다. 그래서 아버지, 하고 불렀으나 아버지가 막 나오는 것하고 버스가 멈추는 것하고 동시였다. 나는 아버지 얼굴을 보지도 못하고 그냥 버스에 올랐다. 뒷날 어머니한테 들으니 그렇게 나를 보낸 아버지는 사흘을 그냥 방에 누워만 있었다고 했다. 나는, 참 우습다. 늘, 저만큼 있다고 생각했던 아버지와의 거리가 그 일로 메워지고 그

뒤로 지금껏 나는 아버지가 애틋하다. 사촌들이 와서 얼마를 묵고 가도 올 때 오냐, 갈 때 가냐, 두마디밖에 안 하실 정도로 말수가 적었던 분이 이제 어머니가 서울에 오래 묵으면 전화해서 긴말로 언제 오느냐며 화를 낸다. 외로운가보았다. 내가 서울로 돌아올 때면 다시 나를 오토바이 뒤에 태우고 뭐라고 뭐라고 말씀을 많이 한다. 바람 때문에 무슨 말씀인지 하나도 알아듣지 못하지만 나는 뒤에서 예, 예, 한다.

액자 속의 그림은 복사된 것이 아니라 김영이라는 사람이 직접 그린 그림인가보았다. 보라색 테를 두른 검은 공간에 은행잎 한장과 단풍잎 두장이 떠 있는 단순한 풍경이지만 정성스러운 손길이 느껴진다. 검은 공간은 핀으로 긁어내 나선형으로 드문드문 흰빛을 살려놓았다. 밑에 스케치 연필로 김영이라는 이름이 흘림체로 싸인이 되어 있다. 출입문 쪽에서 액자를 떼어다가 탁자 앞에 걸어두기 전엔 미처 보지 못했던 싸인이다. 아버지는 입원하셨을까? 그렇다면 내가 여기 이러고 있어도 되는 것일까? 나는 수첩 속에 끼여 있는 공중전화 카드를 꺼내들고 일층으로 내려가 시골집에 전화를 걸었다. 벨이 아무리 울려도 전화를 받지 않는다. 열신데. 시골에서의 밤 열시란 한밤중인데.

중발에 당근싹을 심어가지고 출입을 튼 후, 말라깽이 소녀는 거의 매일 어느 때는 하루에 두번도 호텔로 올라왔다. 이제 소녀는 나를 거치지 않고 308호를 드나들었다. 올 적마다 말라깽이 소녀의 손이나 품속엔 뭔가가 있다. 밭에서 캐서 사이다병에 옮겨심은 약초 뿌리, 맥주캔 속에 물을 붓고 담가놓은 고구마 순, 종이상자에 흙을 담고 묻어 온 국화 뿌리. 소녀는 무슨 뿌리나 순을 보기만 하면 어떻게 해서든지 여자에게 갖다주는 모양이다. 이제 여자는 소녀가 제집 창에서 나 올라갈게요, 하면 그러라고 대답하고 있다. 말라깽이 소녀와 연약한 얼굴의 여자는 급속도로 친해져서 가끔 호텔 지하식당에서 둘은 밥을 먹고 있기도 했다. 소녀와 함께 있는 여자가 의아했는지 객실 과장은 내게 둘이 무슨 사이냐고 물었다. 글쎄, 무슨 사이일까? 나는 대답을 해주려고 애썼으나 그들의 관계를 설명해줄 마땅한 말이 떠오르지 않아 글쎄요, 하고 말았다.

이제 호텔 바깥에서 308호 베란다는 금방 눈에 띈다. 나란나란 똑같은 베란다 중에서 308호 베란다만이 아기자기하다. 당근싹은 푸르게 자라고 있고, 국화에서는 노란 꽃이 올라오고 있다. 아마 소녀는 새장이 있다면 그 새장도 그곳에 갖다 걸어놓았으리라. 둘이 친해지고 난 다음부터 소녀는 더이상 여자의 베란다를 망원경으로 올려다보지 않는다.

　마을의 초등학교에서는 가을운동회 연습이 한창이다. 한번은 걸어다니다가 학교로 들어가보았다. 선생은 운동장에 퍼져 있는 아이들을 향해 모이라고 말하고 있었다. 한시간 후엔 삼사학년 언니들의 행진 연습이 있으니까 어서 모이세요. 선생이 유희를 가르치는 학생들은 아마 일이학년인가보았다. 성능이 좋지 않은 마이크에서 명랑한 음악이 흐르고 아이들은 그 음악에 맞춰 엉덩이를 흔들거나 빙 돌거나 깡충 뛰거나 삼삼오오 원을 만들거나 안으로 종종걸음을 쳐서 손들을 모으거나 다시 뒤로 종종걸음을 쳐서 손들을 헤치거나 했다. 자, 엉덩이를 더 흔드세요, 팔을 높이 올리고. 그런데 왜 소녀는 학교에 다니지 않을까? 가을운동회. 나는 가을운동회를 싫어했다. 달리기도 못했고, 풍선 터뜨리기도 못했으며, 무엇보다도 행진 연습이 싫었다. 일찍 키가 자라나서 사오륙학년이 함께하는 행진에 나는 사학년 적부터 맨 앞줄이었다. 맨 앞줄 사람들은 가야 할 길을 호각 소리에 맞춰 다 외우고 있어야 했다. 좌향좌, 뒤로 돌고, 다시 좌향좌 우향우. 운동장을 씩씩하게 행진하면서 뒷사람들을 이끌고 가 무궁화도 만들고 글씨도 쓰고 태극기도 만들어야 했으므로 좌향좌 우향우는 끝없이 이어졌고, 나는 자주 발걸음이 틀렸다. 앞줄이 잘못 가면 다 잘못 가는 것이어서 앞줄 사람들은 다른 연습이 다 끝난 후에도 따로 남아 연습을 했다. 때문에 나는 가을운동회를 연습해야 하는 구월이면 혼자서 집에 돌아가야 했다. 마을은 학교에서 십리였고, 해가 뉘엿해 교문을 나서면 반도 못 와 어두워졌다. 산길에서 가장 두려운 건 자기의 발걸음 소리. 나는 어두워지는 산길에서 내 발소리에 놀라 뛰어가지도 못하고 눈물이 글썽해지곤 했다.

이틀째 바다에 태풍주의보가 내려져 있다.

해 저물녘에 방파제로 가면서 보니 당근싹들은 몸서리를 치듯 흔들리고, 목초지의 풀들도 세워져 있는 게 없이 바람에 뉘어졌다. 바람이 섬의 모든 것들을 다 쓸어갈 듯이 부는데 객실과장은 이건 대수롭잖은 일이라고 했다. 십일월이 되면 거의 매일 이렇죠. 목초지 속의 초소도 바람에 윙윙거렸다. 목초지 사이로 난 흙길에서도 흙이 회오리 져서 지나갈 때 눈을 뜨지 못했다. 눈을 떴을 때 작은 묘지가 눈에 띄었다. 처음엔 묘지라는 걸 알지 못했다. 초소가 끝나는 아랫길에 검은 돌이 울타리처럼 쌓여 있어서 보았을 뿐인데 검은 돌 울타리가 감싸고 있는 건 묘지였다. 나는 잠시 그 묘지 앞에 서 있었다. 묘비 같은 건 세워져 있지 않았다. 그저 둥그런 묘가 바람 속에, 돌 울타리 속에 앉아 있었다.

멀리서 초소 쪽의 흙길에서가 아니라, 케이비에스 송신소 쪽의 시멘트 길을 밟고 여자가 방파제를 향해 걸어온다. 여자의 옷자락도 바람에 회오리 지고 있다. 여자는 방파제에 앉아 있는 나를 발견하더니 걸음을 재촉해 뛰는 것 같았다. 바람 속에서도 지는 해가 남긴 노을이 온 바다를 주황색으로 물들이고 있었다. 여자가 아무래도 나를 보러 오는 것 같아 나는 엉덩이를 털고 일어섰다. 내 앞에 왔을 때 여자의 숨결은 가쁘다.

"그앨 봤나요?"

여자는 소녀를 찾고 있는 모양이다.

"난 못 봤는데, 둘이서 더 친하잖아요."

"갑자기 어제부터 보이지 않아요. 집에도 가보았어요. 텅 비어 있고 아무도 없어요. 자전거는 넘어져 있고 개가 혼자 새끼를 낳고 있었어요."

"개가 새끼를요?"

"네."

바람 소리.

"세마리 낳았더군요. 아마 세마리는 더 낳을 거예요."

"더 낳을지를 어떻게 알아요?"

"알아요. 어렸을 적부터 집에서 쭉 개를 길렀어요. 그만

한 배면 여섯마리는 낳죠."

　말을 하고 있지만 여자는 거의 울 듯했다.

　"그애가 어딜 갔을까요? 말도 없이?"

　파도 소리.

　여자의 눈에 눈물이 흠뻑 고인다. 나는 어떻게 해야 할
지를 몰라 어정쩡하게 서 있다. 여자는 내부에서 뭔가가
격렬하게 치미는지 내 팔을 붙잡았다.

　"그애에게 무슨 일이 생긴 건 아니겠죠?"

　"아닐 거예요."

　"정말 아니겠죠?"

　"갑자기 무슨 일이 있겠어요."

　"아니요, 그건 그렇지 않아요. 모든 일은 갑자기 생겨
요. 아무 생각도 없이 있는데 갑자기 말예요."

　침묵.

　여자가 바다를 향해 앉는다. 나는 방파제를 뛰어오기엔
불편했을 여자의 갈색 구두를 쳐다봤다.

　"나는 쌍둥이였죠. 나와 똑같은 얼굴이 있었지요. 내 말
들어요?"

　"네."

　"내가 그 얼굴보다 이십분 이 세상에 일찍 나왔죠. 그래
서 내가 언니였어요. 가끔 우리는 이 문제로 싸웠어요. 어

머니가 그애보고 나를 언니라고 부르라고 해도 그 얼굴은 한번도 나를 그렇게 부르지 않았거든요. 그게 자연스러웠어요. 그래도 나는 가끔 화가 나거나 하면 그 얼굴한테 그랬어요. 언니라고 부르라고요."

잠깐 말을 끊고 여자는 눈물이 흠뻑 고인 눈으로 웃는다. 언니라고 부르라고 했을 때의 그 얼굴이 생각나는 모양이었다.

"갑자기 언니라는 말이 나오겠어요? 나는 어머니까지 불러가지고 재가 나에게 언니라고 부르게 하라고 소리를 지르곤 했죠. 그러면 어머니마저 그애에게 그렇게 하라고 했어요. 그러면 그애는 분이 나서 이마가 붉어지고 눈물이 글썽해서는 방으로 뛰어가버렸죠. 내게 언니라고 부르지 못하는 게 그애의 약점이었어요."

태풍주의보에 부두에 정박해 있는 훼리 제주1호가 바람과 파도 속에서 삐그덕거린다. 거칠게 방파제를 넘어온 바닷물이 우리들의 얼굴에 튀어오른다. 언제나 방파제 끝에서 부드럽게 출렁이던 물이었는데.

"가끔 그렇게 싸우긴 했지만 나는 한번도 그애가 없는 생활을 생각해본 적이 없었어요. 무슨 말인지 알아듣겠어요? 내가 어떻게 생각할 수 있었겠어요. 태어나서 내가 사물을 알아보기 시작할 때부터 그앤 내 곁에 있었는데. 나

하고 똑같은 얼굴을 하고 곁에 있었는데. 우리는 모든 일을 함께했어요. 학교도 함께 다녔고, 밥도 같이 먹고, 잠도 같이 자고…… 나는 지금껏 다른 친구를 사귈 수가 없었어요. 친구는 하나만 있으면 되잖아요? 그런데 언제나 내 곁에 그애가 있었던 거예요. 그건 그애도 마찬가지였다고 생각해요. 우리는 같이 연주자가 되려고 했죠. 우린 같이 첼로를 배웠지요. 다행히 우리 부모님은 그 정도의 뒤를 봐줄 수 있을 만큼은 되었거든요. 하지만 우리 둘 다 모두 정상의 첼로연주자가 되지는 못했어요. 하지만 우린 괜찮았어요. 우리는 첼로를 어깨에서 내려놓고 나는 크로마하프를 그애는 팝 피아노를 배웠어요. 첼로를 오래 다뤄왔기 때문에 그건 어려운 일이 아니었죠. 우리는 곧 방송국에서 일하게 됐어요. 우리들의 이름은 사랑의 하모니였어요. 사랑의 하모니요. 아침 프로나 심야 프로그램 사이사이에 생방송이라는 느낌을 심어주려고 생음악을 내보내곤 하죠? 초대 손님들이 나오면 그 분위기에 맞춰 연주가 나오잖아요. 프로그램 시작할 때 시그널 음악 연주자라고 생각해도 돼요. 우린 함께 지방 방송국엘 많이 다녔죠. 그애가 무슨 생각을 하고 있었는지는 모르지만 그때 나는 이만하면 행복하다고 생각했어요. 외롭지 않았거든요. 하루도 안 빼고 그애가 같이 있었으니까. 같이 자고 같이 목욕하고 그렇게 이십사년간을 살았어요. 나는 정말이지 그 애의 눈짓 하나만으로도 그애가 뭘 원하는지 무슨 생각을 하는지 다 알고 있다고 생각했어요. 내가 그러니 그애도 그러리라고."

여자는 말을 끊고 약간 추운 듯 몸을 사린다.

"이렇게 긴 이야기를 다른 사람하고 해보는 것도 처음 이에요. 그애에게만 말했지요."

"그래서 어떻게 됐어요?"

"어떻게 됐냐구? 글쎄, 어떻게 된 건지는 나도 몰라요. 춘천이었어요. 우리는 춘천 방송국에 가는 길이었어요. 그애가 갑자기 나를 언니라고 부르더군요. 어릴 때 괜히 그래 본 거지, 이제는 그런 다툼도 없어진 지 오랜데 그날 춘천에서 그애가 나를 향해 언니, 하지 않겠어요? 마치 어 렸을 때를 향해 대답하듯이 언니, 그랬어요. 내가 바라보 자, 그앤 씨익 웃었죠. 나도 웃었어요. 우리는 하도 우스워 서 아주 크게 웃었어요. 뭐가 그렇게 우스웠는지 아주 오 래 웃었지요. 그러다가 그애의 눈에 눈물이 비치는 걸 보 고 웃음을 거뒀어요. 나는 그애에게 왜 우느냐고 물을 수 가 없었어요. 처음 보는 눈물이어서 당황했거든요. 나중 에 물어보려고 했는데 기회가 없었죠."

"왜요?"

"그애가 죽었어요."

".........."

"춘천에 숙소를 정하고 그 숙소로 돌아가는 길이었어요. 나도 모르겠어요. 왜 내 옆에 서 있던 그애가 도로의 우체통 밑 차도로 내려갔는지. 뭔가 거기에 떨어져 있었던 것일까? 그애가 차도에 발을 딛자마자 뒤에서 달려오던 승용차가 그앨 들이받았지요. 그앤 내 품 안에서 죽었어요. 의사들은 그애가 죽는다는 것보다 얼굴이 똑같은 여자애 둘이 하나는 죽어가는 중이고 하나는 그 죽음을 지켜보고 있는 게 신기한지 좀 멍한 눈으로 우릴 바라다보더군요. 마지막 순간에 그앤 또 나를 언니, 하고 불렀어요. 웃음이 터져나오더군요. 그애도 웃음을 참을 수 없었는가봐요. 우린 정신없이 웃었어요. 그애는 죽어가면서 제 얼굴과 똑같은 살아 있는 내 얼굴을 보면서, 나는 내 품 안에서 죽어가는 나와 똑같은 그애의 얼굴을 보면서, 그애와 내가 얼마나 웃었는지 의사들이 미친 줄 알고 그애와 나를 떼어놓으려고 했다니까요. 그앤 웃다가 죽었어요. 웃다가 눈가에 눈물을 비치면서."

여자는 파르르 떤다. 나는 두 팔을 뻗어 떠는 여자의 몸을 안아주고 싶었지만 그렇게 하지를 못했다.

가끔 아침에 이 방파제로 나와보면 방파제 사이에 끼

인 다친 바닷새가 있었다. 새는 내가 가까이 가서 날개를 잡아도 날아갈 줄을 몰랐다. 밤새 그 자리에서 떨었던 모양이었다. 소녀 같았으면 아마 그 새를 품에 안고 집으로 돌아왔으리라. 새가 소녀의 집에서 하루를 견디지 못하고 숨진다 해도 소녀는 그때까지 정성껏 돌보리라. 하지만 나는 새를 만졌던 손을 거두고 물끄러미 바라보다가 돌아오곤 했다. 감당할 자신이 없었다. 다친 곳을 치료해줄 자신도, 무엇보다 숨을 거둔 그다음 일이. 소녀는 어디엔가 묻어주고 나무십자가를 만들어주고 할 것이었다. 하지만 나는 소녀가 아니었다.

"이 모든 일이 갑자기 생겼어요. 아무런 예고도 없이."

"………"

"그앤 어디 갔을까요?"

"돌아올 거예요. 내일, 아니 어쩌면 벌써 돌아와 있을지도 모르죠."

"그럴까요?"

"그럴 거라 생각해요."

"따뜻한 분이군요."

"………"

"내가 뭘 할 수 있겠어요. 갑자기 나 혼자서. 태어나면서부터 줄곧 그애가 내 옆에 있었는데. 더구나 그애는 채

권매각 같은 것도 알고 있었답니다. 자동차를 샀을 때 그애는 채권을 중개인에게 안 맡기고 주민등록증과 도장을 가지고 증권회사에 가서 직접 매각했어요. 그러면 돈이 더 많이 생긴다면서요."

나는 뜻밖의 채권매각 얘기에 웃음이 나오려 했다.

"그런 걸 어떻게 알고 있느냐고 하면 나는 그런 거 못한다, 미리 생각해서 그렇지 관심만 가지면 누구나 할 수 있는 쉬운 일이라고 했어요."

"………"

"이제 갑자기 나 혼자서 뭘 해야 될지를 모르겠어요. 나는 그애가 다시 올 수 없다는 걸 알면서도 그게 믿기지가 않아서, 날마다 그애를 기다렸죠. 금방 그애가 나타날 것 같았어요. 잘 마른 수건을 볼 때면 그애에게 주려고 여깄어, 말하곤 했죠. 그앤 누구라도 한번 손을 댄 수건은 절대 쓰지 않았거든요. 물건을 사도 두개씩 사게 되곤 했죠. 아직도 삼치구이가 나오면 그애가 다 먹어버릴까봐 얼른 내 앞으로 당겨놓고…… 떠나보면, 그애와 한번도 가본 적이 없는 곳에 가보면 혹시 혼자가 될 수 있지 않을까, 싶었는데 여기로도 그애가 찾아올 것만 같고……"

"………"

"한번도 떨어져 있어본 적이 없었는걸요. 어머니께 원

망도 했지요. 서로 다른 학교에 보내주지 그랬어요? 그애한텐 트럼펫을 가르치지 그랬어요? 방을 따로 쓰게 하지 그랬어요? 하고요. 하지만 다 지난 일이지요. 나는 그애와 함께 같은 학교를, 그애와 함께 첼로를, 그애와 같은 방을 쓰면서 살았는걸요. 이미 옛일이고 고쳐볼 수 없는걸요."

"………"

"어쨌든 살아가야 한다고들 해요. 일년 이년 정도만 지나면 지금의 일이 다 지난 일이 된다는군요. 그렇게 생각하세요?"

나는 대답하지 못했다. 그렇게 생각한다,고 대답하는 건 쉬웠는데도 막연한 슬픔이 대답을 가로막고 있었다. 방파제에 끼여 있는 다친 새를 내 숙소로 데리고 오지 못한 것처럼 나는 여자의 연약한 어깨에 내 손도 내려놓지 못하고 있었다.

호텔로 돌아와서 나는 찬물에 얼굴을 씻고 세면대 앞에 오래 서 있었다. 지난봄과 여름 내가 잊고 있었던 것은 글쓰기가 아니라, 죽음이었다. 내가 잊고 있었던 건 새로운 형식이나 새로운 문체가 아니라 죽음이었다.

죽음을 잊자 일상은 무기력해졌고, 가족은 멀어졌다. 특별하다고 여기고 있던 사랑이 어디서 본 듯해지고, 늦잠이 시작되었다. 늦잠 속에서 깨어나면 심장 부근까지 쓰잘데없는 욕망이 치솟아오르고 점점 그것은 강도를 높여가며 목 부근까지 오르락내리락했다. 통증까지 동반하고서.

세면장에서 나와 창가에 오래 앉아 있었다. 창에서 내려다보이는 말라깽이 소녀의 집은 불빛 없이 어둡다. 빈집의 개는 새끼를 다 낳았는지. 한때 가까이 지내다가 이제는 못 만나게 된 몇몇의 얼굴들이 떠올랐다. 그들이 남긴 눈물, 허전한 걸음걸이, 목덜미의 점이나, 나와는 상관없는 반지가 끼여 있던 손가락. 감당할 수 없었던 부탁이나, 내 마음을 슬프게 하던 흰머리. 연결 안 되는 말들, 지켜지지 않은 약속들, 회색 손톱. 스무살이었을 것이다. 오빠와 내가 살던 방은 이제 그 전철역을 떠나 동숭동에 있었고, 나는 그때 명동의 대학에 다니고 있었다. 그곳에서 사귄 섬약한 눈빛을 가지고 있던 친구는 손톱이 회색빛이었다. 나는 그가 자동판매기에서 종이컵에 담긴 커피를 뺄 때나 컵라면으로 점심을 먹을 때면 그 회색 손톱을 쳐다보았다. 그리고 곧 연분홍색인 내 손톱을. 어느날 무슨 일로인지 건강대백과사전을 뒤적이고 있었다. 회색 손톱? 나는 우연히 회색 손톱이란 글자를 발견했다. 회색 손톱은 암에 걸릴 확률이 높은 손톱으로 분류되어 있었다. 나는 암이란 글자에 동그라미를 쳐서 동그랗게 지워버리고 대신 치질이라고 써넣었다. 치질은 생명에는 지장이 없을 테니까. 내가 잊고 있던 사람들은 지금 어디서 어떤 인생을 살고 있을까. 가끔 사람의 일이 물길같이 느껴진다. 산꼭대기에서 함께 흘러내려오지만 굽이굽이마다의 샛길에서 헤어지고, 한번 헤어져 흐르기 시작하면, 다시 만나기는 어려운 곳으로, 서로 모르는 곳으로 흘러가는 물길.

　여자의 어깨에 내 손을 얹지 못한 건 자신이 없어서였다. 어떻게 해야 그녀의 슬픔이 잠시라도 달래질 것인지를 나는 알고 있지 못했다.

　큰오빠 집에서 둘이 분가해 서울의 좁은 방을 나와 함께 옮겨다니며 살던 동생은 내가 쓴 소설 원고를 맨 먼저 읽어보는 독자이기도 했다. 그애는 갑자기 내게 언니는 왜 일인칭을 잘 안 써?라고 물었다. 내가 그러니? 나는 그애가 왜 일인칭을 잘 안 쓰느냐고 물어올 때까지 내가 일인칭을 안 쓴다는 것도 모르고 있었다. 그렇잖어, 맨날 그는, 그녀는, 이건 아예 이니셜이네. 그랬다. 그때 동생이 읽고 있던 원고엔 동생 말대로 그도 아니고 그녀도 아니고 담배 피우는 C, 운전하는 O, 아예 기호였다. 동생의 지적은 그때까지 내가 쓴 스물몇편 되는 중단편들을 돌이켜보게 했다. 나로 시작되는 일인칭은 두편인가 세편에 불과했다. 동생은 무심히 자신이 없는 사람들이 나는이라는 말을 잘 못하지, 언닌 뭐가 그렇게 자신이 없어?라고 되물었다.

오래 창가에 앉아 있어도 여자의 어깨에 내 손을 얹지 못할 때부터 내 마음속에 흐르던 막연한 슬픔이 거둬지지 않는다. 글을 쓰는 일이란 이미 누군가에게 잊혔거나 누군가를 잊어본 마음 연약한 자가 의지하는 마지막 보루 같다는 생각. 나는 언제나 그들과 더 노력해볼 수 있었다. 그 회색 손톱과도. 하지만 나는 그들과 의사소통이 어려워지고 갈수록 어떻게 말해야 될지를 모르게 되면 더이상 아무 노력도 하지 않고 가만히 있어버렸다. 시간과 상황이 나를 스쳐가는 식으로. 나는 무너지는 것들의 끝을 지켜보기가 두려웠던 것이다. 은혜의 끝, 사랑의 끝, 신뢰의 끝들을.

창에 비치는 내 얼굴을 피해 무릎 위에 떨어져 있는 손등을 바라봤다. 뒤집었다가 다시 바로 해본다. 별일 없이 지내다가 어느날 느닷없이 약속 장소에 나타나지 않는 사람을 기다리며 마음이 나약해질 때, 그에게 전화를 걸어 왜 오지 않았느냐, 묻는 대신 혼자 집으로 돌아와 내 손을 가지고 놀았다. 내 손으로 괜히 내 얼굴을 문지르거나 내 귀를 만져보거나 내 발을 씻거나 내 왼손과 내 오른손을 서로 대보거나 거울을 들여다보며 내 이마에서 내 콧등

내 입술 내 턱밑으로 내 엄지손가락을 떨어뜨려보거나 하면서. 그렇게 상처의 정면을 지나 보냈다.

무너지는 것의 정면을 지켜보고 그 끝에서 다시 시작했어야 했는데 지켜볼 자신이 없어 내 손을 쳐다보며 가만히 있었다. 덕분에 덜 외로웠다. 하지만 무너지는 것의 끝에서 무엇인가 새롭게 시작하는 일도 내겐 없었다.

나는 내 무릎 위의 내 손을 물리치고 일어서서 308호 문 앞으로 갔다. 초인종을 누르자 여자가 나왔다. 새파랗고 연약한 얼굴. 여러번 봤으나 처음인 것 같은 얼굴. 나는 여자의 첼로 옆에 앉아 내가 알고 있는 선배의 얘기를 해주었다. 늘 글을 쓰고자 했을 뿐 정작 쓰지는 못하던 선배는 내가 등단한 다음해에 단편소설을 써서 등단을 했다. 그리고 그는 내게 말했다. 네 등단 소식 듣고 그렇게 어려운 일만은 아닌가보다 생각을 했지, 너도 하는데…… 그런 생각이 드니까 쓸 수가 있었지.

"내가 알고 있는 선배는 어느날 오랜만에 친구를 만나 함께 저녁을 먹고 차를 마시고 친구 집까지 갔죠. 둘은 밤 늦도록 이런 얘기 저런 얘기를 나누고서 함께 같은 이부자리 속에서 잠들었어요. 그런데 같이 잠들었다는 건 선배 생각이었어요. 아침에 일어났을 때 어젯밤에 분명 같이 잠들었던 친구가 건넌방에 목을 매고 죽어 있더래요.

처음 그 모습을 봤을 제 선배의 마음을 상상해보세요. 얼마나 당황했을까. 그쪽 동생은 교통사고니까 어쩔 수 없는 갑자기였겠지만, 내 선배는 친구의 계획된 갑자기 앞에 선 거예요."

"………"

"소식을 듣고 영안실에서 선배를 만났을 때 나는 내 선배도 죽은 사람인 줄 알았어요. 완전히 얼이 빠져 있었죠. 선배는 그후 오랫동안 친구가 자기를 옆방에 두고 목을 맸으니, 적어도 자기에게만큼은 무슨 흔적을 남겼겠지, 왜 그래야만 하는가에 대해 알 수 있게 해놓았겠지, 그러지 않고서야 코끼리도 죽을 때는 저만 아는 곳을 찾아가 죽는다는데 옆방에 나를, 모르는 사람도 아닌 나를 잠재워놓고 목을 맸을라고, 뻔히 다음 날이면 목맨 죽은 얼굴을 맨 먼저 보게 될 거 알면서도, 그 죽은 얼굴을 평생을 견디며 살아야 할 텐데, 설마 아무 까닭 없이 그 짐을 내게 지워주었을라고, 하면서 친구가 옆방에 자기를 재워놓고 죽을 수밖에 없었던 사연을 찾으려고 애쓰는 것 같았어요. 하지만 선배의 친구는 유서 한장 남기지 않았다고 해요. 유서는커녕 핸드백 속에 그날 낮에 구입한 듯한 영양크림이 예쁜 포장지에 싸여 있더랍니다. 그냥 화장품 회사에서 살 수 있는 것도 아니었대요. 개인의 피부에 맞게 제조된 것이어서 그 영양크림을 구하려면 제조회사에 가서 피부조직 검사를 받고 이틀이나 사흘 기다렸다가 찾아오게 되어 있는 그런 영양크림이었답니다."

"그 선배는 어떻게 됐나요?"

"처음엔 힘들어하고, 허둥지둥했지만, 곧 결혼을 했고 이번에 아이가 초등학교엘 들어갔죠."

그랬다. 선배는 올해 학부모가 되었다. 아이가 배낭을 메고 학교에 가는 걸 아파트 베란다에서 내려다보는데 괜히 눈물이 났다,고 했다.

아침에 창을 열고 내려다보는데 말라깽이 소녀네 집 마당에 여자가 왔다갔다하고 있다. 잘못 봤나, 했는데 다시 봐도 여자다. 나는 큰 소리로 거기서 뭐 하는 거예요, 외쳤다. 여자는 내 창 쪽을 올려다보더니 개밥 챙겨주는 거예요,라고 대답했다. 여자는 생각난 듯이 내 말이 맞았어요, 정말 여섯마리예요, 했다. 나는 말라깽이 소녀네 마당을 왔다갔다하고 있는 여자를 계속 지켜봤다. 여자는 소녀네 옆집 담장으로 얼굴을 내밀고는 아이를 업은 옆집 남자와 뭐라고 얘기를 나눈다. 얘기가 길어지는지 여자의 연약한 등이 계속 담장에 붙어 있다. 아기를 업은 남자와 얘기하는 동안 연푸른 치마가 바람에 펄럭이면 여자는 치마폭에 들어간 바람을 잠재울 양으로 쓸어내리기도 하고 흰 스웨터 자락을 앞으로 여미기도 한다. 나는 그 담장에 서 있는 여자가 308호 여자가 아니고 처음부터 말라깽이 소녀의 집에 살고 있었던 소녀의 친언니같이 느껴져 눈을 반짝 떴다.

이윽고 여자가 담장에서 몸을 돌려 나를 향해 외쳤다.

"그앤 서울의 병원에 갔대요."

"왜요?"

"피를 갈러 갔대요. 두달에 한번씩은 그렇게 간다는 군요."

피를 갈러? 그러면 신장이? 나는 멍해졌다. 그래서 저 번에 소녀는 며칠 후에 서울에서 망원경을 사다주고 자전 거를 가르쳐주고 설날에 세계를 다 돌려가며 볼 수 있는 지구의를 사다준다고 약속했다는 다리가 아픈 오빠를 만 난다고 했던 것이구나.

오후에 나는 여자에게로 가서 미용실에 가지 않겠느냐 고 물었다. 잠시 망설이는 것 같았지만 여자는 나를 따라 왔다. 머리를 자르는 나를 미용실 의자에 앉아서 바라다 봤다. 내 머리를 다 다듬은 미용실 여자가 여자에게 가서 앞머리 조금 다듬어드릴까요? 물었으나 여자는 아니라 고, 했다. 여자의 앞머리는 그냥 내버려둔 듯이 층층이로 자라 여자가 귀밑으로 넘겨도 자꾸만 얼굴을 타고 내려오고 있다. 그 검은 머리 밑의 연약한 얼굴이 미용실 여자로 하여금 말을 붙이게 한 모양이다. 이틀이 더 지나도 말라깽이 소녀는 돌아오지 않았다. 아침마다 소녀네 집으로 내려가 개밥을 챙겨주고 돌아오는 여자를 나는 창으로 내다보며 이제 도시로 돌아가야겠다고 생각했다.

여자가 베란다에 의자를 내다놓고 똑같은 얼굴을 기다리던 정오에 나는 여자와 함께 목초지 밑 바닷가에 서 있다. 여자가 처음으로 내 객실 초인종을 누르고 들어와 바닷가로 산책을 나가자고 해서. 여자와 내가 나란히 프런트로 나가자 객실과장이 나를 부른다. 내가 다가가니까, 운전을 할 줄 아느냐,고 묻는다. 객실과장은 운전을 할 줄 알면 차를 내줄 테니 다니고 싶은 데가 있으면 다니라고 한다. 운전을 할 줄 알면 좋겠다고 늘 생각하지만 나는 운전을 할 줄 모른다. 객실과장은 내가 운전을 못한다고 하자 여자 쪽을 바라본다. 그러나 여자에게 운전을 할 줄 아느냐고 묻지는 않는다. 객실과장은 여자에게만큼은 다른 손님들에게처럼 자연스럽게 인사를 하거나, 말을 붙이거나 하는 일에 서툴다. 여자는 객실과장 앞에선 운전에 대해 할 줄 안다, 모른다, 말이 없더니 바닷가에서 내가 내일 돌아갈 생각이라고 하자, 나는 운전할 줄 알아요, 했다. 공항까지 내가 태워다드릴게요,라고.

때로 이십년 동안 변하지 않은 건 당근에 대한 내 마음뿐인 것 같을 때가 있다. 나는 아직도 당근이 밭작물이라는 게 서먹서먹하다. 그때처럼 신기한 건 아니지만 그러나 아직도 이상하다. 아직도 당근을 보면 어떻게 저 주황색이 밭에서 나올까, 싶은 게. 언젠가 동생과 슈퍼에 갔다가 내가 그 말을 하자 동생이 피식, 웃었다. 그러면 언닌 당근을 나무에서 딴다면 이상하지 않겠수? 당근을 나무에서 딴다구? 잠시 생각해봤으나 그건 정말 이상했다. 고개를 젓는 내게 동생은 말했다. 사람들 개개인에 따라 세상에 이상한 게 그렇게 한두가지는 있는 것 같아. 바다에서 잡아 온다 해도 믿어지지가 않고, 땅에서 캐낸다 해도 이상하고 나무에서 딴다는 건 더욱 생각도 안 나는 그런 거 말이야. 언니는 당근이지만 나는 고등어가 그랬어. 고등어를 바다에서 잡아 온다는 게 도저히 믿기지가 않는 거야. 언닌 하나도 안 이상하지? 그런데 나는 어릴 때부터 이상했어. 어떻게 저걸 바다에서 잡아 오나. 믿기지가 않더라니까. 이상하지? 생선이라고 고등어만 있는 게 아닌데 말이야. 병어도 있고 조기도 있고 그렇잖아. 그런데 다른 건 하나도 안 이상하고 고등어만 이상하더라니까. 나중엔 내가 내게 질문을 했지. 그러면 고등어를 밭에서 캔다면 안 이상하니?라고. 거꾸로 생각해봐, 언니. 그러면

덜 이상해. 그래도 나는 아직껏 주황색 당근이 밭에서 난다는 사실이 서먹서먹하다. 슈퍼 같은 데서 비닐봉지에 담긴 당근을 물끄러미 바라보게 되는 것도 그 까닭이다. 성산포에서 다리를 저는 청년에게 자전거를 배우던 말라깽이 소녀 다음으로 내 눈에 띈 게 당근밭이었던 것도 그래서였을 것이다. 그러지 않았다면 나는 분명 당근밭보다 먼저 바다를 발견했을 것이다. 아니면 당근밭 건너에 있는 말라깽이 소녀가 청년에게 자전거를 배우던 바다 앞의 목초지를 먼저 보았을지도. 목책 너머엔 말 한마리가 매여 있다. 말은 야생성을 잃어버린 지 오래인 것 같다. 아니 처음부터 억새꽃 휘날리는 광활한 야산이나 초지를 달려본 과거가 있을까. 길들여진 말의 과거라고 해보아야 휴일이면 찾아드는 관광객을 등에 태우고 초원을 십여분 도는 것, 어쨌든 이제 노쇠하여 그 힘마저도 잃은 것 같다. 언제나 그 자리, 조금 앞으로 나아간다 해도 몇발짝, 물러선다 해도 몇발짝 안에서 겨우 풀을 뜯고 있어 말은 내가 묵고 있는 방, 창가에 걸어놓은 낡은 그림 같았다.

우리는 목초지에서 바다 밑으로 내려갔다. 거기서 뭐하세요, 미용실에 갈래요, 이런 구체적인 대답이 필요한 말 말고는 생이 주는 어렴풋한 슬픔이나 기쁨, 희망이나 절망에 대한 말을 나누는 일에 아직 서툰 여자와 나는 말없이 바닷가를 걸었다.

밑에서 바라다본 일출봉의 동남북쪽 외벽은 날카롭게 깎아내려져 빙벽 같다. 거기 절벽에 노란 꽃이 피어 있다. 봄이 아니니 유채꽃은 아니겠지. 바다는 검푸르게 넘실거린다. 검은 바위, 검은 모래들이 물속에 잠겨 있다. 밤에 내 창에서 바라보는 일출봉은 거대한 검은 짐승의 형상이었다. 성산 일출봉은 이 제주라는 섬이 생기기 전에 바닷속에서 솟아오른 한개의 바위로 이루어져 있다고 했다. 한개의 바위에 사만평의 분화구가 담겨 있는 셈이다.

첫날 여기에 도착해 J와 목초지 위에서 들은 바닷물 소리가 기억났다. 바위가 바닷속에서 솟아오를 때, 바닷속에 이별의 말 한마디 없이 버려두고 온 여인이라도 있었던 것일까. 일출봉 동남북쪽 외벽을 핥아대며 바닷물이 내는 소리는 어떻게든 그 검은 짐승의 내부로 들어가려는 머리를 헤쳐 풀고 우는 여인의 울음소리 같았다. 나는 J의 팔을 붙들고 무섭다고 했다. 무섭긴, 물소리일 뿐이야. J는 말은 그렇게 하면서도 저도 무서운지 내 팔짱을 꼈다.

그러나 검은 짐승, 머리를 풀어헤친 여인도 해가 솟아오를 무렵이면 아름다운 바위 아름다운 바닷물이 된다. 사람들은 그 아름다움을 보기 위해 아직 희미한 어둠 속을 걸어 걸어 일출봉에 오르곤 했다. 당근밭을 지나 목초지를 지나 178미터의 정상에 오르면 성산마을 지붕들이 꿈속처럼 점점 작아졌다. 바닷속에서 솟아오른 사만여평의 분화구는 백 미터 깊이로 미끄러져 있고, 오백 나한의 전설과 아흔아홉개의 날이 선 기암들이 분화구 가장자리를 빙 두르고 있다. 아흔아홉개의 기암 왕관을 쓴 분화구 사이로 해는 솟아올랐다. 수평선 끝에서 어느 순간 해가 붉은 머리를 쏘옥 내밀 때면 막 태어나는 아기의 울음소리가 들려오는 것 같다. 바다는 사방으로 붉은 물이 들고, 그 붉은 물이 쏟아진 듯 암갈색 기암들이 붉어졌다. 그땐, 초원 안팎의 모든 것들의 힘줄이 불끈거렸을 거라고 생각한다. 노쇠한 말도, 방파제 사이에 끼여 있던 다친 새도, 멀리 소섬도, 목초지도, 당근밭도, 호텔도, 소녀도, 방파제도, 베란다도, 여자도, 자전거도.

여자는 얕은 바닷물 속에 잠긴 검은 바위 위를 징검징검 걷고 있다. 여자가 신고 있는 구두는 가끔 여자를 검은 바위 위에서 미끄러지게 하고, 여자는 다시 일어서서 어린이처럼 다시 징검징검 걷고 있다. 나는 그녀보다 조금 물러서서 검은 모래 위에 앉아 있다. 협재의 백모래와는 완전 딴판인 검은 모래. 같은 섬의 정반대 색깔들. 바다 가까이에 내려와보니 목초지에서 내다볼 때의 그저 평화로워 보이던 바다가 아니다. 밑에 내려와 올려다본 일출봉의 뒷모습은 깊은 검은 구멍이 파여 있고, 금이 쩍쩍 가 있고, 기암 꼭대기에서 맨 밑까지 어지러운 나선의 무늬가 어른거렸다. 바다 모래밭에 드리워진 기암들의 검은 그늘, 물속에 잠겨 있는 검은 바위들, 깻묵 같은 검은 모래. 무서워. J가 있으면 J의 팔을 잡아당기련만. 나는 무서움을 없애려고 검은 모래 속에 박혀 있는 구멍 뚫린 검은 돌과 흰 조개껍데기들, 그리고 어디선가 쪼개져 밀려와 있는 산호를 주웠다. 깨진 소주병 조각도 줍는다. 병조각은 얼마나 많이 물결에 휩쓸렸는지 깨진 자리들이 모두 둥글게 갈아져 있다. 내 손바닥은 금세 주운 것들로 가득 찼다. 바닷물은 아직도 바위 위를 징검징검 걷고 있는 여자를 지나 내 발치까지 밀려왔다. 손가락에 닿는 물이 따뜻했다.

지금, 내 발치까지 밀려온 이 바닷물은 다시 내게서 가장 먼 곳으로 밀려갈 것이다. 하루에 삼만구천리를 날아다니는 큰 새도 아직 도착을 못해봤다는 바다의 끝, 지금 여기 내 발치에서 가장 먼 그곳까지. 나는 손바닥의 것들을 주머니에 넣고 바위 위의 여자를 바라봤다. 우리가 태어나 자라서 우연히 이 시간과 이 공간 속에서 만났다가 헤어지고 언젠가는 광활한 우주의 한줌 먼지로 사라질 때도 이 바닷물은 변함없이 지금 여기 내 발치에서부터 가장 먼 그곳까지 드나들고 있으리라.

나는 다음 날 아침 비행기로 나의 빈집에 돌아왔다.

바닷가에서 돌아와 나는 내가 신던 운동화를 여자에게 벗어주었다. 내 발에는 맞았던 운동화는 여자에겐 헐렁했다. 내가 안 되겠네, 하자 여자는 끈을 꽉 조여 신을래요, 하면서 눈을 깜박거렸다. 나는 운동화와 함께 라디오, 검은 모래 속에서 골라낸 흰 조가비도 주었다. 여자는 희미한 목소리로 도시의 내 주소를 적어달라고 청했다. 나는 산밑의 내가 살고 있는 집 주소를 적어 여자에게 주면서 이년 계약으로 전세를 살고 있으니 그 기간이 지나면 이사를 가고 없을지도 모른다고 말해주었다. 그날 오후 늦게 소녀가 마을로 돌아왔다. 소녀는 마을에 오자마자 여자를 찾아왔다. 봉봉이 담겼던 캔에 어린 문주란 싹을 담아서. 소녀가 자신의 얘기를 할까 하고 어디 갔었느냐고 물었더니 소녀는 병원 이야기는 하지 않고 서울에서 오빠를 만나고 왔다고만 했다. 말라깽이 소녀는 여자에게 개가 낳은 새끼들이 엄마 젖을 떼면 그중에서 가장 통통한 새끼를 골라 여자에게 주겠다고 했다. 여자가 소녀에게 나를 가리키며 내일 돌아간단다,라고 하자 소녀는 잠시 생각에 잠겼다가 곧 올게요, 하며 나갔다. 잠시 후 돌아온 소녀는 내게 말린 송이버섯 같은 것 열개쯤이 담겨 있는 비닐봉지를 내밀었다.

"웬 버섯이야."

소녀는 명랑하게 웃었다.

"버섯 아니야, 문주란 씨앗이에요. 작별 선물로 주는 거
예요."

문주란 씨앗? 나는 웃어버렸다.

"이게 꽃씨란 말이야?"

여자도 신기한지 영락없이 송이버섯 말린 것 같은 문
주란 씨앗이 들어 있는 비닐봉지 안을 들여다보았다. 나
도 소녀에게 뭔가를 주고 싶어 내 방으로 돌아와 가방을
뒤적였으나 마땅히 줄 게 없었다. 나는 할 수 없이 내 머
리에 꽂혀 있는 머리핀을 끌러 새 손수건에 싸서 소녀에
게 가지고 갔다. 소녀는 당장 핀을 꺼내 제 머리에 꽂고는
밝게 웃었다. 여자가 늘 세워두고만 있던 첼로를 꺼내 엘
가의 사랑의 인사,를 연주했다. 바이올린 소리로만 듣던
사랑의 인사를 첼로 소리로 들으니 다른 음악 같았다. 그
날밤 여자가 연주한 사랑의 인사는 연약한 얼굴의 여자의
몸속에서 흘러나와 소녀와 나, 그리고 소녀가 꾸민 308호
베란다에 물처럼 스몄다가 다시 소녀의 집, 이제 갓 태어
난 어미젖 밑에서 꼬물거리고 있을 여섯마리의 강아지의
귓속으로도 흘러들었으리라.

여자는 아침에 객실과장이 내준 차로 이정표를 따라 나를 공항까지 데려다주었다. 차가 마을을 막 벗어날 때 뭔가 좀 서글픈 생각이 들어 차창 밖으로 얼굴을 내밀어 목초지 쪽을 바라보았더니 소녀가 자전거를 타고 방파제를 향해 달리고 있었다. 곧 넘어지겠지, 했는데 소녀는 넘어지지 않고 계속 페달을 굴려서는 내 시야에서 사라졌다. 공항에서 나는 호텔에서 방파제로 나가는 다른 길 하나를 여자에게 가르쳐주었다.

"케이비에스 송신소 쪽으로 말구요, 그냥 목초지 길을 쭉 따라가면 초소가 나오거든요. 그 초소를 지나서 가면 케이비에스 송신 쪽의 시멘트 길이 아니고 초원 사이로 부드럽게 쭉 뻗은 흙길을 걸어서 방파제에 갈 수 있죠."

나는 묘지에 대한 얘기는 하지 않았다. 바다에 태풍주의보가 내려져 그 길의 모든 풀들이 몸을 낮추는 어느날 여자도 내가 보았던 그 묘지를 보게 되리라.

"초병들이 뭐라고 안 그래요?"

"지나간다고 말하고 가면 돼요. 가끔 말은 붙일 거예요. 저 마을에 사나요? 내일 또 지나가나요? 사실대로 대답하고 지나가면 돼요."

대답하기 쉬운 질문들. 온종일 바다를 향해 서 있는 초병들은 내가 지나다닐 때도 그랬던 것처럼 초소 안의 병

커에서 얼굴을 내밀며 여자에게도 대답하기 쉬운 질문들을 던질 것이다. 때로는 엉성하게 만들어진 농구 골대에 공을 넣으며, 때로는 저쪽 당근밭과 금을 그어놓듯 쳐져 있는 빨랫줄에 양말을 널며.

탑승구로 들어가는데 나는 자꾸 뒤돌아봐졌다. 뭔가를 버려두고 가는 느낌. 지난번에 나를 두고 가면서 자꾸 뒤돌아보던 J의 마음이 이랬겠구나. 나는 J가 되어 있었고, 여자는 내가 되어 있었다. 비행기가 바다를 건너올 때 내 귀에서는 올 때와 마찬가지로 종이 구겨지는 소리, 스티로폼이 짜개지는 소리가 났다. 양 귀의 신경들이 서로 세게 잡아당기는 것처럼 귓속이 아파왔다. 비행기를 탈 적마다 이런다면 나는 먼 여행은 못할 것이다.

빈집의 문 앞 종이박스 안에는 신문과 우편물이 수북하게 쌓여 있었다. 옆집 여자가 날마다 종이박스 안에다 신문과 우편물을 가져다 담아놓은 모양이다. 나는 문을 따고 들어와 잠시 서 있었다. 오래 사람의 흔적이 없던 공간은 성산포 폐쇄된 호텔의 한 객실처럼 괴괴했다. 옷을 갈아입기 전에 꼭꼭 닫힌 창문들을 먼저 열었다. 산에서 바람이 불어왔다. 그 바람 속에 앉아 시골집으로 전화를 걸었다. 오래 기다려도 벨만 울릴 뿐 전화를 받지 않았다. 수화기를 내려놓고, 무슨 괴물딱지처럼 책상 위에 버티고 앉아 시골집으로 전화를 거는 내 등을 바라보고 있던 컴퓨터를 켰다. 모니터에서 깜박이고 있는 커서를 한참 바라보다가 다시 시골집으로 전화를 걸었다. 서른번이 넘게 전화벨이 울려도 여전히 아무도 전화를 받지 않았다. 나는 컴퓨터를 켜놓은 채 일어서서 가방을 열고 안에 들어 있는 것들을 방바닥에 쏟아놓았다. 옆집 아이에게 주려고 관광용품 가게에서 산 커다란 소라가 데굴데굴 굴러갔다. 아이가 이걸 좋아할지. 고를 때는 커다란 소라의 귀가 재미있어 선뜻 골랐는데 갑자기 자신이 없어졌다. 나는 굴러간 소라를 바로 세워놓고 다시 시골집으로 전화를 걸었다. 오래 벨이 울린 후에 저편에서 어머니가 여보세요, 했다. 어머니는 내게 돌아왔느냐고 했다. 나는 예,라고 대답했다. 떠날 때 언제 오느냐는 질문에 내가 말한 날짜는 시월 이십일쯤이었다. 그 날짜가 열흘이나 앞당겨진 셈인데 어머니는 왜 이렇게 빨리 돌아왔는가에 대해 묻지 않았다. 어머니는 떠난 사람이 별일 없이 돌아온 것, 그거면 되는 모양이다. 내가 아버지에 대해 묻자, 읍내 병원으로 물리치료를 받으러 다니는데 지금 병원에 갔다, 했다. 추석에 큰오빠가 내려가서 모시고 오겠다고 했었는데……라고 내가 말을 꺼내자,

"니 아부지 고집이 황소고집 아녀."

어머니는 깊은 숨을 내쉬었다.

"허긴 갈 수도 없었어야. 봄에 뿌린 것덜 인자 다 영글어놔서 그거 거둬야 써서…… 내가 다 알아 한다구 해두 뭔 고집이 근지, 니 큰오래비 속만 지지리 썩구는 성질부리며 갔다."

어머니는 또 깊은 숨을 내쉬었다.

"인자 거진 다 했으니께는 그거 마치고 나믄 내가 잠잘 때 몰래 업고라두 갈래니께, 걱정 말어라. 여그서 살살 치료받고 있어두 내 눈엔 어쩌 시원찮어 보여서는 맴이 놓여야 말이지야. 그러다가 영 걷지도 못허구 그러믄 내가 혼자 어쩌겄니."

어머니와 통화를 마친 뒤에도 나는 수화기 옆을 떠나지 못하고 곁에 앉아 있었다. 벌써 가을이 깊어져서 수화기 곁에서 내다본 창문 밖 산의 나무에 단풍이 들고 있다. 저 단풍이 진 자리에 눈이 쌓이리라. 눈이 녹고 꽃이 피고 지고 나면 녹음이 우거지리라. 그리고 다시 지금처럼, 가을이 와서 단풍이.

나는 수화기 곁에서 일어나 켜놓은 컴퓨터 앞에 앉았다.

저 가을산의 단풍은 성산포 바닷가에서 내 발치까지 흘러왔던 물처럼, 내 발치까지 흘러왔다가 내게서 가장 멀리까지 흘러갈 그 물처럼, 내가 이 집에서 이사를 가고 없을지도 모를 이년 후의 가을에도 찾아올 것이다. 먼 훗날 내가 죽을 그날의 계절이 가을이었으면 좋겠다는 실없는 생각을 해보며 자판 위에 손가락을 대본다. 지금, 저, 가을산의 단풍은 부모님이 돌아간 후의 가을에도, 큰오빠가 죽은 다음의 가을에도, 오늘 태어난 아기가 살다 죽은 후의 가을에도, 저 산을 찾아와 나뭇잎들을 붉게 물들이고 있을 것이다. 내가 태어난 시골집이 흔적도 없이 무너지고 난 다음에도.

나는 자판 위의 내 열 손가락을 빠르게 움직여서,

……제주공항에 내렸을 때 어떤 여자가 나를 쳐다봤다. 내 시선과 정면으로 부딪치자, 여자는 고개를 갸웃하며 아무래도 잘못 봤지, 싶은지 화물이 나오는 곳으로 걸어갔다. 창백하고 연약한 얼굴. 보려고 본 얼굴이 아닌데 내가 놀랐다. 여자의 얼굴은 습자지 빛이다……

까지, 쓰고 나서 깊은 숨을 내쉬었다.

3

이년 후쯤, 아니 일년 후, 아니 육개월이라면 더 좋겠다. 그때쯤 나는 여자에게서 이런 편지를 받고 싶다.

──당신이 떠나고 얼마 안 있어 나도 그곳을 떠나왔답니다. 그애의 죽음을 내가 이 세상 바깥으로 나가는 다른 시작으로 받아들이고 살고 있는 것이 때로 슬프지만 어쨌든 살아가고 있어요. 그애를 잃고도 살아진다는 사실이 신비롭기도 하고 사무치기도 해요. 더듬더듬 혼자서 다시 첼로를 켜는 일에 익숙해졌고, 쉽지는 않지만 친구도 사귀어가고 있습니다.

　　하지만 여자가 쓴 편지를 내 우체통에서 꺼내 읽어보고 싶은 건 나의 소망일 뿐. 지금은 이년 후도 일년 후도 육개월 후도 아닌 내가 그곳을 떠나온 지 이제 겨우 사흘째다. 스물몇날을 머물렀을 뿐인데 나는 아직 아침마다 여기가 성산포인 줄로 짧은 시간 착각한다. 당근밭과 목초지와 노쇠한 말 그리고 바다를 찾다가 여기는 성산포가 아니라 산밑 내 집이라는 걸 깨닫는다. 돌아와서 죽은 벽시계에 새 건전지를 갈아 끼웠고, 윙윙 소리가 나는 온수통을 사람을 불러 고쳤다. 이제 여기에 있으니 성산포에서 배회하던 내가 빛이 들어간 필름처럼 떠오른다. 내 머리카락에선 아직 갯내가 맡아지고 내 귓속에도 아직 바닷새가 끼룩거리는 소리가 살고 있다. 떠나올 때 방파제를 향해 달려가던 자전거 위의 소녀가 내 눈 속으로 흐르고 있다. 밭의 무성해진 당근싹 밑으로 붉은 당근이 덩치를 키워가고 있겠지. 이렇게 지금은 그곳을 떠나온 지 사흘 후일 뿐. 설령 여자가 내가 떠난 후 바로 편지를 썼다고 해도 소식은 아직 내게 도착하지 못하고 어디엔가 머물러 있을 사흘 후일 뿐.

마음의 육신이 짓는 문학의 집

임규찬

간혹 사람들을 대하다보면 '타고난 팔자'란 말을 쓰지 않을 수 없는 사람이 있다. 그 일밖에 할 재주가 없고, 딴 일을 한다 생각하면 영 목을 놓아버릴 것 같은 속절없는 이들. 신경숙도 그런 이가 아닐까. 「모여 있는 불빛」 같은 작품이나 산문집 『아름다운 그늘』을 읽어본 사람이라면 책과 글이야말로 그녀의 삶에 운명처럼 드리운 아우라일 수밖에 없음을 쉬 느꼈을 것이다. 그리고 거기에 누구의 표현대로 "아아 무서워라"와 같은, 기묘한 마성까지 느껴지는 문학의 어린 영혼이 서 있기도 하다. 초등학교 4학년이었으니 고작 열한살 때, 그때까지 읽었던 온갖 잡다한 이야기들을 다 잊어버릴 정도로 '나를 휘몰아갔던 강력

한 책'이라고 감히 말하는, 그의 기억의 맨 밑바닥에 남아 있는 안데르센의 『인어 공주』. 그 책 읽기의 순간에 대한 짧은 글(「인어 공주 생각」)은 그 자체로 숨막힌다. 책을 두고 오빠와 벌이는 숨바꼭질(이 대목은 「모여 있는 불빛」에서 실감나게 재현된다). 그 가운데 오빠가 숨겨놓은 책을 들쑤시고 찾아내 헛간으로 도망쳐서 밑알을 품고 있던 닭이 신경질을 내건 말건 짚더미에 엎어져서 저녁밥을 지을 것도 잊은 채 『인어 공주』에 넋을 빼앗긴 계집아이가 있었단다. 그리고 '그 도저한, 그 불가능한 사랑에 대한 아름다운 애원과 미지의 세계로 향한 무한한 동경'에 단박 빨려들어갔단다. 그뒤로 이 감동에 상처 입기 싫어서 단 한번도 그 책이나 그와 연관된 어떤 것도 마주하지 않았다는데, 그래서일까 마지막 장면을 회상하는 대목은 인어 위에 어린 소녀가 들씌워지면서 신내림 같은 귀기로 섬뜩하게 달려온다. "다시 자기 자신에게로 돌아갈 수 있는 마지막 기회였는데도 왕자를 사랑하는 인어는 평화롭게 잠이 든 왕자의 가슴에 끝내 칼을 꽂지 못하고 어느날 아침에 그녀는 이 광활한 우주의 한점 물방울로 사라졌다. 공기의 딸로."

바로 그 헛간에서 대번에 조숙해졌다는 이 어린 문학의 영혼 앞에서 어찌 '타고난 팔자'란 말을 주저하랴. 하여 이제 "때로 어떤 문장은 복병 같아서 이런 가을날, 어떤 약속을 지키기 위해 거리를 걷는 틈, 갑자기 내 속 수풀을 헤치고 튀어나온다. 단박 현실을 무찌르고 나를 꽉 채우고 마는 빛에 싸여 있는 듯한 흥분. 나는 기꺼이 그 복병에 매료되어 약속을 저버린다. 집으로 간다"(『외딴방』)라는 글쓰기 귀신이 되어버린 그.

*

　신경숙과 그의 소설들은 보면 볼수록 하나가 된다. 사람 따로 글 따로인 경우가 허다한데, 글과 사람이 일치하여 그 사이에 한 치의 틈새라곤 없다. 딱 그의 소설만큼이나 소설적인 사람이라고나 할까. 늘 약간 비켜서 있는 듯한데 그 비켜섬이 외려 모든 것을 넉넉히 감싸안는 그런 사람처럼 마음이 참 따뜻한 영혼이다. 그가 포획하는 놀라운 풍경이나 형상을 보노라면 작가와 대상 사이에 숨통이 트여 대상과 한무더기 되는, 일종의 복화술과도 같은 물화의 경계가 느껴진다. 어떤 대상이라도 자기 내부에 오랫동안 품었다가 갓 낳아 생피 묻은 알 같은 온기가 느껴질 때에야 비로소 토해낸, 그런 만큼 육질의 정감이 잔뜩 밴 표정과 어투, 몸짓으로 살아나온다. 그래서 마치 마음의 육신이란 것이 있어 홀로 거닐며 만상을 쓰다듬고 두런거리는 듯하다.

그의 소설을 두고 소의 눈망울을 닮았다고 말하는 사람이 많다. 실제로 소에서 연상되는 어떤 생명성, 이를테면 맑음이랄까, 되새김이랄까, 머뭇거림이랄까, 느림이랄까, 넉넉함이랄까 하는 어찌할 바 모를 순정함이 소복하다. 거기에는 또 눈물 같은 것이 늘 그늘져 있기도 하다. 아마도 이걸 두고 소녀 취향이니 감상적이니 말할지 모르지만, 그러나 그의 작품에 마음을 흠씬 적신 사람이라면 그 물기야말로 신경숙 소설의 토질임을 알 것이다. 이를테면 그 물기 앞에 정작 우리들 자신이 습자지가 되어버린 듯한, 그래서 툭툭 털어서 꼭 짜내면 파란 물이 주르르 떨어질 것 같다는 식의 비유도 곧잘 하게 되는 것은 아닌지. 필자에게는 신경숙 소설 하면 떠오르는 지워지지 않는 한 독자의 독후감이 있다. "신경숙의 소설들을 읽으면서 나는 솔직히 갈피를 잡을 수 없었다. 순정만화처럼 단순한 스토리에 감성표현만 몇 페이지씩 차지하는 소설을 그 속에 폭 젖어서 가슴 아파하며 읽어야 할지, 마치 구덩이 하나 파놓고 그 안에 들어가 손으로 흙 긁고 있는 것 같은 답답한 모습에 짜증스러워해야 할지. 솔직히 나는 어찌할 줄 모르며 이 소설들을 읽었다. 그러고는 점점 읽어내려갈수록 그 안에 젖어드는 나 자신과 가슴 한쪽이 저며오는 듯한 파문에, 신경숙의 몸부림이 내게 전염병처럼 옮았다고나 할까, 불을 끄고 누운 베갯잇에 눈물 한방울 흐르는 걸 막을 수 없었다. 젠장, 그녀는 어디까지 독자를 끌고 갈 생각인지."

그의 소설은 그렇게 머뭇머뭇 스며든다. 그러고는 한구석에 똬리를 튼 채 영 물러날 생각을 하지 않는다. 다가올 때는 더디고 주저하듯 멈칫멈칫하지만, 한순간 불쑥 소용돌이를 일으켜 제 안으로 빨려들게 만든다. 그렇게 가라앉다 떠오르며 퍼지는 파문, 무늬, 여운, 결…… 그에게는 그렇게 긴 그림자가 있다.

그래서인지 글을 읽다보면 그와 닮아진다는 느낌을 받는다. 물론 그의 작품들도 서로 닮아 있다. 마치 꼬리에 꼬리를 물고, 혹은 넝쿨처럼 이리저리 다발 모양으로 뻗어나간다. 그의 소설은 하나하나 어떤 단절이나 비약이 없이 이어지고 이어나간다. 실제 삶이 그러하듯 그의 문학도 참고 견뎌나간다. 자기본질을 상실하지 않으려는, 그런 자기동일성을 세월의 흐름과 변화 속에서 끈기 있게 이어나가려는 작가이다. 그래서 그에게는 존재의 끈질긴 잉걸이랄까, 존재의 존재랄까, 깊은 것이 더 깊은 무엇을 길러내며 타고 있는 내적인 창조의 화덕이 있다.

　우리에게 익숙한 지금까지의 소설은 주로 관객이란 것의 대상화를 지향해왔다. 반면 신경숙의 소설은 사실의 표현이나 사건의 서술보다는 한폭의 시화(詩畵)처럼 정(情)과 경(景)의 융합을 꿈꾼다. 그에게는 시끄러운 현실이나 교활한 역사적 이성의 놀음 같은 것은 없다. 극적인 사건전개나 이야기 구조 대신 삶 혹은 사람관계의 한 고비에서 작중인물이 겪는 미묘한 심리적 물굽이가 만져질 따름이다. 아마도 이 작품집을 눈여겨본 이라면 맨 밑바닥의 침전물로 채취되는 것이 정이나 슬픔, 그리움이나 고독 혹은 죽음 같은 매우 막연하면서도 추상적인 마음의 문제들임을 알 수 있을 것이다.

　그의 소설은 이제 진정한 고백이다. 우선 작가 자신이 고스란히 들어앉아 있다. 작가 자신이 직접 화자로 나선 「모여 있는 불빛」「깊은 숨을 쉴 때마다」「마당에 관한 짧은 얘기」나 기타리스트·가수·사진사가 화자인 「빈집」「감자 먹는 사람들」「오래전 집을 떠날 때」 등이 그러하다. 이것들을 보노라면 신경숙은 마치 나의 내부에서 자라서 성숙하지 않은 것, 내가 보고 관찰하고 경험하지 않은 것을 나의 펜으로 옮겨놓을 수 없다, 나는 내가 경험하고 생각하고 느끼고 사랑한 것, 바로 그것만을 썼다고 당당히 외치는 듯하다.

물론 사적인 요소가 강하다 할지라도 이런저런 창조적 변용을 거친 것들이기에 그의 삶과 문학이 곧이곧대로의 등호관계일 수는 없다. 그럼에도 이번의 작품집은 예전과 이어지면서도 뭔가 질감이 다른, 분명한 매듭이 느껴진다. 『겨울 우화』 『풍금이 있던 자리』라는 단편작가로서 자기 길 찾기와 집 찾기를 거쳐, 장편 『깊은 슬픔』이나 『외딴방』 등 화려한 문학적 개화에 연이은 작품집이어서만은 아니다. 「깊은 숨을 쉴 때마다」에서 작가 자신이 작가로서의 자아를 뒤돌아보는 다음의 대목은 이 점에서 의미심장하다.

큰오빠 집에서 둘이 분가해 서울의 좁은 방을 나와 함께 옮겨다니며 살던 동생은 내가 쓴 소설 원고를 맨 먼저 읽어보는 독자이기도 했다. 그애는 갑자기 내게 언니는 왜 일인칭을 잘 안 써?라고 물었다. 내가 그러니? 나는 그애가 왜 일인칭을 잘 안 쓰느냐고 물어올 때까지 내가 일인칭을 안 쓴다는 것도 모르고 있었다. 그렇잖어, 맨날 그는, 그녀는, 이건 아예 이니셜이네. 그랬다. 그때 동생이 읽고 있던 원고엔 동생

말대로 그도 아니고 그녀도 아니고 담배 피우는 C, 운전하는
O, 아예 기호였다. 동생의 지적은 그때까지 내가 쓴 스물몇
편 되는 중단편들을 돌이켜보게 했다. 나로 시작되는 일인칭
은 두편인가 세편에 불과했다. 동생은 무심히 자신이 없는 사
람들이 나는이라는 말을 잘 못하지, 언닌 뭐가 그렇게 자신이
없어?라고 되물었다. (373~74면)

　이번의 작품집에서 '나'로 시작되는 일인칭이 중심을
이룬다는 것은(삼인칭도 이 범주에 포함되는 것이 많다)
산문집 서문에서 밝힌 대로 "사람들은 제 소설을 두고 고
백체라고 합니다만 저는 그동안 소설 속으로 열심히 숨
어다녔습니다. (…) 그랬는데 이렇게 솔직해져도 되는가,
싶어요"라는 말과 상통한다. 실제로 이전의 작품들 상당
수가 애정 문제나 죽음에 따른 고뇌와 아픔을 다루면서도
때로 마땅히 감내해야 할 현실적 맥락을 사상함으로써 다
소간 신비화로의 일탈이라는 오해를 받기도 했다. '삶의
고백'보다는 그것을 피해 '소설 속으로 숨어듦'과 무관치
않을 것이다. 그 결과 빼어나게 섬세한 필치와 치열한 실
험정신 등 당연한 작가적 미덕이 때로 "사회와 절연된 개
인의 내면풍경에나 탐닉하고 현실 재현의 과제를 문체
에 의존해서 피해 가는 모더니스트의 징표로 비판받거나

(평자의 입장에 따라서는) 배타적으로 칭송되기 십상"(백
낙청 「지구시대의 민족문학」, 『창작과비평』 1993년 가을호)이었다.

그런 그가 한꺼풀 한꺼풀 껍질을 벗더니 이제 자유로
움으로, 한순간도 멈춰 있지 않고 유동하는 삶의 어느 한
순간을 두려움 없이 있는 그대로, 혹은 창조적 상상의 변
용을 통해 마음껏 펼쳐 보인다. 그리하여 예전에 간혹 볼
수 있었던, 문체가 모든 것을 앞서버린 듯한 느낌이 지워
지고 대신 삶의 흙내와 체취가 먼저 눈에 잡힌다. (이 자
리에서 구체적으로 분석할 여유는 없지만 문체상의 미묘
한 변화와 그것의 소설 내 역할 문제를 눈여겨보는 것도
흥미로울 것이다. 아울러 이 글에서는 개별 작품에 대한
구체적 분석은 피하고자 한다. 전체적인 느낌을 헤아려보
는, 그 역시 매우 제한적이고 단편적이겠지만, 첫 시식자
의 이런저런 맛보기로 이 작품집에 동숙하고자 한다.)

*

그의 작품은 마치 그물망처럼, 아니 그보다는 거미줄처
럼 치밀하면서도 자연스럽게 직조된 세계이다. 굳이 거미
줄에 비유한 것은 그것이 그물망과는 다르게 주변 대상
에 선을 댄 생명줄을 바탕으로 직조되듯 그의 작품세계가

작품 안의 세계에만 갇히지 않은, 밖의 세계, 우주의 무게에 의존하며 서로 조응하고 있기 때문이다. 그리고 그 안에서 거미줄의 중심부처럼 한 인간의 내면세계가 과육처럼 내밀한 밀도와 심도로 펼쳐진다. 좋은 인물화일수록 배경이 중시되듯 인간의 참모습은 자아와 그 주변의 세계의 관계가 만들어내는 어떤 통합성에서 나오게 마련이다. 물론 그것의 통합 정도와 양적 비중의 차이는 개별 작품마다 다르겠지만, 그것은 신경숙의 거개 작품에서 하나의 본성처럼 자리 잡혀 있다. 그리고 그 자체가 신경숙이라고 해도 좋을 문체와 그 배후의 사유구조가 그 관계를 마치 점선처럼 끊어질 듯 이어나가게 만든다. 그는 어떤 대상을 향해 곧바로 직진하는 길을 택하지 않는다. 언제나 성큼 안으로 들어서길 주저하는 묘한 머뭇거림을 보여주는데, 그가 만든 형상은 그러한 되새김과 누적의 과정 속에서 열린 듯하여 들어서면 닫혀 있고, 닫힌 듯하여 물러서면 열려 있다. 아마도 이 점을 염두에 두고 박완서 선생도 "대상과 시점 사이에 어느 만큼 거리 유지를 하고 바라봐야 가장 쓸쓸하고, 적당히 슬프고, 그리고 보기 싫은 것이 지워진 아름다운 구도가 되는지 신경숙만큼 잘 터득하고 있는 작가도 드물 것 같다"(현대문학상 수상작 「깊은 숨을 쉴 때마다」 심사평)라고 했을 듯싶다.

그의 인물들 역시 인물화 같은 뚜렷한 형상을 내보이지 않는다. 그러나 최종적으로 보면 어떤 통일성을 이루는 명백한 삶의 스타일이 은밀히 숨어 있다. 인물형상은 존재 자체에 의해서 즉자적으로 구성되는 것이 아니라 일련의 과정이 쌓아놓은 생성에 의해서 육체를 얻는다. 사람 됨됨의 과정 속에서 되어감으로써 실존한다. 분명 특이한 개체성이 작중인물에게서 금방 체감되면서도 그 개체성이 하나의 과정 속에 용액처럼 용해되어 있는 탓에, 그에게는 입자와 파동이 언제나 동시에 활동한다. 더구나 그는 통상적인 방식처럼 원인과 결과를 순서대로 쌓아 계단을 만드는 식으로 확실한 위계적 세상을 만들지 않는다. 어떤 원인이 반드시 어떤 결과를 대표하지 않는다. 결과는 원인을 재현하고 그것들 각자 다소곳이 제자리로 돌아간다. 기억과 현실, 대상과 자아 사이의 부단한 감응의 이전을 통해 원인과 결과가 다발 모양으로 집적되는 것이다.

이런 면모 때문에 기존의 손쉬운 독법을 그의 소설은 배반한다. 그래서 그의 작품을 두고 여러 분석과 평가가 다양한 방식으로 공존할 수 있는지도 모른다.

*

    근래 필자는 「감자 먹는 사람들」을 짤막하게 논평하는 자리(「문학의 빛과 작가의 인격」, 『창작과비평』 1996년 가을호)에서 신경숙이란 작가가 이 시대에 각별한 의미로 다가온 것은 그의 문학이 뭔가 문학의 근원적인 힘과 연관된 듯 느껴지기 때문이라고 말한 적이 있다. 그 자체가 투명한 것이어서 보이지는 않지만, 사물들을 비추어서 우리로 하여금 그 사물들을 밝게 볼 수 있도록 해주는 빛과 같은 문학의 불가사의한 어떤 기운이 감돈다.

    그 점에서 나는 신경숙의 작품 속에 구현된 인물의 의식 기저에 깔린 인간과 인간, 인간과 자연, 세계 전체의 융합을 주목해봤으면 한다. 근래 두드러지게 나타나는 자아중심적인 세계지향에 반해 우주 중심적인, 인간이나 자연 모두에 관철되는 공통적인 법칙성에 그는 숨결을 대고 있다. 이런 동일성의 감각을 상실할 경우 인간 사이, 나아가 나무와 산 같은 무생물과 유기물에 대해 어떤 관계를 맺고 있는지 등한할 뿐만 아니라 동물에 대한 동감마저 잃기 십상이다. 근래의 소설에서는 아예 이런 것들이 시야 밖으로 사라진 경우가 허다하다. 그러나 그에게는 모든 것을 은총으로 받아들이려는 겸허한 마음이 있다. 이 은

총은 분명 신의 은총이니 하는 것과는 성질을 달리한다. 그의 모든 작품에서 마주하게 되는 소, 닭, 거위, 개, 고양이들이나, 나무와 채소 같은 것들이 살아가는 것에 대한 고마움, 「깊은 숨을 쉴 때마다」에서처럼 말라깽이 소녀나 금방 쓰러질 것 같은 여자가 힘들면서도 맑게 살아가는 것에 대한 고마움, 「감자 먹는 사람들」에서처럼 세상에 제 식으로 정성껏 피붙이와 더불어 목숨 붙이고자 애쓰며 사는 이들에 대한 고마움 등등. 더구나 「마당에 관한 짧은 얘기」「오래전 집을 떠날 때」처럼 이미 세상 바깥인 사람까지도 혼신의 힘으로 환생시키는, 육신 너머 영혼의 목숨에까지 육체성을 부여하는 등 그의 소설 어디에나 존재하는 것에 대한 고마움 속에서 새로 싹터오르는 조화의 세계가 환하게 온몸을 펴고 있다.

*

그러나 작품의 현재는 어둠 쪽으로 대부분 기우뚱해 있다. 이른바 '비어 있음'(부재)이라고 묶을 수 있는 이별, 죽음과 같은 상실이나 공백 등이 현재를 이룬다. 이번 작품집에서 '빈집'의 모티브가 자주 등장하는 것도 이와 무관치가 않다. 그래서 현재는 언제나 스산하다. 마치 육신이 병들면 꺼칠해지듯 만상에 건조한 사막과 같은 삭막함이 감돈다. 「빈집」에서 수위 아저씨가 키우는 거위의 생기와 작중인물들이 키우는 방 안 고양이의 살기, 그 선명한 대비를 상기해보라.

실제로 작중화자 역시 대부분 혼자이다. 그래서 첫 느낌은 거미줄 속의 외줄을 따라 이리저리 옮겨다니는 거미처럼, 한 고독한 인간의 외로운 어슬렁거림이다. 이 점에서 신경숙의 작품 역시 근래의 주된 경향성이랄 수 있는 일상의 공허감이라든가 권태감과 얼핏 표정을 같이하는 듯 보인다. 그러나 그는 그 안에다 진정한 세상을 만들 줄 안다. 어찌할 도리 없이 타락한 시대의 딸일 수밖에 없다는 제행무상의 숙업으로 오히려 그것을 보듬는다. 분명 고독은 공허감과 함께 현대인에게 모든 면에서 가장 견디기 힘든 위협물이자 존재조건으로까지 받아들여진다. 삶의 방향에 대한 통찰력이랄 수 있는 자아정체성이 상실되고 함께 공유할 수 있는 삶의 유대로서 공동체성은 해체되었다. 공동체와의 결합을 통해 가능했던 자아실현의 문제가 고작 상품소비의 심미적 삶 속에서 상상적으로 실현될 뿐이지 않은가. 내부의 텅 빔이 초래하는 불안, 고독, 공허 때문에 이른바 여론과 유행 같은 허깨비 권위 앞에 갈수록 무력해지는 우리 자신을 보라.

신경숙 소설이 이 시대에 특별한 의미와 반향을 가질 수밖에 없는 것은 바로 이 지점에서가 아닐까. 고독한 자가 보여주는 일상적인 무서움, 불안감, 외로움 등에 대한 구체적인 실감을 바탕으로 그는 그것을 끌어안고 뒹굴며 넘어서는, '빈집 속에다 삶의 집짓기'를 한다. 가령 병이 깊으면 정신이 혼미해지면서 허깨비가 보이듯 그녀가 지은 소설의 집에 찾아드는 환상(환시·환청·곡두 등)도 근원에 닿고자 하는 갈망의 밑뿌리가 퍼올리는, 상처 입은 영혼의 속 깊은 병 때문이 아니던가. 그의 소설은 삶에 대한 직관이나 그를 통해서 남들과 의미 있는 관계를 일구어내는 작업 속에서 정이라든가, 그리움이라든가, 슬픔이라든가, 헤어짐이라든가, 사랑이라든가, 연민이라든가 우리에게 너무 낯익어 오히려 헤퍼져버린 것들을 그 원천인 마음에로 되돌려 숨을 불어넣고 맥박을 뛰게 한다. 나와 타인 간의 어쩔 수 없는 이타성을 용인하면서도 거기에 벽을 쌓지 않고 '사이'가 숨을 쉬도록 활성체를 만드는 그것이야말로 진정한 삶의 밑뿌리이자 사라진 공동체성을 복원할 기반임을 소리 없이 주장하는 것은 아닌지. 그렇다면 '되찾아야 할 과거의 낙원도 없고 건설해야 할 미래의 낙원도 없는' '약속된 땅'이 없는 이 시대에 "합리성·환희·사랑·동정에 대한 우리의 능력이 태양 에너지만큼이나 커다란 심리적 에너지를 보유하고 있다"(에드가 모랭 『20세기를 벗어나기 위하여』, 문학과지성사 1996)는 믿음을 그 나름으로 꿋꿋이 실천한 셈이지 않은가.

신경숙의 소설은 이처럼 '비어 있음'의 문제를 정면으로 제기함으로써 사실상 이 시대 전체와 육감적으로 조우한다. 더구나 절대적인 상실을 시초의 시공간으로 내세움으로써 현대인의 심리적 공황상태에 대한 심연을 날카롭게 자극한다. 부재의 문제는 결코 양의 문제가 아니다. 단순히 채워넣으면 되는 어떤 단지가 아니다. 사람 냄새, 마땅히 사람으로서 풍겨야 할 본성이나 자질과도 같은 훈기가 서려야 한다. 이것이 없는 공간에서 그의 필치는 냉혹할 정도로 차디차다. (흔히 그의 소설을 두고 지나치게 따뜻하고 부드럽고 연약하고 아름답다는 말을 많이 하지만, 그래서 신록빛의 엷은 수채화 같다고 하지만, 안을 들여다보면 먹빛부터 시작하여 암갈색, 회색 등 여러 빛깔이 여기저기서 반사되어 나온다. 한 예로 아주 짧은 「벌판 위의 빈집」 같은 경우 대립되는 정서가 서로를 부추겨 단애와 같은 상승을 이루면서 어떤 알 수 없는 삶의 비의 속에서 전율하는 섬뜩한 아름다움으로 다가온다.)

소설 속에서 마냥 부드럽고 따사로운 인간처럼 보이는 인물이 때로 보여주는 앙칼진 면모(「깊은 숨을 쉴 때마다」에서 애인과 헤어지고 나서 아무런 심리적 갈등도 내보이지 않는 선배에게 행한 태도)나 의외의 도발적 행동(「오래전 집을 떠날 때」에서 페루 여행 중 홀로 먼저 귀국하는 장면)도 그런 각도에서 이해할 수 있을 것이다. 그리고 무엇보다 대상과의 관계의 깊이에 따라 작품 전체의 분위기가 달라지는 것도 그 때문이 아닐까. 가령 비교적 밝은 색채감을 보여주는 「모여 있는 불빛」과 「깊은 숨을 쉴 때마다」의 경우, 전자가 이른바 혈연이 내포하는 오랜 관계성 속에서 의연 생기가 넘치는 데 비해, 후자는 전자와 마찬가지로 자연 친화력을 보여주면서도 낯선 이와의 만남이 가져다준 보이지 않는 거리감과 함께 관찰의 속성을 보이면서 그 농도는 다소 엷어진다. 반면 상실을 함유한 한밤중의 삭막한 도시의 집을 무대로 한 「마당에 관한 짧은 얘기」와 「빈집」을 보더라도, 전자에는 막 떠난 사람(여동생이기에 영원한 이별은 아니다)의 자취가 남아 있어 집 안 사물까지도 미진하나마 온기가 남아 있는 분위기인 데 비해(그런 여동생과의 헤어짐이 남자와의 이별에도 전이되어 "나와 함께가 아니더라도 어디서든 살아 있으면 된다"라는 긍정의 생기로 활생한다), 후자에는 영원히 떠나버린 타인이기에 그런 온기마저 만질 수 없어 집 안 사물까지 덩달아 차디찬 질감으로 표백된다.

*

　신경숙 소설에서 정작 중요한 것은 그러므로 개인적인 것이 아니다. 측량의 무게감은 작중인물의 고유한 고뇌와 행복을 통해서, 스스로를 통해서 측정되겠지만, 그 뿌리라 할 수 있는 사회적 삶의 지반과의 연관 속에서 비로소 신경숙 소설의 우물은 더욱 웅숭깊어진다. 자신의 지저귐에만 귀를 기울이는 작가의 운명이란 한시적 삶을 '살아낼' 뿐이다. 그러나 신경숙은 한시적 삶 속에서 그 시간을 넘어서는, 보편적이랄 수 있는 '살아갈' 무엇을 내보여준다.

　현재라는 짙은 어둠의 시공을 가로지르며, 그 한시성과 손잡고 시간을 넘어서는 기억의 문제를 이제 떠올리지 않을 수 없다. 그의 소설에서 기억의 역할은 가히 절대적이라 할 정도인데, 그래서 마치 시간이 흘러가버리지 않고 정지된 채 축적되어 있다는 느낌까지 준다. 과거를 생생하게 저장하는 작가 역량도 역량이거니와 그것을 감당하면서 창조의 저편으로 이끌어가는 묘사력이 그만큼 뛰어나다는 증좌이다. 그가 불러내는 기억들은 하나같이 멀리서 합치는 메아리처럼 향기와 색채와 음향이 서로 화답하면서 작품 전체를 붙들어매는 접착제 역할을 한다. 그 자신의 말처럼 "시간은 되풀이되지 않지만 지나가는 일도 그냥 지나가지 않는다. 사소한 일이라도 그들은 지나가며 생김새와 됨됨이를 새로 갖는다. 나에게 소설은 재생된 새 꼴들을 담아놓을 수 있는 공간이고 시간"이라는 것, 흔히 볼 수 있듯 과거의 기억이 자신의 현재적 삶을 합리적으로 보충할 단순원인이라는 심리기제가 아니라는 것, 그 자체가 하나의 유기체이면서 동시에 더 큰 유기체로서의 창조적 도약을 안받침하는 효소가 된다는 것. 이런저런 작은 삽화들이 그 자체로 선명한 이미지를 주면서도 이미지 차원을 넘어서는 것도 그래서일 것이다.

어쨌든 정태성에 가까운 이런 더딘 되새김질이야말로 사실은 속도사회가 강박하는 망각을 치유하기 위한, 단순히 산술적 흐름과 반복적 속도를 지시하는 시계의 기계성을 넘어서서 진정한 삶의 시간을 획득하기 위한 고투이다. 그리고 거기 대가족 제도에서 보이는 이른바 혈육공동체가 고향의 존재처럼 숨 쉬고 있다. 그의 작품은 분명 도시에 몸을 두고 있다. 그러나 언제나 몸속에 고향 정읍을, 그 자신이 샤갈을 두고 말하듯, 넣어다니고 있다. 이것을 두고 없는 것을 부르고 있다고 항변하기도 하지만, 흔한 독법처럼 가족의 해체나, 도시·농촌 간의 단순이분법의 접근이라든가, 핏줄이 내포하는 논리 이전의 본성 문제로 손쉽게 치부해서도 안 될 것이다. 그 자체가 진정한 공동체의 본질에 충실한 사람됨, 공동체의 외양의 문제가 아닌 그 바탕으로서의 인격 문제로 바라볼 필요가 있다.

언젠가 작가와 이런저런 이야기를 나누다 나 자신에게 깨우침을 준 한 소설의 대목을 그에게 보여준 적이 있었다. 그 대목은 이렇다.

오랜 동안 나에게 너무도 당연했던 문장들 가운데 다음과 같은 구절이 있었다: "지나간 시민사회의 계급과 계급 간의 적대관계를 대신하여, 만인의 자유로운 발전이 한 개인의 자유로운 발전의 조건이 되는 그러한 하나의 연합이 도래한다." 언제부터 그 구절을 여기 쓴 대로 그렇게 읽기 시작했는지 나는 알지 못한다. 그 당시 나의 세계관이 그와 상응하였기에 그렇게 읽었고, 또 그렇게 파악되었을 것이다. 수십년이 지난 다음 그 구절이 실재에 있어서는 다음과 같이 바로 정반대의 내용을 담고 있다는 것을 발견했을 때, 나의 놀라움, 그 경악감은 얼마나 엄청난 것이었는지: "……한 개인의 자유로운 발전이 만인의 자유로운 발전의 조건이 되는 그러한……"(슈테판 헤름린 『저녁노을』, 당대 1996)

이 대목을 물끄러미 바라보며 낮게 내뱉던 그의 말이 생각난다. "그게 내가 꿈꾸던 것인데……"

우리가 말하는 자아의식은 분명히 생생하고 통일된 자신의 표현으로서 행동하는 것을 목표로 하고 있지만, 그렇다고 자아의식에서 도피하고 무작정 집단의 움직임에 뛰어드는 나방과 같은 행동주의일 수는 없다. 어쩌면 살아 있다는 것은 때로 행동하면서, 때로 창조적으로 가만히 있는 것을 뜻하기도 하는 것은 아닐까. 그렇다면 그의 소설은 지금 이 시대에 필요한 창조적 명상을 우리의 실제 몸 상태 속에서 나직하게 제시한 것은 아닐까.

그의 소설에서 강하게 풍기는 모성성의 문제도 이와 무관치 않을 것이다. 김사인의 지적대로, "그의 소설을 지배하는 의식은 다분히 모성적이다. 그의 소설에 대한 근년의 호응은 돌아가 어머니의 무릎을 베고 누워 위로와 안식을 다시 얻고 싶어하는 우리 시대의 내밀한 욕구에 일면 대응하는 것이다. 이 기계와 소음과 속도의 '호로자식들'은 일확천금의 헛꿈에 취해 몸과 마음을 돌이킬 수 없이 거덜내고야 이제 집과 어머니가 그리운 것"(김사인 「『외딴방』에 대한 몇개의 메모」, 『문학동네』 1996년 봄호)이기도 하다. 그는 분명 "너의 부모가 물려준 것에서/너는 너의 것을 만들도다"라는 괴테의 시구에 충실한 작가이다. 조상

414

의 전통과 관계를 이어가면서 이제 한 사람의 성인으로서 의당 가질 수밖에 없는 단독자로서의 삶을, 자유와 개인적인 책임을 희생함이 없이 어떻게 조화시킬 수 있는가를 그는 끊임없이 자문한다.

*

우리 인간의 경험은 사실 무한히 다양하다. 그러나 알게 모르게 그런 경험을 일반화하려는, 이른바 논리화하려는 경향이 강하다. 그리고 실제로 그 역도 가능하다. 이른바 비논리적인 것의 논리화라 할 수 있는 그런 측면도 분명 있다. 신경숙의 소설을 두고 이른바 후자의 측면에서 이해한 논자들이 그간, 그리고 지금에도 적잖이 많다. 이를테면 1980년대적 이성과 이념에 기반한 합리주의·논리주의의 상대적 극점 이동으로서 논리와 합리성으로 해명될 수 없는 삶에 대한 미학화라는 진단 등이 그러하다. 그간의 주도적 이론체계였던 일원론의 한계에 대해서도 사려 깊은 접근이 절실히 요청되는 시대가 다름 아닌 오늘이기에 이 비판이 일리가 없는 것은 아니다. 실제로 작가 자신도 그런 뉘앙스를 강하게 풍기는 말을 하기도 했다. "내가 살아보려 했으나 마음 붙이지 못한 헤어짐들, 슬픔들, 아름다움들, 사라져버린 것들, 과학적인 접근으로는 닿지 못할 논리 밖의 세계들, 말해질 수 없는 것들, 그런 것들. 이미 삶이 찌그러져버렸거나, 아무도 알아주지 않는 익명의 존재들에게 생기를 불어넣어주고 싶은 욕망, 도처에 어른거리는 죽음의 그림자나, 시간 앞에 무력하기만 한 사랑, 불가능한 것에 대한 매달림, 여기 없는 것에 대한 그리움…… 이 말해질 수 없는 것들을 불러와 유연하게 본질에 닿게 하고 자연의 냄새에 잠기게 하고 싶은 꿈. 그렇게 해서 이 순간에 가둬놓고 싶은 실현 불가능한 꿈."(「말해질 수 없는 것들」)

그러나 자세히 들여다보면 신경숙의 심안(心眼)은 경험 자체가 밝은 대낮의 경험과 한밤중의 경험이 한데 어울려 있듯이 의식과 무의식, 질서와 무질서가 서로 결합되어 있는 사물 자체의 본성을 겨냥한다. 그래서 우리네 삶의 집이 대개 이차원의 이해 범주에 있다면 그가 창조한 문학의 집은 직관과 연상을 통해 현실과 환상이 창조적으로 변용된, 마치 삼차원의 시간, 공간과 정감으로 조성된 삶의 집처럼 보인다. 그는 영혼의 잠재된 능력을 일깨우는 어떤 힘으로서, 의식과 무의식을 넘나들며 감각세계까지도 임의로 사용할 수 있는 마음의 마술까지도 이용한다. 그런 두 차원의 것이 「마당에 관한 짧은 얘기」「벌판 위의 빈집」「오래전 집을 떠날 때」 등에서 때로 그네뛰기와도 같은, 맥놀이와도 같은 창조적 율동을 벌이기도 한다. (물론 이러한 실험정신이 극대화된 경우 그 연결·상호침투의 깊이와 현실과의 관련성에 따라 실감과 감동의 성격은 달라질 것이다. 이런 문제에 대해서는 필자의「환멸의 시대, 환멸의 문학」,『창작과비평』1996년 여름호에서「마당에 관한 짧은 얘기」를 다룬 부분이나,「벌판 위의 빈집」에 대한 뛰어난 미적 분석을 보여준 김병익의「불길한 아름다움」,『문학동네』1996년 가을호를 참조하기 바란다.) 그리고 이 경우 꿈이 주요한 계기 역할을 하는데, 꿈이 갈등과 억압된 욕망의 표현일 뿐 아니라, 우리가 이미 예전에 습득했으나 잃어버렸다고 느꼈던 것들에 대한 표현이기도 하다는 것을 그는 상기시킨다.

*

쓰고 보니 첫 시식자의 맛보기가 아무래도 어느 한 맛에 지나치게 사로잡힌 듯도 하다. 이미 신경숙 하면 독자들 또한 보증수표로 받아들일 정도로 그의 충분히 숙성·발효된 작품은, 좋은 음악이 음악의 귀를 열어주듯 문학의 섬세한 미감을 끊임없이 건드리는 예민한 문학의 실핏

줄 다발과도 같다. 더구나 이 불모의 시대, 메마른 마음밭을 촉촉이 적셔줄 단비와 같은 것이기에, 눈 밝은 이들에 의해 그의 문학이 더욱 환해졌으면 좋겠다.

林奎燦 | 문학평론가

| 새로 쓴 작가의 말 |

    96년 초가을에 이 책이 처음 출판되었을 때의 제목이 '오래전 집을 떠날 때'였다. 페루에 다녀온 날 가방도 풀지 않은 채 책상에 엎드려 썼던 작품이다. 여행을 다녀왔다고 해서 그 시간이 소설이 되는 경우는 내게는 드문 일이었는데 그 여행은 여행 중의 숙소에서부터 계속 나로 하여금 뭔가를 쓰게 했다. 2005년 여름에 개정판으로 다시 출간될 때 누군가의 의견으로 책 제목을 '감자 먹는 사람들'로 바꾸었다. 그때 작가의 말로 이 책에 실린 작품별로 짧은 소회를 쓰던 일이 바로 얼마 전 일 같은데 그사이로 십육년이 흐르고 세번째 작가의 말을 쓰는 2021년 여름 새벽이다. 남은 시간은 더 빠르게 흘러갈 것이다. 길게 썼으나 모두 지우고 이 몇줄을 남기며 책 제목은 다시 처음 것으로 돌려놓는다. 저자인 나의 자리를 언어의 익명성에 물려주라, 한 블랑쇼를 기억하고 있다. 언젠가 다시

이 책을 향해 작가의 말을 쓸 날이 내게 올 것인지. 온다면 그 미래의 내 마음은 이 몇줄조차 없이 침묵에 가장 근접해 있기를 바라본다.

2021년 초여름에

신경숙 씀

'오래전 집을 떠날 때'를 '감자 먹는 사람들'로 제목을 바꿔 새로 낸다.

첫 작품으로 배열된 「감자 먹는 사람들」은 강원도 고성에서 썼는데 그때 작품을 쓰던 숙소 근처에서 큰 산불이 나서 근심이 일곤 했었다. 끝내 그곳을 떠나지 않고 가까이 다가오는 불을 느끼며 완성했던 작품이다. 「깊은 숨을 쉴 때마다」는 제주도에서 썼다. 밤에 작업을 하고 새벽에는 바닷가로 나가 맨발로 모래 위를 걸어다니다 피곤해지면 돌아와 잠들곤 했던 그 시간이 아득하고 그립다. 「오래전 집을 떠날 때」는 페루에 다녀온 바로 직후에 다른 작품을 쓰는 중인데 자꾸 이 작품 속의 문장들이 툭툭 튀어나와서 쓰던 작품을 덮어두고 쓰기 시작했다. 나로선 쓰던 작품을 완성시키지 않고 새 작품으로 들어가기는 처음이었다. 마치 누가 불러주는 얘기를 받아적듯 열에 들떠 글을 쓰는 그 순간에 몰두했었다. 졸리면 자고 깨어나 쓰고 배고프면 뭘 좀 먹고 또 이어서 쓰고 화장실에 다녀와서 또 쓰고 그랬다. 작품이 끝날 때까지 오로지 그러기만 하였다. 「모여 있는 불빛」은 내 태생지에 다녀온 뒤에 거기 사람들을 생각하며 썼는데 아직도 소설이란 게 집안에서 생긴 안 좋은 일을 까발리는 짓거리냐?고 묻던 고모의 쩽쩽한 목소리가 귀에 남아 있다. 「빈집」은 한 시인의 시가 모티브가 된 작품이다. 한 이년쯤 살던 독신자 아파트에서 이사한 날 저녁참에 비어 있는 집에 바퀴벌레약을 쳐주러 갔다가 나도 모르게 깜박 잠이 들었다. 소스라쳐 깨어보니 한밤중이었다. 내 살림이 완전히 빠져나간 텅 빈 공간에서 깨어난 느낌이 꽤나 생생했던지 곧 작품이 되었다. 「벌판 위의 빈집」은 겨우 사십매나 될까 한 작품이다. 매일 다니던 산책로의 담쟁이 넝쿨에서 영감을 받아 나는 무서운 이야기라고 썼는데 남미 쪽에서는 꽤나 아름다운 이야기로 받아들여서 무서운 것과 아름다운 것이 같은 뜻인가? 생각하게 했던 작품이기도 하다. 「마당에 관한 짧은 얘기」는 자전소설을 써달라는 요청에 의해 쓰인 작품이다. 어떤 음악회에 갔다가 자정 무렵에 귀가하는데 그때 내가 살던 오피스텔의 엘리베이터 앞에서 닭을 안고 있는 소녀를 한 삼십초쯤 헛보았다. 나는 분명히 닭을 안고 있는 소녀를 보고서 웬 닭을? 생각했는데 눈 깜짝할 사이에 사라졌다. 경비원에게 방금 여기 서 있던 닭을 안은 소녀는 어디로 갔느냐 물었다가 미친 여자 취급을 받았던 기억이 난다.

　이 책에 실린 작품들은 유독 작품을 쓸 때의 나를 집중시키던 열렬했던 감정이 고스란히 남아 있다. 내가 정주자인 줄 알았는데 작품 속의 공간들을 생각해보니 많이도 떠돌아다녔구나, 싶다. 내 영혼까지 파묻고 싶은 구덩이를 만나지 못한 탓일 게다.

2005년 여름에
신경숙 씀

새벽 세시. 창을 타고 제 귓전에 머무는 빗소리. 책상에 앉아 있다가 괜히 일어나서 현관의 불을 켜놓고 들어왔습니다. 언제부턴가 빗소리를 듣고 있으면 지킬 수 없었던 약속들이 떠오르곤 합니다.

부안의 내소사는 지금 저 빗속에서 어쩌고 있을지?

지난여름 부친과 함께 처음으로 내소사 산문을 걷게 되었을 때, 비를 맞고 서 있는 아름드리 전나무 둥치를 보고 부친이 그러셨습니다. 집을 지으면 좋겠구나. 평생을 집에 붙들려 살아오신 분의 현재의 꿈이 아직도 새 집을 짓는 일이라니. 저는 그만 가슴이 먹먹해져 우산 속에서 부친의 허리에 제 팔을 깊이 두르고 말았지요. 어제 그 내소사에 다시 다녀왔습니다. 느닷없는 걸음이었습니다. 아

득한 서해의 물살을 따라 자욱해졌던 제 마음. 응시할 수
밖에 없는 관계의 막막함. 실존의 불안. 꼭 그것이어야만
하기에 엄습하는 이 좁은 통로의 고독. 겨우 이 정도였나
싶은 자책. 내소사에 들어 꽃살 무늬를 넘어가 대웅전 마
루에 무릎이 저릴 때까지 앉아 있다 돌아와 이 글을 고쳐
쓰고 있습니다. 자꾸만 눈에 밟히는 아픈 당신. 살아가는
날들이 때로 찬란하게 아름다울 때도 당신에 대한 자책
은 칡넝쿨처럼 제 넋을 휘감아오겠죠. 용서하지 마세요.
겨우 이 정도였어요. 그런 것을 그렇게 깊은 약속을 했습
니다.

　제게 소설은 보이는 것과 보이지 않는 것을 헤치고 나
가 언젠가는 제 존재의 빛을 보게 해주리라 믿는 것입니
다. 당신이나 저나 그 빛을 보게 되는 때가 너무 늦지 않
길 바라지만, 아주 늦어도 괜찮은 일이라고 생각합니다.
제 빛을 본 사람과 보지 못한 사람은 다를 테니까요. 또
약속하려 합니다. 현실과 상상력이 지닌 운명을 헤치고
나가서 먼저 저를 보고 꼭 당신에게 가겠다고.

　저 비는 가을비겠지요. 세상에 또 한번 가을이.
　이 새벽에도 태어나고 죽고 사랑하고 배반하는 일이

동시에 이루어지고 있겠지요. 살아가는 일에 매번 홍역을 치르고 있지만 마지막으로 가닿는 마음은, 찰나에 최선을 다할 수밖에 없다는 자각입니다. 아직 미혹이라 매번 이 평범한 자각에 이르기까지 가슴이 확 뒤집어지는 과정을 겪고 있습니다만 섬광처럼 지나가는 순간순간을 아로새기는 일에 최선을 다하려 애쓰겠습니다. 그래도 당신에게로 가겠다는 약속을 지킬 수 없게 된다면, 그건 제가 힘에 부치는 약속을 질러 한 것이지, 당신 탓이 아닙니다. 그러니 귀한 당신. 인간을 사랑하는 일에서 밀어지지 마세요. 당신은 많은 사람들의 아름다운 그늘이니 자괴심을 갖지 말아요. 힘껏 살아야 강렬하고 견고한 사유를 하지요. 여기가 끝이 아니니 어서 힘을 내서 또 걸으세요. 멀리, 끝없는 저 길 위를.

제게 편지를 보내주신 분들, 부족한 대로 이 소설들이 답장이 되었으면 합니다. 중·단편으로서는 여기까지가 풍금이 있던 자리, 이후로 제가 걸어온 길입니다. 여전히 숨어 살고자 하겠지만 고맙게 여기고 있습니다. 건강하세요.

1996년 초가을에
신경숙 씀

| 수록작품 발표지면 |

감자 먹는 사람들 …『창작과비평』 1996년 여름호

벌판 위의 빈집 …『아시아나』 1993년

모여 있는 불빛 …『창작과비평』 1993년 봄호

오래전 집을 떠날 때 …『문학과사회』 1996년 가을호

빈집 …『사랑을 잃고 나는 쓰네』 1994년 기형도 추모작품집, 솔

마당에 관한 짧은 얘기 …『문학동네』 1996년 봄호

깊은 숨을 쉴 때마다 …『문예중앙』 1994년 겨울호

오래전 집을 떠날 때

초판 1쇄 발행 • 1996년 9월 25일
개정1판 1쇄 발행 • 2005년 8월 1일
개정2판 1쇄 발행 • 2021년 7월 15일

지은이 / 신경숙
펴낸이 / 강일우
책임편집 / 박지영
조판 / 박아경
펴낸곳 / (주)창비
등록 / 1986년 8월 5일 제85호
주소 / 10881 경기도 파주시 회동길 184
전화 / 031-955-3333
팩시밀리 / 영업 031-955-3399·편집 031-955-3400
홈페이지 / www.changbi.com
전자우편 / lit@changbi.com

ⓒ 신경숙 1995, 2005, 2021
ISBN 978-89-364-3847-0 03810